Das Buch

»Torgas ist ein kleines Tal und besteht fast ausschließlich aus Apfelplantagen. Das meiste befindet sich in den Händen weniger Eigentümer ... Und nun haben diese paar Kerle, denen fast das ganze Torgas-Tal gehört, abgewartet, bis beinahe alle Erntearbeiter angekommen waren. Die haben auf dem Hinweg natürlich fast ihr ganzes Geld ausgegeben. Das machen sie immer so. Und dann verkünden die Gutsbesitzer ihren Lohnabbau ...« John Steinbeck setzte mit diesem sozialkritischen Roman den Arbeitskämpfen der kalifornischen Plantagen-Arbeiter ein eindrucksvolles Denkmal: Der junge Jim, dessen Vater bei Arbeiterunruhen in San Francisco erschossen wurde, wird beauftragt, dem erfahrenen Mac bei der Vorbereitung und Durchführung eines Streiks zu helfen. Nach ersten Erfolgen scheitern die Streikenden jedoch zunehmend am erbitterten Widerstand der Plantagenbesitzer, die sich zu einem Kartell zusammengeschlossen haben, sowie an der mangelnden Disziplin der Arbeiter, die sich aus ihrer materiellen Not heraus von der Gegenseite zu Störaktionen provozieren lassen. »Ein klassischer Roman des Streiks«, schreibt die ›New York Times‹, »der nur einem Dichter vom Range John Steinbecks gelingen konnte.«

Der Autor

John Ernst Steinbeck, amerikanischer Erzähler deutsch-irischer Abstammung, geboren am 27. Februar 1902 in Salinas, wuchs in Kalifornien auf. 1918–24 Studium der Naturwissenschaften an der Stanford University, Gelegenheitsarbeiter, danach freier Schriftsteller in Los Gatos bei Monterey. Im Zweiten Weltkrieg Kriegsberichterstatter, 1962 Nobelpreis für Literatur, gestorben am 20. Dezember 1968 in New York.

John Steinbeck:
# Stürmische Ernte
Roman

Deutsch von Alfred Kuoni

Deutscher
Taschenbuch
Verlag

Von John Steinbeck
sind im Deutschen Taschenbuch Verlag erschienen:
Früchte des Zorns (10474)
Autobus auf Seitenwegen (10475)
Geld bringt Geld (10505)
Die wilde Flamme (10521)
Der rote Pony (10613)
Die Straße der Ölsardinen (10625)
Das Tal des Himmels (10675)
Die Perle (10690)
Der Mond ging unter (10702)
Tagebuch eines Romans (10717)
Tortilla Flat (10764)
Wonniger Donnerstag (10776)
Eine Handvoll Gold (10786)
Von Mäusen und Menschen (10797)
Jenseits von Eden (10810)
Laßt uns König spielen (10845)
Logbuch des Lebens (10865)
Meine Reise mit Charley (10879)
Der fremde Gott (10909)
Die gute alte und die bessere neue Zeit (10921)

Ungekürzte Ausgabe
April 1987
2. Auflage April 1991
Deutscher Taschenbuch Verlag GmbH & Co. KG,
München

Titel der amerikanischen Originalausgabe:
›In Dubious Battle‹

ISBN 3-7160-1372-2
Umschlaggestaltung: Celestino Piatti
Gesamtherstellung: C. H. Beck'sche Buchdruckerei,
Nördlingen
Printed in Germany · ISBN 3-423-10734-0

Innumerable force of Spirits armed,
That durst dislike his reign, and, me preferring,
His utmost power with adverse power opposed
In dubious battle on the plains of Heaven
And shook his throne. What though the field be lost?
All is not lost – the unconquerable will,
And study of revenge, immortal hate,
And courage never to submit or yield:
And what is else not to be overcome?

*Paradise Lost*

1

Endlich war es Abend. Die Laternen auf der Straße flammten auf, und die Neonröhre des Restaurants an der Ecke zuckte an und aus und knallte ihr hartes rotes Licht in die Luft. In Jim Nolans Zimmer warf die Reklame ein weiches rotes Licht. Seit zwei Stunden saß Jim nun schon in einem kleinen, harten Schaukelstuhl, die Füße hochgelegt auf die weiße Bettdecke. Jetzt, da es ganz dunkel war, nahm er die Füße auf den Boden herunter und klatschte gegen seine eingeschlafenen Beine. Einen Augenblick saß er ruhig da, während Prickelwellen seine Waden hinauf- und hinunterliefen; dann stand er auf und langte nach der schirmlosen Lampe. Das möblierte Zimmer wurde hell – das große, weiße Bett mit der kalkweißen Dekke, der helleichene Sekretär, der saubere rote Teppich, der bis auf den braunen Kettfaden verschlissen war.

Jim trat zum Waschtisch in der Ecke, wusch sich die Hände und kämmte sich mit den Fingern Wasser ins Haar. Er schaute in den Spiegel, der oberhalb des Waschtisches übereck festgemacht war, und spähte einen Augenblick in seine kleinen grauen Augen. Aus einer Innentasche zog er einen Taschenkamm, kämmte sein glattes braunes Haar und scheitelte es sorgfältig auf der Seite. Er trug einen dunklen Anzug und ein am Halse offenes graues Flanellhemd. Mit einem Handtuch trocknete er das dünne Stück Seife und ließ es in eine Tüte fallen, die offen auf dem Bett stand. In der Tüte waren bereits ein Rasierapparat, vier Paar neue Socken und ein zweites Flanellhemd. Er sah sich im Zimmer um und drehte dann den Sack zu. Er warf noch einen flüchtigen Blick in den Spiegel, dann knipste er das Licht aus und ging aus der Tür.

Er ging enge, läuferlose Treppen hinunter und klopfte an eine Türe neben dem Haustor. Sie öffnete sich ein wenig. Eine Frau schaute ihn an und machte dann die Tür weiter auf – eine üppige Blondine mit einem dunklen Mal neben dem Mund. Sie lächelte ihn an. »Mister Nolan«, sagte sie.

»Ich gehe fort«, sagte Jim.

»Aber Sie kommen doch wieder, ich soll Ihnen das Zimmer doch freihalten?«

»Nein. Ich muß fort. Ich habe einen Brief bekommen.«

»Hier sind aber keine Briefe angekommen«, sagte die Frau argwöhnisch.

»Nein, in der Arbeit. Ich komme nicht wieder. Man hat mir einen Wochenlohn vorausbezahlt.«

Ihr Lächeln erstarb langsam. Ihr Ausdruck schien ohne große Veränderung in Zorn hinüberzuwechseln. »Kündigungsfrist eine Woche«, sagte sie scharf. »So gehört es sich. Ich muß Ihre vorausbezahlte Miete behalten, weil Sie mir nicht rechtzeitig gekündigt haben.«

»Ich weiß«, sagte Jim. »In Ordnung. Ich wußte nicht, wie lange ich würde bleiben können.«

Das Lächeln auf dem Gesicht der Vermieterin war wieder da. »Sie waren ein angenehmer, ruhiger Zimmerherr«, sagte sie, »auch wenn Sie nicht lange hier waren. Wenn Sie mal wieder in der Gegend sind, kommen Sie nur gleich wieder her. Ich werde Sie schon unterbringen. Ich habe Matrosen, die kommen jedesmal zu mir, wenn sie hier anlegen. Und ich habe immer Platz für sie. Sie würden nirgends anders hingehen.«

»Ich will daran denken, Mrs. Meer. Den Schlüssel habe ich in der Türe stecken lassen.«

»Licht ausgedreht?«

»Ja.«

»Dann brauche ich ja vor morgen früh nicht hinaufzugehen. Mögen Sie reinkommen zu einem Schlückchen auf den Weg?«

»Nein, danke. Ich muß gehen.«

Ihre Augen verengten sich verständnisvoll. »Sie sind doch nicht in Schwierigkeiten? Ich könnte Ihnen vielleicht helfen.«

»Nein«, sagte Jim. »Es ist niemand hinter mir her. Ich trete einfach eine neue Stelle an. Na, denn gute Nacht, Mrs. Meer.«

Sie streckte eine gepuderte Hand aus. Jim nahm seine Tüte in die andere Hand, faßte einen Augenblick die ihre und fühlte, wie das weiche Fleisch unter seinen Fingern nachgab.

»Denken Sie daran«, sagte sie. »Ich finde immer Platz. Jahr um Jahr kommen die gleichen Leute wieder zu mir, Matrosen und Reisende.«

»Ich werde daran denken. Gute Nacht.« Sie schaute ihm nach, bis er aus dem Hause und die Zementstufen hinunter auf dem Bürgersteig war.

Er ging zur Ecke und sah nach der Uhr im Schaufenster eines Juweliers – halb acht. Er fiel in einen raschen Schritt, Richtung Osten, durchquerte ein Viertel von Warenhäusern und Spezialgeschäften, dann das Großhandelsviertel, wo es ruhig war, jetzt am Abend, die engen Straßen verlassen, die Zufahrten zu den Lagerhäusern mit Holzstangen und Drahtgittern abgesperrt. Schließlich gelangte er in eine alte Straße mit dreistöckigen Ziegelbauten. Pfandleihanstalten und Werkzeug-Gebrauchtwarenhändler nahmen die Erdgeschosse ein, während in den beiden obern Stockwerken wenig erfolgreiche Zahnärzte und Anwälte ihre Räumlichkeiten hatten. Jim schaute nach jedem Torbogen, bis er die Nummer fand, die er suchte. Er trat in einen dunklen Hausgang und stieg die gummibelegten Treppenstufen empor, deren Kanten mit Messingstreifen verstärkt waren. Ein Nachtlämpchen brannte auf dem Treppenabsatz, aber nur eine einzige Türe in dem langen Gang ließ Licht durch ihre Milchglasscheibe fallen. Jim ging darauf zu, sah nach der »16« auf der Scheibe und klopfte an.

Eine scharfe Stimme rief: »Herein!«

Jim öffnete die Tür und betrat einen kleinen, kahlen Büroraum mit einem Schreibtisch, einem metallenen Karteischrank, einem Feldbett und zwei steifen Stühlen. Auf dem Schreibtisch machte sich eine elektrische Kochplatte breit, auf welcher eine kleine Zinnkaffeekanne bullerte und dampfte. Über den Tisch hinweg warf ein Mann einen förmlichen Blick nach Jim. Dann sah er vor sich auf eine Karte. »Jim Nolan?« fragte er.

»Ja.« Jim sah sich ihn genau an, den kleinen, sorgfältig in einen dunklen Anzug gekleideten Mann. Sein dichtes Haar war beidseitig glatt heruntergekämmt mit dem vergeblichen Bemühen, eine mehr als zentimeterbreite weiße Narbe zu verdecken, die waagrecht über dem rechten Ohr lag. Die Augen waren scharf und schwarz – lebhafte, nervöse Augen, die ständig in Bewegung waren, von Jim zu der Karte und hinauf zu einem Wandkalender und zu einem Wecker und zurück zu Jim. Die Nase war groß, an der Wurzel dick und an der Spitze schmal. Der Mund war vielleicht einmal voll und weich gewesen, aber eine gewohnheitsmäßige Anspannung der Muskeln preßte ihn zusammen und zog auf jeder Lippe eine tiefe Furche. Obwohl der Mann nicht über vierzig sein konnte, trug sein Gesicht tiefe, klammerförmige Linien des Trotzes. Seine Hände waren so nervös wie seine Augen – große Hände, fast zu groß für den Körper, lange Finger mit spatenförmigen Enden und flachen, dicken Nägeln. Die Hände fuhren auf dem Tisch umher wie die forschenden Hände eines Blinden, befühlten die Ränder des Papiers, folgten der Kante des Schreibtischs, berührten der Reihe nach jeden Knopf an der Weste. Die Rechte fuhr auf die Kochplatte zu und zog den Stecker heraus.

Jim schloß leise die Tür und trat an den Schreibtisch. »Man hat mir gesagt, ich solle hierher kommen«, sagte er.

Plötzlich stand der Mann auf und schob ihm seine Rechte entgegen. »Ich bin Harry Nilson. Ich habe hier deine Bewerbung.« Jim gab ihm die Hand. »Setz dich, Jim.« Die nervöse Stimme war leise, aber bemüht leise.

Jim zog den zweiten Stuhl heran und setzte sich neben den Schreibtisch. Harry öffnete eine Schublade, nahm eine angebrochene Kondensmilchbüchse heraus, deren Löcher mit Streichhölzern verstopft waren, eine Tasse voll Zucker und zwei dicke Trinkbecher. »Magst du eine Tasse Kaffee?«

»Gern«, sagte Jim.

Nilson goß den schwarzen Kaffee in die Becher. Er sagte: »Ja, also Bewerbungen werden bei uns folgendermaßen behandelt, Jim. Deine Karte ging an die Mitglieder-Kontrollstelle. Ich muß mich mit dir unterhalten und einen Bericht schreiben. Die Kontrollstelle leitet den Bericht weiter, und die Mitglieder stimmen über dich ab. Du siehst also, wenn ich dich jetzt ziemlich eindringlich befrage, so tue ich nur, was sein muß.« Er goß sich Milch in den Kaffee, und dann blickte er auf, und seine Augen lächelten sekundenlang.

»Klar, ich weiß«, sagte Jim. »Ich höre, ihr seid exklusiver als der Union League Club.«*

»Herrgott, wir müssen wohl!« Er schob Jim die Zuckertasse zu, dann plötzlich: »Warum willst du denn in die Partei eintreten?«

Jim rührte in seinem Kaffee. Sein Gesicht legte sich vor Konzentration in Falten. Er sah auf seinen Schoß hinunter. »Ja – da könnte ich dir eine Menge kleiner Gründe angeben. Zur Hauptsache geht's mir darum: Meine ganze Familie ist vom System zugrundegerichtet worden. Mein Alter ist infolge der Arbeitskonflikte so verlottert, daß er zum Trinker wurde. Er verfiel auf den Gedanken, einen

* Politischer Geheimbund in den Nordstaaten 1862, zur Unterstützung der Regierung und zum Widerstand gegen südstaatliche Organisationen.

Schlachthof in die Luft zu sprengen, wo er gearbeitet hatte. Nun, er kriegte eine Ladung Rehposten vor die Brust.«

Harry unterbrach: »War dein Vater Roy Nolan?«

»Jawohl. Wurde vor drei Jahren getötet.«

»Großer Gott«, sagte Harry. »Er stand im Ruf, der rauflustigste Bursche im Lande zu sein. Ich habe mir sagen lassen, daß er fünf Polizisten mit bloßen Händen erledigen konnte.«

Jim grinste. »Mag schon stimmen, aber jedesmal, wenn er ausging, bekam er es mit sechsen zu tun. Immer verbleuten sie ihn. Ganz blutüberströmt kam er jeweils nach Hause. Dann setzte er sich neben den Herd. Wir mußten ihn in Ruhe lassen. Durften ihn nicht einmal anreden, oder er fing an zu weinen. Wenn meine Mutter ihn später wusch, winselte er wie ein Hund.« Er schwieg. »Er war Schlächter, weißt du. Trank warmes Blut, um seine Kraft zu bewahren.«

Nilson blickte rasch zu ihm und dann wieder weg. Er knickte die Ecke der Bewerbungskarte um und glättete sie mit dem Daumennagel fest. »Deine Mutter lebt noch?« fragte er leise.

Jims Augen verengten sich. »Sie starb vor einem Monat«, sagte er. »Ich saß im Gefängnis. Dreißig Tage wegen Landstreicherei. Ich wurde benachrichtigt, sie liege im Sterben. Sie ließen mich mit einem Polizisten nach Hause gehen. Es fehlte ihr nichts. Sie wollte überhaupt nicht reden. Sie war katholisch; bloß wollte sie mein Alter nicht zur Kirche gehen lassen. Er haßte Kirchen. Sie starrte mich nur an. Ich fragte sie, ob sie einen Priester wolle, aber sie gab mir keine Antwort, starrte nur. So um vier in der Frühe starb sie. Sah gar nicht nach Sterben aus. Zum Begräbnis bin ich nicht gegangen. Die Erlaubnis hätte ich wohl bekommen. Ich mochte nicht. Ich glaube, sie wollte einfach nicht weiterleben. Ich glaube, es war ihr auch egal, in die Hölle zu kommen.«

Harry fuhr nervös auf. »Trink deinen Kaffee aus und laß dir einschenken. Du redest ja wie im Halbschlaf. Du nimmst doch nichts?«

»Meinst du Rauschmittel? Nein, ich trinke nicht einmal.«

Nilson zog ein Blatt Papier heraus und machte einige Notizen. »Wie war denn das mit der Landstreicherei?«

Jim sagte wütend: »Ich arbeitete im Warenhaus Tulman. Chef der Verpackungsabteilung. Eines Abends ging ich ins Kino, und auf dem Heimweg sah ich eine Menschenmenge auf dem Lincoln Square. Ich machte Halt, um zu sehen, was los sei. Mitten im Park hielt einer eine Rede. Ich kletterte auf den Sockel des Senator-Morgan-Denkmals, um besser sehen zu können. Und da hörte ich die Sirenen. Ich schaute zu, wie das Überfall-Kommando von drüben herankam. Nun, von hinten kam auch eines. Ein Polizist versetzte mir eins von hinten, genau in den Nacken. Als ich zu mir kam, war ich bereits wegen Landstreicherei notiert. Ich war noch lange plem-plem. Traf mich genau hier.« Jim legte seinen Finger im Nacken an die Schädelbasis. »Nun, ich sagte ihnen, ich sei kein Landstreicher und habe eine Stelle, und sie sollten doch Mr. Webb anrufen; der ist Personalchef bei Tulman. Das taten sie auch. Webb fragte, wo sie mich aufgelesen hätten, und der Kommissar sagte, ›bei einer Versammlung von Radikalen‹, und da sagte Webb, er habe noch nie von mir gehört. Und so wurde ich eingelocht.

Nilson steckte die Kochplatte wieder an. Der Kaffee begann in der Kanne zu bullern. »Du siehst ja wie betrunken aus, Jim. Was ist denn los mit dir?«

»Ich weiß nicht. Ich komme mir vor wie tot. Die ganze Vergangenheit ist weg. Ich habe mein Zimmer aufgegeben, bevor ich herkam. Ich hatte noch eine Woche gut. Ich will nicht mehr zurück zu all dem. Ich will damit Schluß machen.«

Nilson goß die Kaffeetassen voll. »Hör mal zu, Jim; ich will dir eine Vorstellung davon geben, was es heißt, Parteimitglied zu sein. Du wirst zwar Gelegenheit haben, zu jedem Beschluß deine Stimme abzugeben, aber wenn mal abgestimmt ist, dann hast du zu gehorchen. Wenn wir Geld haben, versuchen wir, den Leuten im Außendienst zwanzig Dollar Kostgeld im Monat zu geben. Ich kann mich an keine Zeit erinnern, wo wir das Geld gehabt hätten. Und jetzt zur Arbeit: Im Außendienst mußt du mit all den andern arbeiten, und danach hast du noch die Parteiarbeit zu leisten, manchmal sechzehn, achtzehn Stunden am Tag. Für dein Essen wirst du selber sorgen müssen. Glaubst du, du könntest das tun?«

»Ja.«

Nilson berührte mit den Fingerspitzen den Schreibtisch hier und dort. »Sogar die Leute, denen du zu helfen versuchst, werden dich die meiste Zeit hassen. Ist dir das klar?«

»Ja.«

»Und warum willst du dann beitreten?«

Vor Verblüffung schlossen sich Jims graue Augen halb.

Schließlich sagte er: »Im Gefängnis gab es ein paar Leute von der Partei. Sie unterhielten sich mit mir. Mein ganzes Leben war ein einziger Wust. Ihr Leben war kein Wust. Sie arbeiteten auf ein Ziel hin. Ich will auch auf ein Ziel hin arbeiten. Ich komme mir vor wie tot. Ich dachte, ich könnte vielleicht wieder leben.«

Nilson nickte. »Ich verstehe. Ich sehe ein, daß du verdammt recht hast. Wie lange bist du zur Schule gegangen?«

»Zwei Jahre Oberstufe. Dann ging ich arbeiten.«

»Aber du redest, als seist du länger zur Schule gegangen.«

Jim lächelte. »Ich habe viel gelesen. Mein Alter mochte das nicht. Er sagte, ich werde noch meine eigenen Leute im Stich lassen. Aber ich habe gleichwohl gelesen. Eines Tages traf ich im Park einen Mann. Er schrieb mir Listen von Büchern auf, die ich lesen sollte. Ich habe verdammt viel zusammengelesen. Er machte Listen, auf denen stand zum Beispiel Platos ›Staat‹ und die ›Utopia‹ und Bellamy, oder Herodot und Gibbon und Macaulay und Carlyle und Prescott, und zum Beispiel Spinoza und Hegel und Kant und Nietzsche und Schopenhauer. Sogar ›Das Kapital‹ ließ er mich lesen. Er sagte selber, er sei verschroben. Er sagte, er wolle Dinge wissen, ohne sie zu glauben. Er stellte gerne Bücher zusammen, die in die gleiche Richtung wiesen.«

Harry Nilson schwieg eine Weile. Dann sagte er: »Verstehst du, weshalb wir so vorsichtig sein müssen? Wir haben nur zwei Strafen: Tadel und Ausschluß. Es muß einem schon sehr an der Mitgliedschaft gelegen sein. Ich werde dich empfehlen, weil ich dich für brauchbar halte; du kannst aber immer noch abgelehnt werden.«

»Danke«, sagte Jim.

»Hör zu, hast du Verwandte, die darunter leiden könnten, wenn du deinen richtigen Namen gebrauchst?«

»Ich habe einen Onkel, Theodor Nolan. Er ist Mechaniker. Nolan ist ein sehr verbreiteter Name.«

»Ja, das wird wohl so sein. Hast du Geld?«

»Etwa drei Dollar. Ich hatte welches, aber ich habe es für das Begräbnis ausgegeben.«

»Und wo wirst du nun bleiben?«

»Ich weiß nicht. Ich habe alle Brücken abgebrochen. Ich wollte neu anfangen. Ich wollte nicht, daß irgend etwas nachhängt.«

Nilson sah sich nach dem Feldbett um. »Ich wohne in diesem Büro«, sagte er. »Ich esse und schlafe und arbeite hier. Wenn du auf dem Boden schlafen willst, kannst du ein paar Tage hier bleiben.«

Jim lächelte vergnügt. »Das würde ich gerne tun. Die Kojen im Gefängnis waren auch nicht weicher als euer Boden.«

»Gut. Hast du schon gegessen?«

»Nein. Daran habe ich nicht gedacht.«

Nilson sagte leicht gereizt: »Wenn du denkst, ich will dir was abknöpfen – meinetwegen«, sagte er. »Ich habe kein Geld. Du hast drei Dollar.«

Jim lachte. »Also los, wir holen uns gedörrte Heringe und Käse und Brot. Und wir holen uns das Nötige für einen Schmortopf für morgen. Ich kann einen ganz passablen Schmortopf kochen.«

Harry Nilson goß den Rest des Kaffees in die Becher. »Du wirst allmählich wach, Jim. Du siehst schon besser aus. Aber du weißt nicht, was du dir einbrockst. Ich kann dir wohl davon erzählen, aber das sagt dir nichts, bis du es durchmachst.«

Jim sah ihm ins Gesicht. »Hast du schon mal an einer Stelle gearbeitet, und wenn du mit der Zeit geschickt genug bist, um mehr Lohn zu bekommen, wirst du vor die Türe gesetzt und ein neuer Mann wird angestellt? Hast du schon mal wo gearbeitet, wo sie von Loyalität zur Firma redeten, und Loyalität hieß, die Leute um dich her ausspionieren? Zum Teufel, ich hab nichts zu verlieren.«

»Nichts, ausgenommen Haß«, sagte Harry ruhig. »Du wirst dich wundern, wenn du merkst, daß du aufhörst, Leute zu hassen. Ich weiß nicht, warum, aber so kommt es in der Regel.«

## 2

Den ganzen Tag über war Jim unruhig gewesen. Harry Nilson, der an einem langen Bericht arbeitete, hatte sich mehrmals verzweifelt an ihn gewandt. »Also, hör zu«, sagte er schließlich, »du kannst allein hingehen, wenn du willst. Es gibt keinen Grund, weshalb du nicht allein hingehen solltest.

Aber in einer Stunde komme ich mit dir. Ich muß dieses Zeug hier erledigen.«

»Ob ich wohl meinen Namen ändern sollte«, sagte Jim. »Hat das wohl einen Einfluß auf einen?«

Nilson wandte sich wieder seinem Bericht zu. »Wenn du erst einmal ein paar ordentliche Aufträge gehabt und oft genug gesessen und deinen Namen ein paarmal geändert hast, dann wird dir ein Name auch nicht mehr bedeuten als eine Nummer.«

Jim stand am Fenster und sah hinaus. Gegenüber war eine Ziegelmauer, welche die andere Seite einer engen, noch nicht überbauten Parzelle zwischen zwei Häusern begrenzte. Eine Bubenschar spielte Ball gegen das Haus. Ihr Geschrei drang schwach durch das geschlossene Fenster.

»Ich habe früher, als ich noch ein Knirps war, viel auf solchen Höfen gespielt«, sagte Jim. »Es kommt mir vor, als hätten wir uns die meiste Zeit gestritten. Ob die Knirpse heute wohl noch genau soviel streiten?«

Harry unterbrach sein Schreiben nicht. »Aber sicher«, sagte er. »Ich schau gelegentlich mal hinaus und sehe sie da unten. Und ob die streiten!«

»Ich hatte eine Schwester«, fuhr Jim fort. »Die konnte es fast mit allen im Hof aufnehmen. Sie war die beste Murmelspielerin, die ich gekannt habe. Ehrenwort, Harry, ich habe sie auf zehn Fuß Entfernung eine Glasmurmel spalten sehen. Und erst noch mit dem Handrücken nach unten.«

Harry schaute auf. »Ich wußte gar nicht, daß du eine Schwester hattest. Was ist aus ihr geworden?«

»Ich weiß nicht«, sagte Jim.

»Du weißt nicht?«

»Nein. Es war komisch – ich meine nicht komisch. Es war, wie es eben vorkommt.«

»Wie meinst du das: du weißt nicht, was aus ihr geworden ist?« Harry legte seinen Bleistift hin.

»Nun, ich kann's dir ja erzählen«, sagte Jim. »Sie hieß May. Sie war ein Jahr älter als ich. Wir schliefen immer in der Küche. Jedes hatte sein Kinderbett. Als May etwa vierzehn wurde, und ich war dreizehn, hing sie ein Leintuch übereck, um sich so eine Art Kämmerchen zu machen, wo sie sich an- und auskleiden konnte. Sie bekam es auch mit dem Kichern. Sie saß mit einem Haufen anderer Mädchen auf den Stufen vor dem Haus und kicherte, wenn Jungens vorbeikamen. Sie hatte blondes Haar. Ich glaube, sie war ganz hübsch. Na, und eines Abends kam ich vom Ballspiel drüben an der Dreiundzwanzigsten und der Fulton Street nach Hause – da war damals noch ein freier Platz, heute steht dort eine Bank. Ich stieg in unsere Wohnung hinauf. Meine Mutter fragte: ›Hast du May auf der Treppe unten gesehen?‹ Ich sagte, nein. Gleich danach kam mein Alter von der Arbeit nach Hause. Er fragte: ›Wo ist May?‹ Die Mutter sagte: ›Sie ist noch nicht heraufgekommen.‹

Es ist eigentümlich, wie deutlich ich das alles noch vor Augen habe: Ich erinnere mich an jede Kleinigkeit, was jeder sagte und was jeder für ein Gesicht machte.

Wir warteten noch ein Weilchen mit dem Essen; aber schon bald begehrte mein Alter auf und wurde wild. ›Tisch auf‹, sagte er. ›May treibt's mir zu bunt. Sie denkt, sie sei schon zu groß, um noch Prügel zu bekommen.‹

Meine Mutter hatte hellblaue Augen. Ich weiß noch, daß sie wie weißliche Kiesel aussahen. Nun, und nach dem Essen setzte sich mein Alter in seinen Stuhl neben dem Herd. Und er wurde immer wilder. Meine Mutter saß neben ihm. Ich ging zu Bett. Ich konnte sehen, wie meine Mutter den Kopf von Vater wegwandte und die Lippen bewegte. Wahrscheinlich betete sie. Sie war katholisch, aber mein Vater haßte Kirchen. Jeden Augenblick knurrte er, was er mit May tun werde, wenn sie heimkäme.

Etwa um elf gingen beide in ihr Schlafzimmer, aber das Licht in der Küche ließen sie brennen. Ich konnte sie noch lange sprechen hören. Nachts wachte ich zwei- oder dreimal auf und sah, wie meine Mutter aus dem Schlafzimmer schaute. Ihre Augen waren genau wie weiße Kiesel.«

Jim wandte sich vom Fenster weg und setzte sich auf das Feldbett. Harry bohrte seinen Bleistift in die Schreibtischplatte. Jim sagte: »Als ich am nächsten Morgen aufwachte, schien draußen die Sonne, und das Licht brannte noch immer. Es ist ein komisches, einsames Gefühl, am Tage ein Licht brennen zu sehen. Schon bald kam die Mutter aus dem Schlafzimmer und machte Feuer im Herd. Ihr Gesicht war starr und ihre Augen bewegten sich kaum. Dann kam mein Vater heraus. Er war wie vor den Kopf geschlagen – wie betäubt. Er brachte kein Wort heraus. Bloß als er zur Arbeit ging, sagte er: ›Ich glaube, ich gehe mal beim Polizeiposten vorbei. Vielleicht ist sie überfahren worden.‹

Nun, und ich ging zur Schule, und sofort nach der Schule kam ich heim. Meine Mutter sagte, ich solle alle Mädchen fragen, ob sie May gesehen hätten. Nachgerade wußten es nun schon alle, daß May verschwunden war. Sie sagten, sie hätten May überhaupt nicht gesehen. Es war ihnen allen gruselig zumute. Dann kam Vater nach Hause. Er war auf dem Heimweg nochmals zum Posten gegangen. Er sagte: ›Die Polizei hat eine Beschreibung aufgenommen. Sie sagten, sie wollten die Augen gut offen halten.‹

Die Nacht verlief genau wie die vorige. Mein Alter und meine Mutter saßen Seite an Seite, bloß redete mein Vater nichts an diesem zweiten Abend. Sie ließen wieder die ganze Nacht das Licht brennen. Am nächsten Tag ging mein Alter wieder zum Posten. Und die Polizei schickte einen Detektiv, der alle Knirpse im Wohnblock ausfragte, und ein Polizist kam und unterhielt sich mit meiner Mutter. Schließlich sagten sie, sie würden die Augen offen halten. Und dabei blieb es. Wir haben nie mehr etwas von ihr gehört, niemals.«

Harry stieß nach dem Schreibtisch und brach die Bleistiftspitze ab. »Ging sie mit älteren Jungens, mit denen sie vielleicht davongelaufen sein könnte?«

»Ich weiß nicht. Die Mädchen sagten nein, und die müßten es doch gewußt haben.«

»Aber hast du denn keine Idee, was aus ihr geworden sein könnte?«

»Nein. Eines Tages verschwand sie einfach, tauchte einfach weg. Das gleiche passierte zwei Jahre später mit Bertha Riley – sie verschwand einfach.«

Jim ließ seine Finger den Unterkiefer entlanggleiten. »Ich mag mir das nur eingebildet haben, aber es schien mir, daß meine Mutter sogar noch ruhiger wurde, als sie vorher schon war. Ihre Bewegungen hatten etwas Automatenhaftes, und sie sagte kaum mehr ein Wort. Auch in ihre Augen kam so etwas wie ein toter Blick. Aber meinen Alten machte es wild. Er mußte gegen alles mit seinen Fäusten angehen. Es fing damit an, daß er den Vorarbeiter des Packhauses Monel zusammenschlug. Dann saß er seine neunzig Tage für Tätlichkeiten ab.«

Harry starrte durch das Fenster. Plötzlich legte er seinen Bleistift aus der Hand und stand auf. »Los!« sagte er. »Ich bringe dich in das Haus hinunter, damit ich dich endlich los bin. Ich muß diesen Bericht herausbringen. Sobald ich zurück bin, schaff ich das.«

Jim ging zum Heizkörper und nahm zwei Paar feuchte Sokken weg. Er rollte sie zusammen und steckte sie in seine Tüte. »Ich trockne sie dann dort unten«, sagte er.

Harry setzte den Hut auf, faltete den Bericht zusammen und steckte ihn in die Tasche. »Alle Augenblicke steckt hier die Polizei ihre Nase herein«, erklärte er. »Drum lasse ich nie etwas herumliegen.« Beim Hinausgehen schloß er die Bürotür ab.

Sie gingen durch das Geschäftsviertel der Stadt und an Mietskasernen entlang. Schließlich kamen sie in eine Gegend mit alten Häusern, jedes mit einem Vorgärtchen. Harry schwenkte in eine Einfahrt ab. »Da wären wir. Es ist hinter diesem Haus.« Sie folgten dem bekiesten Fahrweg und kamen auf der Rückseite zu einer winzigen, frisch gestrichenen Hütte. Harry ging auf die Türe zu, öffnete sie und winkte Jim, einzutreten.

Die Hütte enthielt einen großen Raum und eine Kochecke. Im großen Zimmer standen sechs eiserne Betten mit Armee-Wolldecken. Drei Männer befanden sich im Zimmer: Zwei lagen auf ihren Betten, und ein großer Mann mit dem Gesicht eines studierten Wettkämpfers hackte langsam auf eine Schreibmaschine ein.

Er blickte rasch auf, als Harry die Tür öffnete, erhob sich und kam den beiden mit einem Lächeln entgegen. »Hallo, Harry«, sagte er. »Was bringst du Gutes?«

»Das ist Jim Nolan«, erklärte Harry. »Erinnerst du dich? Sein Name wurde neulich abends erwähnt. Jim, das ist Mac. Er versteht mehr vom Außendienst als irgendein anderer im Staat.«

Mac grinste. »Freut mich, deine Bekanntschaft zu machen, Jim«, sagte er.

Harry wandte sich zum Gehen und sagte: »Paß gut auf ihn auf, Mac. Gib ihm was zu tun. Ich muß noch einen Bericht hinausbringen.« Er winkte den beiden auf den Betten zu. »Wiedersehn.«

Als sich die Türe geschlossen hatte, sah sich Jim im Zimmer um. Die getäfelten Wände waren kahl. Einen einzigen Stuhl gab es im Zimmer, und der stand vor der Schreibmaschine. Aus der Kochecke kam ein Duft von siedendem Büchsenfleisch. Jim lenkte den Blick auf Mac zurück, auf seine breiten Schultern und langen Arme, auf sein Gesicht, breit zwischen den Backenknochen, flach unter den Schwedenaugen. Macs Lippen waren trocken und aufgesprungen. Er schaute sich Jim genau so gründlich an, wie er selber inspiziert wurde.

Plötzlich sagte er: »Wären wir doch Hunde; dann hätten wir das alles schon hinter uns. Wir wären entweder gut Freund oder hätten uns längst am Kragen genommen. Harry hat gesagt, du seist in Ordnung, und Harry kennt sich aus. Los, ich stelle dich den Jungens vor. Der Bleiche hier ist Dick, ein Schlafzimmer-Radikaler. Dick haben wir schon viele Kuchen zu verdanken.«

Der bleiche, dunkelhaarige Junge grinste und streckte die Hand aus.

Mac fuhr fort: »Ist er nicht schön? Wir nennen ihn den ›Köder‹. Er erzählt den Damen von der Arbeiterklasse, und wir kriegen Kuchen mit rosa Zuckerguß, nicht wahr, Dick?«

»Geh zum Teufel«, sagte Dick gutmütig.

Mac nahm Jim beim Arm und drehte ihn dem Mann auf dem andern Bett zu. Es war unmöglich, dessen Alter festzustellen. Sein Gesicht war verwittert und zerschunden, seine Nase flach gegen das Gesicht gequetscht; sein schwerer Unterkiefer sackte schief nach unten ab. »Das ist Joy«, sagte Mac. »Joy ist ein alter Kämpfer, nicht wahr, Joy?«

»Verdammt richtig«, sagte Joy. Seine Augen flackerten auf, dann wich das Licht fast augenblicklich wieder aus ihnen. Sein Kopf zuckte mehrmals. Er öffnete den Mund zum Reden, aber er wiederholte nur: »Verdammt richtig!«, sehr ernst, als schlösse er damit eine lange Beweisführung ab. Er streichelte die eine Hand mit der anderen. Jim sah, daß beide zerschmettert und zernarbt waren.

Mac erklärte: »Joy gibt niemandem die Hand. Die Knochen sind alle kaputt. Handgeben tut Joy weh.«

Das Licht in Joys Augen flackerte wieder. »Und warum das?« schrie er schrill. »Weil sie mich geschlagen haben, darum! Sie haben mich an eine Stange gefesselt und mich über den Schädel gehauen. Sie haben mit Pferden auf mir rumgetrampelt.« Er brüllte: »Zusammengehauen haben sie mich, oder etwa nicht, Mac?«

»Jawohl, Joy.«

»Und habe ich jemals gewinselt, Mac? Habe ich sie nicht immerzu ›Hurensöhne‹ geschimpft, bis sie mich k.o. schlugen?«

»Jawohl, Joy, und wenn du die Klappe gehalten hättest, hätten sie dich nicht k. o. geschlagen.«

Joys Stimme überschlug sich. »Aber Hurensöhne waren es. Und ich habs ihnen gesagt. Sollen mir nur Handschellen anlegen! Sollen mich nur über den Schädel hauen! Sollen doch auf mir rumtrampeln! Siehst du die Hand da? Da hat ein Pferd drauf rumgetrampelt. Aber ich hab's ihnen gesagt, oder etwa nicht, Mac?«

Mac beugte sich über ihn und tätschelte ihn. »Allerdings, Joy. Keiner kann dir das Maul stopfen.«

»Verdammt richtig«, sagte Joy, und das Licht wich aus seinen Augen.

Mac sagte: »Komm mal her, Jim.« Er führte ihn ans andere Ende des Zimmers, wo die Schreibmaschine auf einem kleinen Tischchen stand. »Kannst du tippen?«

»Bißchen«, sagte Jim.

»Gott sei Dank! Du kannst dich gleich an die Arbeit machen.« Mac senkte die Stimme. »Achte nicht auf Joy. Er hat sie nicht mehr alle beieinander. Er hat zu viele auf den Deckel gekriegt. Wir passen auf ihn auf, sorgen für ihn und suchen zu verhindern, daß er sich was auf den Hals holt.«

»Mein Alter war auch so«, sagte Jim. »Einmal fand ich ihn auf der Straße. Er lief mit einem starken Linksdrall. Ich mußte ihn geradeaus steuern. Ein Streikbrecher hatte ihm mit einem Schlagring eine unter das Ohr gelangt. Schien seinen Richtungssinn beeinträchtigt zu haben.«

»Also schau mal her«, sagte Mac. »Hier ist ein Rundschreiben. Ich habe vier Blatt Kohlepapier in der Maschine. Wir brauchen zwanzig Exemplare. Willst du dich daran machen, während ich dafür sorge, daß wir was zum Abendbrot bekommen?«

»Einverstanden«, sagte Jim.

»Schön. Schlag die Tasten kräftig an. Das Kohlepapier taugt nicht mehr viel.« Mac ging in die Küche und rief: »Dick, komm und schäl mir ein paar Zwiebeln, falls du ihren Duft ertragen kannst.«

Dick stand von seinem Lager auf; als er die Ärmel seines weißen Hemdes sorgfältig über den Ellbogen aufgerollt hatte, folgte er Mac in die Küche.

Jim hatte mit seinem harten, bedächtigen Tippen eben erst angefangen, als sich Joy von seinem Lager löste und herüberkam. »Wer produziert die Güter?« forschte Joy.

»Nun – die Arbeiter«, sagte Jim.

Joys Gesicht nahm einen füchsischen Ausdruck an, einen sehr weisen und geheimnisvollen Ausdruck. »Und wer sackt den Profit ein?«

»Die Leute mit dem investierten Kapital!«

Joy brüllte: »Aber die produzieren ja nichts. Was für ein Recht haben sie denn auf den Profit?«

Mac schaute durch die Küchentür herein. Er kam rasch herüber, einen Rührlöffel in der Hand. »Jetzt hör mal zu, Joy«, sagte er. »Gib's auf, unsere eigenen Leute zu bekehren. Herrgott, mir scheint, unsere Jungens bringen die meiste Zeit damit zu, sich gegenseitig zu bekehren. Geh du nur und ruh dich aus, Joy. Du bist müde. Jim muß arbeiten. Wenn er fertig ist, laß ich dich vielleicht ein paar von den Briefumschlägen adressieren, Joy.«

»Wirklich, Mac? Ich habe es ihnen aber gesagt, oder etwa nicht, Mac? Sogar als sie mich prügelten, hab ich's ihnen gesagt.«

Mac nahm ihn sanft am Ellbogen und führte ihn an sein Bett zurück. »Hier hast du eine Nummer von ›New Masses‹. Schau dir ein bißchen die Bilder an, bis das Abendbrot bereit ist.«

Jim hieb an seinem Brief weiter. Er schrieb ihn viermal und legte die zwanzig Exemplare neben die Maschine. Er rief in die Küche: »Da wären sie, alle fertig, Mac.«

Mac kam herein und sah sich einige von den Durchschlägen an. »Nanu, du schreibst ja großartig, Jim. Du hast ja fast gar nichts durchgestrichen. Hier sind Umschläge. Steck die Briefe hinein. Adressieren tun wir sie nach dem Essen.«

Mac füllte die Teller mit Büchsenfleisch und Karotten und Kartoffeln und rohen Zwiebelscheiben. Zum Essen zog sich jeder auf sein Bett zurück. Das Licht im Zimmer wurde trüb, bis Mac eine starke, schirmlose Birne andrehte, die von der Mitte der Decke hing.

Als die Teller leer waren, ging Mac wieder in die Küche und kehrte mit einer Platte Törtchen zurück. »Das sind mal wieder Früchte von Dicks Arbeit«, sagte er. »Dieser Dick mißbraucht das Schlafzimmer zu politischen Zwecken. Meine Herren, ein Hoch auf die Dubarry der Partei!«

»Geh zum Teufel«, sagte Dick.

Mac nahm die zugeklebten Briefe von Jims Bett. »Hier sind zwanzig Briefe zu adressieren. Das macht fünf für jeden von uns.« Er schob die Teller auf dem Tisch beiseite und aus einer Schublade förderte er eine Feder und ein Fläschchen Tinte zutage. Dann zog er eine Liste aus der Tasche und adressierte sorgfältig fünf der Umschläge. »Du bist an der Reihe, Jim. Du nimmst diese fünf.«

»Wofür ist denn das gut?« fragte Jim.

»Ach, es wird wohl kaum einen großen Unterschied machen, aber vielleicht wird die Sache doch ein bißchen schwieriger. Unsere Post wird ziemlich regelmäßig geöffnet. Ich dachte nur so, es könnte den Detektiven die Sache ein bißchen erschweren, wenn die Adressen verschiedene Handschriften aufweisen. Wir werfen von jeder Sorte einen in einen Briefkasten, verstehst du? Es hat keinen Sinn, das Schicksal herauszufordern.«

Während die beiden andern ihre Adressen schrieben, sammelte Jim das Geschirr zusammen, trug es in die Küche und stapelte es auf das Tropfbrett.

Mac war eben daran, die Briefmarken aufzukleben und die Briefe einzustecken, als Jim zurückkam. Mac sagte: »Dick! Du und Joy, ihr beide wascht heute abend das Geschirr. Gestern abend habe ich alles allein gemacht. Ich gehe diese Briefe einwerfen. Kommst du mit, Jim?«

»Gern«, sagte Jim. »Ich habe einen Dollar, ich kann etwas Kaffee besorgen, und wir brauen uns eine Tasse, wenn wir zurück sind.«

Mac hielt die Hand hin. »Kaffee haben wir. Wir besorgen uns für einen Dollar Briefmarken.«

Jim reichte ihm den Dollar. »Damit sitze ich auf dem Trocknen«, sagte er. »Das ist mein letzter Cent.« Er folgte Mac in den Abend hinaus. Sie gingen die Straße entlang und hielten nach Briefkästen Ausschau. »Ist Joy wirklich plemplem?« fragte Jim.

»So ziemlich. Weißt du, das letzte, was ihm passiert ist, war das Schlimmste. Joy hielt eine Rede in einem Friseurladen. Der Friseur telephonierte mal eben, und die Polizei stürmte die Versammlung. Nun ist Joy ein ziemlich zäher Kämpe. Sie mußten ihm mit einem Knüppel die Kinnlade brechen, bevor er aufhörte; dann warfen sie ihn ins Loch. Nun weiß ich nicht, wie Joy mit einer zerschmetterten Kinnlade noch große Reden halten konnte, aber einiges muß er doch noch an den Mann gebracht haben, denn der Gefängnisarzt sagte, er weigere sich, einen gottverdammten Roten zu behandeln, und

Joy lag drei volle Tage mit einem gebrochenen Unterkiefer da. Seither ist bei ihm eine Schraube los. Ich glaube, er wird wohl bald versorgt werden müssen. Er hat einfach zu viele auf die Nase gekriegt.«

»Armer Teufel«, sagte Jim.

Mac zog das Bündel Briefe aus der Tasche und wählte daraus fünf mit verschiedenen Handschriften. »Ja, Joy hat nie gelernt, den Mund zu halten. Sieh dir Dick an. Nicht die kleinste Narbe. Und der hübsche Dick ist nicht weniger rauflustig als Joy, wenn es Sinn hat. Aber sobald Dick gefaßt wird, nennt er die Polizisten ›Sir‹ und sitzt ihnen auf dem Schoß, ehe es zum Streit kommen kann. Joy hat nicht mehr Verstand als eine Bulldogge.«

Sie fanden den letzten der vier Briefkästen, als sie den Lincoln Square erreichten, und nachdem Mac seine Briefe eingeworfen hatte, flanierten sie beide den ziegelgepflasterten Fußweg entlang. Die Ahornbäume begannen eben, den Pfad mit Blättern zu bestreuen. Nur wenige Bänke am Weg waren besetzt. Die hoch hängenden Parklampen brannten jetzt und warfen schwarze Baummuster auf den Boden. Nicht weit vom Mittelpunkt des Platzes stand das Standbild eines bärtigen Mannes im Gehrock. Jim zeigte darauf. »Auf jenem Sokkel stand ich«, sagte er. »Ich versuchte zu sehen, was vorging. Ein Polizist muß hinaufgelangt und mir einen Klaps gegeben haben – wie man es mit einer Fliege tut. Da wußte ich ein wenig, wie es Joy zumute ist. Es dauerte vier oder fünf Tage, bevor ich wieder ordentlich denken konnte. Lauter kleine Bildchen flogen mir durch den Kopf, und ich konnte sie nie zum Stehen bringen. Er erwischte mich genau hinten im Nacken.«

Mac schwenkte auf eine Bank zu und setzte sich. »Ich weiß«, sagte er. »Ich habe Harrys Bericht gelesen. Ist das der einzige Grund, weshalb du der Partei beitreten willst?«

»Nein«, sagte Jim. »Als ich im Gefängnis saß, waren da fünf andere in der gleichen Zelle, die sie gleichzeitig mitgenommen hatten – ein Mexikaner und ein Neger und ein Jude und zwei gewöhnliche amerikanische Promenadenmischungen wie ich. Natürlich redeten sie auf mich ein, aber das machte es nicht. Ich hatte schon mehr gelesen, als sie wußten.«

Er hob ein Ahornblatt vom Boden auf und begann sorgfältig das handförmige Skelett von den dazwischenliegenden

Blattflächen zu entblößen. »Siehst du«, sagte er, »zu Hause kämpften wir die ganze Zeit, kämpften gegen irgend etwas – meistens den Hunger. Mein Alter kämpfte gegen die Vorgesetzten. Ich kämpfte gegen die Schule. Aber wir verloren immer. Und ich nehme an, daß es mit der Zeit einfach zu unserer zweiten Natur wurde, immer die Verlierer zu sein. Mein Alter kämpfte genau wie ein Kater, der von einer Hundemeute in eine Ecke gedrängt ist. Sicher wird ihn einer der Hunde früher oder später töten; aber er kämpft gleichwohl. Kannst du verstehen, wie hoffnungslos das alles war? Ich wuchs in dieser Hoffnungslosigkeit auf.«

»Aber sicher kann ich das verstehen«, sagte Mac. »So geht es Millionen von Menschen.«

Jim schwenkte das Blattskelett vor sich her und zwirbelte es zwischen Daumen und Zeigefinger. »Ja, aber da war noch etwas anderes«, sagte er. »Das Haus, wo wir wohnten, war immer voller Zorn. Wie Rauch hing der Zorn im Hause; so ein geprügelter, böser Zorn gegen den Meister, gegen den Aufseher, gegen den Lebensmittelhändler, wenn er keinen Kredit mehr geben wollte. Es war ein Zorn, der sich auf den Magen schlug, aber man konnte ihn nicht lassen.«

»Fahr nur fort«, sagte Mac. »Ich weiß zwar nicht, worauf du hinauswillst, aber du wirst es wohl wissen.«

Jim sprang auf, stand vor der Bank und hieb sich mit dem Blattskelett über die offene Hand. »Darauf will ich hinaus: In jener Zelle waren fünf Männer, die alle unter ungefähr gleichen Umständen aufgewachsen waren. Einige sogar unter schlimmeren. Und auch sie waren voller Zorn, aber es war nicht die gleiche Art Zorn. Sie haßten nicht einfach einen Vorgesetzten oder den Metzger. Sie haßten das ganze System der Vorgesetzten; aber das war etwas anderes. Es war nicht die gleiche Art Zorn. Und noch etwas anderes, Mac: In ihnen war nicht jene Hoffnungslosigkeit. Sie verhielten sich ruhig und arbeiteten; aber darunter lebte die Gewißheit, daß sie sich früher oder später einen Weg hinaus aus diesem verhaßten System ins Freie schlagen würden. Ich kann dir sagen, diese Männer lebten gewissermaßen im Frieden.«

»Hast du es eigentlich darauf abgesehen, mich zu bekehren?« fragte Mac sarkastisch.

»Nein, ich versuche nur, dir zu erklären. Ich hatte Hoffnung und Frieden nie gekannt und hungerte danach. Wahrscheinlich wußte ich über sogenannte radikale Strömungen besser Bescheid als all diese Männer. Ich hatte mehr gelesen, aber sie hatten, was mir fehlte, und sie hatten es durch Arbeit erworben.«

Mac sagte spitz: »Nun, du hast ja heute abend ein paar Briefe getippt. Fühlst du dich schon besser?«

Jim setzte sich wieder. »Ich habe es gern getan, Mac«, sagte er leise. »Ich weiß nicht, warum. Es schien mir etwas Rechtes zu sein. Es hatte Sinn. Nichts von allem, was ich bisher tat, hatte Sinn. Es war alles ein einziger Wust. Ich glaube nicht, daß ich etwas dagegen hatte, daß einer von dem Wust profitierte, aber ich haßte es, im Rattenkäfig zu sitzen.«

Mac streckte die Beine von sich und schob die Hände in die Taschen. »Nun gut, wenn dich Arbeit glücklich macht, hast du herrliche Zeiten vor dir. Wenn du Matrizen schreiben und einen Vervielfältigungsapparat bedienen lernst, kann ich dir zwanzig Stunden am Tag fast garantieren. Und wenn du gegen das Profitsystem bist, kann ich dir versprechen, daß du keinen roten Heller dafür bekommen wirst.« Seine Stimme klang leutselig.

Jim sagte: »Mac, du bist doch der Chef von der ganzen Bude da hinten, nicht wahr?«

»Ich? Nein; ich sage ihnen zwar, was sie tun sollen, aber sie brauchen es nicht zu tun. Ich kann ihnen keine Befehle erteilen. Die einzigen Befehle, die wirklich gelten, sind solche, die nach einer Abstimmung ausgegeben werden.«

»Aber du hast doch immerhin etwas zu sagen, Mac. Was ich eigentlich gerne tun möchte, ist Außendienst. Ich möchte gern aktiv sein können.«

Mac lachte leise. »Du willst Haue, nicht wahr? Nun, soviel ich weiß, liegt dem Ausschuß verdammt viel mehr an einem guten Schreiber. Du wirst dir die Romantik ein Weilchen abgewöhnen müssen – die große Partei der guten Sache, überfallen von der Bestie ›Kapitalismus‹.« Plötzlich änderte sich sein Ton, und er wandte sich Jim zu. »Es ist alles Arbeit«, sagte er. »Im Außendienst ist es harte und gefährliche Arbeit. Aber denke nur ja nicht, es sei in der Bude so leicht. Du weißt nie, ob nicht eines Abends eine Handvoll Legionäre voll Whisky und Blechmusik über dich herfallen und dir die Seele aus dem Leib prügeln. Ich habe allerhand mitgemacht, kann ich dir sagen. Es gibt keinen besseren Veteranen als den, der ausgehoben wurde und sechs Monate lang in einem Ausbildungslager einen Sack Sägemehl mit seinem Bajonett aufspießte. Die Leute, die im Schützengraben waren, sind meist anders; aber wenn es um reine Brandstiftung und Schlagring-Patriotismus geht, sind zwanzig Ausbildungslager-Absolventen nicht zu übertreffen. Wenn du ihnen ein bißchen Whisky verabreichst, sind dir ihrer zwanzig jeden Abend bereit, ihr Land vor fünf Buben zu beschützen. Die meisten von ihnen haben sich ihre Verwundetenauszeichnung dadurch verdient, daß sie zu betrunken waren, um zum stadtärztlichen Dienst zu laufen.«

Jim lachte in sich hinein. »Du bist nicht gut auf Soldaten zu sprechen, scheint mir, Mac?«

»Ich bin nicht gut auf die Ehemaligen mit den goldenen Hüten zu sprechen. Ich war in Frankreich. Dort waren sie gutmütiges, ehrliches, dummes Hornvieh. Es war ihnen nicht wohl, aber sie waren brave Kerle.« Seine Stimme wurde nüchterner. Jim sah ihn kurz verlegen grinsen. »Ich habe mich ereifert, nicht wahr, Jim? Ich will dir sagen, warum. Zehn von diesen tapferen Kötern haben mich eines Nachts verprügelt. Und als sie mich bewußtlos geprügelt hatten, sprangen sie auf mir herum und brachen mir den rechten Arm. Und dann steckten sie meiner Mutter das Haus in Brand. Meine Mutter zerrte mich in das Vorgärtchen hinaus.«

»Was war denn geschehen?« fragte Jim. »Was hattest du denn getan?«

Der Sarkasmus kehrte in Macs Stimme zurück. »Ich? Ich stürzte die Regierung. Ich hatte eine Rede gehalten und gesagt, daß es Leute gebe, die am Verhungern seien.« Er stand auf. »Komm, wir gehen zurück. Die sollten jetzt mit Abwaschen fertig sein. Ich wollte nicht bitter werden, aber irgendwie bringt mich dieser kaputte Arm immer noch in Wut.«

Sie gingen langsam den Fußgängerweg zurück. Ein paar Männer auf den Bänken zogen die Beine an, um sie vorbeizulassen.

Jim sagte: »Wenn du mal ein gutes Wort für mich einlegen wolltest, damit ich in den Außendienst komme, wäre ich dir dankbar.«

»O.K. Aber gescheiter ist es, du lernst Matrizen schreiben und einen Vervielfältigungsapparat bedienen. Du bist ein braver Kerl; ich freue mich, daß du zu uns gekommen bist.«

# 3

Jim saß unter dem harten, weißen Lampenlicht und tippte Briefe. Gelegentlich hielt er inne und lauschte, die Ohren zur Türe gewendet. Außer einem Wasserkessel, der in der Küche heiser sang, war es still im Haus. Das leise Kreischen von Trambahnen in weit abgelegenen Straßen, die Schritte auf dem Bürgersteig vor dem Hause ließen es drinnen nur noch ruhiger scheinen. Er sah auf den Wecker, der an einem Nagel an der Wand hing. Er stand auf, ging in die Küche, rührte im Ragout und drehte das Gas klein, bis jedes Flämmchen nur eine winzige blaue Kugel war.

Als er zur Schreibmaschine zurückkehrte, hörte er rasche Schritte auf dem Kiesweg. Dick platzte ins Haus. »Ist Mac noch nicht da?«

»Nein«, sagte Jim. »Er ist noch nicht gekommen. Auch Joy nicht. Hast du heute etwas Geld zusammengekriegt?«

»Zwanzig Dollar«, sagte Dick.

»Junge, Junge. Du verstehst das Geschäft. Wie, weiß ich nicht. Davon könnten wir einen Monat leben; aber Mac wird es wohl alles für Briefmarken ausgeben. Himmel, wie der mit Briefmarken umgeht!«

»Still!« rief Dick. »Ich glaube, ich höre Mac kommen.«

»Oder Joy.«

»Nein, Joy bestimmt nicht.«

Die Tür ging auf, und Mac kam herein. »Tag, Jim. Tag, Dick. Hast du unsern stillen Helfern ein bißchen Geld abnehmen können?«

»Zwanzig Dollar.«

»Brav.«

»Du, Mac, heute nachmittag hat es Joy geschafft.«

»Was hat er geschafft?«

»Nun, er hat an einer Straßenecke eine verrückte Rede gehalten, und ein Polizist hat ihn gepackt, und Joy hat dem Polizisten ein Taschenmesser in die Schulter gesteckt. Sie haben ihn hinter Schloß und Riegel gesetzt und haben ihn wegen hinterhältigen Überfalls angezeigt. Jetzt sitzt er in einer Zelle und brüllt ›Hurensöhne‹, was die Lungen hergeben.«

»Es schien mir doch gleich, er sei heute verdrehter als gewöhnlich. Hör zu, Dick. Ich muß hier weg morgen früh, und jetzt muß sofort alles vorbereitet werden. Lauf zu einer öffentlichen Telefonzelle und rufe George Camp, Ottman 4211 an. Sag ihm, was los ist und erzähl ihm, was Joy angestellt hat. Sag ihm, er solle, wenn möglich, hingehen und sagen, er sei Joys Anwalt. Joy hat ein entzückendes Vorstrafenregister; wenn sie das gegen ihn heranziehen wollen – ungefähr sechsmal Anstiftung zu Aufruhr, zwanzig- oder dreißigmal Landstreicherei und etwa ein dutzendmal Widersetzlichkeit und Überfall. Sie setzen ihm die Daumenschrauben an, wenn sich George nicht an die Arbeit macht. Sag George, er solle versuchen, ihn als Trinker auszugeben.« Er hielt inne. »Jesus! Wenn sich je eine Gesundheitsbehörde des armen Teufels annimmt, lassen sie ihn seiner Lebtag nicht mehr los. Sag George, er soll versuchen, Joy dazu zu bringen, daß er den Mund hält. Und wenn du das getan hast, Dick, machst du die Runde und versuchst, das Geld für eine Kaution aufzutreiben – für alle Fälle.«

»Kann ich nicht erst essen?« fragte Dick.

»Zum Teufel, nein. Schaff den George hin. Ach, gib mir zehn von den zwanzig. Jim und ich fahren morgen ins Torgas-Tal. Wenn du George angerufen hast, komm zurück und iß. Und dann mach dich daran, die stillen Helfer für die Kaution aufzubieten. Ich hoffe zu Gott, daß George noch heute abend eine Vorladung und die Festsetzung einer Bürgschaftssumme erwirken kann.«

Dick sagte: »O. K.« und eilte fort.

Mac wandte sich an Jim: »Ich glaube, sie werden Joy bald endgültig versorgen müssen. Er hat viel hinter sich. Heute hat er zum erstenmal zum Messer gegriffen.«

Jim wies auf einen Stoß fertiger Briefe auf dem Schreibtisch. »Da sind sie, Mac. Nur noch drei zu schreiben; das ist alles. Wohin, sagtest du, gehen wir morgen?«

»Ins Torgas-Tal. Hunderte Hektar Äpfel, reif zum Pflükken. An die zweitausend Lager von Erntearbeitern. Und nun hat der Pflanzer-Verband den Pflückern soeben eine Lohnsenkung bekanntgegeben. Die sind natürlich verdammt sauer deswegen. Wenn wir dort einen tüchtigen Radau veranstalten können, dann gelingt es uns vielleicht, ihn auf die Baumwollfelder in Tandale übergreifen zu lassen. Und das wäre für uns ein gefundenes Fressen. Das gäbe ein schönes Aufsehen!« Er schnupperte. »Dieser Schmortopf riecht aber fein. Ist er fertig?«

»Ich tisch ihn gleich auf«, sagte Jim. Er brachte zwei halbvolle Schalen Suppe herein, woraus ein Hügel von Fleischbrocken, Kartoffeln und Karotten, weißen Rüben und dampfenden unzerkleinerten Zwiebeln ragte.

Mac setzte seine Schale auf den Tisch und kostete. »Herrgott! Bißchen abkühlen lassen. Die Sache ist die, Jim: Ich habe immer gesagt, Unerfahrene sollten nicht in die Konfliktzonen geschickt werden. Sie machen zu viele Fehler. Du kannst soviel über Taktik lesen, wie du willst, das hilft dir alles nichts. Nun, ich habe mir gemerkt, was du mir damals an dem ersten Abend bei uns im Park gesagt hast, und als ich diesen Auftrag bekam – und es ist ein hübscher Auftrag –, bat ich darum, dich als eine Art Lehr-Assistenten mitnehmen zu dürfen. Ich war schon draußen, verstehst du. Ich werde dich einführen, und dann kannst du wieder andere einführen. Etwa so, wie man Jagdhunde abrichtet, indem man sie mit den Erfahrenen mitlaufen läßt. Du lernst mehr, wenn du hineintauchst, als aus noch so vielen Büchern. Warst du schon mal im Torgas-Tal, Jim?«

Jim blies auf eine heiße Kartoffel. »Ich weiß nicht einmal, wo es ist«, sagte er. »Ich war in meinem Leben erst vier- oder fünfmal außerhalb der Stadt. Danke, daß du mich mitnimmst, Mac.« Seine kleinen grauen Augen leuchteten vor Aufregung.

»Wahrscheinlich wirst du mich, noch ehe wir fertig sind, in die tiefste Hölle verfluchen, falls wir dort in die Klemme geraten. Es wird kein Spaziergang sein. Soviel ich höre, ist der Pflanzer-Verband recht gut organisiert.«

Jim gab es auf, das heiße Gericht essen zu wollen. »Wie stellen wir's an, Mac? Was tun wir zuerst?«

Mac schaute zu ihm hinüber, sah seinen Eifer und lachte. »Ich weiß nicht, Jim. Siehst du, darum hilft Lesen so wenig. Wir müssen einfach das erste beste Material verwenden, das uns in die Hände fällt. Darum nützt alle Taktik der Welt nichts. Es gibt nicht zwei gleiche Fälle.« Ein Weilchen aß er schweigend, leerte seine Schale, und als er ausschnaufte, strömte Dampf aus seinem Mund. »Gibt es noch einen Nachschlag, Jim? Ich bin hungrig.«

Jim ging in die Küche und füllte ihm die Schale von neuem.

Mac sagte: »Die Sachlage ist folgende. Torgas ist ein kleines Tal und besteht fast ausschließlich aus Apfelplantagen. Das meiste befindet sich in den Händen weniger Eigentümer. Natürlich gibt es auch kleine Güter, aber sie sind nicht sehr zahlreich. Wenn nun die Äpfel reif sind, kommen die Wanderarbeiter zur Ernte. Und von dort wandern sie über die Berge weiter nach Süden und pflücken Baumwolle. Wenn wir das Spiel bei den Äpfeln aufziehen können, dann läuft es vielleicht ganz von selbst in die Baumwolle hinüber. Und nun haben diese paar Kerle, denen fast das ganze Torgas-Tal gehört, abgewartet, bis beinahe alle Erntearbeiter angekommen waren. Die haben auf dem Hinweg natürlich fast ihr ganzes Geld ausgegeben. Das machen sie immer so. Und dann verkünden die Gutsbesitzer ihren Lohnabbau. Und wenn die Arbeiter nun sauer sind? Was können sie schon tun? Sie müssen die Äpfel nun schon pflücken, um überhaupt wieder fortzukommen.«

Jims Essen stand unbeachtet da. Mit dem Löffel rührte er Fleisch und Kartoffeln um und um. Er lehnte sich vor. »Versuchen wir also, die Leute zum Streiken zu bringen? Geht es darum?«

»Genau darum geht's. Vielleicht ist schon alles zum Platzen bereit, und wir brauchen nur daran zu rühren. Wir organisieren die Leute, und dann stellen wir in den Obstgärten Streikposten auf.«

Jim sagte: »Und angenommen, die Gutsbesitzer erhöhen die Löhne, damit die Äpfel gepflückt werden?«

Mac schob seine leere zweite Schale fort. »Nun, wir würden rasch genug anderswo eine Aufgabe finden. Zum Teufel, wir wollen doch nicht bloß vorübergehende Lohnerhöhungen, obwohl es uns ja freut, wenn es ein paar armen Schlukkern ein bißchen besser geht. Wir müssen auf weite Sicht planen. An einem Streik, der allzu rasch beigelegt wird, lernen die Leute noch nicht, wie sie sich organisieren, wie sie zusammenhalten müssen. Ein zäher Streik tut gut. Wir wollen, daß die Leute ein Gefühl dafür bekommen, wie stark sie sind, wenn sie zusammenhalten.«

»Na schön«, beharrte Jim, »und angenommen, die Gutsbesitzer kommen den Forderungen wirklich entgegen?«

»Das glaube ich nicht. Wo so viel Macht in den Händen so weniger Männer ruht. Das macht immer überheblich. Wir fangen also unsern Streik an, und dann besorgt sich der Bezirk Torgas eine Verordnung, welche Versammlungen für ungesetzlich erklärt. Und was dann? Wir versammeln die Leute. Eine Handvoll Sheriffs versuchen, sie herumzukommandieren, und das führt zu Streit. Nichts kettet die Leute so zusammen wie ein Streit. Schön, dann bilden die Gutsbesitzer eine Selbsthilfe-Organisation mit einer Handvoll Freiwilliger oder meinen Freunden, den Jungens von der Amerikanischen Legion, die versuchen, so zu tun, als seien sie noch jung, die ihre Gürtel eng schnallen, um ihre Schmerbäuche zu verstekken – es packt mich schon wieder. Nun, und die Selbsthilfe fängt eine Schießerei an. Falls sie einige von den Fremdarbeitern über den Haufen schießen, veranstalten wir ein öffentliches Begräbnis – und dann geht es erst richtig los. Vielleicht werden sie Truppen aufbieten müssen.« Er schnaufte vor Aufregung. »Herrgott, du! Die Truppen siegen, meinetwegen! Aber mit jedem Bajonettstich, den ein Erntearbeiter von einem dieser Landwehrmänner abkriegt, schlagen sich tausend im ganzen Land auf unsere Seite. Allmächtiger! Wenn wir es bloß zu einem Truppenaufgebot bringen!« Er ließ sich auf sein Feldbett nieder. »Ach, das ist ja alles Zukunftsmusik. Unsere Aufgabe ist nur, wenn möglich, unser kleines Streiklein zu fördern. Aber, verdammt nochmal, Jim, wenn wir erreichen könnten, daß die Nationalgarde aufgeboten wird, jetzt, wo so allmählich alles reif wird, dann wäre bis zum Frühjahr der ganze Distrikt organisiert.«

Jim kauerte mit leuchtenden Augen auf seinem Bett und biß die Zähne aufeinander. Von Zeit zu Zeit griffen seine Finger nervös an die Kehle. Mac fuhr fort: »Die verdammten Narren meinen, sie können einen Streik mit Soldaten beilegen.« Er lachte. »Da packt es mich wieder – ich rede ja wie ein Kannegießer. Ich ereifere mich, und das taugt nicht. Wir müssen es uns wohl überlegen. Oh, übrigens, Jim, hast du ein Paar Jeans?«

»Nein. Ich besitze nur diesen Anzug.«

»Gut. Dann müssen wir dir welche beim Trödler besorgen. Du sollst Äpfel pflücken, Junge. Und du sollst in den Lagern schlafen. Und du sollst Parteiarbeit leisten, nachdem du zehn Stunden in den Obstgärten hinter dir hast. Genau, was du wolltest.«

Jim sagte: »Danke, Mac. Mein Alter mußte immer allein kämpfen. Jedesmal erledigten sie ihn.«

Mac kam und stellte sich neben ihn. »Mach die drei Briefe noch fertig, Jim, und dann gehn wir dir die Hosen kaufen.«

# 4

Die Sonne stieg eben über die Gebäude der Stadt, als Jim und Mac beim Verschiebebahnhof anlangten, wo die glänzenden Metallstränge ineinanderliefen, sich trennten und sich zu dem gewaltigen Rost von Abstellgeleisen verzweigten, wo Zeile um Zeile die Wagen standen.

Mac sagte: »Um halb acht soll ein Güterzug ausfahren, lauter leere Wagen. Komm, wir gehen ein Stück weit dem Geleise entlang hinaus.« Er schritt bis zum Ende des Verschiebebahnhofs, dorthin, wo sich die vielen Schienen zur Hauptlinie zusammenzogen.

»Müssen wir ihn im Fahren erwischen?« fragte Jim.

»Oh, er wird nicht rasch fahren. Ich habe gar nicht daran gedacht, daß du wahrscheinlich noch nie auf einen Güterzug gesprungen bist.«

Jim nahm lange Schritte, indem er immer eine Schwelle auszulassen versuchte, was ihm aber nicht ganz gelang. »Ich scheine überhaupt nicht viel getan zu haben«, gab er zu. »Für mich ist alles neu.«

»Jetzt ist es ja leicht. Die Bahngesellschaft läßt Mitfahrer zu. Früher war die Sache riskant. Da warf die Zugbesatzung Wanderarbeiter einfach aus dem fahrenden Zug, wenn sie welche erwischte.«

Ein großer schwarzer Wasserturm stand neben dem Geleise; sein gänsehalsförmiger Hahn war hochgeklappt. Das Schienengewirr lag hinter ihnen, und ein einziges spiegelblank gescheuertes Paar lief vor ihnen her. »Könnten uns eigentlich setzen und warten«, sagte Mac. »Er muß jetzt gleich hier sein.«

Das langgezogene, einsame Heulen einer Lokomotivsirene und das langsame Zischen von ausströmendem Dampf lösten seine Worte ab. Auf dieses Signal hin erhoben sich zahlreiche Männer aus dem Graben längs des Bahndamms und reckten faul ihre Arme in der Sonne des noch kühlen Morgens.

»Wir sind nicht allein«, bemerkte Mac. Der lange Zug leerer Güterwagen verließ langsam den Abstellbahnhof: rote Kastenwagen und gelbe Kühlwagen, schwarze Eisenloren und runde Tankwagen. Die Lokomotive fuhr mit wenig mehr als Gehgeschwindigkeit vorbei, und der Führer winkte den Leuten im Graben mit einem schwarzglänzenden Handschuh zu. Er schrie: »Noch jemand für die ›Fahrt ins Blaue‹?« und ließ zum Spaß einen weißen Dampfstrahl zwischen den Rädern hervorschießen.

Mac sagte: »Wir brauchen einen Kastenwagen. Da, den dort. Die Tür steht ein klein wenig offen.« Er trabte neben dem Wagen her und stieß gegen die Türe. »Hilf mir«, rief er. Jim legte Hand an den eisernen Griff und warf sein Gewicht dagegen. Die große Schiebetüre öffnete sich mit rostigem Gekreisch um einige Fuß. Mac legte die Hand auf die Schwelle, machte eine Flanke, drehte sich in der Luft und landete in sitzender Stellung in der Türöffnung. Rasch stand er auf und trat aus dem Weg, während Jim es ihm nachtat. Der Wagenboden war übersät mit Polsterpapier, das von den Wänden gerissen worden war. Mac scharrte sich einen Haufen davon zusammen und drängte ihn gegen die Wand. »Nimm dir welches«, rief er. »Es gibt ein prima Kissen.«

Noch bevor Jim sein Papier beieinander hatte, tauchte ein neuer Kopf in der Türöffnung auf. Ein Mann warf sich herein, und zwei weitere folgten ihm. Der erste schaute sich rasch auf dem Wagenboden um und stellte sich dann neben Mac. »Du hast dir ja so ziemlich alles gesichert, wie?«

»Was soll ich mir denn gesichert haben?« fragte Mac unschuldig.

»Das Papier. Du hast ganze Arbeit geleistet.«

Mac lächelte entwaffnend. »Wir wußten ja nicht, daß Gäste kommen würden.« Er stand auf. »Da, nimm dir welches.«

Der Mann gaffte Mac einen Augenblick an, beugte sich dann vornüber und nahm das ganze Papierkissen auf.

Mac klopfte ihm leise auf die Schulter. »Wie du willst, Kamerad«, sang Mac eintönig. »Leg alles wieder hin. Wenn du glaubst, du kannst hier den Schlauen spielen, kriegst du gar nichts.«

Der Mann ließ das Papier fallen. »Du willst wohl Dresche?« fragte er.

Mac fiel tänzelnd zurück, indem er auf den Fußballen balancierte. Die Hände ließ er offen und locker herunterhängen. »Warst du schon mal im Rosanna-Boxring?« fragte er.

»Ja, und was soll das?«

»Du bist ein gottverdammter Lügner«, sagte Mac. »Wenn du jemals dort gewesen wärest, wüßtest du, wer ich bin, und würdest dich besser in acht nehmen.«

Ein zweifelnder Blick stahl sich in das Gesicht des Mannes.

Er sah unsicher zu den beiden Männern hinüber, die mit ihm gekommen waren. Einer stand neben der Türe und schaute in die vorübergleitende Landschaft hinaus. Der andere säuberte umständlich seine Nasenlöcher mit einem riesigen rotweißen Taschentuch und betrachtete nachdenklich die Fundgegenstände. Der erste schaute wieder Mac an. »Ich will keinen Streit«, sagte er. »Ich wollte bloß ein bißchen Papier, um drauf zu sitzen.«

Macs Absätze berührten wieder den Boden. »O. K.«, sagte er. »Nimm dir welches. Aber laß mir auch was.« Der Mann näherte sich dem Haufen und nahm eine kleine Handvoll auf. »Oh, du kannst schon mehr haben.«

»Wir fahren nicht weit«, sagte der Mann. Er setzte sich neben die Tür, umfaßte mit den Armen die Beine und legte das Kinn auf die Knie.

An den Blocksignalen waren sie jetzt vorbei, und der Zug beschleunigte die Fahrt. Der hölzerne Wagen hallte wie eine Schalldose. Jim erhob sich und schob die Türe weit auf, um den Sonnenschein hereinzulassen. Er setzte sich in die Öffnung und ließ die Beine hinaushängen. Eine Weile sah er hinunter, bis ihn der vorbeiflitzende Boden schwindlig machte. Dann hob er seine Augen zu den gelben Stoppelfeldern, welche die Strecke begleiteten. Die Luft war frisch und angenehm gewürzt mit dem Rauch der Lokomotive.

Einen Augenblick später gesellte sich Mac zu ihm. »Sieh zu, daß du nicht hinausfällst«, rief er. »Ich habe mal einen gekannt, dem schwindlig wurde, weil er immer auf den Boden sah; er fiel hinaus, platt aufs Gesicht.«

Jim wies auf ein weißes Bauernhaus und eine rote Scheune, die halb versteckt hinter einer Reihe junger Eukalyptusbäume lagen. »Ist die Gegend, wohin wir fahren, ebenso hübsch?«

»Hübscher«, sagte Mac. »Lauter Apfelbäume, meilenweit. In dieser Jahreszeit hängen sie voll Äpfel; vollbepackt mit Äpfeln sind sie. Die Äste brechen fast unter der Last von Äpfeln, für die du in der Stadt 5 Cent das Stück zahlst.«

»Mac, ich weiß nicht, warum ich nicht öfter aufs Land gefahren bin. Komisch, wie es Dinge gibt, die man immer tun will und doch nie tut. Als ich klein war, nahm einmal eine von diesen Jugendgruppen fünfhundert von uns auf einen Ausflug mit. Wir wurden in Lastwagen verpackt und mußten furchtbar viel gehen. Es gab hohe Bäume. Ich erinnere mich noch, wie ich in einen Baumwipfel geklettert bin und fast den ganzen Nachmittag dort oben saß. Damals dachte ich, ich würde bei jeder Gelegenheit dorthin zurückkehren. Aber ich habe es nie getan.«

Mac sagte: »Steh auf, Jim. Wir wollen die Türe schließen. Gleich kommen wir nach Wilson. Es hat keinen Sinn, die Eisenbahnpolizei zu reizen.«

Gemeinsam zogen sie die Türe zu, und auf einmal war der Wagen dunkel und warm und pochte wie der Schallkörper einer Baßgeige. Das Schlagen der Räder auf den Gleisen verlangsamte sich, als der Güterzug zur Fahrt durch die Stadt seine Geschwindigkeit verringerte. Die drei Männer erhoben sich. »Wir steigen hier aus«, sagte ihr Anführer. Er stieß die Türe einen Fußbreit auf. Seine beiden Gefolgsmannen schwangen sich hinaus. Er wandte sich an Mac. »Ich hoffe, du trägst mir's nicht nach, Kamerad.«

»Aber nein.«

»Dann auf Wiedersehen.« Er schwang sich hinaus. »Du Hurenaas«, schrie er, als er auf dem Boden aufschlug.

Mac lachte und zog die Tür fast ganz zu. Einige Augenblicke rollte der Zug nur langsam. Und dann nahm das Schienengeratter wieder zu. Mac warf die Türe wieder auf und setzte sich in die Sonne. »Ein reizender Kerl«, sagte er.

Jim fragte: »Bist du wirklich Boxer, Mac?«

»Keine Spur. Dem war besonders leicht zu imponieren. Als ich ihm einen Teil von meinem Papier anbot, meinte er, ich hätte Angst vor ihm. Du kannst dich nicht hundertprozentig darauf verlassen – manchmal klappt es auch nicht – aber meistens kannst du einem, der dir Angst machen will, selber Angst machen.« Er drehte Jim sein großes, gutmütiges Gesicht zu. »Ich weiß nicht, wie es kommt, aber sooft ich mit dir rede, gerate ich ins Predigen oder ins Dozieren.«

»Ach, zum Teufel, Mac, ich höre dir ja gerne zu.«

»Das wird wohl der Grund sein. In Weaver müssen wir aussteigen und einen Zug nach Osten erwischen. Bis dahin sind es etwa hundert Meilen. Wenn wir Glück haben, sollten wir etwa um Mitternacht in Torgas ankommen.« Er zog einen Tabakbeutel hervor und drehte sich eine Zigarette, wobei er das Papier vor dem Luftzug zu schützen versuchte. »Rauchst du, Jim?«

»Nein, danke.«

»Du hast wohl überhaupt keine Laster? Und ein Klosterschüler bist du auch wieder nicht. Gehst du auch nicht mit Mädchen?«

»Nein«, sagte Jim. »Früher, wenn ich durcheinander war, bin ich in ein Puff gegangen. Du wirst es nicht glauben, Mac, aber seit ich anfing, erwachsen zu werden, hab' ich mich vor den Mädchen gefürchtet. Ich hatte wahrscheinlich Angst, sie könnten mich erwischen.«

»Zu verlockend, hm?«

»Nein, siehst du, all die Jungens, mit denen ich aufwuchs, gerieten in die Tretmühle. Die hatten es mit den Mädchen, hinter Plakatwänden oder drunten im Hinterhof. Und früher oder später ging dann ein Mädchen hoch wie ein Drachen, und dann – zum Teufel, Mac, ich hatte Angst, sie würden mich einsperren, wie meine Mutter und meinen Alten – Zweizimmerwohnung und ein Holzofen. Ich will bei Gott keinen Luxus, aber ich will nicht so herumgestoßen werden wie all die Jungens, die ich kannte. Mittagesseneimerchen am Morgen mit einem Stück matschiger Pastete und eine Thermosflasche voll abgestandenen Kaffees.«

Mac sagte: »Wenn du dich nicht willst herumstoßen lassen, hast du dir allerdings ein verteufelt feines Leben ausgesucht. Warte ab, bis wir unsere Aufgabe hinter uns haben: Du wirst reichlich gestoßen werden.«

»Das ist was anderes«, protestierte Jim. »Es macht mir nichts aus, einen Kinnhaken einzufangen. Ich will bloß nicht zu Tode geknabbert werden. Da ist ein Unterschied.«

Mac gähnte. »Der Unterschied kann mich nicht reizen. Ein Puff macht wenig Spaß.« Er stand auf und kehrte zu seinem Papierhaufen zurück; er zog ihn auseinander, legte sich hin und schlief ein.

Lange Zeit saß Jim in der offenen Türe und schaute zu, wie die Bauernhöfe vorüberzogen. Da gab es große Gemüsepflanzungen für den Markt mit langen Reihen von Salatköpfen und langen Reihen von Karotten mit farnähnlichem Kraut und roten Rüben, und Wasser lief glitzernd zwischen den Reihen hindurch. Der Zug fuhr an Reihen von Luzernen entlang und an stattlichen weißen Molkerei-Scheunen, deren fetten, gesunden Geruch von Mist und Ammoniak der Wind hertrug. Und dann fuhr der Güterzug in einen Engpaß zwischen den Hügeln ein, und die Sonne wurde verdeckt. Farne und grüne, frische Eichen wuchsen an den steilen Böschungen. Das rhythmische Getöse des Zuges wirkte auf Jims Sinne und machte ihn schläfrig. Er wehrte sich dagegen, um mehr von der Gegend zu sehen, schüttelte heftig den Kopf, um sich wachzurütteln; aber schließlich stand er auf, schob die Türe fast ganz zu und zog sich auf seinen Papierhaufen zurück. Sein Schlaf war eine hallende schwarze Höhle voll Echo und erstreckte sich ins Endlose.

Mac schüttelte ihn mehrmals, bevor er wach wurde. »Bald ist es Zeit zum Aussteigen«, rief Mac.

Jim setzte sich auf. »Lieber Gott, sind wir schon hundert Meilen gefahren?«

»Es fehlt nicht viel. Der Lärm betäubt einen, nicht wahr? Ich bringe es nie fertig, in einem Kastenwagen wach zu bleiben. Reiß dich zusammen. In zwei Minuten fängt er an abzubremsen.«

Einen Augenblick hielt Jim seinen dumpf dröhnenden Kopf zwischen den Händen. »Ich habe ein Gefühl, als hätte ich eins auf den Schädel gekriegt«, sagte er.

Mac warf die Türe auf. Er rief: »Spring in der Fahrtrichtung und lauf, sobald du landest.« Er sprang hinaus, und Jim folgte ihm.

Jim blickte nach der Sonne, die fast genau über ihren Köpfen stand. Vor sich sah er die zusammengedrängten Häuser und die Schattenbäume einer kleinen Stadt. Der Güterzug schleppte sich weiter und ließ sie stehen.

Mac erklärte: »Die Eisenbahn verzweigt sich hier. Die Linie, die wir brauchen, geht in dieser Richtung nach dem Torgas-Tal. Das Städtchen betreten wir überhaupt nicht. Komm, wir laufen querfeldein und erwischen die Linie dort drüben.«

Jim setzte ihm nach, über einen Stacheldrahtzaun und quer über ein Stoppelfeld und auf eine ungepflasterte Straße. Sie berührten den Stadtrand und stießen nach einer halben Meile auf einen anderen Bahnkörper.

Mac setzte sich auf den Damm und rief Jim zu, sich neben ihn zu setzen. »Hier ist ein günstiger Ort. Immer viele Wagen unterwegs. Ich weiß nicht, wie lange wir warten müssen.« Er drehte sich eine braune Zigarette. »Jim«, sagte er. »Du solltest anfangen zu rauchen. Es erleichtert das Zusammensein. Du wirst mit vielen Unbekannten reden müssen. Ich kenne keinen rascheren Weg, einen Unbekannten anzuwärmen, als indem man ihm eine Zigarette anbietet oder ihn gar um eine bittet. Und viele sind beleidigt, wenn sie dir was zu rauchen anbieten, und du nimmst es nicht an. Am besten machst du gleich jetzt einen Anfang.«

»Du magst recht haben«, sagte Jim. »Ich habe immer mit den anderen Jungens geraucht. Ich bin neugierig, ob es mir davon jetzt schlecht wird.«

»Versuch's. Ich dreh dir eine. Los.«

Jim nahm die Zigarette und zündete sie an. »Nicht übel«, sagte er. »Ich hatte fast vergessen, wie es schmeckt.«

»Auch wenn du es nicht gerne tätest, es hilft unserer Arbeit. Es ist die einzige kleine Geselligkeit, die Leute unserer Kreise pflegen. Horch, da kommt ein Zug.« Er stand auf. »Und sieht erst noch nach einem Güterzug aus.«

Der Zug kam langsam herangerollt. »Zum Donnerwetter!« schrie Mac. »Achtundsiebzig! Das ist ja unser alter Zug. In der Stadt sagten sie mir, der fahre nach Süden weiter. Sie können höchstens ein paar Wagen abgehängt haben und müssen gleich weitergefahren sein.«

»Komm, wir steigen wieder in unseren alten Wagen«, sagte Jim. »Der hat mir gefallen.«

Als er auf ihrer Höhe anlangte, hüpften sie wieder auf den Kastenwagen. Mac ließ sich auf seinen Papierhaufen nieder. »Wir hätten ebensogut weiterschlafen können.«

Jim setzte sich wieder in die Türöffnung, während der Zug zwischen die runden, braunen Hügel kroch und durch zwei kurze Tunnel. Er hatte noch immer den Rauchgeschmack im Mund, und er fand ihn angenehm. Plötzlich vergrub er eine Hand in die Tasche seines blauen Baumwollkittels. »Mac«, rief er.

»Ja? Was ist los?«

»Ich habe noch zwei Schokoladenstangen von gestern abend.«

Mac nahm eine von den beiden und wickelte sie träge aus. »Da sieht man doch gleich, daß du eine wertvolle Errungenschaft für jeden bist, der eine Revolution plant«, sagte er.

Nach etwa einer Stunde überfiel Jim wieder die Schläfrigkeit. Widerwillig schloß er die Wagentür und rollte sich auf seinem Papier zusammen. Fast augenblicklich befand er sich wieder in der schwarzen, brüllenden Höhle, und der Lärm gab ihm Träume von Wasserbächen ein, die über ihn stürzten. Im Wasser konnte er Trümmer und Holzsplitter unbestimmt erkennen. Und das Wasser riß ihn fort und fort hinunter in die dunklen Räume unter allen Träumen.

Er wachte auf, als Mac ihn rüttelte. »Ich will wetten, daß du eine ganze Woche schlafen würdest, wenn ich dich nicht weckte. Heute hast du es auf über zwölf Stunden gebracht.«

Jim rieb sich fest die Augen. »Ich bin wieder ganz betäubt.«

»Reiß dich zusammen. Wir kommen nach Torgas.«

»Großer Gott. Wieviel Uhr ist es denn?«

»So um Mitternacht, denke ich. Da wären wir. Klar zum Springen?«

»Natürlich.«

»O.K. Los!«

Der Zug schleppte sich langsam von ihnen fort. Der Bahnhof von Torgas lag nur ein kurzes Stück vor ihnen; sein rotes Licht blinkte den Signalarm entlang. Der Bremser schwenkte seine Laterne. Drüben, zur Rechten, brannten die verlassenen, kalten Straßenlaternen der Stadt und warfen einen schwachen Schimmer an den Himmel. Die Luft war jetzt kalt. Es wehte ein bissiger, lautloser Wind.

»Ich habe Hunger«, sagte Jim. »Hast du dir schon irgendwelche Gedanken über das Essen gemacht?«

»Wart, bis wir zu einer Laterne kommen. Ich glaube, nach meiner Liste sind die Aussichten nicht schlecht.« Er lief ins Dunkel hinein, und Jim trabte ihm nach. Sie erreichten bald den Stadtrand, und an einer Ecke blieb Mac unter einer Laterne stehen und zog ein Blatt Papier hervor. »Jim, wir befinden uns hier in einer sehr angenehmen Stadt«, sagte er. »Fast fünfzig aktive Anhänger. Burschen, auf die man sich im Notfall verlassen kann. Da ist der, den ich suche. Alfred Anderson, Townsend, zwischen der Vierten und der Fünften, Al's Lunch-Wagen. Was hältst du davon?«

»Was ist das für eine Liste?« fragte Jim.

»Das ist eben eine Liste von allen uns bekannten Anhängern in dieser Stadt. Mit Hilfe dieser Liste können wir uns alles besorgen, von gestrickten Pulswärmern bis zu einer Schachtel Schrotpatronen. Aber Al's Lunchwagen – solche Lunch-Wagen bleiben meist die ganze Nacht über geöffnet. Townsend: das wird wohl eine von den Hauptstraßen sein. Komm, aber laß mich machen.«

Sie bogen bald in die Hauptstraße ein und folgten ihr bis fast an ihr anderes Ende, wo es leerstehende Läden und unbebaute Parzellen zwischen den Gebäuden gab. Dort fanden sie Al's Lunch-Wagen, ein gemütlich aussehendes Wägelchen mit roten, bleigefaßten Scheiben in den Fenstern und einer

Schiebetür. Durch das Fenster konnten sie zwei Kunden sitzen und einen fetten jungen Mann mit dicken, weißen, bloßen Armen hinter dem Schanktisch hervorragen sehen.

»Kaffee- und Kuchen-Gäste«, sagte Mac. »Warten wir ab, bis die beiden fertig sind.«

Während sie so herumstanden, näherte sich ihnen ein Polizist und musterte sie. Mac sagte laut: »Ich gehe nicht nach Hause, bevor ich nicht noch ein Stück Kuchen gehabt habe.«

Jim ging rasch darauf ein: »Komm nach Hause«, sagte er. »Ich bin zu müde zum Essen.«

Der Polizist ging vorbei. Es schien fast, als wolle er an ihnen schnüffeln. Mac sagte ruhig: »Er glaubt, wir wollen den Wagen ausrauben und sind dabei, uns Mut zu machen.« Der Polizist kehrte um und kam wieder auf sie zu. Mac sagte: »Schön, dann geh eben nach Hause. Ich kauf' mir aber noch ein Stück Kuchen.« Er kletterte die drei Stufen empor und schob die Wagentüre auf. Jim folgte ihm langsam.

Der Eigentümer lächelte ihnen zu. »Abend, meine Herren«, sagte er. »Gibt eine kalte Nacht, nicht wahr?«

»Und ob«, sagte Mac. Er ging bis ans Ende des Schanktisches, so weit weg von den beiden andern Gästen, wie er nur konnte und setzte sich. Ein Schatten von Ärger flog über Al's Gesicht.

»Hört mal gut zu«, sagte er. »Falls ihr kein Geld habt, könnt ihr eine Tasse Kaffee und was zum Stippen haben. Aber eßt mir, bitte, kein Dinner und sagt dann, ich könne ja die Polizei rufen. Beim Himmel, diese Besenbinder werden mich noch ruinieren.«

Mac lachte auf. »Kaffee und was zum Stippen wird der Sachlage glänzend gerecht, Alfred«, sagte er.

Der Eigentümer schaute ihn mißtrauisch an, nahm seine hohe weiße Kochmütze ab und kratzte sich den Kopf.

Die beiden Kunden leerten ihre Tassen gleichzeitig. Einer fragte: »Fütterst du alle Vagabunden, Al?«

»Ja Herrgott, was soll man denn machen? Wenn so ein armer Schlucker in einer kalten Nacht eine Tasse Kaffee nötig hat, kann man ihn doch nicht im Stich lassen, bloß weil er keinen roten Heller hat.«

Der Gast kicherte. »Nun, zwanzig Tassen Kaffee machen immerhin einen Dollar, Al. Wenn du es weiter so treibst, kannst du die Bude zumachen. Kommst du, Will?« Die beiden standen auf, bezahlten ihre Rechnung und gingen.

Al kam hinter dem Schanktisch hervor, folgte ihnen zur Türe und schob diese fester zu. Dann ging er wieder hinter der Theke entlang und lehnte sich gegenüber von Mac darauf. »Wer seid ihr beide?« forschte er. Er hatte fette, mollige, weiße Arme, bis an die Ellbogen bloß. Er trug ein feuchtes Tuch in der Hand, womit er immerzu in kleinen Kreiselbewegungen am Tisch herumwischte. Die Art, wie er sich dicht heranbeugte, wenn er sprach, ließ jede Unterhaltung heimlich scheinen.

Mac zwinkerte wichtigtuerisch, wie ein Verschwörer. »Sie haben uns aus der Stadt hergeschickt, geschäftlich«, sagte er.

Al's fette Backen erblühten in aufgeregtem Rot. »Oho. Genau das habe ich mir doch gleich gedacht, wie ihr reinkamt. Wie wußtet ihr, daß ihr hier an der richtigen Stelle seid?«

Mac erklärte: »Du hast unseren Leuten geholfen, und sowas vergessen wir nicht.«

Al strahlte selbstbewußt, als ob er beschenkt und nicht um eine Mahlzeit angebettelt werde. »Halt, Augenblick«, sagte er. »Ihr zwei Jungens habt heute vermutlich noch nichts gegessen. Ich spendiere zwei Hamburger.«

»Das wäre famos«, stimmte Mac begeistert zu. »Wir sind so ungefähr am Verhungern.«

Al ging an seinen Eiskasten und brachte daraus zwei Handvoll durch die Mühle gedrehtes Fleisch zum Vorschein. Er tätschelte es zwischen den Händen flach, bepinselte die Kochplatte und klatschte die beiden Steaks darauf. Rund um das Fleisch und oben drauf gab er fein geschnittene Zwiebeln. Augenblicklich erfüllte ein köstlicher Duft den Wagen.

»Herrgott«, sagte Mac. »Am liebsten möchte ich gleich über den Schanktisch und in den Hamburger hineinkriechen.«

Das Fleisch zischte laut, und die Zwiebeln bräunten sich allmählich. Al lehnte sich wieder über die Theke. »Was führt ihr denn im Schild?«

»Nun, hier gibt's doch eine ganze Menge feiner Äpfel«, sagte Mac.

Al richtete sich auf und stützte sich auf die fetten Pfeiler seiner Arme. Seine Äuglein wurden sehr weise und sehr verständnisvoll. »Oho«, sagte er. »Ohoo, ich verstehe.«

»Schön, dann wende das Fleisch mal um«, sagte Mac.

Al drehte die Steaks um und preßte sie mit seinem Spatel wieder an. Er sammelte die abspenstigen Zwiebelstückchen, häufte sie oben auf und drückte sie fest. Sehr bestimmt waren seine Bewegungen, und er schien nachdenklich in sich gekehrt wie eine wiederkäuende Kuh. Schließlich kam er zurück und pflanzte sich vor Mac auf. »Mein Alter hat ein Baumgärtchen und ein Stück Land«, sagte er. »Ihr tut ihm doch nichts, nicht wahr? Ich hab euch ja geholfen.«

»Und wie du uns geholfen hast!« sagte Mac. »Die kleinen Bauern haben von uns nichts zu fürchten. Sag deinem Vater, daß wir ihm nichts tun werden, und wenn er uns beisteht, sorgen wir dafür, daß sein Obst gepflückt wird.«

»Danke«, sagte Al. »Ich will's ihm sagen.« Er nahm die Steaks, löffelte Kartoffelbrei von der Wärmeplatte auf die Teller, grub eine Höhlung in jeden Kartoffelberg und füllte die weißen Krater mit hellbrauner Sauce.

Mac und Jim aßen gierig und tranken die Tassen Kaffee, die ihnen Al hinstellte. Sie wischten ihre Teller mit Brot blank und aßen das Brot, während Al ihnen die Tassen wieder vollschenkte. »Das war großartig, Al«, sagte Jim. »Ich war ganz ausgehungert.«

Mac fügte bei: »Allerdings. Du bist ein braver Kerl, Al.«

»Ich würde euch beitreten«, erklärte Al, »wenn ich kein Geschäft hätte und wenn mein Alter kein Land besäße. Meine Bude würde wohl auffliegen, wenn sie's erführen.«

»Von uns werden sie es nie erfahren, Al.«

»Das weiß ich ja.«

»Hör zu, Al. Sind schon viele Wanderarbeiter zur Ernte angekommen?«

»Jawohl, ein Haufen. Viele essen hier. Ich serviere ein hochanständiges Essen für einen Vierteldollar: Suppe, Fleisch, zwei Gemüse, Butterbrot, Kuchen und zwei Tassen Kaffee – für einen Vierteldollar. Bescheidene Gewinnmarge – großer Umsatz.«

»Du verstehst deine Sache«, sagte Mac. »Hör mal, Al, hast du die Wanderarbeiter von einem Anführer reden hören?«

»Von einem Anführer?«

»Jawohl, ich meine einen, der ihnen sagt, wie sie es anstellen müssen.«

»Ich versteh schon«, sagte Al. »Nein, wenn ich's mir recht überlege, so erinnere ich mich an nichts dergleichen.«

»Schön, und wo kann man sie finden?«

Al rieb sich das weiche Kinn. »Also, ich weiß von zwei Gruppen. Die eine liegt an der Palo Straße, gleich neben der

Überlandstraße, und eine andere hat ihr Lager am Fluß. Dort gibt es ein altes Lager in den Weiden, das immer wieder bezogen wird.«

»Das ist das richtige für uns. Wie kommen wir dorthin?«

Al wies mit einem dicken Finger. »Ihr nehmt die nächste Querstraße und folgt ihr bis zum Stadtrand. Dann seid ihr am Fluß und bei der Brücke. Dort zweigt ein Pfad links ab durch die Weiden. Dem folgt ihr eine Viertelmeile, und dann seid ihr dort. Ich weiß nicht, wieviele es sind.«

Mac erhob sich und setzte den Hut auf. »Bist ein braver Kerl, Al. Wir wollen jetzt weiter. Danke für die Speisung.«

Al sagte: »Mein Alter hat einen Schuppen mit einem Bett drin, wenn euch das recht ist.«

»Geht nicht, Al. Wenn wir Arbeit leisten wollen, dann müssen wir unter ihnen sein.«

»Gut, wenn ihr ab und an was auf den Zahn braucht, kommt nur her«, sagte Al. »Bloß richtet es wie heute abend ein, zu einer Zeit, wo niemand da ist, nicht wahr?«

»Natürlich, Al. Wir verstehen dich schon. Nochmals Dank.«

Mac ließ Jim zuerst aus der Türe und schob sie dann hinter sich zu. Sie stiegen die Stufen hinunter und schlugen die Straße ein, die ihnen Al gewiesen hatte. An der Ecke trat der Polizist aus einer Einfahrt. »Was habt ihr vor?« fragte er rauh.

Jim sprang vor dem so plötzlich Aufgetauchten zurück, aber Mac blieb stehen. »Zwei Erntearbeiter, Mister«, sagte er. »Wir gedenken ein paar Äpfel zu pflücken.«

»Was tut ihr um diese Zeit noch auf der Straße?«

»Zum Teufel, wir sind erst vor einer Stunde mit dem Güterzug angekommen!«

»Wohin geht ihr jetzt?«

»Wir dachten, wir wollten uns zu den Jungens beim Fluß drunten ins Lager legen.«

Der Polizist behielt seine Stellung vor ihnen. »Habt ihr Geld?«

»Sie haben uns doch eben ein Nachtessen kaufen sehen, oder nicht? Jedenfalls haben wir genug, um nicht als Landstreicher ins Gefängnis zu wandern.«

Jetzt trat der Polizist beiseite.

»Na, dann los, und zeigt euch nachts nicht auf den Straßen.«

»O.K., Mister.«

Sie gingen rasch weiter. Jim sagte: »Den hast du ja mit Glacéhandschuhen angefaßt, Mac.«

»Warum nicht? Das ist die erste Regel. Laß dich auf keinen Streit mit einem Polizisten ein, schon gar nicht nachts. Das wäre ein Streich, wenn wir gleich jetzt schon dreißig Tage wegen Landstreicherei aufgebrummt kriegten, was?«

Sie zogen ihre Arbeitskittel enger um die Brust und eilten die Straße entlang. Die Laternen wurden immer spärlicher.

»Wie wirst du es einfädeln?« fragte Jim.

»Ich weiß nicht. Wir müssen uns alles zunutze machen. Siehst du, wir ziehen mit einem allgemeinen Plan aus, aber die Einzelheiten müssen mit dem Material, das wir vorfinden, ausgearbeitet werden. Wir machen uns alles zunutze, was uns in die Finger fällt. Das ist alles, was wir tun können. Wir werden uns einfach die Situation ansehen.«

Jim schritt kräftiger aus. »Laß mich jedenfalls selber etwas tun, Mac. Ich mag nicht mein Leben lang den Strohmann spielen.«

Mac lachte. »Man wird dich schon einsetzen. Man wird dich so sehr einsetzen, daß du wünschen wirst, du wärest wieder in der Stadt mit einem Achtstundentag.«

»Nein, das glaube ich nicht. Ich habe noch nie ein so gutes Gefühl gehabt. Ich bin ganz vollgepumpt mit diesem guten Gefühl. Geht es dir auch so?«

»Manchmal«, sagte Mac. »Meistens bin ich viel zu sehr beschäftigt, um mich mit meinem Gefühl abgeben zu können.«

Die Gebäude an der Straße wurden immer baufälliger, je weiter sie gingen. Schweißereien und Gebrauchtwagenhandlungen und die großen Abfallhaufen der Autofriedhöfe. Die Straßenlaternen beschienen die leeren, toten Fenster alter, verkommener Häuser und warfen Schatten unter Sträucher, die keine Blätter mehr trieben. In der kühlen Nachtluft gingen die Männer rasch. »Ich glaube, ich sehe die Laternen auf der Brücke«, sagte Jim. »Siehst du die drei Laternen dort, auf jeder Seite?«

»Ich sehe schon. Sagte er nicht, nach links abbiegen?«

»Jawohl, links.«

Es war eine zweibogige Betonbrücke über einen schmalen Fluß, der in dieser Jahreszeit zu einem trägen, kleinen Rinnsal inmitten eines sandigen Bettes verkümmert war. Jim und Mac gingen links an die Rampe und fanden nahe dem Rand des Flußbetts den Pfad durch die Weiden. Mac ging voran. Einen Augenblick später hatten sie den Lichtkreis der Laternen auf der Brücke verlassen, und das dichte Weidengestrüpp umgab sie auf allen Seiten. Sie konnten die Zweige gegen den helleren Himmel erkennen und zur Rechten, am Rande des Flußbetts, eine schwarze Wand von hohen Pappeln.

»Ich kann nicht sehen, wo der Weg langführt«, sagte Mac. »Ich muß mich mit den Füßen vorantasten.« Er bewegte sich vorsichtig, langsam. »Halt die Arme hoch, um dir das Gesicht zu schützen, Jim.«

»Tu ich bereits. Vor einer Weile hab ich einen Hieb quer über den Mund erwischt.« Eine Zeitlang tasteten sie sich dem harten, ausgetretenen Pfad entlang vorwärts.

»Es riecht nach Rauch«, sagte Jim. »Jetzt kann es nicht mehr weit sein.«

Plötzlich blieb Mac stehen. »Dort vorne sind Lichter. Hör zu, Jim, gleiche Methode wie vorhin. Laß mich reden.«

»O.K.«

Der Pfad mündete unvermittelt in eine weite Lichtung, die ein kleines Lagerfeuer flackernd erhellte. Jenseits lagen drei schmutzig-weiße Zelte; in einem davon brannte eine Laterne, und auf der Leinwand bewegten sich riesige schwarze Gestalten. Auf der Lichtung selbst waren vielleicht fünfzig Männer, von denen einige in Wolldecken gewickelt wie Riesenwürste auf dem Boden lagen, während andere um das Feuerchen in der Mitte des ebenen freien Platzes hockten. Als Jim und Mac aus den Weiden traten, hörten sie einen kurzen, hellen, rasch unterdrückten Schrei, der aus dem erleuchteten Zelt drang. Sofort bewegten sich die großen Schatten auf der Leinwand nervös umher.

»Jemand ist krank«, sagte Mac leise. »Wir wissen von nichts. Es lohnt sich, so zu tun, als kümmere man sich nicht um anderer Leute Angelegenheiten.«

Sie näherten sich dem Feuer, um das ein Ring von Männern saß, die ihre Knie umschlungen hielten.

»Darf man sich dem Verein anschließen?« fragte Mac, »oder muß man erst gewählt werden?«

Die Gesichter der Männer drehten sich zu ihm empor, unrasierte Gesichter mit Augen, in denen das Licht des Feuers glomm. Einer schob sich beiseite, um Platz zu machen. »Freies Land, Mister.«

Mac lachte. »Nicht, wo ich herkomme.«

Ein mageres, beleuchtetes Gesicht sprach quer über das Feuer herüber. »Du kommst hier in ein Schlaraffenland. Alles ist hier frei: Essen, Schnaps, Automobile, Häuser. Brauchst dich nur anzuschließen und zu einem Truthahnessen niederzulassen.«

Mac hockte sich hin und bedeutete Jim, sich neben ihn zu setzen. Er zog seinen Tabakbeutel hervor und drehte sich liebevoll eine tadellose Zigarette; dann, als käme ihm der Gedanke erst jetzt: »Möchte am Ende einer von euch Kapitalisten rauchen?«

Mehrere Hände stießen vor. Der Beutel machte die Runde. »Eben angekommen?« fragte das magere Gesicht.

»Eben jetzt. Habe vor, ein paar Äpfelchen zu pflücken und mich dann mit meinem Einkommen zur Ruhe zu setzen.«

Das Magergesicht platzte zornig heraus: »Weißt du, was die zahlen? Fünfzehn Cents – fünfzehn lausige Cents!«

»Na und? Was willst du mehr?« forderte ihn Mac heraus. »Mein Gott, Mensch! Du wirst doch nicht die Stirn haben, essen zu wollen? Du kannst ja einen Apfel essen, so zwischen der Arbeit durch. All diese prächtigen Äpfel!« Seine Stimme wurde hart. »Und wenn wir sie nicht pflückten?«

Das Magergesicht schrie: »Müssen sie wohl pflücken. Haben den letzten gottverdammten Cent auf der Reise ausgegeben.«

Mac wiederholte leise: »All diese prächtigen Äpfel. Wenn wir sie nicht pflücken, verfaulen sie.«

»Wenn wir sie nicht pflücken, pflücken sie andere.«

»Und wenn wir keine anderen lassen?« sagte Mac.

Die Männer um das Feuer strafften sich. »Du denkst an – Streik?« fragte Magergesicht.

Mac lachte. »Ich denke an gar nichts.«

Ein kleiner Mann, das Kinn auf den Knien, sagte: »Als London erfuhr, was die bezahlen, traf ihn fast der Schlag.« Er wandte sich an seinen Nebenmann: »Du sahst ihn, Joe. War's nicht so?«

»Wurde grün im Gesicht«, sagte Joe. »Stand nur so da und wurde grün im Gesicht. Nahm einen Stock auf und hieb ihn zu Spänen, von Hand.«

Der Tabakbeutel kehrte zum Ausgangspunkt zurück, aber es war nicht viel übrig geblieben. Mac befühlte ihn mit den Fingern, bevor er ihn in die Tasche steckte. »Wer ist London?« fragte er.

Magergesicht antwortete: »London ist ein braver Kerl – ein feiner Kerl. Wir wandern mit ihm. Er ist ein feiner Kerl.«

»Der Chef, was?«

»Nein, ein Chef ist er nicht, aber er ist ein toller Kerl. Wir wandern gewissermaßen mit ihm. Du solltest ihn einmal mit einem Polizisten reden hören. Er –«

Da war wieder der Schrei aus dem Zelt, diesmal gedehnter. Die Männer drehten die Köpfe danach und schauten dann fühllos ins Feuer zurück.

»Jemand krank?« fragte Mac.

»Londons Schwiegertochter. Sie bekommt ein Kind.«

Mac sagte: »Das ist doch kein Ort, um ein Kind zur Welt zu bringen. Haben sie einen Arzt?«

»Nein, zum Teufel. Wo sollten sie den Arzt herholen?«

»Warum bringen sie sie denn nicht ins Bezirksspital?«

Magergesicht höhnte: »Im Bezirksspital können sie keine Wanderarbeiter gebrauchen. Weißt du das denn nicht? Sie haben keinen Platz. Immer überfüllt.«

»Ich weiß«, sagte Mac. »Ich wollte nur wissen, ob ihr es wißt.«

Jim fröstelte, nahm ein Weidenstecklein und bohrte das Ende in die Glut, bis es aufloderte. Macs Hand stahl sich aus dem Dunkel heran, faßte seinen Arm einen Augenblick und nahm es.

Mac fragte: »Haben sie jemand, der etwas davon versteht?«

»Eine Alte«, sagte Magergesicht. Seine Augen wurden ob der Befragung mißtrauisch. »Was geht dich das übrigens an?«

»Ich habe einige Erfahrung«, erklärte Mac lässig. »Ich verstehe was davon. Dachte, ich könnte vielleicht einspringen.«

»Gut, dann geh selber zu London.« Magergesicht schob die Verantwortung von sich. »Es ist nicht an uns, Fragen über ihn zu beantworten.«

Mac achtete nicht auf das Mißtrauen. »Wird wohl das Beste sein.« Er stand auf. »Komm, Jim. Ist London dort im erleuchteten Zelt, wo das Licht brennt?«

»Jawohl, ist er.«

Ein Kreis beleuchteter Gesichter sah zu, wie Jim und Mac fortgingen. Dann drehten sich die Köpfe wieder dem Feuer zu. Die beiden suchten einen Weg über die Lichtung, zwischen den Stoffbündeln hindurch, die Schlafende waren.

Mac flüsterte: »Welche Chance! Wenn es gelingt, sind wir auf dem besten Weg.«

»Wie meinst du das? Mac, ich wußte gar nicht, daß du dich auf Medizin verstehst.«

»Du bist nicht der einzige, der das nicht weiß«, sagte Mac. Sie näherten sich dem Zelt, wo sich dunkle Gestalten auf der Leinwand bewegten. Mac trat hinzu und rief: »London.«

Fast im gleichen Augenblick bauschte sich die Zeltbahn, die den Eingang verschloß, und ein großer, breiter Mann trat heraus. Seine Schultern waren ungeheuer. Borstiges, dunkles Haar wuchs um eine vollkommen kahle Glatze wie um eine Tonsur. Muskulöse Falten liefen wie Kordeln über das Gesicht, und die dunklen Augen waren so wild und rot wie die eines Gorillas. Den Mann umgab Autoritätsgewalt. Man spürte, daß ihm Führertum so natürlich war wie das Atmen. Mit der einen Hand hielt er den Zelteingang hinter sich zu.

»Was wollt ihr?« forschte er.

»Wir sind eben erst angekommen«, erklärte Mac. »Ein paar Leute beim Feuer drüben sagten, hier kriege ein Mädel ein Kind.«

»Na und?«

»Ich dachte, ich könnte vielleicht aushelfen, bis der Arzt kommt.«

London schob die Zeltbahn beiseite und ließ einen Streifen Licht auf Macs Gesicht fallen. »Was verstehst du denn davon?«

»Ich habe in Spitälern gearbeitet«, sagte Mac, »ich habe das schon öfter gemacht. Es lohnt sich nicht, etwas zu riskieren, London.«

Die Stimme des Riesen wurde leise. »Komm herein«, sagte er. »Da ist zwar ein altes Weib, aber ich glaube, sie ist nicht ganz bei Trost. Komm rein und sieh dir's mal an.« Er hielt den Zelteingang offen, damit sie eintreten sollten.

Im Zelt drängten sich die Menschen, und es war sehr heiß. In einer Untertasse brannte eine Kerze. In der Mitte stand ein Ofen aus einem Kerosin-Kanister, und daneben saß eine alte, verhutzelte Frau. Ein bleicher Junge stand in einer Ecke des Zeltes. An der Rückwand hatte man eine Matratze auf den Boden gelegt. Darauf lag ein junges Mädchen mit verfilztem Haar und einem bleichen Gesicht voll brauner Schmutzbahnen. Aller Augen wandten sich nach Mac und Jim. Die Alte sah einen Augenblick auf und senkte dann die Augen zum rotglühenden Ofen. Sie kratzte sich mit den Fingernägeln die Handrücken.

London ging zur Matratze hinüber und kniete sich daneben. Das Mädchen riß seine angstvollen Augen von Mac los und heftete sie auf London. Der sagte: »Jetzt haben wir einen Arzt. Du brauchst keine Angst mehr zu haben.«

Mac schaute auf sie hinunter und zwinkerte. Ihr Gesicht war starr vor Furcht. Der Junge kam aus seiner Ecke und berührte Macs Schulter. »Es wird doch alles gut gehen?«

»Natürlich, sie ist ganz in Ordnung.«

Mac wandte sich an die Alte: »Bist du Hebamme?«

Sie kratzte sich ihre runzligen Handrücken und blickte abwesend zu ihm auf; aber sie gab keine Antwort. »Ich frag dich, ob du Hebamme bist?« schrie er.

»Nein – aber ich hab das eine oder andere Mal geholfen.«

Mac bückte sich, nahm eine ihrer Hände und hielt die brennende Kerze nahe daran. Die Nägel waren lang, rissig und schmutzig, und die Hände waren blaugrau. »Dann müssen es wohl Totgeburten gewesen sein«, sagte er. »Was für Tücher wolltest du denn brauchen?«

Die Alte wies auf einen Stoß Zeitungen. »Lisa hat erst zwei Wehen gehabt«, winselte sie. »Wir haben Zeitungen für den Unrat.«

London beugte sich vor, den Mund vor Spannung leicht geöffnet, während seine Augen Macs Augen suchten. Die Tonsur glänzte im Kerzenlicht. Er bestätigte die Aussage der Alten. »Lisa hat erst zwei Wehen gehabt; eine ist eben erst vorbei.«

Mac winkte mit dem Kopf kurz nach draußen. Er ging durch den Zelteingang, und London und Jim folgten ihm. »Hör zu«, sagte er zu London, »du hast die Hände gesehen. Das Kind mag vielleicht am Leben bleiben, wenn es mit denen angefaßt wird, aber das Mädel hat nicht die geringste Chance. Besser, du beförderst die alte Jungfer hinaus.«

»Dann übernimmst du also die Sache?« wollte London wissen.

Mac schwieg einen Augenblick. »Jawohl, ich tu's. Der Jim hier wird mir dabei ein bißchen helfen; aber ich brauche mehr Hilfe, verdammt viel mehr Hilfe.«

»Gut, ich werde dir schon an die Hand gehen«, sagte London.

»Das genügt nicht. Können die da draußen helfen?«

London lachte kurz auf. »Darauf kannst du dich verlassen, wenn ich es ihnen sage.«

»Schön, dann hol sie«, sagte Mac. »Hol sie jetzt gleich.« Er ging zum Feuerchen voran, um das noch immer der Kreis der Männer saß. Sie blickten auf, als die drei sich näherten.

Magergesicht sagte: »Hallo, London.«

London redete laut: »Ich will, daß ihr auf den Arzt hier hört.« Ein paar weitere Männer schlenderten heran, standen herum und warteten ab. Sie waren matt und gleichgültig, aber sie gehorchten der Stimme der Autorität.

Mac räusperte sich. »London hat eine Schwiegertochter, und die bekommt ein Kind. Er hat versucht, sie im Bezirksspital unterzubringen, aber man hat sie nicht aufgenommen. Es ist überfüllt, und übrigens sind wir ja nur eine Handvoll lausiger Erntearbeiter. O.K. Die helfen uns also nicht. Wir müssen es selbst tun.«

Die Männer schienen sich ein wenig zu straffen, sich zusammenzuschließen. Die Gleichgültigkeit begann von ihnen abzufallen. Sie rückten näher ans Feuer. Mac fuhr fort: »Ich habe in Spitälern gearbeitet und kann also helfen, aber ich brauche auch eure Hilfe. Herrgott, wir müssen doch unseren eigenen Leuten beistehen. Sonst tut's keiner.«

Magergesicht schob sich empor. »Bereit, Kamerad«, sagte er. »Was sollen wir tun?«

Im Feuerschein verzog sich Macs Gesicht zu einem Grinsen der Freude und des Triumphs. »Prima!« sagte er. »Ihr wißt, wie man zusammensteht. Jetzt müssen wir zuerst Wasser kochen. Sobald es siedet, müssen wir weiße Tücher hineintun und die Tücher kochen. Es ist mir gleich, woher oder wie ihr die Tücher nehmt.« Er wählte drei Männer aus: »Du und du und du, ihr macht ein großes Feuer. Und du verschaffst uns zwei große Kessel. Ein paar Fünf-Gallonen-Kanister sollten ja wohl aufzutreiben sein. Die übrigen sammeln Tücher; irgendwelche: Taschentücher, alte Hemden – irgend etwas, wenn es nur weiß ist. Sobald das Wasser siedet, werft ihr die Tücher hinein und laßt sie eine halbe Stunde kochen. Einen kleinen Topf heißes Wasser brauche ich so rasch wie möglich.« Die Männer wurden unruhig. Mac sagte: »Augenblick! Noch etwas. Ich brauche eine Lampe, eine gute. Einige von euch holen mir eine. Wenn sie euch niemand geben will, dann stehlt ihr sie eben. Ich muß Licht haben.«

Die Stimmung war verändert. Die Gleichgültigkeit hatte die Männer verlassen. Schläfer wurden geweckt und angewiesen und scharten sich zu der Gruppe. Ein Strom von Erregung elektrisierte das Lager, aber es war eine freudige Erregung. Feuer wurden geschichtet. Vier große Wasserkessel wurden zum Sieden aufgesetzt; und dann begannen Tücher aufzutauchen. Jeder schien etwas zum Haufen beizutragen. Einer zog sein Leibchen aus, warf es ins Wasser und zog sein Hemd wieder an. Auf einmal schienen die Männer glücklich. Sie lachten miteinander, während sie dürre Pappelzweige für das Feuer brachen.

Jim stand neben Mac und schaute dem Treiben zu. »Was kann ich tun?« fragte er.

»Komm mit herein. Du kannst mir im Zelt drinnen helfen.« In diesem Augenblick drang ein Schrei aus dem Zelt. Mac sagte rasch: »Bring mir so rasch wie möglich einen Topf heißes Wasser, Jim. Hier,« – er streckte ihm ein Fläschchen hin – »wirf ungefähr vier von diesen Tabletten in jeden der großen Kanister. Gib mir das Fläschchen zurück, wenn du das Wasser bringst.« Er eilte fort, dem Zelt zu.

Jim zählte die Tabletten in die Kanister, schöpfte dann einen großen Eimer Wasser aus einem derselben und folgte Mac in das Zelt. Die Alte kauerte abseits in einer Ecke. Sie kratzte sich die Hände und spähte mißtrauisch nach Mac, der zwei der Tabletten in das warme Wasser fallen ließ und seine Hände hineintauchte. »Wir können uns auf alle Fälle schon mal die Hände waschen«, sagte er.

»Was ist in der Flasche?«

»Quecksilberchlorid. Ich habe es immer bei mir. Hier, wasch dir die Hände, Jim, und dann geh frisches Wasser holen.«

Eine Stimme vor dem Zelt rief: »Da sind Ihre Lampen, Herr Doktor.«

Mac ging zum Ausgang und holte sie herein, eine Rochester-Lampe mit rundem Docht und eine starke Petroleumlampe. »Irgendein armer Teufel wird im Dunkeln melken müssen«, sagte er zu Jim. Er pumpte Druck in die Petroleumlampe, und als er sie anzündete, strahlte der Strumpf ein grelles weißes Licht aus, und das Zischen erfüllte das Zelt. Von draußen drang das Knacken brechenden Holzes und Stimmengewirr herein.

Mac stellte die Lampe neben die Matratze. »Es wird alles gut, Lisa«, sagte er. Sachte versuchte er, die schmutzige Bettdecke zu heben, unter der sie lag. London und der bleiche Junge sahen zu. In einer Panik von Scham raffte Lisa die

Decke enger an sich. »Komm, Lisa, ich muß dich bereit machen«, redete ihr Mac zu. Aber noch immer klammerte sie sich an die Decke.

London trat herzu. »Lisa«, sagte er, »laß ihn nur machen.« Ihre furchtsamen Augen drehten sich London zu, und dann lockerte sie widerstrebend den Griff. Mac schlug die Decke auf ihre Brust zurück und knöpfte ihre baumwollene Wäsche auf. »Jim«, rief er, »geh hinaus und fisch mir ein Tuch, und bring mir auch gleich ein Stück Seife.«

Als Jim ein dampfendes Tuch und ein dünnes, hartes Seifenstück zureichte, wusch Mac Beine, Schenkel und Bauch. Er arbeitete so behutsam, daß ein Teil der Angst aus Lisas Gesicht wich.

Die Männer brachten gekochte Tücher.

Die Wehen kamen immer häufiger.

Bei Morgengrauen begann die Geburt.

Einmal wurde das Zelt heftig erschüttert. Mac blickte über die Schulter zurück. »London, dein Junge ist ohnmächtig geworden«, sagte er. »Bring ihn an die frische Luft.« Mit dem Ausdruck tiefer Verlegenheit legte London den zarten Jungen auf seine Schultern und trug ihn hinaus.

Der Kopf des Kindes erschien. Mac stützte ihn mit den Händen, und unter Lisas schwachem Wimmern wurde die Geburt vollendet. Mac durchtrennte die Nabelschnur mit einem sterilisierten Taschenmesser.

Die Sonne schien auf die Leinwand, und noch immer zischte die Lampe. Jim wrang die warmen Tücher aus und reichte sie Mac, der das schrumplige kleine Baby wusch. Und Jim wusch und schrubbte die Hände der Alten, bevor ihr Mac das Neugeborene zu halten gab. Eine Stunde danach kam der Mutterkuchen, und wieder wusch Mac Lisa sorgfältig. »Jetzt schaff den ganzen Unrat hinaus«, befahl er London. »Verbrenn all diese Lappen.«

London fragte: »Auch die ungebrauchten?«

»Jawohl. Verbrenn alles. Es taugt doch zu nichts mehr.« Seine Augen waren müde. Er warf einen letzten Blick umher. Die Alte hielt das gewickelte Kind in den Armen. Lisas Augen waren geschlossen, und sie atmete ruhig auf ihrer Matratze. »Komm, Jim. Wir gehen schlafen.«

Auf der Lichtung schliefen wieder die Männer. Die Sonne beschien die Weidenwipfel. Mac und Jim krochen in eine kleine Höhlung im Unterholz und legten sich nieder. Jim sagte: »Ich habe Sand in den Augen. Ich bin müde. Ich habe gar nicht gewußt, daß du in einem Spital gearbeitet hast, Mac.«

Mac kreuzte die Hände hinter dem Kopf. »Hab ich auch nicht.«

»Ja, wo hast du denn dein Wissen über Geburten her?«

»Bis heute nacht hatte ich keines. Ich hatte noch nie eine gesehen. Das einzige, was ich wußte, war, daß es gut sei, sauber zu sein. Lieber Gott, ich habe Glück gehabt, daß alles gut ging. Wenn etwas passiert wäre, wären wir jetzt erledigt. Die Alte verstand einen Haufen mehr davon als ich. Und ich glaube, sie wußte es.«

»Du schienst sehr sicher.«

»Allmächtiger! Ich mußte ja wohl. Wir müssen jedes Material, das uns in die Hände fällt, benutzen. Hier bot sich eine günstige Gelegenheit, das Eis zu brechen. Wir mußten ganz einfach zupacken. Natürlich war es nett, dem Mädel zu helfen – aber auch wenn sie dran sterben würde, zum Teufel, wir müssen uns alles zunutze machen.« Er drehte sich auf die Seite und benützte seinen Arm als Kopfkissen. »Ich bin ganz ausgepumpt, aber ich habe ein gutes Gefühl. Mit der Arbeit einer einzigen Nacht haben wir uns das Vertrauen der Leute und das Vertrauen Londons erobert. Und mehr noch: Wir haben die Leute dazu gebracht, in eigener Sache als Gruppe zusammenzuarbeiten. Dazu sind wir schließlich hergekommen: sie als Trupp kämpfen zu lehren. Lohnerhöhung ist nicht unser einziges Ziel. Das weißt du ja.«

»Ja«, sagte Jim. »Ich wußte es zwar; aber ich wußte nicht, wie wir es anstellen würden.«

»Ja – da gibt es nur eine einzige Regel: Mach dir jedes beliebige Material zunutze. Wir haben keine Maschinengewehre und keine Truppen. Diese Nacht war gut; das Material war bereit, und wir waren bereit. London ist mit uns. Er ist der geborene Führer. Wir lehren ihn, wohin er führen soll. Wir müssen aber verdammt sachte vorgehen. Führerschaft muß von den Leuten ausgehen. Wir können ihnen Methode beibringen, aber machen müssen sie es selbst. Recht bald schon werden wir London Methode beibringen, und er kann sie seinen Leuten beibringen. Paß mal auf«, sagte Mac, »die Geschichte der vergangenen Nacht wird heute nacht die Runde durch die ganze Gegend machen. Wir haben unseren Stein schon ins Spiel gebracht, und es steht besser, als ich hoffte.

Vielleicht werden wir später eingesperrt, weil wir ohne Lizenz Medizin betrieben haben, aber das würde die Leute nur fester an uns ketten.«

Jim fragte: »Wie kam es eigentlich dazu? Du hast gar nicht viel gesagt, aber sie fingen alle wie ein Maschinchen an zu arbeiten, und es machte ihnen Spaß. Sie hatten ein gutes Gefühl.«

»Natürlich hat es ihnen Spaß gemacht. Es macht den Leuten immer Spaß, zusammenzuarbeiten. Sie hungern nach gemeinsamer Arbeit. Weißt du, daß zehn Männer fast zwölfmal soviel heben können wie einer allein? Es braucht nur einen kleinen Funken, um sie in Gang zu bringen. Die meiste Zeit sind sie mißtrauisch, weil ihnen jedesmal, sobald sie jemand als Gruppe arbeiten läßt, der Ertrag ihrer Arbeit weggenommen wird. Aber warte nur ab, bis sie erst einmal für sich selbst arbeiten. Heute nacht ging sie die Arbeit etwas an – es ging um ihre eigene Sache; und schau, was sie geleistet haben.«

Jim sagte: »Du hattest gar keine Verwendung für so viele Tücher. Warum hast du bloß London befohlen, alles zu verbrennen?«

»Siehst du, Jim – siehst du denn nicht? Jeder, der einen Teil seiner Kleider hergab, empfand die Arbeit als seine eigene. Sie fühlen sich alle für das Neugeborene verantwortlich. Es gehört ihnen, weil sie etwas dafür hergegeben haben. Ihnen die Tücher zurückgeben, würde heißen, sie ausschließen. Es gibt keinen besseren Weg, Leute an einer Bewegung zu beteiligen, als sie veranlassen, etwas beizutragen. Ich wette, jetzt haben alle ein gutes Gefühl.«

»Gehen wir heute arbeiten?« fragte Jim.

»Nein, wir wollen der Geschichte der vergangenen Nacht Zeit lassen, die Runde zu machen. Bis morgen wird es schon eine höllisch große Angelegenheit sein. Nein, arbeiten gehen wir später. Jetzt brauchen wir Schlaf. Aber Herrgott, was haben wir jetzt schon für einen tollen Vorsprung!«

Die Weiden über ihren Köpfen flüsterten, und einige Blätter sanken auf die Männer herab. Jim sagte: »Ich kann mich nicht erinnern, jemals so müde gewesen zu sein. Aber ich habe ein gutes Gefühl.«

Mac öffnete nochmals die Augen. »Du hältst dich wacker, Kleiner. Ich glaube, du wirst ein tüchtiger Arbeiter. Ich bin froh, daß du mitgekommen bist. Du hast mir gestern abend viel geholfen. Jetzt versuch, deine verflixten Augen und deinen Mund zuzumachen und zu schlafen.«

## 5

Die Nachmittagssonne blinkte auf den Kronen der Apfelbäume, brach sich dann unter den schweren Ästen in Streifen und Schichten schief einfallenden Lichts und zeichnete auf den Boden helle Tupfen und Kleckse. Zwischen den Baumreihen schienen breite Gassen in die Ferne zu ziehen bis dort, wo sich die Säulen der Stämme für das Auge im Unendlichen trafen. Die große Obstplantage wimmelte von Betriebsamkeit. Lange Leitern lehnten in den Ästen, und Stapel neuer, gelber Kisten standen zwischen den Reihen. Aus der Ferne kam das Rumpeln der Sortiermaschinen und das Klopfen der Hämmer, welche die Kisten zunagelten. Die Männer, große Eimer an Tragriemen über die Schultern geschlungen, eilten die Leitern hinauf und drehten die großen, grünen Pippinäpfel ab und füllten die Eimer bis zum Rand, eilten dann die Leitern hinunter, um die Eimer in die Kisten zu entleeren. Zwischen die Reihen fuhren Lastwagen, um die gepflückten Äpfel aufzuladen und sie zu den Sortier- und Packhäusern zu bringen. Ein Kontrolleur stand neben den Kisten und machte mit einem Bleistift Striche in sein Büchlein, wenn die Männer mit den Eimern kamen. Die Plantage war voll Leben. Die Zweige der Bäume zitterten unter den Leitern. Die überreifen Früchte plumpsten dumpf zu Boden. Irgendwo, in einer Baumkrone versteckt, trillerte ein Pfeifvirtuose.

Jim hastete die Leiter hinunter, trug seinen Eimer zum Kistenstapel und leerte die Last. Der Kontrolleur, ein blonder junger Mann in verwaschenen weißen Kordhosen, machte ein Zeichen in sein Buch und nickte. »Schmeiß sie nicht so rein, mein Junge«, warnte er. »Du quetschst sie sonst.«

»O.K.«, sagte Jim. Er ging zu seiner Leiter zurück, wobei er im Gehen mit dem Knie gegen den Eimer trommelte. Hinauf ging's, und er legte den Draht des Traghakens über einen Ast. Erst dann entdeckte er einen Mann im Baum, der die Leiter verlassen und sich auf einen dicken Ast gestellt hatte. Er langte soeben nach einem Büschel Äpfel hoch über seinem Kopf. Er spürte den Baum unter Jims Gewicht erbeben und blickte herab.

»Hallo, Kleiner! Ich wußte nicht, daß dies dein Baum ist.«

Jim starrte zu ihm nach oben, einem mageren Alten mit schwarzen Augen und einem dünnen, ausgefransten Bart. Auf den Händen standen die Adern dick und blau hervor. Die Beine schienen so dünn und gerade wie Stecken, zu dünn für die großen Füße in den schweren, dicksohligen Schuhen.

Jim sagte: »Der Baum kann mir gestohlen werden. Bist du nicht ein bißchen zu alt, um noch wie ein Affe herumzuklettern, Papa?«

Der Alte spuckte aus und beobachtete, wie der dicke, weiße Tropfen auf den Boden traf. Seine trüben Augen wurden böse. »Das meinst du so«, sagte er. »Viele Bubis meinen, ich sei zu alt. Ich kann euch allen noch was vormachen, vergiß das nicht!« Beim Reden wippte er mit erzwungener Elastizität in den Knien. Er langte hinauf, pflückte den ganzen Büschel Äpfel samt Zweig und allem, strich die Äpfel in seinen Eimer und ließ den Zweig verächtlich zu Boden fallen.

Die Stimme des Kontrolleurs rief: »Schont die Bäume, ihr dort drüben.«

Der Alte grinste boshaft und zeigte oben und unten je zwei lange, vorstehende gelbe Eichhörnchenzähne. »Wichtigtuer, was?« bemerkte er zu Jim.

»Schuljunge«, sagte Jim. »Solche gibt's überall.«

Der Alte hockte sich auf seinen Ast. »Und was verstehen sie schon?« forderte er heraus. »Da laufen sie in diese höheren Schulen und lernen rein nichts. Dieser naseweise Kerl mit seinem Büchelchen könnte sich noch nicht einmal in einer Scheune trocken legen.« Er spuckte wieder aus.

»Sie sind ganz schön aufgeblasen«, stimmte Jim zu.

»Wir beide dagegen«, fuhr der Alte fort, »wir wissen vielleicht nicht sehr viel, aber was wir wissen, das wissen wir auch wirklich.«

Jim schwieg ein Weilchen, und dann zielte er nach dem Stolz des Alten, wie er es von Mac in anderen Fällen gehört hatte. »Du weißt noch nicht einmal genug, um die Bäume in Ruhe zu lassen, wenn du siebzig bist. Ich weiß nicht genug, um weiße Kordhosen zu tragen und in ein Büchelchen Bleistiftstriche zu machen.«

Der Alte fauchte: »Wir haben keine Beziehungen, daran

liegt's. Um einen leichten Posten zu bekommen, muß einer Beziehungen haben. Wir werden einfach übergangen, weil wir keine Beziehungen haben.«

»Nun, und was gedenkst du dagegen zu tun?«

Die Frage schien dem Alten die Luft wegzunehmen. Sein Zorn verschwand. Seine Augen wurden unsicher und ein wenig ängstlich. »Das mag Gott wissen«, sagte er. »Wir stecken es ein und damit basta. Wir ziehen wie ein Rudel Schweine im Land herum und lassen uns von einem Schuljungen auf den Hintern klopfen.«

»Es ist nicht seine Schuld«, sagte Jim. »Er hat nun mal diesen Posten. Wenn er den Posten behalten will, muß er es tun.«

Der Alte langte nach einem anderen Büschel Äpfel, pflückte diese, indem er sie hob und drehte, und legte jeden einzeln sorgfältig in den Eimer. »Als ich noch jung war, meinte ich, es müsse sich etwas tun lassen«, sagte er, »aber ich bin jetzt einundsiebzig.« Seine Stimme klang müde.

Ein Lastwagen kam vorbei, der die vollen Kisten wegführte. Der Alte fuhr fort: »Ich war in den Wäldern im Norden, als die Wobblis* Stunk machten. Ich bin Wipfelfäller, und ich verstehe meine Sache. Es ist dir vielleicht aufgefallen, wie ich es noch in meinem Alter mit einem Baum aufnehme. Nun, damals hatte ich noch Hoffnungen. Die Wobblis haben natürlich schon was erreicht. Es gab eine Zeit, da gab es keine Scheißhäuschen, sondern nur ein Loch im Boden, und keine Badegelegenheit, und das Fleisch verdarb. Nun, die Wobblis brachten es fertig, daß Toiletten und Duschen eingerichtet wurden; aber zum Teufel, es ging alles wieder kaputt.« Seine Hand fuhr automatisch in die Höhe auf der Suche nach weiteren Äpfeln. »Ich wurde Gewerkschafter«, sagte er. »Wir wählten einen Wortführer, und der hatte nichts Eiligeres zu tun, als dem Aufseher den Arsch zu lecken, und dann waren wir verraten und verkauft. Wir zahlten Beiträge, und der Kassier verschleuderte sie. Ich weiß nicht. Vielleicht fällt so einem jungen Springinsfeld wie dir was ein. Wir haben getan, was wir konnten.«

»Du willst also aufgeben?« fragte Jim und sah ihn von der Seite an.

Der Alte hockte sich auf seinen Ast und hielt sich daran mit

* Industrial Workers of the World.

einer großen, ausgemergelten Hand. »Ich spüre was kommen«, sagte er. »Du magst mich für einen verrückten alten Gimpel halten; es war alles geplant, und es hat alles zu nichts geführt; aber ich spüre was kommen.«

»Was spürst du denn?«

»Es ist schwer zu sagen, Kleiner. Weißt du, bevor Wasser siedet, beginnt es zu wallen. So etwas spüre ich. Mein ganzes Leben lang war ich mit Wanderarbeitern zusammen. Hier gibt es überhaupt keinen Plan. Es ist einfach dieses Wallen des Wassers, bevor es siedet.« Seine Augen waren trüb, ohne Gesicht. Sein Kopf war hochaufgerichtet, so daß sich zwischen Kinn und Kehle zwei Hautstränge spannten. »Vielleicht haben sie zu lange gehungert; vielleicht sind sie von zu vielen Bossen schlecht behandelt worden. Ich weiß nicht. Ich spüre bloß etwas kommen.«

»Nun, und was ist es denn?«

»Wut«, schrie der Alte. »Das ist's. Weißt du, kurz vor einer Schlägerei, wenn einer blind verrückt ist, dann hat er so ein heißes, übles, schwaches Gefühl im Bauch. Das eben ist's. Bloß ist es nicht nur in einem Mann. Es ist, als sei der ganze Haufen, Millionen und aber Millionen, ein einziger Mann, und er wäre geschlagen und ausgehungert, und er bekäme jenes üble Gefühl im Bauch. Die Leute wissen nicht, was ihnen geschieht, aber wenn der große Kerl wild wird, dann werden alle dabei sein; und bei Gott, ich mag nicht daran denken. Sie werden uns die Klauen in die Lippen und die Zähne in den Hals schlagen. Wut ist's; es ist Wut.« Er schwankte auf seinem Ast und straffte die Arme, um Halt zu gewinnen. »Ich spüre es kommen«, sagte er. »Wo immer ich bin, es ist wie Wasser vor dem Sieden.«

Jim zitterte vor Aufregung. »Wir brauchen einen Plan«, sagte er. »Wenn die Sache zum Platzen kommt, dann muß es einen Plan geben, fix und fertig, um sie zu lenken, damit etwas Gutes daraus wird.«

Der Alte schien nach seinem Ausbruch müde. »Wenn der große Kerl wild wird, kann ihn kein Plan mehr halten. Der große Kerl wird rasen wie ein tollwütiger Hund und alles beißen, was sich regt. Er hat zu lange gehungert, und er ist zu sehr verwundet worden; und was das Schlimmste ist: man hat ihn zu sehr gekränkt.«

»Aber wenn genug Leute darauf gefaßt wären und einen Plan hätten –«, beharrte Jim.

Der Alte schüttelte den Kopf. »Hoffentlich bin ich tot, wenn es eintrifft. Sie werden uns die Zähne in die Kehle schlagen. Sie werden einander abschlachten, und wenn sie alle erschöpft oder tot sind, wird alles wieder beim alten sein. Ich will sterben und nichts mehr damit zu tun haben. Ein Springinsfeld wie du, der hat noch Hoffnungen.« Er hob seinen vollen Eimer herunter. »Ich habe keine Hoffnung. Geh mir aus dem Weg; ich komme die Leiter hinunter. Mit Reden verdienen wir kein Geld: überlassen wir das den Schuljungen.«

Jim stellte sich auf einen Ast und ließ ihn die Leiter hinuntersteigen. Der Alte leerte seinen Eimer und ging dann zu einem anderen Baum. Obwohl Jim auf ihn wartete: er kam nicht zurück. Im Packhaus rumpelte das Sortierband über die Rollen, und die Hämmer klopften. Auf der Landstraße rasselten die schweren Transportwagen vorbei. Jim pflückte seinen Eimer voll und trug ihn zum Kistenstoß. Der Kontrolleur machte einen Strich in sein Heft.

»Du wirst uns noch Geld schulden, wenn du dein Teil nicht hereinbringst«, sagte der Kontrolleur.

Jim stieg das Blut in den Kopf, und er ließ seine Schultern sacken. »Kümmre dich um dein verdammtes Buch«, sagte er.

»Suchst wohl Streit, was?«

Jim fing sich wieder und grinste verlegen. »Ich bin müde«, entschuldigte er sich. »Die Arbeit ist neu für mich.«

Der blonde Kontrolleur lächelte. »Ich weiß, wie es ist«, sagte er. »Wenn man müde ist, wird man recht empfindlich. Klettre doch in einen Baum und rauch eine.«

»Gute Idee.« Jim kehrte zu seinem Baum zurück. Er hakte seinen Eimer an einen Ast und pflückte weiter. Er sagte laut zu sich selbst: »Sogar ich, wie ein tollwütiger Hund. Das darf ich mir nicht leisten. So trieb es mein alter Herr.« Er arbeitete nicht rasch, aber er beschränkte seine Bewegungen auf eine maschinelle Regelmäßigkeit. Die Sonne sank tiefer, bis sie den Boden ganz verließ und nur noch die Baumkronen beschien. Weit weg, in der Stadt, schrillte eine Pfeife. Aber Jim arbeitete stetig weiter. Es wurde schon schummerig, als endlich das Rumpeln im Packhaus aufhörte, und die Kontrolleure riefen: »Kommt herein, Leute. Es ist Zeit aufzuhören.«

Jim kletterte die Leiter hinunter, leerte seinen Eimer und stapelte ihn zu den übrigen. Der Kontrolleur notierte die Kübel und zählte die Ernte zusammen. Die Männer standen eine

Weile herum, drehten sich Zigaretten und redeten leise in den Abend. Sie gingen langsam eine Gasse entlang, der Straße zu, wo sich die Unterkunftsbaracken befanden.

Jim sah den Alten ein Stück weiter vorne und beschleunigte den Schritt, um ihn einzuholen. Die dünnen Beine bewegten sich mit gelenkiger Steife. »Du bist's wieder«, sagte er, als Jim ihn einholte.

»Ich dachte, ich könnte den Weg mit dir machen.«

»Nun, wer hindert dich daran?« Er freute sich offensichtlich.

»Hast du hier jemand, der zu dir gehört?« fragte Jim.

»Der zu mir gehört? Nein.«

Jim sagte: »Ja, wenn du doch allein bist, warum meldest du dich denn nicht bei einer Wohltätigkeitstante und läßt die andern für dich sorgen?«

Die Stimme des Alten tönte frostig vor Verachtung. »Ich bin Wipfelfäller. Hör mal zu, Bubi, wenn du nie in den Wäldern warst, sagt dir das natürlich nichts. Verdammt wenige Wipfelfäller erreichen jemals mein Alter. Ich erinnere mich an Bubis wie dich, die wären schon fast an einem Herzschlag gestorben, wenn sie mir nur zuschauten; und hier krieche ich in einen lausigen Apfelbaum. Ich soll Almosen nehmen? Ich habe mein Leben lang Arbeit geleistet, für die es Mut brauchte. Ich war schon einmal neunzig Fuß über dem Boden, und das Ende der Stange barst und zerriß mir den Sicherheitsgurt. Ich habe mit Burschen gearbeitet, die von einem Ast zu Brei gequetscht wurden. Ich soll Almosen nehmen? Sie würden sagen: ›Dan, komm dir dein Süppchen holen‹, und ich würde mein Brot in die Suppe tunken und es aussaugen. Bei Gott, eher spring ich aus einem Apfelbaum und brech mir den Hals, als daß ich Almosen annehme. Ich bin Wipfelfäller.«

Sie stapften durch die Bäume. Jim nahm den Hut ab und trug ihn in der Hand. »Du hast wenig genug davon«, sagte er. »Als du zu alt warst, haben sie dich einfach hinausgeschmissen.«

Dans große Hand tastete nach Jims Arm, knapp über dem Ellbogen, und preßte ihn, bis er schmerzte. »Ich habe was davon gehabt, solange ich dabei war«, sagte er. »Ich stieg eine Stange hinauf, und ich wußte, daß der Meister und der Waldeigentümer und der Präsident der Gesellschaft nicht den Mut hatten zu tun, was ich tat. Aber ich! Von dort oben schaute ich auf alles hinunter. Und alles sah klein aus, und die Männer waren winzig, aber ich saß dort oben. Ich war da in Lebensgröße. Ich habe schon was davon gehabt.«

»Den ganzen Profit deiner Arbeit haben *sie* eingesteckt«, sagte Jim. »Sie wurden reich, und als du nicht mehr konntest, haben sie dich einfach hinausgeschmissen.«

»Ja«, sagte Dan, »das haben sie allerdings getan. Ich muß wohl schon recht alt sein, Kleiner. Es ist mir vollkommen egal, daß sie es getan haben – scheißegal ist es mir.«

Sie konnten jetzt das niedrige, weißgetünchte Gebäude sehen, das die Eigentümer für die Erntearbeiter vorgesehen hatten – einen niedrigen, über vierzig Meter langen Schuppen, worin sich alle zehn Fuß eine Türe und ein quadratisches Fenster öffneten. Durch manche der offenen Türen sah man Lampen und Kerzen brennen. Einige Männer saßen auf den Schwellen und schauten in die Dämmerung. Vor dem langgestreckten Gebäude gab es einen Wasserhahn, um den sich eine Traube Männer und Frauen gesammelt hatte. Jeder, der an der Reihe war, hielt die hohlen Hände unter den Strahl, warf sich Wasser über Gesicht und Haare und rieb sich eine Weile die Hände. Die Frauen trugen Büchsen und Kochtöpfe, um sie am Hahn zu füllen. Kinder schwärmten aus und in die dunklen Türöffnungen, rastlos wie Ratten. Ein müdes, leises Gerede stieg aus der Gruppe. Männer und Frauen kehrten zurück, die Männer aus den Plantagen, die Frauen aus dem Sortier- und Packhaus. Am Nordende des Gebäudes stand im Winkel dazu die Schmalseite des Gemischtwarenladens. Dort wurden gegen Vorzeigen der Arbeitsausweise Nahrungsmittel und Kleider auf Kredit abgegeben. Eine Schlange von Frauen und Männern stand wartend davor, und eine andere Schlange kam mit Konserven und Brotlaiben heraus.

Jim und der Alte näherten sich der Baracke. »Da sind wir ja schon beim Stall angelangt. Es wäre nicht so übel, wenn man eine Frau hätte, die für einen kochte.«

Dan sagte: »Ich denke, ich gehe zum Laden und besorge mir eine Büchse Bohnen. Die verdammten Narren zahlen hier siebzehn Cents für ein Pfund Büchsenbohnen. Dabei könnten sie für den gleichen Preis vier Pfund Dörrbohnen bekommen, und gekocht gäbe das beinahe acht Pfund.«

Jim fragte: »Warum tust du's denn nicht?«

»Ich habe keine Zeit. Ich komme müde hier an und will essen.«

»Haben die anderen etwa mehr Zeit? Die Frauen arbeiten

den ganzen Tag; die Männer arbeiten den ganzen Tag; und der Eigentümer verlangt für eine Büchse Bohnen drei Cent Zuschlag, weil die Leute zu müde sind, um für Einkäufe in die Stadt zu fahren.«

Dan kehrte Jim seinen stacheligen Bart zu. »Du verstehst es wirklich, dir Sorgen zu machen, Kleiner. Grad wie ein junger Hund mit einem Markknochen: Du kaust und kaust daran, aber ohne was auszurichten, und vielleicht beißt du dir schon bald einen Zahn dran aus.«

»Wenn genügend Leute daran kauen, werden sie ihn knakken.«

»Mag sein – aber ich habe einundsiebzig Jahre mit Menschen und Hunden gelebt, und meistens habe ich gesehen, wie sie einander den Knochen zu stehlen versuchten. Noch nie habe ich zwei Hunde gesehen, die einander geholfen hätten, den Knochen zu knacken; wohl aber habe ich gesehen, wie sie sich gegenseitig zerbissen haben, um ihn sich zu stehlen.«

Jim sagte: »Du machst, daß einem alles sinnlos vorkommt.«

Der Alte zeigte seine langen Eichhörnchenzähne. »Ich bin einundsiebzig«, entschuldigte er sich. »Mach nur weiter mit deinem Knochen und hör nicht auf mich. Vielleicht haben sich Menschen und Hunde geändert.«

Als sie sich auf dem lehmigen Boden langsam näherten, löste sich eine Gestalt aus der Menge um den Wasserhahn und schlenderte ihnen entgegen. »Das ist mein Freund«, sagte Jim. »Das ist Mac. Er ist ein feiner Kerl.«

Der Alte erwiderte unwirsch: »Ich mag mit niemandem reden. Ich glaube kaum, daß ich mir meine Bohnen erst koche.«

Mac hatte sie erreicht. »Abend, Jim. Wie steht's?«

»Ganz gut. Das ist Dan, Mac. Er war in den Wäldern im Norden, als die Wobblis dort wirkten.«

»Freut mich.« Mac gab seiner Stimme einen Ton von Ehrerbietung. »Ich habe von jener Zeit gehört. Das war noch Sabotage, damals.«

Der Ton schmeichelte dem Alten. »Ich war keiner von den Wobblis«, sagte er. »Ich bin Wipfelfäller. Diese Wobblis waren ein Pack verräterischer Hurensöhne, aber sie haben was geschafft. Verdammt, die brannten eine Sägemühle ab, kaum daß sie ihrer ansichtig wurden.«

Der achtungsvolle Ton blieb in Macs Stimme. »Ja nun, wenn sie nur was geschafft haben, dann darf man wohl nicht mehr erwarten.«

»Sie waren ein hitzköpfiges Pack. Es machte keinen Spaß, sich mit ihnen zu unterhalten. Sie haßten alles. Ich denke, ich gehe mir mal meine Bohnen besorgen.« Er kehrte rechtsum und entfernte sich.

Es war fast dunkel. Jim blickte zum Himmel auf und sah ein schwarzes V darüberfliegen. »Mac, schau, was ist das?«

»Wildenten. Sie fliegen früh dieses Jahr. Hast du denn noch nie Enten gesehen?«

»Ich glaube nicht«, sagte Jim. »Ich glaube, ich habe davon gelesen.«

»Übrigens, Jim, es ist dir doch recht, wenn wir nur ein Sardinenbrot essen? Wir haben heute abend zu tun. Ich will keine Zeit mit Kochen verlieren.«

Jims Bewegungen waren schlacksig gewesen; die ungewohnte Arbeit hatte ihn müde gemacht. Jetzt strafften sich seine Muskeln, und sein Kopf hob sich. »Was hast du vor, Mac?«

»Es ist so: Ich habe heute neben London gearbeitet. Dem Kerl entgeht nichts. Zwei Drittel des Wegs ist er schon mitgegangen. Er glaubt, er kann für die Belegschaft hier einstehen. Er kennt einen anderen, der eine andere Gruppe sozusagen führt. Die sitzen in der größten Plantage von allen: sechzehn Quadratkilometer Äpfel. London ist so verdammt wütend über diesen Lohnabbau: er ist zu allem bereit. Sein Freund in der Hunter-Besitzung heißt Dakin. Wir fahren heute abend hinüber, um mit Dakin zu reden.«

»Dann hast du die Sache also wirklich in Fahrt gebracht?« wollte Jim wissen.

»Es sieht so aus.« Mac ging durch eine der dunklen Türöffnungen und tauchte einen Augenblick später mit einer Büchse Sardinen und einem Laib Brot wieder auf. Er legte das Brot auf die Schwelle und drehte den Schlüssel an der Büchse, um das Zinn aufzurollen. »Hast du die Männer ausgehorcht, wie ich dir's gesagt habe, Jim?«

»Ich bekam nicht viel Gelegenheit. Ich habe einiges mit dem alten Dan geredet.«

Mac unterbrach das Öffnen der Büchse. »Wozu, in Gottes Namen? Wozu willst du denn mit dem da reden?«

»Nun, wir arbeiteten eben im selben Baum.«

»Warum hast du dich dann nicht an einen anderen Baum gemacht? Hör mal zu, Jim. Viele von unseren Leuten verschwenden ihre Zeit. Joy würde einen Wurf Katzen bekehren wollen. Verschwende deine Zeit nicht mit alten Knaben wie dem da. Er ist nicht mehr zu gebrauchen. Wenn du mit alten Leuten redest, werden sie dich nur zur Hoffnungslosigkeit bekehren. Denen haben sie allen Schneid ausgetrieben.« Er drehte den Büchsendeckel ab und legte die offene Dose vor sich hin. »Da, leg dir ein paar Fische auf eine Scheibe Brot. London ißt jetzt zu Abend. Er wird bald fertig sein. Wir fahren mit seinem Ford.«

Jim zog sein Taschenmesser hervor, ordnete drei Sardinen auf einer Brotscheibe und zerdrückte sie leicht. Er goß etwas Öl aus der Büchse darüber und deckte sie dann mit einer zweiten Scheibe Brot. »Wie geht's dem Mädel?« fragte er.

»Was für einem Mädel?«

»Dem Mädel mit dem Kind.«

»Ach so! Der geht's gut. Aber wenn man London hört, könnte man glauben, ich sei der liebe Gott. Ich habe ihm gesagt, ich sei kein Arzt; aber er nennt mich auch weiterhin ›Doktor‹. London traut mir viel zu. Weißt du, die wird noch ein hübsches Ding, wenn sie erst mal ein paar anständige Kleider anhat und etwas Schminke auflegt. Mach dir noch ein Sardinenbrot.«

Es war mittlerweile ganz dunkel geworden. Viele Türen wurden geschlossen, und die trüben Lampen in den Kammern warfen viereckige Lichtflecke auf den Boden draußen. Mac kaute an seinem Brot. »Ich habe noch nie so viele abgetakelte Weiber beieinander gesehen wie hier«, sagte er. »Die einzige im ganzen Lager, die anständig aussieht, ist dreizehn. Ich muß zwar zugeben, daß sie einen Hintern hat wie eine Achtzehnjährige; aber ich bleibe hier ja keine fünfzig Jahre.«

Jim sagte: »Es scheint dir Schwierigkeiten zu machen, die Geschäfte und das Schlafzimmer auseinanderzuhalten.«

»Wer zum Teufel will denn das überhaupt?« begehrte Mac auf. Er lachte in sich hinein. »Jedesmal, wenn mir die Sonne den ganzen Nachmittag auf den Rücken scheint, laufen mir die Unterhosen heiß. Was soll denn daran nicht recht sein?«

Die hellen, harten Sterne waren hervorgetreten, nicht viele, aber am kalten Nachthimmel scharf und stechend. Aus den nahegelegenen Kammern drang das An- und Abschwellen des Stimmengewirrs, aus dem hie und da eine einzelne Stimme klar vernehmlich wurde.

Jim wandte sich dem Geräusch zu. »Was geht dort vor, Mac?«

»Sie würfeln. Dazu habe ich sie bald gekriegt. Ich weiß nicht, was sie als Geld hernehmen. Vielleicht würfeln sie um den Zahltag der nächsten Woche. Den meisten wird davon nichts mehr bleiben, wenn sie mit dem Laden abgerechnet haben. Heute abend war einer da, der kaufte sich zwei große Gläser Pastetenfüllung. Wahrscheinlich vertilgt er beide Gläser noch heute abend und ist morgen krank. Sie bekommen einen Mordshunger nach etwas Gutem. Hast du das schon an dir beobachtet, Jim, wie sich die Gedanken an einer Sache festhaken, wenn man Hunger hat? Bei mir ist es immer Kartoffelbrei, ganz glitschig von zerlassener Butter. Der Kerl von heute abend wird wohl seit Monaten an Pastetenfüllungen gedacht haben.«

Ein großer Mann kam die Hausfront entlang, und das Licht aus den Fenstern fiel der Reihe nach auf ihn, als er an ihnen vorbeischritt. »Das ist London«, sagte Mac.

Er stapfte schulterschwingend auf sie zu. Seine Tonsur hob sich weiß vom schwarzen Haarkranz ab. »Ich bin fertig mit Essen«, sagte London. »Brechen wir auf. Mein Ford steht hinter dem Haus.« Er drehte sich um und ging in der Richtung, aus der er gekommen war, zurück; Mac und Jim folgten ihm. Hinter dem Gebäude stand ein offener Wagen, Modell T, mit der Nase gegen die Hauswand. Die Öltuchsitze waren ausgefranst und aufgeplatzt, so daß die Spiralfedern herausstachen und Roßhaarbüschel aus den Löchern quollen. London stieg ein und drehte den Schlüssel. Man konnte das Kratzen hören. »Kurble ihn an, Jim«, sagte Mac.

Jim legte sein Gewicht auf die unbewegliche Kurbel. »Paß auf mit der Zündung! Ich möchte meinen Kopf gerne noch ein bißchen behalten.«

»O.K. Zieh den Choke dort vorne heraus«, sagte London.

Das Benzin lief hinein. Jim warf die Kurbel herum. Der Motor erstickte, und die Kurbel schnellte heimtückisch zurück. »Fast hätt's mich erwischt! Paß doch mit der Zündung auf!«

»Er bockt immer ein bißchen«, sagte London. »Drück den Choke wieder hinein.«

Wieder warf Jim die Kurbel herum. Der Motor heulte auf. Die kleinen, trüben Scheinwerfer wurden hell. Jim kletterte auf den hinteren Sitz, zwischen alte Rohre, Reifen und Jutesäcke.

»Macht zwar ein bißchen Lärm, aber er tut's noch immer«, schrie London. Er fuhr rückwärts heraus und dann über den holprigen Feldweg durch den Baumgarten und schwenkte auf der betonierten Landstraße nach rechts ab. Der Wagen ratterte und rasselte über die Straße; durch die gesprungene Windschutzscheibe pfiff die kalte Luft, so daß sich Jim hinter den Schutz der Vordersitze duckte. Der Himmel hinter ihnen schimmerte von den Lichtern der Stadt. Beide Seiten der Straße waren gesäumt von Apfelbäumen, und manchmal blinkten dahinter die erhellten Fenster von Häusern. Der Ford überholte schwere Lastwagen und begegnete anderen, Benzintankwagen und silbrigen, mit blauen Lämpchen gesäumten Milchkesselwagen. Aus einem kleinen Bauernhof rannte ein Schäferhund heraus, und London schwenkte scharf ab, um ihn nicht zu überfahren.

»Der macht's nicht mehr lange«, schrie Mac.

»Ich überfahre Hunde ungern«, sagte London. »Katzen machen mir nichts aus. Auf dem Weg von Radcliffe hierher habe ich drei Katzen getötet.«

Der Wagen ratterte weiter, etwa im Dreißig-Meilen-Tempo. Manchmal setzten zwei Zylinder aus, so daß der Motor ruckte, bis die beiden Streikenden wieder mitmachten.

Als sie etwa fünf Meilen weit gefahren waren, verlangsamte London das Tempo. »Hier sollte irgendwo die Abzweigung sein«, sagte er. Eine kurze Reihe silbriger Briefkästen zeigte ihm an, wo er auf den Feldweg abbiegen mußte. Die Straße überwölbte ein hölzerner Torbogen mit den Worten: »Gebr. Hunter & Co., Obsthandel, Qualitätsäpfel«. Der Wagen stotterte langsam die Straße entlang. Plötzlich trat ein Mann in den Weg und hielt die Hand hoch. London brachte den Ford zum Stehen.

»Arbeitet ihr hier?« fragte der Mann.

»Nein.«

»Dann brauchen wir euch nicht. Wir sind voll belegt.«

London sagte: »Wir kommen nur ein paar Freunde besuchen. Wir arbeiten drüben bei Talbot.«

»Bringt ihr Schnaps zum Verkauf?«

»Bestimmt nicht.«

Der Mann leuchtete mit seiner Taschenlampe rückwärts in den Wagen und besah sich das Durcheinander von Eisen und gebrauchten Rohren. Die Lampe verlöschte. »O.K. Bleibt nicht zu lang.«

London trat aufs Pedal. »Auch so ein Zehnmalkluger«, knurrte er. »Es gibt keine naseweiseren Polizisten als die privaten. Wichtigtuer.« Er schwenkte den Wagen böse um eine Ecke und brachte ihn hinter einem Haus zum Stehen, das sehr jenem glich, von dem sie kamen: Es war ein langes, niedriges, lagerhausähnliches Gebäude, das in enge Kammern abgeteilt war. London sagte: »Die beschäftigen hier eine verdammt große Belegschaft. Sie haben drei solche Schlafschuppen.« Er ging zur ersten Türe und klopfte an. Von drinnen kamen ein Grunzen und schwere Schritte. Die Türe öffnete sich ein wenig. Eine dicke Frau mit strähnigem Haar schaute heraus. London fragte rauh: »Wo ist Dakin untergebracht?«

Die Frau beugte sich augenblicklich der Autorität seiner Stimme. »Dritte Tür, Sir, mit Frau und zwei kleinen Kindern.«

London sagte: »Danke!« drehte sich um und ließ die Frau mit weiteren Informationen und offenem Munde stehen. Sie streckte den Kopf heraus und sah den drei Männern zu, während London bereits an der dritten Türe klopfte. Sie verließ ihren Posten erst, als sich Dakins Türe wieder geschlossen hatte.

»Wer war das?« fragte ein Mann aus dem Hintergrund.

»Ich weiß nicht«, sagte sie. »Ein Riesenkerl. Er fragte nach Dakin.«

Dakin war ein Mann mit einem hageren Gesicht, verschleierten, lauernden Augen und einem unbeweglichen Mund. Seine Stimme war durchdringend und eintönig. »Alter Hurensohn«, sagte er. »Komm rein. Ich hab' dich seit Radcliffe nicht mehr gesehen.« Er trat zurück und ließ sie ein.

London sagte: »Dakin, das ist der Doktor und sein Freund. Der Doktor hat neulich nachts Lisa geholfen. Vielleicht hast du schon davon gehört.«

Dakin streckte Mac eine lange, bleiche Hand entgegen. »Natürlich hab ich davon gehört. Zwei von den Leuten, die hier arbeiten, waren dabei. Wenn man sie so von nichts anderem reden hört, könnte man meinen, Lisa habe ein Elefantenbaby geworfen. Hier ist meine bessere Hälfte, Doktor. Schau dir auch gleich die beiden Kleinen an; die sind kräftig.«

Seine Frau erhob sich, ein stattliches Weib mit großem Busen und vollem Gesicht, kleinen roten Rouge-Tupfen auf den Backen und einer goldenen Brücke am Oberkiefer, die im Licht der Lampe blitzte. »Freut mich, euch kennenzulernen«, sagte sie mit einer heiseren Stimme. »Wie wär's mit einem Schluck Kaffee oder einem Schuß aus der Pulle?«

Vor Stolz auf sie kam etwas Wärme in Dakins Augen.

»Nun, die Fahrt war recht kühl«, sagte Mac tastend.

Die Goldbrücke blitze auf. »Das habe ich mir doch gleich gedacht. Ihr könnt einen Seelenwärmer schon gebrauchen.« Sie stellte eine Flasche Whisky und ein Glas vor sie hin. »Schenkt euch selber ein. Voller als voll geht's nicht.«

Flasche und Glas machten die Runde. Mrs. Dakin kippte ihres als letzte. Sie verkorkte die Flasche und stellte sie in ein Wandschränkchen.

Es gab drei Liegestühle im Zimmer und für die Kinder zwei Liegen. An der Wand stand ein großes Feldbett. Mac sagte: »Sie haben sich ja recht komfortabel eingerichtet, Mr. Dakin.«

»Ich besitze einen leichten Lastwagen«, erklärte Dakin. »Hin und wieder bekomme ich Transportaufträge, und außerdem kann ich meinen Hausrat mitführen. Meine Frau hat eine flinke Hand; in guten Zeiten kann sie mit Flicken was dazu verdienen.« Mrs. Dakin lächelte zu dem Lob.

Plötzlich ließ London sein geselliges Gehabe fahren. »Wir wollen irgendwo hingehen, wo wir reden können«, sagte er.

»Und warum nicht hier?«

»Wir haben Privatsachen zu besprechen.«

Dakin drehte sich langsam zu seiner Frau. Seine Stimme klang monoton: »Du solltest mal mit den Kindern Mrs. Smith besuchen gehen, Alla.«

Ihr Gesicht verriet Enttäuschung. Sie stülpte die Lippen vor und verbarg das Gold. Einen Augenblick lang sah sie forschend zu ihrem Mann, und dieser starrte sie wiederum mit kalten Augen an. Seine langen, weißen Hände zuckten an seiner Seite. Plötzlich lächelte Mrs. Dakin breit. »Bleibt ihr Jungens nur schön hier und beredet, was ihr zu reden habt«, sagte sie. »Ich hätte Mrs. Smith schon längst besuchen sollen. Henry, gib deinem Bruder das Händchen.« Sie zog eine kurze Kaninchen-Pelzjacke an und ordnete ihr Goldhaar. »Viel Vergnügen!« Sie hörten sie die Straße hinuntergehen und in einiger Entfernung an eine Türe klopfen.

Dakin zog seine Hosenbeine hoch, setzte sich auf das große Bett und winkte den anderen zu, sich auf den Liegestühlen niederzulassen. Seine Augen waren verschleiert und ins Leere gerichtet, wie die Augen eines Boxers. »Was hast du auf dem Herzen, London?«

London kratzte sich die Backe. »Was hältst du von diesem Lohnabbau, ausgerechnet nach unserer Ankunft?«

Dakins verkniffener Mund zuckte. »Was soll ich schon davon halten? Ich kann meine Begeisterung zähmen.«

London beugte sich vor. »Hast du eine Idee, was man da tun könnte?«

Es kam ein wenig Schärfe in die verschleierten Augen. »Nein. Hast du eine Idee?«

»Hast du schon mal daran gedacht, daß wir uns organisieren und etwas unternehmen könnten?« London warf einen raschen Blick zu Mac hinüber.

Dakin sah den Blick. Er winkte mit dem Kopf zu Mac und Jim. »Radikale?« fragte er.

Mac lachte explosiv. »Jeder, der von seinem Lohn leben will, ist ein Radikaler.«

Dakin starrte ihn einen Augenblick an. »Ich habe nichts gegen Radikale«, sagte er. »Aber ich möchte das von vorneherein klarstellen: Ich habe für irgendwelche Gruppen nichts übrig. Wenn ihr irgendwo dabei seid, will ich davon nichts wissen. Ich habe Frau und Kinder und einen Wagen. Ich habe keine Lust zu sitzen, bloß weil mich jemand in eine Liste eingetragen hat. Also, was hast du auf dem Herzen, London?«

»Die Äpfel müssen ja gepflückt werden. Wie wär's, wenn wir die Leute organisierten?«

Dakins Augen verrieten nichts außer einer leisen, grauen Drohung. Seine tonlose Stimme sagte: »Schön. Du organisierst die Arbeiter und setzt ihnen dicke Bohnen in die Köpfe. Sie beschließen einen Streik. Zwölf Stunden später kommt ein Eisenbahnzug voll Streikbrecher an. Was dann?«

London kratzte sich die Backe. »Nun, dann stellen wir eben Posten auf.«

Dakin ging darauf ein. »Dann erläßt die Aufsichtsbehörde eine Verordnung: Versammlungsverbot, und rüstet hundert Hilfspolizisten mit Schrotflinten aus.«

London sah sich fragend nach Mac um. Seine Augen forderten Mac auf, statt seiner zu antworten. Mac tat, als denke er angestrengt nach. Er sagte: »Wir wollten ja nur hören, was Sie davon halten, Mr. Dakin. Angenommen, in einem Stahlwerk streiken dreitausend Mann und stellen Posten auf. Um die Fabrik herum ist ein Drahtgitter. Die Direktion läßt es unter Hochspannung setzen. An die Tore stellen sie Wachen. Das bietet alles keine Schwierigkeiten. Aber wie viele Hilfspolizisten braucht es wohl nach Ihrer Schätzung, um ein ganzes verdammtes Tal zu bewachen?«

Dakins Augen leuchteten einen Augenblick auf und verhüllten sich wieder. »Schrotflinten«, sagte er. »Angenommen, wir verprügeln die Streikbrecher und sie schießen auf uns? Diese Vagabunden bestehen kein Feuer. Sobald einer mit einer Kanone zu knallen beginnt, nehmen sie Reißaus wie die Hasen. Wie sehen eure Streikposten jetzt aus?«

Jims Augen sprangen von Sprecher zu Sprecher. Er mischte sich ein: »Die meisten Streikbrecher verlassen ihre Posten, sobald man mit ihnen redet.«

»Und der Rest?«

»Eine Handvoll rasch entschlossener Männer könnte es wohl mit ihnen aufnehmen. Ich arbeite selber in der Ernte mit. Die Burschen sind höllisch sauer wegen dieses Abbaus. Und vergeßt nicht, daß die Äpfel unbedingt gepflückt werden müssen. Eine Obstplantage kann man nicht wie ein Stahlwerk einfach schließen.«

Dakin stand auf, ging zum Kasten und schenkte sich einen Schnaps ein. Er schwenkte die Flasche den anderen einladend zu, aber alle drei schüttelten den Kopf. Dakin sagte: »Sie sagen, in diesem Lande gebe es ein Recht auf Streik, und dann gehen sie hin und erlassen Gesetze gegen Streikposten. Worauf es hinausläuft, ist, daß wir ein Recht haben zu gehen. Ich will mit so was nichts zu tun haben. Ich habe schließlich einen Lastwagen.«

Jim sagte: »Wohin ...«, spürte, daß seine Kehle trocken war und räusperte sich. »Wohin gehen Sie, Mr. Dakin, wenn die Äpfel gepflückt sind?«

»In die Baumwolle«, sagte Dakin.

»Schön. Die Güter dort drüben sind sogar noch größer. Wenn wir hier einen Lohnabbau einstecken, werden die Baumwolleute weiter abbauen.«

Mac lächelte ihm Lob und Mut zu. »Ihr wißt verdammt gut, wie richtig das ist«, sekundierte er. »Sie werden es auf jeden Fall tun, werden immer weiter abbauen, bis sich unsere Leute endlich wehren.«

Dakin stellte die Whiskyflasche behutsam ab, ging zu dem großen Bett und setzte sich. Er betrachtete seine großen weißen Hände, die er mit Handschuhen weich erhielt. Er betrachtete zwischen seinen Händen hindurch den Boden. »Ich will keine Scherereien«, sagte er. Meine Frau, die Kleinen und ich sind bisher gut gefahren; aber recht habt ihr, verdammt nochmal: Wir kriegen in der Baumwolle einen Lohnabbau so sicher wie was. Warum können sie die Dinge nicht lassen, wie sie sind?«

Mac sagte: »Ich sehe keine andere Möglichkeit, als daß wir uns organisieren.«

Dakin schüttelte sich nervös. »Wir müssen wohl. Ich habe gar keine Lust. Was wollt ihr von mir?«

London sagte: »Dakin, du lenkst diese Gruppe hier, und ich kann vielleicht die Gruppe bei mir drüben lenken.«

Mac warf ein: »Ihr könnt niemanden lenken, der nicht gelenkt werden will. Dakin und London müssen erst mal reden. Bringt die Leute zum Reden. Sie sind bereits wütend, aber sie haben sich noch nicht ausgesprochen. Wir müssen dafür sorgen, daß sich die Leute auch sonst überall aussprechen. Morgen und übermorgen sollen sie erst mal reden. Dann berufen wir eine Versammlung ein. Wo die Leute so eine Wut haben, wird es sich rasch genug herumsprechen.«

Dakin sagte: »Da fällt mir eben etwas ein. Angenommen, wir streiken, dann verlieren wir unsere Unterkünfte. An den Bezirks- und Landstraßen lassen sie uns dann auch nicht mehr lagern. Wohin sollen wir dann gehen?«

»Daran habe ich auch gedacht«, sagte Mac. »Ich habe auch eine Idee. Wenn wir ein genügend großes privates Grundstück zur Verfügung hätten, wäre die Sache in Ordnung.«

»Vielleicht. Aber Sie wissen ja, wie sie es in Washington gemacht haben. Sie warfen die Leute raus, indem sie Seuchengefahr vorschützten. Und dann brannten sie alle Hütten und Zelte ab.«

»Ich weiß Bescheid, Mr. Dakin. Aber wenn wir einen Arzt hätten, der für alles sorgte, dann könnten sie nicht viel ausrichten.«

»Sind Sie wirklich Arzt?« fragte Dakin mißtrauisch.

»Nein, aber ich habe einen Freund, der ist Arzt und würde sich wahrscheinlich zur Verfügung stellen. Ich habe es mir wohl überlegt, Mr. Dakin. Ich habe einiges über Streiks gelesen.«

Dakin lächelte frostig. »Sie haben verdammt viel mehr getan, als bloß darüber gelesen«, sagte er. »Sie wissen mir zu viel. Ich will von Ihnen nichts mehr hören. Ich weiß von nichts.«

London wandte sich an Mac. »Bist du ehrlich überzeugt, daß wir dieses Pack klein kriegen, Doktor?«

Mac sagte: »Hör zu, London, sogar wenn wir verlieren, können wir ihnen vielleicht die Hölle genügend heiß machen, daß sie uns wenigstens nicht auch noch die Baumwollöhne abbauen. Auch wenn wir verlieren, gewinnen wir wenigstens so viel.«

Dakin nickte bedächtig zustimmend. »Schön, morgen früh fange ich an zu reden. Ihr habt recht, die Burschen sind wütend; sie sind verdammt sauer, aber sie wissen sich nicht zu helfen.«

»Nun, wir machen Ihnen einen Vorschlag«, sagte Mac. »Versuchen Sie, auch mit den übrigen Gütern Verbindung aufzunehmen, soweit Sie können, nicht wahr, Mr. Dakin?«

Dakins verkniffene Lippen lösten sich und ließen ein ebenmäßiges, weißes Gebiß sehen. Er sagte: »Wenn ich Besitzer von zwölfhundert Hektar Äpfel wäre, wissen Sie, was ich dann täte? Ich würde mich hinter einen Busch legen, und wenn Sie vorbeikämen, würde ich Ihnen Ihren verdammten Kopf wegblasen. Das würde mir einen Haufen Schwierigkeiten ersparen. Aber ich bin nur Besitzer eines leichten Lastwagens und von etwas fahrbarem Hausrat.«

»Gute Nacht, Mr. Dakin. Auf Wiedersehen«, sagte Mac.

Jim und Mac gingen hinaus. Sie hörten London noch mit Dakin sprechen: »Die Burschen sind O.K. Es mögen Rote sein, aber sie sind in Ordnung.« London kam heraus und schloß die Tür. Etwas weiter unten öffnete sich eine Türe und ließ ein Viereck von Licht frei. Mrs. Dakin und die beiden Kleinen kamen auf sie zu. »Gute Nacht«, sagte sie. »Ich habe aufgepaßt, wann ihr aufbrechen würdet.«

Der Ford ratterte und schaukelte heimwärts und drehte sich mit der Nase gegen die Hauswand. Mac und Jim trennten sich von London und gingen in ihre dunkle Kammer. Jim lag in eine Matte und eine Decke gewickelt auf dem Boden. Mac lehnte gegen die Wand und rauchte eine Zigarette. Nach einer Weile drückte er die Glut aus. »Jim, bist du noch wach?«

»Klar.«

»Das war geschickt, Jim. Die Karre war schon beinahe festgefahren, als du die Sache mit der Baumwolle brachtest. Das war geschickt.«

»Ich möchte gerne helfen«, rief Jim. »Herrgott, Mac, die Sache läßt mir keine Ruhe. Ich habe gar keine Lust zu schlafen. Ich will lieber gleich jetzt weiter helfen.«

»Gescheiter, du schläfst jetzt«, sagte Mac. »Wir haben noch viel Nachtarbeit vor uns.«

## 6

Am nächsten Morgen fegte Wind durch die Reihen und ließ die Zweige der Bäume schwanken. Weich plumpste das Fallobst zu Boden. Frost war im Wind, und zwischen den Stößen die seltsame Stille des Herbstes. Die Pflücker schwärmten zur Arbeit aus, die Arbeitskittel fest zugeknöpft. Wenn die Lastwagen zwischen den Reihen durchfuhren, erhob sich eine Wand von Staub und segelte mit dem Wind.

Der Kontrolleur an der Ladestelle trug eine Lammfelljacke, und wenn er gerade nichts zu notieren hatte, steckte er die Hände samt Buch und Bleistift in die Brusttasche und vertrat sich rastlos die Füße.

Jim brachte seinen Eimer. »Kalt genug für deinen Geschmack?«

»Nicht so kalt, wie es noch werden wird, wenn der Wind nicht dreht. Dann kann's einem Porzellanaffen die Eier abfrieren«, sagte der Kontrolleur.

Ein finster dreinschauender Junge kam her und kippte seinen Eimer. Seine dunklen Brauen standen ihm knapp über den Augen, und sein dunkles, borstiges Haar wuchs ihm tief in die Stirn. Seine Augen waren rot und entzündet. Er kippte seinen Eimer voll Äpfel in eine Kiste.

»Paß auf, daß die Äpfel keine Druckstellen kriegen«, sagte der Kontrolleur. »Sie faulen sonst.«

»Was du nicht sagst.«

»Jawohl, das sag ich.« Der Kontrolleur hieb einen Schrägstrich in sein Heft. »Der Eimer zählt nicht. Versuch's nochmal.«

Die glühenden Augen betrachteten ihn feindlich. »Dir blüht was. Und abkriegen sollst du's auch.«

Der Kontrolleur wurde rot vor Zorn. »Wenn du frech werden willst, haust du besser gleich ab und gehst ein bißchen spazieren.«

Der Junge spuckte giftig: »Dir zeigen wir's noch; du kommst mit den ersten dran.« Er warf Jim einen Blick des Einverständnisses zu. »O.K., Kamerad?«

»Du würdest dich gescheiter wieder an die Arbeit machen«, sagte Jim ruhig. »Wir können keinen Lohn fordern, wenn wir nicht arbeiten.«

Der Junge wies die Reihe hinunter. »Ich sitze dort im vierten Baum, Kleiner«, sagte er und verzog sich.

»Was wird hier gespielt?« sagte der Kontrolleur. »Heute morgen sind alle gereizt.«

»Vielleicht ist es der Wind«, sagte Jim. »Wahrscheinlich ist es der Wind. Die Leute werden nervös bei diesem Wind.«

Der Kontrolleur blickte ihn rasch an, denn der Ton war spöttisch gewesen. »Du auch?«

»Ich auch.«

»Was liegt in der Luft, Nolan? Ist etwas los?«

»Was meinst du mit ›etwas‹?«

»Du weißt verdammt gut, was ich meine.«

Jim schlug den Eimer leicht gegen sein Bein. Er trat einen Schritt beiseite, als ein Lastwagen vorbeifuhr und eine Staubwolke sie einen Augenblick einhüllte. »Vielleicht ist das kleine schwarze Buch daran schuld, daß du nicht Bescheid weißt«, sagte er. »Du könntest das Buch ja mal einstecken und sehen, ob du dann was herausbringst.«

»Das ist es also! Ihr wollt Unruhen organisieren. Nun, die hängen allerdings in der Luft.«

»Die Luft ist voll Staub«, sagte Jim.

»Solchen Staub kenne ich, Nolan.«

»Gut, dann weißt du ja Bescheid.« Er wandte sich zum Gehen.

»Augenblick, Nolan.« Jim hielt an und kehrte um. »Du bist tüchtig, Nolan, ein guter Arbeiter. Was geht hier vor?«

»Ich kann dich nicht verstehen« sagte Jim. »Ich weiß nicht, wovon du redest.«

»Ich setz dich auf die schwarze Liste.«

Jim tat zwei wütende Schritte gegen ihn. »Dann setz mich eben auf die schwarze Liste und geh zum Teufel«, schrie er.

»Ich habe nichts gesagt. Du hast dir alles aus den Fingern gesogen, bloß weil ein Junge frech geworden ist.«

Der Kontrolleur wandte seinen Blick unsicher ab. »Ich habe ja nur Spaß gemacht«, sagte er. »Hör zu, Nolan, sie brauchen drüben am Nordende einen Kontrolleur. Ich dachte, du würdest dich vielleicht für den Posten eignen. Du könntest gleich morgen anfangen. Da hättest du mehr Lohn.«

Eine Sekunde lang verdunkelten sich Jims Augen vor Zorn. Dann lächelte er und trat nochmals näher. »Was willst du?« fragte er leise.

»Ich sag's gerade heraus, Nolan. Es tut sich was. Der Meister hat mir gesagt, ich solle herausbringen, was es sei. Du bringst mir Nachrichten, und ich lege ein gutes Wort für dich ein wegen dieses Kontrolleurpostens, fünfzig Cent Stundenlohn.«

Jim schien sich die Sache zu überlegen. »Ich weiß zwar von nichts«, sagte er langsam. »Aber ich könnte vielleicht was rauskriegen, wenn ich daran interessiert wäre.«

»Würden dir fünf Dollar was bedeuten?«

»Das würden sie.«

»O.K. Treib dich herum. Ich notiere Eimer für dich, damit du keinen Ausfall hast. Schau, was du für mich herausbringen kannst.«

Jim sagte: »Wie soll ich wissen, daß du mich nicht hereinlegst? Angenommen, ich finde was heraus und berichte es dir. Wenn die Leute es erfahren, ziehen sie mir die Haut über die Ohren.«

»Darüber mach dir keine Sorgen, Nolan. Wenn der Meister einen so tüchtigen Mann wie dich bekommen kann, läßt er ihn bestimmt nicht fahren. Möglicherweise bekommst du eine Dauerstellung hier, wenn die Ernte vorbei ist – an einer Pumpe oder so was.«

Jim dachte nach. »Ich kann nichts versprechen«, sagte er. »Ich spitze die Ohren, und wenn ich was herauskriege, sag ich's dir.«

»Brav. Denk daran: für dich schauen fünfe heraus und eine Stelle.«

»Ich versuch's mit dem raufllustigen Kleinen«, sagte Jim. »Er schien was zu wissen.« Er ging die Reihe hinunter zum vierten Baum. Gerade als er anlangte, kam der Junge mit einem vollen Eimer die Leiter herunter.

»Hallo«, sagte er. »Ich gehe diesen kippen und bin gleich wieder zurück.«

Jim stieg die Leiter hinauf und setzte sich auf einen Ast. Der Wind trug deutlich das Gestotter des Sortierbandes vom Packhaus herüber, und von den Pressen kam der Duft frischen Mostes. Aus der Ferne konnte Jim das Zischen und Bellen einer Verschiebelokomotive hören, die einen Zug zusammenstellte.

Der finster dreinschauende Junge kam behend wie ein Affe die Leiter heraufgelaufen. Er sagte verärgert: »Wenn es soweit ist, besorge ich mir einen schönen dicken Felsbrocken und geb' dem Kerl eine Narkose.«

Jim wandte Macs Methode an: »So einem netten Jungen? Warum willst du denn dem was zuleide tun? Was soll das heißen: ›wenn es soweit ist‹?«

Der Junge hockte sich neben ihn. »Hast du nichts gehört?«

»Was soll ich denn gehört haben?«

»Bist du ein Spitzel?«

»Ich verrate nichts.«

Der Junge schrie: »Wir werden streiken, das ist's!«

»Streiken? Bei dieser angenehmen Arbeit? Warum wollt ihr denn streiken?«

»Weil sie uns aussaugen, darum. Die Schlafbunker sind voll Flöhe, und die Gesellschaft zieht uns fünf Prozent Logisentschädigung ab, und nachdem wir hier angekommen sind, senken sie die Löhne. Darum! Und wenn wir es ihnen hier durchgehen lassen, geht es uns in der Baumwolle noch schlechter. Dort werden sie uns ebenfalls auspressen, das weißt du verdammt gut.«

»Das klingt vernünftig«, sagte Jim. »Wer streikt denn noch außer dir?«

Der Junge kniff seine entzündeten Augen zusammen: »Willst du frech werden?«

»Nein, ich möchte gerne was erfahren, und du gibst mir nicht Bescheid.«

»Ich kann dir keinen Bescheid geben. Wir können noch nichts verraten. Du wirst es schon noch rechtzeitig erfahren. Wir haben alle Leute organisiert. Es ist alles so ziemlich bereit, und wir werden einen Höllenspektakel veranstalten. Ein paar von uns kommen heute abend zusammen, und dann werden wir die übrigen, solche wie dich, einweihen.«

»Wer steckt denn dahinter?« fragte Jim.

»Sag ich nicht. Wenn ich's sagte, könnte es alles verderben.«

»O.K.«, sagte Jim, »wie du meinst.«

»Ich würde es dir ja gerne sagen, wenn ich könnte; aber ich habe versprochen, es niemand zu sagen. Du erfährst es schon noch rechtzeitig. Du wirst dich uns doch anschließen, nicht wahr?«

»Ich weiß noch nicht«, sagte Jim. »Wenn ich nicht mehr davon weiß als jetzt, tu ich's bestimmt nicht.«

»Nun, soviel kann ich dir schon jetzt verraten: Bei Gott, wir werden jeden Streikbrecher totschlagen.«

»Totgeschlagenwerden ist mir allerdings schon immer unsympathisch gewesen.« Jim hängte seinen Eimer an einen Ast und machte sich langsam daran, ihn zu füllen. »Besteht eine Möglichkeit, die Versammlung zu besuchen?«

»Nein. Die ist nur für die Großen.«

»Bist du einer von den Großen?«

»Ich gehöre zum innern Zirkel«, sagte der Junge.

»Und wer sind denn nun die Großen?«

Die finstern Augen spähten mißtrauisch nach Jim. »Du fragst mir zuviel. Ich verrate dir nichts. Du benimmst dich wie ein Spitzel.« Jims Eimer war voll. Er hob ihn herunter. »Reden die Burschen in den Bäumen davon?«

»Ob sie davon reden? Wo warst du eigentlich den ganzen Morgen?«

»Ich habe gearbeitet«, sagte Jim, »mein tägliches Brot verdient. Es ist eine angenehme Arbeit.«

Der Junge fuhr ihn an: »Untersteh dich, an mir rumzuzerren – oder möchtest du mich gerne mal zu ebener Erde kennenlernen?«

Jim zwinkerte ihm zu, wie er es Mac hatte tun sehen. »Ruhig Blut, Kleiner. Klar bin ich bei euch, wenn's los geht.«

Der Junge grinste verlegen. »Du kannst einen schön aus der Fassung bringen«, sagte er.

Jim trug seinen Eimer die Baumgasse hinunter und leerte ihn sorgsam in eine Kiste. »Wie spät?«

Der Kontrolleur sah auf die Uhr. »Halb zwölf. Was rausgefunden?«

»Nein, zum Teufel. Der Kleine redet nur drauflos. Er denkt, er sei eine Zeitung. Ich will mich nach dem Essen ein bißchen umtun.«

»Je rascher du was herausbringst, umso besser. Kannst du einen Lastwagen fahren?«

»Warum nicht?«

»Wir könnten dir vielleicht einen Posten als Fahrer verschaffen.«

»Das wäre famos.« Jim entfernte sich der Baumreihe entlang. Die Männer in den Bäumen und auf den Leitern unterhielten sich. Er stieg in einen schwerbehangenen Baum, auf dem schon zwei andere pflückten.

»Hallo, Kleiner. Komm herauf und schließ dich dem Verein an.«

»Danke.« Jim machte sich an die Arbeit. »Was für ein Gerede, heute morgen«, bemerkte er.

»Allerdings. Wir waren auch gerade damit beschäftigt. Alle reden vom Streiken.«

Jim sagte: »Wenn genug Leute vom Streiken reden, dann kommt es gewöhnlich dazu.«

Der zweite Mann, hoch oben im Baum, mischte sich ein. »Gerade habe ich zu Jerry gesagt, die Sache gefällt mir nicht. Wir verdienen, weiß Gott, nicht viel. Aber wenn wir streiken, verdienen wir gar nichts.«

»Nicht sofort«, sagte Jerry. »Aber später verdienen wir mehr. Diese verdammte Apfelpflückerei dauert nicht lange, aber Baumwollpflücken dauert länger. Wie ich es mir vorstelle, beobachten die Baumwolleute genau, was hier vorgeht. Wenn wir den Schwanz einziehen wie ein Rudel lausiger Köter, dann führen die Baumwolleute den zweiten Schlag. So stelle ich es mir wenigstens vor.«

Jim lächelte. »Das klingt vernünftig.«

Der andere sagte: »Mir gefällt die Sache jedenfalls nicht. Ich mag keine Scherereien, wenn ich sie vermeiden kann. Viele werden zu Schaden kommen. Was Gutes kann ich darin überhaupt nicht sehen. Ich habe es noch nie erlebt, daß ein Streik die Löhne für lange hinaufgetrieben hätte.«

Jerry sagte: »Wenn die Burschen die Arbeit niederlegen, wirst du dann ein Streikbrecher?«

»Nein, Jerry, sowas würde ich nie tun. Wenn die Leute die Arbeit wirklich niederlegen, dann mache ich mit. Streikbrecher werde ich nicht, aber gefallen tut mir die Sache auch nicht.«

Jim fragte: »Haben sie sich schon organisiert?«

»Nicht, daß ich wüßte«, sagte Jerry. »Es hat noch niemand eine Versammlung einberufen. Wir machen einfach weiter, aber wie ich es mir vorstelle, lege ich die Arbeit nieder, sobald es die anderen tun.«

Beim Packhaus tutete eine asthmatische Sirene. »Mittag«, sagte Jerry. »Ich habe ein paar belegte Brote dort unter dem Kistenstoß. Willst du eins?«

»Nein, danke«, sagte Jim. »Ich muß meinen Freund treffen, mit dem ich wandere.«

Er ließ seinen Eimer beim Kontrolleur und ging auf das Packhaus zu. Durch die Bäume konnte er ein hohes, weißgetünchtes Gebäude sehen mit einer Laderampe an der Seite. Das Sortierband war jetzt still. Als Jim näher kam, sah er Männer und Frauen auf der Rampe sitzen; sie ließen ihre Beine überhängen und aßen. Am einen Ende des Gebäudes hatte sich eine Gruppe von etwa dreißig Mann versammelt. In der Mitte der Schar redete einer aufgeregt. Jim konnte das Auf und Ab der Stimme, aber nicht die Worte hören.

Mittlerweile hatte sich der Wind gelegt, so daß die Sonnenwärme zur Geltung kam. Als Jim sich näherte, löste sich Mac aus der Gruppe und kam mit zwei in Papier gewickelten Paketen in der Hand auf ihn zu.

»Hallo, Jim«, sagte er. »Da ist dein Mittagessen: Weißbrot mit Schinken.«

»Fein. Ich habe Hunger.«

Mac bemerkte: »Von unseren Leuten kommen mehr durch Magengeschwüre als durch Gewehrschüsse um. Wie sieht's bei dir drüben aus?«

»Es gärt«, sagte Jim. »Es gärt höllisch. Ich traf einen Jungen, der über alles Bescheid wußte. Heute abend findet eine Versammlung der Großen statt.«

Mac lachte. »Das ist ausgezeichnet. Ich war neugierig, ob sich die Leute mit dem Geheimwissen schon zu Wort gemeldet hätten. Die können uns enorm nützen. Sind die Leute bei dir drüben schon wütend?«

»Jedenfalls reden sie eine Menge. Oh, übrigens, Mac, der Kontrolleur hat mir fünf Dollar und eine Dauerstelle versprochen, wenn ich herausbringe, was los ist. Ich habe ihm gesagt, ich werde die Ohren spitzen.«

»Gute Arbeit«, sagte Mac. »Vielleicht kannst du ein bißchen zusätzliches Geld verdienen.«

»Und was soll ich ihm denn nun sagen?«

»Ja, was wollen wir ihm einmal sagen? Sag ihm, es sei ein Sturm im Wasserglas, und er werde bald ausgeblasen haben. Sag ihm, es bestehe kein Grund zur Aufregung.« Er wandte den Kopf. Ein Mann hatte sich ihnen unauffällig genähert, ein schwerer Mann in schmutzigen Überkleidern und mit einem Gesicht, das vor Schmutz starrte. Er kam heran und blickte sich um, wie um sich zu vergewissern, daß sie allein seien.

»Das Komitee schickt mich«, sagte er leise. »Wie steht's?«

Mac sah überrascht zu ihm auf. »Wovon reden Sie, Mister?«

»Du weißt schon. Das Komitee will einen Bericht.«

Mac blickte ratlos zu Jim. »Der Mann ist verrückt«, sagte er. »Um was für ein Komitee handelt es sich denn?«

»Du verstehst mich schon ...«, er senkte die Stimme, »Genosse.«

Mac trat mit gestrafften Muskeln vor, das Gesicht rot vor Zorn. »Wo hast du dir dieses Genossengerede aufgetan?« knurrte er. »Wenn du einer von diesen lausigen Radikalen bist, mach, daß du fortkommst, bevor ich ein paar von den Jungens rufe!«

Die Haltung des Eindringlings änderte sich. »Paß auf, was du tust, Kleiner!« sagte er. »Wir behalten dich im Auge.« Er entfernte sich langsam.

Mac seufzte. »Diese Apfelfritzen denken rasch, wenn sie auch nicht immer gründlich denken«, sagte er.

»War das ein Schnüffler?« fragte Jim.

»Das will ich meinen. So dreckig kriegt sein Gesicht keiner, ohne der Natur ein bißchen nachzuhelfen. Die haben uns aber rasch aufgespürt, nicht wahr? Setz dich und iß einen Happen.«

Sie setzten sich auf die Erde und belegten sich dicke Schinkenbrote. »Deine Aussichten auf ein Schmiergeld sind allerdings futsch«, sagte Mac. Er wandte Jim ein ernstes Gesicht zu und zitierte: »›Paß auf, was du tust, Kleiner!‹: das ist ein guter Rat. Wir können es uns nicht leisten, jetzt auszuscheiden. Und denk daran, daß eine ganze Reihe dieser Burschen bereit sind, für fünf Dollar ihre Weisheiten zu verkaufen. Mach, daß die anderen reden, aber selber halte möglichst den Mund.«

»Wie, glaubst du, hat er uns ausfindig gemacht?« fragte Jim. »Ich weiß nicht. Ein Bulle aus der Stadt wird wohl den Finger auf uns gelegt haben. Vielleicht wär's gut, sich nach Hilfe umzusehen, für den Fall, daß du oder ich verschwinden. Die Sache hier geht los und braucht eine Führung. Sie hat sich zu gut angelassen.«

»Werden sie uns einsperren?« fragte Jim.

Mac kaute eine dicke Kruste, bevor er antwortete. »Erst werden sie versuchen, uns bange zu machen«, sagte er. »Hör gut zu: falls dir jemand in meiner Abwesenheit sagt, man werde dich lynchen, dann geh auf alles ein. Laß dich nicht bange machen, aber wende nicht Joys Methode an. Donnerwetter, die sind aber rasch in Gang gekommen. Nun gut, wir werden uns morgen auf die Socken machen. Gestern abend habe ich Plakate bestellt. Morgen früh sollten sie eintreffen, wenn Dick das nötige Kleingeld zusammengekratzt hat. Heute abend sollte mit der Briefpost irgendeine Nachricht kommen.«

»Was soll ich tun?« fragte Jim. »Ich mache nichts anderes als zuhören. Ich möchte was tun.«

Mac drehte den Kopf zu ihm und grinste. »Ich werde dich schon immer mehr einsetzen. Mit Haut und Haaren werde ich dich einsetzen. Nach allem Anschein gibt es ein prächtiges Schlamassel. Dein Einfall mit der Baumwollernte war großartig. Heute vormittag haben ihn mir bereits ein halbes Dutzend Kerle als ihren eigenen serviert.«

»Wohin gehen wir heute abend, Mac?«

»Du erinnerst dich doch an Al, den Burschen im Lunchwagen? Er sagte, sein alter Herr besitze eine kleine Plantage. Ich dachte mir, wir könnten Al's Vater aufsuchen.«

»War es das, was du meintest, als du davon sprachst, wir brauchten einen Platz für die Leute, sobald es zum Streik komme?«

»Ich versuch's für alle Fälle«, sagte Mac. »Die Sache kann jeden Augenblick losgehen. Es ist, wie wenn man einen Ballon aufbläst: Man kann nie genau wissen, wann er platzt. Keine zwei platzen genau gleich.«

»Stellst du dir vor, die große Versammlung werde morgen abend stattfinden?«

»Ja, so stelle ich es mir vor; aber man kann nie wissen. Die Leute sind tüchtig eingeheizt. Eine Kleinigkeit kann sie schon vorher in Bewegung setzen. Man kann nie wissen. Ich will auf alles gefaßt sein. Wenn ich diesen Platz für die Leute kriegen kann, laß ich Doktor Burton kommen. Er ist ein eigentümlicher Kauz: gehört nicht zur Partei, aber er arbeitet dauernd für unsere Leute. Er wird uns das Lager einrichten helfen und sich um die sanitären Anlagen kümmern, so daß uns das Rote Kreuz keine Scherereien machen kann.«

Jim legte sich auf den Rücken und kreuzte die Arme hinter

dem Kopf. »Worum geht der Streit dort drüben beim Packhaus?«

»Ich weiß nicht. Es ist den Leuten nun mal ums Streiten; mehr wird's nicht sein. Vielleicht geht es jetzt um Darwin gegen das Alte Testament. Das kann es gerade so gut wie irgend etwas anderes sein. Wenn ihnen einmal so zumute ist, streiten sie über alles und jedes. Sei hübsch vorsichtig, Jim. Es kann dir einer aus purer Nervosität einen Kinnhaken verabreichen.«

»Ich wollte, es ginge los«, sagte Jim. »Ich verlange danach. Ich glaube, ich kann mehr helfen, wenn es endlich losgeht.«

»Immer mit der Ruhe«, sagte Mac.

Sie blieben liegen, bis die asthmatische Sirene kurz »ein Uhr« tutete. Beim Abschied sagte Mac: »Lauf sofort herüber bei Arbeitsschluß. Wir haben heute abend allerhand zu erledigen. Vielleicht kann uns Al wieder an die Hand gehen.«

Jim ging zur Kontrollstelle zurück, wo er seinen Eimer gelassen hatte. Im Sammelschuppen fingen die Sortierbänder an zu rumpeln. Lastwagenmotoren wurden angelassen und heulten auf. Zwischen den Bäumen gingen die Männer finsteren Blicks wieder an die Arbeit. Als Jim seinen Eimer holte, stand eine Anzahl Männer um die Kontrollstelle. Der Kontrolleur redete ihn nicht an, aber als Jim seinen ersten vollen Eimer brachte, kam die Frage: »Was rausgefunden, Nolan?«

Jim lehnte sich über die Kiste und legte seine Äpfel von Hand hinein. »Ich glaube, die Sache geht vorüber. Die meisten scheinen nicht sehr aufgebracht.«

»Soso. Und woraus schließt du das?«

Jim fragte: »Hast du gehört, weswegen sie sich aufgeregt haben?«

»Nein. Ich dachte, es sei wegen des Lohnabbaus.«

»Keine Rede davon«, sagte Jim. »Drüben in der Hunter-Pflanzung hat einer im Kaufladen eine schlechte Fischkonserve erwischt. Es wurde ihm schlecht. Nun, du kennst ja die Wanderarbeiter; sie wurden gereizt, und dann breitete sich die Stimmung aus. Aber über Mittag habe ich mit einigen gesprochen. Sie haben sich schon wieder etwas abgekühlt.«

Der Kontrolleur fragte: »Bist du sicher, daß das alles ist?«

»Ganz sicher. Wie steht's nun mit meinen fünf Dollar?«

»Ich bringe sie dir morgen.«

»Schön, aber ganz bestimmt; und du sagtest, du würdest mir einen besseren Posten verschaffen.«

»Ich will sehen, was ich tun kann. Morgen geb ich dir Bescheid.«

»Ich hätte das Geld zuerst verlangen sollen, bevor ich dir was gesagt habe«, beschwerte sich Jim.

»Du brauchst keine Angst zu haben. Du bekommst es sicher.«

Jim kehrte in den Baumgarten zurück. Als er eine Leiter hinaufsteigen wollte, rief eine Stimme von oben: »Paß auf, die Leiter ist wacklig.«

Jim sah den alten Dan im Baum stehen. »Beim Himmel, da ist ja der junge Radikalinski«, sagte der alte Dan.

Jim stieg vorsichtig hinauf. Die Sprossen staken lose in den Holmen. »Wie steht's, Dan?« fragte er, als er seinen Eimer festhakte.

»Oh, recht gut. Ich fühle mich nicht ganz wohl. Die kalten Bohnen lagen mir die ganze Nacht wie ein Bügeleisen auf.«

»Ja, du solltest eben warm zu Nacht essen.«

»Ich war einfach zu müde, um noch Feuer zu machen. Man wird nicht jünger. Heute morgen mochte ich gar nicht aufstehen. Es war kalt.«

»Du solltest eben doch eine Wohltätigkeitstante aufsuchen«, sagte Jim.

»Ich weiß nicht. Alle Leute reden vom Streiken, und es gibt sicher Scherereien. Ich bin müde. Ich kann jetzt keine Scherereien brauchen. Was soll ich denn tun, wenn sie streiken?«

»Natürlich mitstreiken. Sie anführen.« Jim versuchte, seinen Stolz anzustacheln. »Die Leute hätten Achtung vor einem alten Arbeiter wie dir. Du könntest die Wachposten aufstellen.«

»Können tät ich schon«, sagte Dan. Er wischte sich mit der ganzen Länge seiner Hand die Nase und schnippte mit den Fingern. »Ich habe aber keine Lust. Heute nachmittag wird es früh kalt werden. Ich möchte ein Tellerchen Suppe zum Abendbrot – hübsch heiß, mit kleinen Fleischbrocken drin, und heißen Toast zum Stippen. Verlorene Eier sind mein Liebstes. Wenn ich aus den Wäldern in die Stadt kam, mit Geld in der Tasche, ließ ich mir manchmal ein halbes Dutzend verlorene Eier in Milch machen und ließ sie mir auf Toast legen. Und dann habe ich die Eier auf dem Toast zerquetscht, und dann habe ich sie aufgegessen. Manchmal waren es auch acht Eier. In den Wäldern wurde ich gut bezahlt. Ich hätte mir auch zwei Dutzend verlorene Eier leisten können. Ich wollte, ich hätte es getan. Einen Haufen Butter, und alles tüchtig mit Pfeffer bestreut.«

»Nicht mehr ganz so hart gesotten wie gestern, he, Papa? Gestern konntest du der ganzen Belegschaft hier noch was vormachen.«

Das Leuchten der Erinnerung wich aus den Augen des Alten. Er schob sein zerklüftetes Kinn vor. »Ich kann noch immer einer Handvoll lausiger Bubis was vormachen, die ihre Zeit verschwatzen.« Er langte entrüstet nach den Äpfeln und fingerte über seinem Kopf. Mit der einen großen, knochigen Hand umklammerte er einen Zweig.

Jim sah ihm vergnügt zu. »Du prahlst wohl ein bißchen, Papa.«

»Meinst du? Schön, dann versuch doch mal, mit mir Schritt zu halten.«

»Wozu sollen wir beide uns jagen, und der Eigentümer ist der einzige, der davon profitiert?«

Der alte Dan häufte Äpfel in seinen Eimer. »Ihr Bubis müßt noch was lernen. Es steckt mehr in der Arbeit, als ihr ahnt. Ihr seid wie eine Herde Pferde: ihr wollt mehr Heu. Wiehert nach immer mehr Heu. Wollt alles Heu für euch haben. Ihr widert einen braven Mann an mit eurem Gewieher.« Sein Eimer war übervoll. Als er ihn loshakte, rollten fünf oder sechs dicke Äpfel heraus und hüpften auf die Äste und plumpsten unter dem Baum zu Boden. »Geh mir aus dem Weg, Bubi«, schrie Dan. »Mach vorwärts. Ich muß zur Leiter, geh mir aus dem Weg!«

»O.K., Papa, aber laß dir Zeit. Hasten bringt dir doch nichts ein.« Jim gab das Leiterende frei und kletterte auf einen Ast hinaus. Er hängte seinen Eimer auf und langte nach einem Apfel. Hinter sich hörte er ein splitterndes Krachen und dumpfen Aufprall. Er sah sich um. Auf dem Boden unter dem Baum lag der alte Dan auf dem Rücken. Seine offenen Augen blickten betäubt. Unter den weißen Bartstoppeln war sein Gesicht bläulich-blaß. An der Leiter waren zwei Sprossen losgerissen.

Jim rief: »Da bist du aber gehörig gefallen. Hast du dir weh getan, Papa?«

Der Alte lag still. Seine Augen waren voll einer ratlosen Frage. Sein Mund zuckte, und er leckte die Lippen.

Jim rutschte den Stamm hinunter und kniete sich neben ihn. »Wo tut's dir weh, Papa?«

Dan keuchte: »Ich weiß nicht. Ich kann mich nicht rühren. Ich glaube, meine Hüfte ist kaputt. Es tut nicht weh, noch nicht.«

Männer kamen herbeigerannt. Jim konnte sehen, wie rings umher Männer aus den Bäumen fielen und auf sie zugerannt kamen. Der Kontrolleur ließ seine Kistenhaufen im Stich und trabte heran. Die Männer drängten sich dicht herbei: »Wo ist er verletzt?«

»Wie ist es passiert?«

»Hat er ein Bein gebrochen?«

»Er ist viel zu alt, um noch in Bäume zu klettern.«

Die neu Ankommenden stießen den Ring immer enger. Jim hörte den Kontrolleur rufen: »Laßt mich durch!« Die Gesichter waren dumpf und finster und ruhig.

Jim rief: »Zurück! Nicht drängen!« Die Männer scharrten. Ein leises Grollen kam aus der hintersten Reihe. Eine Stimme rief: »Schaut euch mal die Leiter an.«

Mit einem einzigen Ruck drehten sich alle Köpfe, und alle Augen blickten dorthin, wo die alten, losen Sprossen gesplittert und ausgerissen waren. Einer sagte: »Mit so was sollen wir arbeiten. Seht euch das an!«

Jim konnte das Stapfen von Füßen hören, als immer neue Gruppen von Männern herbeiliefen. Er stand auf und versuchte, den Ring auseinanderzustoßen. »Zurück, ihr Kälber. Ihr erstickt ihn noch.«

Der alte Dan hatte die Augen geschlossen. Der Schock machte sein Gesicht reglos und weiß. Am Rand des Knäuels fingen die Leute an zu rufen: »Schaut euch doch die Leiter an! Damit sollen wir arbeiten!« Das Grollen der Männer und das Grollen ihres Zorns schwollen an. Ihre Augen blickten böse. In einem Augenblick hatten ihre unbestimmte Unruhe und ihr Zorn eine Mitte und einen Brennpunkt gefunden.

Der Kontrolleur rief noch immer: »Laßt mich durch.«

Plötzlich schrie eine Stimme, schrill vor Hysterie: »Mach, daß du fortkommst, du Hurensohn.« Es gab ein Handgemenge.

»Paß auf, Joe. Halt fest, Joe. Laß ihn nicht los. Pack seine Füße!«

»So, Mister, hau ab, aber rasch.«

Jim stand auf. »Macht Platz! Wir müssen den armen Kerl wegschaffen.« Die Männer schienen aus tiefem Schlaf zu erwachen. Der innere Ring stieß heftig nach außen. »Holt zwei

Stangen. Mit zwei Kitteln können wir eine Bahre machen. So, steckt die Stangen durch die Ärmel. Jetzt vorne zuknöpfen.« Jim sagte: »Langsam. Vorsichtig. Er hat wahrscheinlich eine Hüfte gebrochen.« Er schaute auf Dans weißes, ruhiges Gesicht hinunter. »Ich glaube, er ist ohnmächtig geworden. Immer langsam.«

Sie hoben Dan auf die improvisierte Bahre. »Ihr zwei tragt ihn«, sagte Jim. »Ein paar gehen voraus und schaffen Platz.«

Unterdessen waren mindestens hundert Männer zusammengelaufen. Die Bahrenträger schritten voran. Neu Angekommene standen umher und sahen sich die zerbrochene Leiter an. Immer wieder kamen die Worte: »Schaut, was sie uns für Werkzeug geben.«

Jim wandte sich an einen Mann, der dumm in den Baum hinaufschaute. »Was ist aus dem Kontrolleur geworden?«

»He? Ach so. Joe Teague hat ihn zusammengehauen. Wollte ihm den Kopf einschlagen. Die Leute hielten Joe fest. Joe ist zusammengebrochen.«

»Verdammt gut, daß er ihn nicht umgebracht hat«, sagte Jim.

Die Schar schritt hinter der Bahre her, und immer mehr kamen aus dem ganzen Baumgarten herbeigerannt. Als sie sich dem Packhaus näherten, hörte das Rumpeln des Sortierbandes auf. Männer und Frauen drängten aus den Verladetüren. Stille hatte sich auf die wachsende Menge gelegt. Die Männer schritten steif, wie es Männer an einem Begräbnis tun.

Mac kam um eine Ecke des Packhauses gerast. Er erblickte Jim und lief auf ihn zu. »Was ist los? Komm her, etwas abseits vom Haufen.« Die Menge der unheimlich stillen Leute folgte der Bahre. Neu Ankommenden wurde leise erklärt: »Die Leiter. Eine alte Leiter.« Die Masse des Zugs war an Mac und Jim vorüber.

»Also, was ist passiert? Rasch. Wir müssen das Eisen schmieden, solange es heiß ist.«

»Es ist der alte Dan. Er machte sich wichtig, wie stark er sei. Er brach zwei Sprossen aus der Leiter und fiel auf den Rücken. Er meinte, er habe die Hüfte gebrochen.«

Mac sagte: »Nun, jetzt ist's geschehen. Ich habe es irgendwie erwartet. Es braucht nicht viel, wenn die Stimmung reif ist. Der kleinste Funken genügt. Der alte Kauz war schließlich doch noch was wert.«

»Doch noch was wert?« fragte Jim.

»Aber sicher. Er hat auf den Knopf gedrückt. Jetzt können wir ihn brauchen.« Sie gingen rasch der Menge nach. Von den vielen Füßen aufgewirbelt, erfüllte eine langsam ziehende, braune Staubwolke die Luft. Stadtwärts rasselte eintönig die Rangierlokomotive, die einen Zug zusammenstellte. Am Rande der Menge liefen Frauen umher, aber die Männer stapften schweigend hinter der Bahre den Unterkünften zu.

»Rasch, Jim«, rief Mac. »Wir haben es eilig.«

»Wohin gehen wir?«

»Zuerst müssen wir London finden und ihm sagen, was er zu tun hat; dann müssen wir ein Telegramm aufgeben; und ich will sofort Al's Alten aufsuchen. Schau, dort ist London.«

»He, London!« Mac fing an zu laufen, und Jim rannte hinter ihm her. »Der Knoten ist geplatzt, London«, sagte Mac atemlos. »Der alte Kerl, Dan, ist von einem Baum gefallen. Der Damm ist gebrochen.«

»Nun, genau was wir brauchen, nicht wahr?«

»Zum Teufel damit«, brach Mac los. »Die Kerle werden rein verrückt, wenn wir die Sache nicht in die Hand nehmen. Schau, dort geht dein langer, magerer Bursche. Ruf ihn her.«

London formte die Hände zum Trichter. »Sam!« schrie er.

Jim sah, daß es der gleiche Mann war, der im Lager am Feuer gesessen hatte. Mac sagte: »Hört gut zu, London und du, Sam. Ich sag' euch jetzt einen ganzen Haufen Zeug rasch hintereinander, weil ich weiter muß. Die Sache kann jeden Augenblick explodieren. Geh du rüber, Sam, und sag ihnen, man sollte eine Versammlung abhalten. Und dann wählt ihr London zum Vorsitzenden. Damit sind sie sicher einverstanden. Sie werden fast mit allem einverstanden sein. Das ist alles, was du zu tun hast, Sam.« Mac nahm eine Handvoll Erde auf und zerrieb sie zwischen den Handflächen. Seine Füße stampften und scharrten den Boden. »Jetzt hör du zu, London. Sobald du den Vorsitz hast, sagst du, es müsse Ordnung herrschen. Du schlägst ihnen eine Liste von Männern vor, ungefähr zehn, und läßt sie die Burschen als Ausschuß wählen, der alles zu überlegen hat. Verstanden?«

»Klar. Ich verstehe schon.«

»Paß auf, so wird's gemacht: Wenn du willst, daß sie für etwas stimmen, sagst du: ›Wollt ihr das tun?‹, und wenn du willst, daß sie etwas verwerfen, sagst du: ›Das wollt ihr doch nicht, oder?‹, und dann stimmen sie mit Nein. Laß sie über alles abstimmen, über gar alles, verstehst du? Sie sind zu allem bereit.«

Die vier blickten zu der Menge bei den Unterkünften hinüber. Noch immer waren die Männer ruhig, gingen hin und her, blieben nie lange stehen, warfen die Arme; ihre Gesichter waren gelöst wie im Schlaf.

London wollte wissen: »Wohin geht ihr jetzt?«

»Wir wollen uns nach dem Ort umtun, wo die Leute bleiben können, wenn es los geht, nach dieser kleinen Farm. Oh, noch etwas: Wähle dir eine Handvoll der verrücktesten Kerle aus und schick sie hinüber in die anderen Plantagen, damit sie dort reden. Je mehr sie reden, um so besser. Bist du jetzt im Bild?«

»Im Bild«, sagte London.

»Überlaß uns deinen Ford, ja? Wir haben es eilig.«

»Natürlich, nehmt ihn nur, wenn ihr ihn fahren könnt. Er hat seine Mucken.«

Mac wandte sich an Sam. »Also los, geh dort hinüber. Stell dich auf irgendwas rauf und brüll: ›Jungens, wir sollten eine Versammlung abhalten‹, und dann brüllst du: ›Ich schlage London als Vorsitzenden vor.‹ Los, Sam. Komm, Jim.«

Sam trabte auf die Baracken zu, und London folgte ihm langsamer. Mac und Jim gingen um die Gebäude herum zu dem alten Ford-Kabriolett. »Steig ein, Jim. Fahr du den Ratterkasten.« Von jenseits der Baracken war ein Stimmenaufruhr zu hören. Jim drehte den Schlüssel und verzögerte die Zündung. Die Zündspulen zischten wie Klapperschlangen. Mac warf die Kurbel herum, wartete, bis etwas Benzin eingespritzt war, und kurbelte wieder. Ein zweites Gebrüll der Menge kam über das Haus her. Mac warf sein ganzes Gewicht in die Arbeit. Der Motor sprang an, und sein Lärm übertönte die Rufe der Männer. Mac stieg in den Wagen und schrie: »So, ich glaube, London ist unser neuer Führer. Schieß los!«

Jim stieß zurück und fuhr dann hinaus auf die Landstraße. Die Straße lag verlassen da. Unter der sinkenden Sonne warfen die grünen, schwer beladenen Bäume die Last ihrer Schatten zur Seite. Der Wagen rollte weiter; die Kolben klopften in den Zylindern. »Zuerst zu einem Telegraphenamt und dann zur Post«, rief Mac.

Sie rollten in die Stadt ein. Jim fuhr zur Hauptstraße und

parkte vor einem Büro der Western Union. »Die Post ist nur einen Häuserblock weiter, siehst du?« sagte er.

»Gut. Hör zu, Jim, während ich telegraphiere, gehst du fragen, ob Post für William Dowdy angekommen ist.«

Wenige Augenblicke später kehrte Jim mit drei Briefen zurück. Mac saß bereits im Wagen. Er riß die Briefe auf und las sie. »Tod und Teufel, hör dir das an. Der da ist von Dick. Er sagt, Joy sei aus dem Gefängnis ausgebrochen; sie wissen nicht, wo er ist. Er wurde zu einem Verhör geführt und versetzte dem Polizisten einen Hieb und riß aus. Ich habe soeben um Verstärkung telegraphiert und um Doktor Burton, wegen der sanitären Anlagen. Wart, ich werf den Motor an. Weiter, zu Al's Lunchwagen.«

Als Jim vor dem Lunchwagen anhielt, konnte er durch die Fenster sehen, wie Al sich über seinen verlassenen Schanktisch lehnte und auf den Bürgersteig hinausstarrte. Al erkannte sie beim Aussteigen. Er hob seinen fetten Arm zum Gruß.

Mac stieß die Schiebetüre auf. »Tag, Al. Wie geht das Geschäft?«

Al's Augen glänzten vor Interesse. »Prima«, sagte er. »Gestern abend kam ein ganzes Rudel Leute aus den Plantagen her.«

»Ich habe ihnen erzählt, was für großartige Steaks du auftischst«, sagte Mac.

»Nett von dir. Magst du selber einen Happen?«

»Klar«, sagte Mac. »Wir können ihn sogar bezahlen. Stell dir vor: Wir bezahlen etwas!«

»Ach was, das ist einfach dein Anteil«, sagte Al. »Eine Art Provision dafür, daß du mir die Leute in die Stadt geschickt hast.« Er öffnete seinen Eiskasten, tätschelte zwei Hamburger zurecht und klatschte sie auf die Ofenplatte; und um jedes ordnete er einen Kranz gehackter Zwiebeln. »Wie gehen die Dinge bei euch draußen?« fragte er.

Mac lehnte sich vertraulich über den Schanktisch. »Hör zu, Al. Ich weiß, daß man sich auf dich verlassen kann. Du stehst auf unserer Liste. Du warst hochanständig zu uns.«

Al wurde rot vor Freude über das Lob. »Ja, ich wäre bei euch draußen, wenn ich nicht ein Geschäft in Gang halten müßte. Man sieht halt die Lebensbedingungen und die Ungerechtigkeit und so – und wenn da einer überhaupt einen Kopf hat, dann kommt er halt dazu.«

»Gewiß«, sagte Mac rasch. »Einem mit Kopf braucht man's nicht erst beizubringen. Der sieht es schon selber ein.«

Al wandte sich ab, um seine Freude zu verbergen. Er drehte die Steaks herum, preßte sie mit seinem Spatel fest, sammelte die welkenden Zwiebeln und stieß sie ins Fleisch. Er kratzte das Fett in den kleinen Trog an der Seite der Herdplatte. Als er sein Gesicht wieder zu anständiger Würde gezwungen hatte, drehte er sich um. »Natürlich könnt ihr euch auf mich verlassen«, sagte er. »Das solltet ihr wissen. Was hast du im Sinn?« Er schenkte zwei Tassen voll Kaffee und schlidderte sie über die Theke.

Mac tippte mit seiner Messerklinge leicht auf die Tischplatte. »Es kann sein, daß sich Bullen nach mir und Jim erkundigen.«

»Klar. Ich weiß von nichts«, sagte Al.

»So ist's recht. Und nun die Neuigkeit, Al. In diesem Tal wird bald 'ne Menge passieren. Wo wir arbeiten, ist sogar schon einiges passiert. Bei den andern wird's wohl heute abend krachen.«

Al sagte leise: »Weißt du, so wie die Leute hier bei mir redeten, dachte ich, es könne nicht mehr lange dauern. Was soll ich tun?«

»Nimm das Fleisch vom Feuer.« Al hielt zwei Teller fächerweise in der Hand, legte auf jeden ein Steak, Kartoffelbrei, Karotten und Rüben; er häufte die Teller.

»Sauce, meine Herren?«

»Schmier die Sache«, sagte Mac.

Al löffelte Sauce über den ganzen Berg von Essen und setzte ihnen die Teller vor. »An die Arbeit!« sagte er.

Mac stopfte sich den Mund. Seine Rede war undeutlich und von Kauen unterbrochen. »Du sagtest doch, dein Alter habe eine kleine Farm.«

»Hat er auch. Wollt ihr euch dort verstecken?«

»Nein.« Mac wies mit der Gabel auf Al. »In diesem Tal wird kein Apfel gepflückt werden.«

»Ja, aber ... Mister ...«

»Augenblick. Hör zu. Gibt es bei deinem Alten Ackerland?«

»Ja, ungefähr zwei Hektar. War Grasland. Das Heu ist jetzt alles eingebracht.«

»Die Sache ist die«, sagte Mac: »Ein- oder zweitausend Leute werden obdachlos werden. Man wird sie von den Gütern vertreiben und ihnen die Straße verbieten. Wenn die nun auf den zwei Hektar lagern dürften, wären sie in Sicherheit.«

Al's Gesicht fiel ein vor Furcht und Zweifel. »Ah, nein, Mister. Das nicht. Damit wäre mein Alter schwerlich einverstanden ...«

Mac unterbrach ihn: »Seine Äpfel würden ihm gepflückt werden, rasch und umsonst. Er wird einen hohen Preis dafür bekommen, wenn alle anderen ausfallen.«

»Ja, aber würden ihm nicht die Stadtleute nachher die Hölle heiß machen?«

»Wer?« fragte Mac.

»Je nun, die Legionäre und solche Leute. Die werden ihm auflauern und ihn verprügeln.«

»Nein, ich glaube nicht. Schließlich ist es sein gutes Recht, Leute auf seinem Grund und Boden zu beherbergen. Ich werde das Lager von einem Arzt überwachen lassen und dafür sorgen, daß alles sauber ist, und deinem Alten wird die Ernte umsonst eingebracht.«

Al schüttelte den Kopf. »Ich weiß nicht.«

»Nun, das läßt sich leicht abklären«, sagte Mac. »Gehn wir mit deinem Alten reden.«

»Ich muß den Laden hüten. Ich kann nicht fort.«

Plötzlich entdeckte Jim seinen Teller, den er hatte stehen lassen und begann zu essen. Macs halb zugekniffene Augen verließen Al's Gesicht keine Sekunde. Er saß da und kaute und blickte auf Al.

Al fing an, unruhig zu werden. »Du meinst, ich habe Angst«, begann er.

»Ich meine gar nichts, bevor ich es nicht sehe«, sagte Mac. »Ich habe mich soeben nur gewundert, weshalb einer seine eigene Bude nicht für eine Stunde zumachen kann, wenn er wirklich will.«

»Die Leute, die früh essen kommen, werden eben in einer Stunde hier sein.«

»In einer Stunde könntest du auch wieder zurück sein.«

Al wand sich. »Ich glaube nicht, daß mein Alter es tun wird. Er muß schließlich auch an sich selber denken, nicht wahr?«

»Nun, bisher ist er jedenfalls noch nicht in Gefahr. Wie kannst du wissen, was passieren wird?« Macs Stimme wurde ein klein wenig frostig, mit einem Anflug von Feindseligkeit.

Al nahm einen Lappen zur Hand und wischte am Schanktisch herum. Sein verängstigter Blick traf denjenigen Macs, schoß fort und kehrte zurück. Schließlich trat er näher. »Ich tu's«, sagte er. »Ich hefte nur rasch einen Zettel an die Türe. Ich glaube nicht, daß mein Alter einverstanden ist, aber ich bringe euch hinaus.«

Mac lächelte breit. »Braver Kerl. Wir werden es dir nie vergessen. Den nächsten Wanderarbeiter, den ich mit einem Vierteldollar antreffe, schicke ich auf ein Steak zu dir.«

»Für so viel Geld serviere ich ein anständiges Essen«, sagte Al. Er nahm seine hohe Kochmütze ab, rollte die Hemdärmel herunter und drehte das Gas unter der Kochplatte ab.

Mac beendete seine Mahlzeit. »Das hat gut geschmeckt.«

Jim mußte sein Essen hineinstopfen, um sich nicht zu verspäten.

»Ich habe einen kleinen Wagen gleich um die Ecke stehen«, sagte Al. »Vielleicht ist es am besten, ihr fahrt mir einfach nach; dann gerate ich nicht in zeitliche Bedrängnis und kann euch doch behilflich sein.«

Mac leerte seine Tasse. »Einverstanden, Al. Man soll immer vorsichtig sein, in welcher Gesellschaft man sich zeigt.«

»Du weißt schon, was ich meine.«

»Natürlich weiß ich's. Komm, Jim, gehen wir!«

Al schrieb eine Notiz und befestigte sie hinter der Türe, so daß sie durch die Scheibe schaute. Er bohrte seine molligen Arme in den Kittel und hielt Mac und Jim die Tür auf.

Mac kurbelte den Ford an und sprang hinein, und Jim ließ den Motor leer laufen, bis Al in einer alten Dodge-Limousine um die Ecke geholpert kam. Jim folgte ihm ostwärts; sie nahmen die Betonbrücke über den Fluß und fuhren hinaus in eine hübsche Landschaft. Die Sonne stand jetzt schon ganz tief, rot und warm vor Herbststaub. Die Masse der Apfelbäume längs der Straße war grau von Staub.

Mac drehte sich auf seinem Sitz und schaute im Vorbeifahren in die Gassen zwischen den Stämmen. »Ich sehe niemanden arbeiten«, rief er Jim zu. »Ich möchte wissen, ob er die Sache schon in die Hand genommen hat. Es stehen wohl Kisten da, aber gearbeitet wird nicht.«

Die gepflasterte Straße wurde von einer geschotterten abgelöst. Der Ford hüpfte und hoppelte auf der groben Schotterung. Ungefähr eine Meile weiter schwenkte Al's Staubwolke in einen Hof ab. Jim folgte und hielt neben dem Dodge an. Ein weißer Wasserspeicher ragte in die Luft, und oben drauf wuchtete und glänzte eine Windmühle in der Sonne, und die Pumpe gluckste mit tiefer, heiserer Stimme. Hier war gut sein. Die Apfelbäume drängten sich nahe an ein kleines weißes Bauernhaus. Im Überlauf unter dem Tank schnäbelten Stockenten im Dreck. In einem Gitter an der großen Scheune hatten sich zwei sehnige englische Vorstehhunde am Drahtgeflecht aufgerichtet und versuchten mit Japsen die Aufmerksamkeit der Männer auf sich zu lenken. Das Haus selber war von einem niedrigen Lattenzaun umgeben, hinter dem Geranien rot und üppig wuchsen; und wilder Wein, der seine roten Blätter abwarf, hing über das Vordach. Große kubische Plymouth-Rock-Hühner spazierten umher, gluckten zufrieden und reckten äugend die Köpfe nach den Ankömmlingen.

Al stieg aus. »Habt ihr die Hunde gesehen?« sagte er. »Die besten Vorstehhunde weit und breit. Der Alte hat sie lieber als mich.«

Mac fragte: »Wo sind die zwei Hektar Land, Al?«

»Dort drüben, hinter den Bäumen, an der anderen Straße.«

»Gut. Gehn wir deinen Alten suchen. Er hat seine Hunde gern, sagst du?«

Al lachte auf. »Drohe doch mal, einen zu schlagen und paß auf, was dann passiert. Er wird dich gleich auffressen.«

Jim bestaunte das Haus und die frisch getünchte Scheune. »Hübsch ist das«, sagte er. »Am liebsten möchte man gleich hier wohnen.«

Al schüttelte den Kopf. »Es braucht enorm viel Arbeit, um es instand zu halten. Mein Alter arbeitet vom Morgengrauen bis er nichts mehr sehen kann, und nicht einmal so wird er mit der Arbeit fertig.«

Mac beharrte: »Wo ist dein Alter? Wir wollen zu ihm.«

»Schau«, sagte Al. »Da kommt er eben vom Baumgarten herüber.«

Mac warf einen Blick hin und ging dann zum Hundezwinger zurück. Die Vorstehhunde wanden sich und warfen sich gegen das Gitter und winselten vor Zärtlichkeit. Mac streckte die Finger durch die Maschen und rieb ihre Schnauzen.

Jim sagte: »Hast du Hunde gern, Mac?«

Mac erwiderte gereizt: »Ich habe alles gern.«

Al's Vater kam herbei. Er war denkbar verschieden von Al, klein und flink wie ein Terrier. Die Energie schien aus einem inneren Vorrat in die Arme, Beine und Finger zu strömen, so daß alles an ihm dauernd in Bewegung war. Sein weißes Haar war grob, seine Augenbrauen und sein Schnurrbart borstig. Seine braunen Augen flitzten so emsig umher wie Bienen. Weil seine Finger beim Gehen unbeschäftigt waren, schnippten sie auf beiden Seiten mit leisem, rhythmischem Knallen. Wenn er sprach, glichen seine Worte ihm selbst; sie waren flink, nervös, scharf. »Was ist mit deinem Geschäft los?« herrschte er Al an.

Al verlegte sich sofort kräftig auf die Verteidigung. »Ja weißt du ... ich dachte ...«

»Du wolltest vom Hof nichts wissen, du wolltest in der Stadt ein Geschäft anfangen, Stadtmaus, wolltest herumlungern. Er mochte nie gerne tünchen, das paßte ihm nicht. Was ist denn nur mit deinem Geschäft los?« Seine Augen spähten nach jedem der Männer, nach ihren Schuhen und ihren Gesichtern.

Mac sah noch immer in den Hundezwinger und rieb den Hunden die Nasen. Al erklärte: »Ja, siehst du, ich brachte diese beiden her; sie wollten dich sprechen.«

Der Alte schaltete Al aus. »Gut, jetzt sind sie ja da. Jetzt kannst du dich wieder an dein Geschäft machen.«

Al schaute seinen kleinen Vater mit den beleidigten Augen eines Hundes an, der gebadet werden soll. Dann kletterte er widerwillig in seinen Wagen und fuhr trübselig davon.

Mac sagte: »Solche Vorstehhunde habe ich schon lange nicht mehr gesehen.«

Al's Vater trat neben ihn: »Mensch, solche Vorstehhunde haben Sie Ihrer Lebtag noch keine gesehen.« Das Eis war gebrochen.

»Gehen Sie oft mit ihnen auf die Jagd?«

»Regelmäßig. Auch auf Vogeljagd. Viele Dummköpfe brauchen dazu Hühnerhunde. Der Hühnerhund ist ein Netzhund. Kein Mensch fängt mehr Vögel in Netzen. Der Vorstehhund, das ist der wahre Schießhund.«

»Der mit dem Sattelfleck gefällt mir.«

»Ja, der ist nicht schlecht. Aber er kann sich nicht messen mit dieser kleinen, süßen Hündin. Sie heißt Maria. Im Stall ist sie so sanft wie das Christkind, aber im Feld, da rennt sie mit dem Teufel um die Wette. So wie sie hab ich noch keinen Hund laufen sehen.«

Mac rieb die Nasen. »Da sind ja Löcher in die Scheune hinein. Lassen Sie sie in der Scheune frei laufen?«

»Nein. Ihre Körbe stehen gleich hinter der Wand. Drinnen ist's wärmer.«

»Falls die Hündin mal wirft, möchte ich mich gerne für ein Junges gemeldet haben.«

Der Alte schnaubte. »Wenn die alle Leute beliefern wollte, die gerne ihre Jungen haben möchten, müßte sie jeden Tag im Jahr werfen.«

Mac wandte sich langsam vom Zwinger ab und blickte in die braunen Augen. »Ich heiße McLeod«, sagte er und hielt seine Hand hin.

»Anderson. Was wollen Sie?«

»Ich möchte ein offenes Wort mit Ihnen reden.«

Die Sonne war jetzt untergegangen, und die Hühner waren vom Hof verschwunden. Die Abendkühle sank zwischen die Bäume. »Verkaufen Sie was, Mr. McLeod? Ich brauche nichts.«

»Wir verkaufen zwar auch etwas, aber es ist ein neuartiges Produkt.«

Sein Ton schien Anderson zu beruhigen. »Warum kommen Sie nicht herein in die Küche und trinken eine Tasse Kaffee?«

»Ich habe nichts dagegen«, sagte Mac.

Die Küche war, wie der ganze Hof, gemalt, geschrubbt und gefegt. Die Nickelteile am Herd blitzten so, daß sie naß schienen.

»Wohnen Sie hier allein, Mr. Anderson?«

»Mein Sohn Al kommt zum Schlafen her. Er ist ein anständiger Kerl.« Aus einer Tüte nahm der Alte eine Handvoll sorgfältig gesplissener Föhrenspäne und legte sie in den Herd; darauf kamen ein paar dünne Scheibchen Pechkiefernholz und oben drauf drei runde Stücke gut gelagerten Apfelholzes. Er tat alles so wohlüberlegt und gewandt, daß ein Streichholz genügte, um das Feuer augenblicklich aufflammen zu lassen. Der Herd knisterte und strömte eine Hitzewelle aus. Der Alte setzte eine Kaffeekanne auf und maß gemahlenen Kaffee hinein. Aus einem Sack nahm er zwei Eierschalen und warf sie in die Kanne.

Mac und Jim saßen am Küchentisch, der mit einem neuen, gelben Wachstuch bedeckt war. Anderson beendete seine Arbeit am Herd. Er kam herzu, setzte sich geziert und legte beide Hände auf den Tisch; sie lagen still, genau wie gute Hunde, die eigentlich herumtoben möchten. »Also, was ist's, McLeod?«

Ein Ausdruck von Ratlosigkeit lag auf Macs muskulösem Gesicht. »Mr. Anderson«, sagte er zögernd, »ich habe nicht sehr viele Karten in der Hand. Ich sollte sie gewagt ausspielen und versuchen, das Beste herauszuholen. Aber dazu habe ich irgendwie keine Lust. Ich lege sie lieber offen auf den Tisch. Wenn sie gewinnen, O. K. Wenn sie verlieren, kann ich nicht mehr nachtrumpfen.«

»Schön, zeigen Sie, was Sie haben, McLeod.«

»Die Sache ist folgende. Morgen treten zweitausend Mann in den Streik, und die Apfelernte wird still liegen.«

Andersons Hände schienen zu schnuppern, sich zu straffen und dann wieder still zu liegen.

Mac fuhr fort. »Der Grund für den Streik ist der Lohnabbau. Die Eigentümer werden natürlich Streikbrecher einsetzen, und es wird Unruhen geben. Aber es werden genügend Wachposten für das ganze Tal aufgestellt werden. Sind Sie im Bild?«

»Teilweise. Aber ich weiß nicht, worauf Sie hinauswollen.«

»Gut, Sie sollen den Rest wissen. Die Aufsichtsbehörde wird verdammt rasch ein Verbot gegen Ansammlungen auf Straßen und öffentlichen Grundstücken erlassen. Die Gutsbesitzer schmeißen die Streikenden als Eindringlinge von ihrem Grund und Boden.«

»Nun, ich bin selber Gutsbesitzer. Was wollen Sie von mir?«

»Al hat uns gesagt, Sie besitzen zwei Hektar Ackerland.« Andersons Hände lagen still und gespannt wie Hunde vor dem Wild. »Ihre zwei Hektar sind Privatbesitz. Sie können Leute zulassen.«

Anderson sagte vorsichtig: »Sie wollen was an den Mann bringen, aber Sie sagen nicht, was.«

»Wenn die Torgas-Tal-Äpfel nicht auf den Markt kommen, steigen die Preise, nicht wahr?«

»Natürlich.«

»Schön. Ihnen wird man die Ernte gratis pflücken.«

Anderson lockerte sich ein wenig in seinem Stuhl. Die Kaffeekanne auf dem Herd fing freundlich an zu summen. »Die Leute würden mir das ganze Land verderben«, sagte er.

»Nein, das werden sie nicht. Ein Komitee sorgt für Ordnung. Alkohol wird verboten sein. Ein Arzt kommt eigens für die gesundheitlichen Maßnahmen heraus. Wir werden ein schönes, sauberes Lager anlegen, mit geraden Gassen.«

Anderson schöpfte rasch Atem. »Hören Sie, junger Mann, dieser Hof gehört mir. Ich muß mich mit meinen Nachbarn vertragen. Wenn ich so was täte, würden sie mir die Hölle heiß machen.«

»Sie sagen, der Hof gehört Ihnen?« sagte Mac. »Ist er unbelastet? Keine Hypotheken drauf?«

»Nein, unbelastet ist er nicht.«

»Und wer sind Ihre Nachbarn?« fragte Mac rasch. »Ich will Ihnen sagen, wer sie sind: Hunter, Gillray, Martin. Und in wessen Händen sind Ihre Hypotheken? In den Händen der Torgas Finanzierungs-Gesellschaft. Und wem gehört die Torgas Finanzierungs-Gesellschaft? Den Hunter, Gillray, Martin. Sind Sie schon unter Druck gesetzt worden? Sie wissen verdammt gut, daß man Sie ausquetscht. Wie lange halten Sie es noch aus? Vielleicht ein Jahr, und dann gehört Ihr Hof der Torgas Finanzierungs-Gesellschaft. Stimmt's? Nehmen wir jetzt mal an, Sie haben eine Ernte ohne Arbeitslöhne; nehmen wir an, Sie verkaufen bei anziehenden Preisen. Könnten Sie die Hypothek auslösen?«

Andersons Augen glänzten stechend. Zwei kleine Zornflecken erschienen auf seinen Wangen. Seine Hände verkrochen sich unter die Tischkante. Einen Augenblick schien er nicht zu atmen. Schließlich sagte er leise: »Du hast sie nicht auf den Tisch gelegt, Kerl; du hast sie gespielt. Wenn ich mich freimachen könnte ... wenn ich ihnen ein Messer in ...«

»Sie bekommen von uns zwei Regimenter, die Ihnen das Messer führen helfen.«

»Ja, aber meine Nachbarn würden mich vertreiben.«

»Das werden sie schön bleiben lassen. Wenn sie Hand an Sie oder Ihren Hof legen, lassen wir im ganzen Tal keine Scheune stehen.«

Anderson schob sein altes Kinn vor. »Was profitiert ihr dabei?«

Mac grinste. »Das Gegenteil wäre leichter zu nennen. Ich weiß nicht, ob Sie mir die Antwort glauben würden. Ich und Jim bekommen ab und an Knallschoten in die Fresse. So sechzig Tage für Landstreicherei blühen uns recht häufig.«

»Seid ihr zwei Rote?«

»Erraten; wir sind Rote, wie Sie es nennen.«

»Und was versprecht ihr euch von eurem Streik?«

»Mißverstehen Sie uns bitte nicht, Mr. Anderson. Nicht wir waren es, die angefangen haben. Gillray, Martin und Hunter haben ihn angefangen. Sie haben Ihnen sicher vorgeschrieben, wieviel Sie den Leuten zu bezahlen haben, nicht wahr?«

»Um genau zu sein: das tat der Pflanzer-Verband. Den leitet die Torgas Finanzierungs-Gesellschaft.«

»O. K. Wir haben nicht angefangen. Aber wo es nun mal angefangen hat, möchten wir es gewinnen helfen. Wir möchten die Leute daran hindern, daß sie ins Leere laufen, sie lehren, zusammenzuarbeiten. Machen Sie mit, dann sind Sie Ihrer Lebtag aller Arbeitersorgen enthoben.«

Anderson klagte: »Ich weiß nicht, ob ich einem Roten trauen darf.«

»Sie haben es noch nie versucht; aber was Sie versucht haben, war, der Torgas Finanzierungs-Gesellschaft zu trauen.«

Anderson lächelte kalt. Seine Hände kehrten auf den Tisch zurück und spielten miteinander wie junge Hunde. »Wahrscheinlich wird es mich ruinieren und auf Wanderschaft schicken, aber das steht mir, weiß Gott, sowieso bevor. Da will ich wenigstens noch meinen Spaß haben. Fürs Leben gern würde ich Chris Hunter die Luft ablassen.« Der Kaffee kochte über und zischte wild auf dem Herd. Der Geruch verbrannten Kaffees erfüllte die Luft. Das elektrische Licht glänzte auf Andersons weißen Brauen und auf seinem steifen Haar. Er hob die Kanne ab und wischte mit einer Zeitung sorgfältig den Herd. »Ich schenk Ihnen Kaffee ein, Mr. Rot.«

Aber Mac sprang auf. »Danke, aber wir müssen weiter. Wir werden dafür sorgen, daß Sie zu Ihrer Sache kommen. Jetzt haben wir tausend Dinge auf einmal zu tun. Auf Wiedersehen morgen.« Sie ließen den Alten mit der Kaffeekanne in der Hand stehen. Mac trieb zu einem Laufschritt über den Hof an. Er raunte: »Herrgott, das war kitzlig. Ich fürchtete jeden Augenblick auszurutschen. Ein zäher, alter Knabe. Ich wußte, daß ein Jägersmann zäh sein würde.«

»Ich mag ihn«, sagte Jim.

»Fang bloß nicht an, Leute zu mögen, Jim. Damit können wir keine Zeit verlieren.«

»Woher wußtest du Bescheid wegen ihm und der Finanzierungs-Gesellschaft, Mac?«

»Das stand in einem der Briefe, die heute abend ankamen. Aber dem Himmel sei gedankt für die Hunde! Spring auf, Jim! Ich werfe den Motor an.«

Sie ratterten durch die klare Nacht. Die flammenden Scheinwerferchen flackerten aufgeregt durch das Dunkel. Jim schaute einen Augenblick zum Himmel auf. »Gott, bin ich aufgeregt. Schau dir die Sterne an, Mac. Millionen.«

»Schau gescheiter auf die Straße«, knurrte Mac. »Hör mal, Jim, es ist mir eben eingefallen. Der Kerl von heute mittag bedeutet, daß sie uns aufgespürt haben. Sei von jetzt an vorsichtig und entferne dich nie sehr weit von der Menge. Wenn du irgendwohin willst, sieh zu, daß du etwa ein Dutzend Leute mitnimmst.«

»Glaubst du, sie wollen uns fangen?«

»Verdammt richtig! Sie meinen, sie können den ganzen Krawall unterbinden, wenn sie uns herauspflücken.«

»Nun, wann gibst du mir endlich was zu tun, Mac? Ich laufe dir einfach wie ein Hündchen nach.«

»Du lernst einen Haufen, Kleiner. Wenn ich dich brauchen kann, bring ich es schon über die Lippen; da brauchst du keine Angst zu haben. In ein bis zwei Tagen kannst du eine Schar Streikposten aufstellen. Bieg links ab, Jim! Von jetzt an wollen wir, wenn's nicht nötig ist, lieber nicht durch die Stadt fahren.«

Jim holperte über die Geleise ausgefahrener Seitenwege. Er brauchte eine volle Stunde, bis er endlich beim Gut ankam und in die dunkle Straße zwischen den Apfelbäumen einschwenkte. Er drosselte den Ford, bis er fast abstarb. Die Scheinwerfer ruckten und schütterten. Ohne Warnung schoß ein blendendes Licht aus der Finsternis und fiel auf das Gesicht der beiden. Gleichzeitig traten zwei in Mäntel gehüllte Männer vor ihnen auf die Straße. Jim bremste, daß die Räder mahlten.

Eine Stimme hinter dem Licht rief: »Das sind sie.« Einer der Männer in Mänteln schlenderte um den Wagen herum und lehnte sich auf die Türe. Der Motor lief unregelmäßig im Leerlauf. Wegen des Lichtstrahls war der Mann an der Türe fast unsichtbar. Er sagte: »Morgen bei Tagesanbruch seid ihr beide aus dem Torgas-Tal verschwunden. Verstanden? Raus!«

Macs Fuß kroch herüber und preßte Jims Bein. Seine Stimme wurde weinerlich einschmeichelnd. »Was haben Sie denn gegen uns, Sir? Wir haben doch gar nichts getan.«

Der Mann antwortete wütend: »Tu nicht so, Früchtchen. Wir wissen schon, wer ihr seid, und was ihr seid. Ihr gehört *raus*.«

Mac sagte mit weinerlicher Stimme: »Wenn Sie das Gesetz

sind, so sind wir Bürger des Landes. Wir haben ein Recht auf eine ordentliche Untersuchung. Ich bezahle schließlich Steuern, zu Hause.«

»Schön, dann geh nach Hause und bezahl sie. Wir sind nicht das Gesetz, wir sind ein Bürgerkomitee. Wenn ihr glaubt, ihr gottverdammten Roten könnt hier herkommen und Stunk machen, dann täuscht ihr euch gründlich. Ihr verschwindet von hier mit eurer Konservenbüchse oder ihr werdet in einer Kiste abtransportiert. Ist das klar?«

Jim spürte Macs Fuß unter seinen Beinen durchkriechen und das Kupplungspedal suchen. Jim berührte den Fuß mit seinen Zehen, um zu zeigen, daß er verstanden habe. Der alte Motor tuckerte vor sich hin. Manchmal setzte ein Zylinder aus, manchmal zwei. Mac sagte: »Sie verwechseln uns, Sir. Wir sind gewöhnliche Wanderarbeiter. Wir wollen nichts Böses.«

»Raus! habe ich gesagt.«

»Dann lassen Sie uns wenigstens unsere Sachen holen.«

»Hört mal gut zu: Ihr kehrt jetzt um und macht, daß ihr wegkommt.«

Mac schrie: »Ihr seid feige, feige seid ihr. Ihr lauert uns mit zwanzig Mann an der Straße auf. Ihr seid feig wie der Teufel.«

»Wer ist feig? Wir sind nur zu dritt. Aber wenn ihr bis morgen früh nicht aus dem Tal seid, sind wir fünfzig.«

»Gas, Jim!«

Der Motor heulte auf. Der Ford preschte davon wie ein Pferd. Der Mann an der Türe wirbelte ins Dunkel, und der Mann vor ihnen sprang um sein Leben. Der ratternde Wagen setzte über die Straße mit dem Lärm umstürzender Feuerböcke.

Mac sah über die Schulter zurück. »Der Scheinwerfer ist verschwunden«, rief er.

Jim steuerte den Wagen hinter das langgestreckte Gebäude. Sie sprangen ab und rasten um das Ende der Baracke.

Auf dem freien Platz vor den Eingängen drängten sich Gruppen von Männern, die leise redeten. Die Frauen saßen auf den Treppenstufen und umklammerten um die Knie herum ihre Röcke. Aus den Gruppen stieg ein brausendes, eintöniges Gebrumm. Es waren wenigstens fünfhundert Männer, Männer von den anderen Gütern. Der rauflustige Junge, mit dem sich Jim unterhalten hatte, schlich heran. »Du hast's mir ja nicht glauben wollen, he? Nun, was sagst du jetzt?«

Mac fragte ihn: »Hast du London gesehen?«

»Aber sicher hab ich ihn gesehen. Wir haben ihn zu unserem Wortführer gewählt. Er ist mit dem Ausschuß in seinem Zimmer. Du hieltest mich für verrückt, nicht wahr?« sagte er zu Jim. »Ich sagte dir doch, ich gehöre zum inneren Zirkel.«

Mac und Jim drängten sich unter die Menge und hinein in das Stimmengewirr. Londons Türe war geschlossen, und auch sein Fenster war zu. Eine Traube von Männern stand auf den Zehen davor und schaute durch die Scheibe in das erhellte Zimmer. Mac schickte sich an, die Stufen hinaufzusteigen. Zwei Männer stellten sich ihm in den Weg. »Was zum Teufel willst du?«

»Wir wollen London sprechen.«

»Was du nicht sagst! Die Frage ist, will London dich sprechen?«

»So frag ihn doch.«

»Wie heißt du?«

»Sag London, der Doktor und Jim wollen ihn sprechen.«

»Bist du der, welcher dem Mädel bei der Geburt geholfen hat?«

»Klar.«

»Gut, ich geh fragen.« Der Mann öffnete die Türe und ging hinein. Eine Sekunde später tauchte er wieder auf und hielt die Türe offen. »Geht nur hinein, Jungens; London erwartet euch.«

Londons Zimmer war flüchtig in ein Büro verwandelt worden, indem man als Sitze Kisten hineingeschleppt hatte. London saß auf seinem Bett, den Kopf mit der Tonsur vorgeneigt. Ein Ausschuß von sieben Männern stand herum oder saß auf den Kisten und rauchte Zigaretten. Sie drehten die Köpfe, als Mac und Jim eintraten. Londons Gesicht hellte sich auf. »Tag, Doktor; Tag, Jim. Gut, daß ihr kommt. Habt ihr schon davon gehört?«

Mac ließ sich auf eine Kiste fallen. »Nichts haben wir gehört«, sagte er. »Ich und Jim waren unterwegs. Was ist passiert?«

»Nun, es sieht nicht schlecht aus. Dakins Leute haben die Arbeit niedergelegt. Ein Bursche namens Burke ist Wortführer drüben auf dem Gillray-Gut. Für morgen ist eine allgemeine Versammlung einberufen.«

»Fein«, sagte Mac. »Die Sache läuft. Aber wir können nicht viel tun, bis wir einen Exekutivausschuß und einen Ersten Vorsitzenden haben.«

London fragte: »Wie ist es euch in eurer Sache ergangen? Ich habe noch niemandem etwas davon gesagt, für den Fall, daß nichts daraus wird.«

»Wir haben's.« Mac wandte sich an die sieben. »Hört zu«, sagte er. »Jemand hat uns zwei Hektar Land zur Verfügung gestellt, damit die Leute dort kampieren können. Es ist Privatbesitz, so daß uns höchstens die Gesundheitspolizei rausschmeißen kann. Wir lassen einen Arzt kommen, der sich um diese Dinge kümmert.« Die Männer vom Ausschuß richteten sich auf und grinsten vor Begeisterung. Mac fuhr fort: »Aber ich habe dem Farmer versprochen, daß ihm unsere Leute seine Ernte gratis einbringen. Das wird sie nicht viel Zeit kosten. Es gibt dort reichlich Wasser. Es ist auch eine gute, zentrale Lage.«

Einer der Männer erhob sich aufgeregt. »Darf ich das den Leuten draußen erzählen, London?«

»Klar, mach das nur. Wo ist es, Doktor? Wir können morgen unsere große Versammlung dort abhalten.«

»Es ist Andersons Obstgarten, wenig außerhalb der Stadt.« Drei der Männer vom Ausschuß stürzten auf die Türe zu, um die Nachricht weiterzugeben. Draußen war es zuerst ruhig; dann erhob sich ein Stimmenschwall, keine Rufe, sondern erregtes Gerede; und der Schwall pflanzte sich fort und wurde immer lauter, bis er die Luft erfüllte.

Jim fragte: »Wie geht's dem alten Dan?«

London hob den Kopf. »Sie wollten ihn in ein Spital bringen. In einem Spital nützt er uns nichts. Wir ließen einen Arzt kommen, der sich um seine Hüfte gekümmert hat. Er liegt gleich ein paar Türen weiter. Zwei brave Frauen sorgen für den armen, alten Knacker. Es geht ihm großartig. Jetzt brächte ihn keiner mehr fort von hier. Er schikaniert sämtliche Leute, die Frauen und alle zusammen.«

Mac fragte: »Haben die Eigentümer schon was von sich hören lassen?«

»Ja, der ›Aufseher‹ ist gekommen. Er fragte, ob wir die Arbeit wieder aufnehmen würden. Wir sagten nein. Er sagt: ›Macht, daß ihr bis morgen früh zum Teufel geht.‹ Er sagt, bis morgen früh kann er einen ganzen Zug voll Arbeiter hier haben.«

»Das kann er nicht«, unterbrach Mac. »Vor übermorgen früh können keine ankommen. Es braucht Zeit, eine Handvoll Streikbrecher aufzulesen. Und bis übermorgen haben wir uns auf ihren Empfang vorbereitet. Übrigens, London, ein paar Kerle, die sich ›Komitee‹ schimpften, haben versucht, mich und Jim aus dem Tal hinauszuekeln. Es kann nichts schaden, den Leuten zu sagen, sie sollen nicht allein ausgehen. Sag ihnen, sie sollen sich von ein paar Freunden Gesellschaft leisten lassen, wenn sie irgendwohin gehen wollen.«

London nickte einem seiner Ausschußmänner zu. »Sag's ihnen, Sam.« Sam ging hinaus. Wieder verbreitete sich der Stimmenschwall und lärmte wie eine Woge über runden Steinen. Diesmal war der Ton tief und zornig.

Mac drehte sich langsam eine braune Zigarette. »Ich bin müde«, sagte er. »Wir haben noch viel zu tun. Das muß bis morgen warten.«

»Geh zu Bett«, sagte London. »Du bist ja wie ein Verrückter rumgerast.«

»Ja, ich hab was geleistet. Wenn man müde ist, scheint einem alles schwer. Sie sind bewaffnet. Wir dürfen keine Waffen tragen. Sie haben Geld. Sie können unsere Jungens bestechen. Für diese armen, halb verhungerten Schlucker bedeuten fünf Dollar ein kleines Vermögen. Sei vorsichtig, London, was du ihnen mitteilst. Man kann es den Burschen schließlich nicht sehr verübeln, wenn sie sich bestechen lassen. Wir müssen schlau und geizig und flink sein.« Seine Stimme klang traurig. »Wenn wir nicht gewinnen, müssen wir wieder von vorne anfangen. Es ist so schade. Wir könnten so leicht gewinnen, wenn die Burschen nur zusammenhalten wollten. Wir könnten die ganzen Eigentümer in die Pfanne hauen. Keine Waffen, kein Geld. Wir müssen es mit unseren Händen und unseren Zähnen tun.« Sein Kopf zuckte hoch. London grinste aus Mitgefühl und verlegen, wie es Männer sind, wenn einer von ihnen sein Herz öffnet.

Macs großes Gesicht wurde rot vor Scham. »Ich bin müde. Schmeißt ihr den Laden, während ich und Jim schlafen gehen. Oh, London, morgen wird unter der Post ein Paket für Alex Little ankommen. Es sind Flugblätter. Sollte um acht Uhr da sein. Laß es einen von deinen Leuten abholen, nicht wahr? Und sorge dafür, daß die Zettel verteilt werden. Sie sollten von einigem Nutzen sein. Komm, Jim. Wir gehen schlafen.«

Sie lagen in ihrem Zimmer im Dunkel. Draußen saßen die Männer und warteten, und das Gemurr ihrer Stimmen drang durch die Wände und schien die ganze Welt zu durchdringen.

Weit weg, in der Stadt, zischte und rasselte eine Rangierlokomotive hin und her und stellte einen Zug zusammen. Die nächtlichen Milchlastwagen rumpelten über die Fahrstraße den Plantagen entlang. Dann – fremd und wehmütig – spielte jemand ein paar Melodien auf der Harmonika, und das Stimmengewirr legte sich, und die Männer lauschten. Es war still draußen, außer der Harmonika, so still, daß Jim einen Hahn krähen hörte, bevor er einschlief.

## 7

Grau und kalt brach der Tag durchs Fenster, als vor der Tür Stimmen laut wurden und Jim aufschreckten. Er hörte jemanden sagen: »Sie sind hier drin; wahrscheinlich schlafen sie noch.« Die Tür öffnete sich. Mac setzte sich auf.

Eine vertraute Stimme sagte: »Bist du da, Mac?«

»Dick! Wie zum Teufel kommst denn du schon so früh hierher?«

»Ich bin zusammen mit Doktor Burton angekommen.«

»Ist der Doktor auch da?«

»Natürlich. Gleich hier, hinter der Türe.«

Mac rieb ein Streichholz an und entzündete eine Kerze auf einer zerbrochenen Untertasse. Dick wandte sich an Jim: »Tag, Kleiner. Wie steht's?«

»Prima. Wofür hast du dich denn so fein gemacht, Dick? Bügelfalten und ein sauberes Hemd!«

Dick lächelte stolz-verlegen. »Einer muß schließlich anständig aussehen auf dieser Schutthalde.«

Mac sagte: »Dick wird jeden rosaroten Salon in Torgas unsicher machen. Hör mal, Dick, ich habe hier eine Liste von Leuten, die uns freundlich gesinnt sind. Wir brauchen natürlich Geld; aber wir brauchen auch Zelte, Leinwandplanen und Betten. Denk vor allem daran: Zelte! Hier ist die Liste. Es stehen eine Menge Namen drauf. Nimm die Beziehungen auf. Wir werden dir Wagen für den Abtransport schicken. Viele von den Burschen besitzen Autos.«

»O. K., Mac. Wie läuft der Laden?«

»Wie eine Fledermaus aus der Hölle. Wir müssen uns beeilen, wenn wir mitkommen wollen.« Er schnürte sich die Schuhe. »Wo ist der Doktor? Warum läßt du ihn nicht hereinkommen? Komm herein, Doktor!«

Ein junger Mann mit goldblondem Haar trat in den Raum. Sein Gesicht wirkte in seiner Feinheit fast mädchenhaft, und seine großen Augen hatten den sanften, traurigen Blick eines Bluthundes. In der einen Hand trug er seine Arzttasche und eine Mappe. »Wie geht's, Mac? Dick erhielt dein Telegramm und kam mich holen.«

»Ich bin froh, dich so rasch hier zu haben, Doktor. Wir brauchen dich dringend. Das ist Jim Nolan.«

Jim stand auf und trat die Fersen in die Schuhe. »Freut mich, Sie kennenzulernen, Doktor.«

Mac sagte: »Am besten machst du dich gleich auf den Weg, Dick. Dein Frühstück kannst du dir in Al's Lunchwagen in Townsend ablausen. Aber beanspruche Al nur für das Frühstück. Wir haben seinem Alten bereits eine Farm abgenommen. Schieb ab, Dick, und denk dran: Zelte, Planen, Geld – und natürlich alles, was du sonst noch kriegen kannst.«

»O.K., Mac. Sind alle Namen auf dieser Liste in Ordnung?«

»Ich weiß nicht. Versuch's halt. Soll ich sie dir etwa zutreiben?«

»Geh zum Teufel«, sagte Dick. Er ging aus der Tür und schloß sie hinter sich. Die Kerze und die Morgendämmerung kämpften miteinander, so daß sie beide zusammen weniger Licht zu geben schienen als jede für sich allein. Der Raum war kalt.

Doktor Burton sagte: »Aus deinem Telegramm war nicht viel zu erfahren. Was ist meine Aufgabe.«

»Augenblick, Doktor. Schau doch bitte aus dem Fenster und sieh, ob du draußen nicht irgendwo Kaffee entdecken kannst.«

»Ja, wenigstens ist da ein Feuerchen mit einem Topf oder vielmehr einer Kanne drauf.«

Mac sagte: »Gut. Augenblick.« Er ging hinaus und kehrte gleich mit einer Zinnkanne voll dampfendem, übelriechendem Kaffee in der Hand zurück.

»Herrgott, ist der heiß«, sagte Jim.

»Und lausig«, fügte Mac hinzu. »Also, Doktor. Dies ist die beste Chance, die wir seit langem haben. Ich muß mir einige Ideen zurechtlegen. Ich will verhüten, daß wir die Kontrolle über diesen Radau verlieren.« Er stürzte einen großen Schluck Kaffee hinunter. »Setz dich auf die Kiste dort. Wir verfügen über zwei Hektar privaten Boden. Du kannst jegliche Hilfe beanspruchen. Kannst du ein Lager organisieren – ein vorbildliches Lager, mit lauter geraden Gassen –, Toiletten graben, für die sanitären Anlagen sorgen, den Kehricht beseitigen? Überleg dir, wie man eine Badeeinrichtung schaffen könnte. Und kannst du die Luft so gottverdammt mit Karbol oder Chlorkalk tränken, daß es gesund riecht? Mach, daß die ganze Gegend gesund riecht. Kannst du das alles?«

»Jawohl. Gib mir genügend Hilfe, dann schaff ich's schon.« Die traurigen Augen wurden noch trauriger. »Gib mir fünf Gallonen rohes Karbol, und ich parfümiere dir die ganze Gegend auf Meilen hinaus.«

»Gut. Heute lassen wir die Leute umziehen. Schau sie dir so rasch wie möglich an. Sieh zu, daß keiner eine ansteckende Krankheit mitbringt. Das Gesundheitsamt wird gründlich herumschnüffeln. Wenn sie uns irgendwie erwischen, sind wir ihnen ausgeliefert. Sonst lassen sie uns seelenruhig wie die Schweine leben, aber sobald wir einen Streik anfangen, machen sie sich ungeheure Sorgen um die öffentliche Gesundheit.«

»Schon recht, schon recht.«

Mac schaute verwirrt drein. »Da hab ich mich ja zu einer Ode hinreißen lassen. Nun, du weißt ja, was es braucht. Komm, wir gehen jetzt London aufsuchen.«

Auf den Stufen vor Londons Tür saßen drei Männer. Sie standen auf und machten Platz. Drinnen lag London und döste. Er stemmte sich auf einen Ellbogen hoch. »Jesses! Ist schon Morgen?«

»Weihnachtsmorgen«, sagte Mac. Mr. London, hier ist Doktor Burton, Chef des Gesundheitsdienstes. Er braucht ein paar Leute. Wieviele hast du nötig, Doktor?«

»Das hängt davon ab, mit wievielen wir es zu tun haben.«

»Oh – so zwischen tausend und fünfzehnhundert.«

»Dann sollte ich etwa fünfzehn bis zwanzig Mann haben.«

London rief: »He, ihr da draußen!« Eine der Wachen öffnete die Tür und schaute herein. »Geh mir mal Sam holen.«

»Jawohl.«

London sagte: »Wir haben für heute morgen um zehn eine Versammlung einberufen. Ich meine, eine große, allgemeine Versammlung. Ich habe den Leuten auf den anderen Gütern wegen der Anderson-Farm Bescheid gesagt. Sie werden wohl bald einziehen.«

Die Tür öffnete sich, und Sam trat herein. Sein hageres Gesicht war spitz vor Neugier.

»Sam, das ist Doktor Burton. Er braucht dich als seine rechte Hand. Geh hinaus und sag den Burschen, du brauchst Freiwillige, die dem Doktor helfen. Besorge dir zwanzig tüchtige Leute.«

»O. K., London. Wann brauchst du sie?«

Burton sagte: »Sofort. Wir gehen gleich hinüber und planen das Lager. Acht oder neun kann ich selber in meinen alten Wagen stopfen. Treibe jemanden mit einem Auto auf, der den Rest mitnimmt.«

Sam blickte von London zu Burton und zurück zu London, um über die Autoritätsverhältnisse ins klare zu kommen. London nickte mit seinem dicken Schädel. »Alles in Ordnung, Sam. Tu nur alles, was der Doktor sagt.«

Burton stand auf, um mitzugehen. »Ich möchte gerne dabei sein, wenn die Leute ausgesucht werden.«

»Augenblick«, sagte Mac. »Du bist doch in der Stadt ganz sauber, nicht wahr, Doktor?«

»Wie meinst du das, ›sauber‹?«

»Ich meine, gibt es irgendeinen Vorwand, unter dem sie dir einen Kunstfehler oder Amtsmißbrauch vorwerfen könnten?«

»Nicht, daß ich wüßte. Aber sie finden natürlich immer was, wenn sie unbedingt wollen.«

»Klar«, sagte Mac. »Ich weiß; aber dazu brauchen sie immerhin einige Zeit. Wiedersehen, Doktor. Bis nachher.«

Als Burton mit Sam fortgegangen war, wandte sich Mac an London. »Er ist ein feiner Kerl. Mit seinem hübschen Gesicht könnte man ihn für weichlich halten, aber der ist schön hartgesotten. Und gründlich wie Rizinusöl. Hast du was zu essen, London?«

»Einen Laib Brot und Käse.«

»Ja, worauf warten wir dann noch! Jim und ich vergaßen gestern, zu Nacht zu essen.«

Jim sagte: »Ich wurde nachts wach und erinnerte mich.«

London brachte aus einer Ecke einen Beutel zum Vorschein und tischte daraus einen Laib Brot und ein Stück Käse auf. Draußen wurde es unruhig. Das Stimmengebrumm, das sich für mehrere Stunden gelegt hatte, erhob sich wieder. Türen öffneten sich und wurden zugeworfen. Männer husteten sich kratzend den Hals frei von Schleim und spuckten und schnaubten sich die Nase. Der klare Tag war angebrochen, und die Sonne schien rot durch die Fenster.

Mac sprach um einen Mundvoll Käse herum und sagte: »London, was hältst du von Dakin als Erstem Vorsitzenden des Streikkomitees und als Chef des Ganzen?«

London sah ein bißchen enttäuscht aus. »Dakin ist schon recht«, sagte er. »Ich kenne Dakin schon lange.«

Mac ging auf Londons Enttäuschung ein und brachte sie zur Sprache. »Ich will offen mit dir reden, London. Du wärst ein verdammt guter Vorsitzender, wenn du nicht aus der Haut fahren würdest. Dakin dagegen sieht so aus, als ob er überhaupt nie wild werden könne. Wenn der Chef dieser Schweinerei jemals seine Ruhe verliert, sind wir alle verloren.«

Der Versuch gelang. London stimmte bei: »Ich werde höllisch sauer. Ich werde so verdammt wild, daß mir übel wird. Und was du von Dakin sagst, stimmt; er ist ein Spielertyp. Er öffnet seine Augen nie ganz; er verliert nie die Beherrschung über seine Stimme. Je schlimmer die Lage, um so ruhiger wird Dakin.«

Mac sagte: »Wenn die Versammlung zustandekommt, würdest du dann, bitte, deine Autorität für Dakin einsetzen?«

»Klar.«

»Den Burke da kenne ich nicht, aber ich denke, mit unseren Leuten und mit Dakins Leuten können wir ihn schon zurückhalten, falls er es zu bunt treibt. Wir sollten mit dem Umziehen recht bald beginnen; es ist ein ziemlich weiter Weg bis dort drüben.«

London fragte: »Wann, glaubst du, werden die ersten Streikbrecher eintreffen?«

»Frühestens morgen. Ich glaube, die Arbeitgeber hier herum glauben noch nicht daran, daß es uns ernst ist. Vor morgen können sie keine Streikbrecher herschaffen.«

»Was machen wir, wenn sie hier landen?«

»Nun«, sagte Mac, »wir holen sie von der Bahn ab und überreichen ihnen auf einem Kissen die Schlüssel. Bevor sie aus der Stadt abfahren, sollte ich ein Telegramm bekommen. Ein paar von unseren Jungens werden sich wohl bei den Arbeitsämtern umtun.« Er hob den Kopf und sah zur Tür. Das Gesumm der Stimmen draußen war gleichgültig und eintönig gewesen, jetzt setzte es ganz aus. Plötzlich durchbrach ein »Pfui!« die Stille, und dann erschollen andere Stimmen. Ein Wortwechsel entspann sich.

London trat zur Tür und öffnete sie. Davor standen die drei Wachposten Seite an Seite und vor ihnen stand der Obstgarten-Inspektor in Samthosen und hohen Stiefeln. Ihm zur Seite standen zwei Männer mit den Abzeichen von Deputies, und in jeder Hand trug er eine Schrotflinte.

Der Inspektor sah über die Köpfe der Wachen hinweg. »Ich will mit Ihnen reden, London.«

»Sie kommen ja wirklich mit dem Zweig des Ölbaums«, sagte London.

»Also lassen Sie mich hinein. Vielleicht werden wir einig.« London sah Mac an, und Mac nickte. Die große Schar von Männern war still und horchte. Der Aufseher trat vor, die Deputies auf beiden Seiten. Die Wachen behielten ihre Stellung. Eine von ihnen sagte: »Er soll seine Bullen draußen lassen, Chef.«

»Das ist eine gute Idee«, sagte London. »Zum Reden haben Sie ja keinen Rehposten nötig.«

Der Aufseher blickte sich ängstlich nach den ruhigen, drohenden Männern um. »Welche Gewähr habe ich, daß ihr ein ehrliches Spiel treibt?« verlangte er zu wissen.

»Ungefähr dieselbe wie ich, daß Sie es tun werden.«

Der Aufseher traf seine Entscheidung. »Bleibt draußen und sorgt für Ordnung«, sagte er.

Jetzt traten die Wachen beiseite, ließen den einen Mann durch und nahmen ihre Stellung wieder ein. Die Deputies wurden nervös. Sie standen da, fingerten an ihren Gewehren und warfen böse Blicke.

London schloß die Tür. »Ich verstehe nicht, weshalb Sie es nicht draußen sagen konnten, wo es jedermann gehört hätte.«

Der Aufseher entdeckte Mac und Jim. Er sah London wütend an. »Werfen Sie diese Leute hinaus!«

»Hm-m«, sagte London.

»Hören Sie zu, London, Sie wissen nicht, was Sie tun. Ich gebe Ihnen die Chance, die Arbeit wieder aufzunehmen, wenn Sie diese Leute rausschmeißen.«

»Wozu?« fragte London. »Es sind anständige Leute.«

»Es sind Rote. Sie sind schuld, daß eine Menge braver Leute in Schwierigkeiten geraten. Sie scheren sich den Teufel um euch, wenn sie nur Unruhe stiften können. Schickt sie fort, und ihr könnt die Arbeit wieder aufnehmen.«

London sagte: »Angenommen, wir schmeißen sie raus. Bekommen wir dann das Geld, um das wir streiken? Bekommen wir dann, was wir vor dem Lohnabbau bekommen hätten?«

»Nein; aber ihr könnt ohne irgendwelche weiteren Schwierigkeiten die Arbeit wieder aufnehmen. Die Eigentümer werden tun, als sei nichts geschehen.«

»Und was hätte uns dann der Streik genützt?«

Der Aufseher senkte die Stimme. »Ich bin in der Lage, Ihnen ein Angebot zu machen. Sie sorgen dafür, daß die Leute die Arbeit wieder aufnehmen, und Sie bekommen hier eine Dauerstelle als Zweiter Inspektor mit fünf Dollar Taglohn.«

»Und was geschieht mit den beiden Burschen hier, meinen Freunden?«

»Fünfzig Dollar für jeden, wenn sie das Tal verlassen.«

Jim sah nach Londons großem, breitem Gesicht. Mac grinste gemein. London fuhr fort: »Ich kenne immer gerne beide Seiten einer Sache. Angenommen, ich und meine Freunde hier nehmen Ihr Angebot nicht an, was dann?«

»Dann schmeißen wir euch innerhalb einer halben Stunde raus. Dann setzen wir das ganze verdammte Pack auf die Schwarze Liste. Ihr könnt nirgends mehr hingehen, ihr bekommt nirgends mehr Arbeit. Wir haben fünfhundert Hilfspolizisten, wenn nötig. Das ist die andere Seite. Wir werden schon dafür sorgen, daß ihr diesseits der Hölle keine Arbeit findet. Überdies werden wir deine Kumpane hier einkapseln und dafür sorgen, daß sie mit dem Höchstmaß bedacht werden.«

London sagte: »Ihr könnt sie nicht einsperren, wenn sie Geld haben.«

Der Aufseher trat näher, um seinen Vorteil eindrücklich zu machen. »Seien Sie kein Narr, London. Sie kennen das Landstreichergesetz so gut wie ich. Sie wissen, daß alles das Landstreicherei ist, was der Richter nicht gerne sieht. Und für den Fall, daß Sie es nicht wissen sollten, der hiesige Richter heißt Hunter. Los, London. Sorgen Sie dafür, daß die Leute wieder arbeiten. Denken Sie daran: eine Dauerstelle und fünf Dollar Taglohn.«

Londons Augenlider senkten sich. Er sah zu Mac und bat stumm um Anweisungen. Mac ließ das Schweigen dauern.

»Also los jetzt, London. Was ist Ihre Antwort? Ihre roten Kumpane hier können Ihnen nicht helfen; das wissen Sie verdammt genau.«

Jim, der am Rand stand, zitterte. Seine Augen waren weit und ruhig. Mac beobachtete London und sah, was der Aufseher nicht sah: wie die Schultern sich allmählich versteiften und breiter wurden, wie der dicke muskulöse Hals zwischen die Schultern sank, wie die Arme sich langsam zu Haken krümmten, wie sich eine gefährliche Glut in die Augen stahl, wie das Blut in Hals und Wangen stieg.

Plötzlich schrie Mac scharf: »London!« London zuckte zusammen und lockerte sich ein wenig. Mac sagte ruhig: »Ich weiß einen Ausweg, London. Wir halten eine allgemeine Versammlung ab, solange dieser Herr hier ist. Wir erzählen den Jungens, welcher Preis uns angeboten wurde, wenn wir sie verraten. Wir stimmen darüber ab, ob du die Fünf-Dollar-Stelle bekommst und – dann – versuchen wir, ob wir die Jungens daran hindern können, den Herrn zu lynchen.«

Der Aufseher wurde rot vor Zorn. »Das ist mein letztes Angebot«, rief er. »Nehmen Sie es an, oder gehen Sie.«

»Wir waren sowieso gerade am Gehen«, sagte Mac.

»Sie gehen mir überhaupt aus dem Torgas-Tal. Wir werden Ihnen schon Beine machen.«

»Oh nein, das glaube ich nicht. Wir haben ein privates Grundstück, wo wir uns aufhalten können. Der Besitzer hat uns eingeladen.«

»Das ist eine Lüge!«

»Hören Sie mal zu, Mister«, sagte Mac, »wir werden sowieso ein bißchen Mühe haben, Sie und Ihre Leibgarde hier heraus zu bringen. Machen Sie es uns nicht noch schlimmer.«

»Und wo gedenkt ihr euch aufzuhalten?«

Mac setzte sich auf eine Kiste. Seine Stimme klang kalt. »Hören Sie gut zu, Mister: Wir schlagen ein Lager auf Andersons Grundstück auf. Das erste, was euch neugeborenen Kindsköpfen jetzt einfallen wird, ist, uns zu vertreiben. Das ist O. K. Wir werden unsern Vorteil schon zu wahren wissen. Das zweite, was ihr Füchse versuchen werdet, ist, euch an Anderson zu rächen. Das will ich euch aber gesagt haben: Wenn irgendeiner von euren Jungens das Grundstück anrührt oder Anderson was zuleide tut, wenn ihr nur einen einzigen Obstbaum antastet, dann werden tausend Burschen ausziehen, und jeder wird eine Schachtel Streichhölzer bei sich haben. Kapiert, Mister? Nehmen Sie es ruhig als Drohung, wenn Sie wollen: Ihr rührt Andersons Hof an, und – bei Gott – wir brennen euch jedes beschissene Haus und jede Scheune auf jedem Hof des Tales auf den Grund!« Tränen der Wut standen in Macs Augen. Seine Brust bebte, als wollte er weinen.

Der Aufseher schnellte seinen Kopf nach London herum. »Sehen Sie, mit was für Leuten Sie es zu tun haben, London? Wissen Sie, wieviele Jahre auf Brandstiftung stehen?«

London erstickte fast. »Es ist besser, Sie verziehen sich, Mister. Ich bringe Sie sonst um. Gehen Sie! Mach, daß er geht, Mac«, schrie er. »Herrgott, mach, daß er *geht!*«

Der Aufseher wich rücklings vor Londons schwerem, bebendem Leib zurück und tastete hinter sich nach dem Türknauf. »Das ist eine Morddrohung«, sagte er mit schwerer Zunge. Die Türe hinter ihm war offen.

»Sie haben keine Zeugen für die Drohung«, sagte Mac.

Draußen versuchten die Deputies, zwischen den unbeweglichen Leibern der Wachen hineinzusehen. »Ihr seid Narren, alle miteinander«, sagte der Aufseher. »Wenn ich sie brauche, habe ich ein Dutzend Zeugen für alles, was ich möchte. Sie haben mein letztes Wort gehört.«

Die Wache trat für den Aufseher beiseite. Die Hilfspolizisten stellten sich neben ihn. Kein Laut stieg aus der dichtgedrängten Menge. Eine Gasse öffnete sich für die drei, und sie schritten hindurch. Die schweigenden Männer folgten ihnen mit den Augen, und die Augen waren voll Fragen und Zorn. Die drei marschierten steif zu einem großen Wagen am einen Ende des Gebäudes. Sie stiegen ein und fuhren davon. Und dann blickte die Menge langsam zur offenen Türe von Londons Zimmer zurück. London stand gegen den Türpfosten gelehnt und sah schwach und krank aus.

Mac trat in die Türe und legte seinen Arm um Londons Schultern. Sie ragten zwei Fuß über die Köpfe der schweigenden Männer. Mac rief: »Hört zu, Leute. Wir wollten es euch nicht sagen, bevor sie sich nicht aus dem Staub gemacht hatten; wir fürchteten, ihr würdet sie zu Tode trampeln. Dieser Schmierfink ist hergekommen, um zu versuchen, ob er London nicht dazu bringen könne, euch zu verraten. London sollte eine Dauerstelle bekommen, und ihr solltet ausgequetscht werden.«

Ein Knurren erhob sich, ein fauchendes Knurren. Mac erhob die Hand. »Kein Grund, aus der Haut zu fahren; immer mit der Ruhe! Aber erinnert euch später: Sie versuchten, London zu bestechen, und es ist ihnen nicht gelungen. Still jetzt für einen Augenblick! Wir müssen hier fort. Wir haben eine Farm, wo wir bleiben können. Aber es muß Ordnung herrschen. Nur so können wir gewinnen. Wir alle müssen Disziplin halten. Diejenigen von euch, die einen Wagen besitzen, nehmen alle Frauen und Kinder mit und allen Hausrat, der sich nicht schleppen läßt. Die andern müssen zu Fuß gehen. Seid anständig. Macht nichts kaputt – noch nicht. Und bleibt zusammen. Während ihr euer Zeug zusammenpackt, will London die Leute vom Ausschuß sprechen.«

Sobald er zu reden aufhörte, brach ein Durcheinander los. Rufend und lachend verteilten sich die Männer. Sie schienen erfüllt von einer schrecklichen Freude, einer blutigen, wollüstigen Freude. Ihr Lachen war laut. Sie schwärmten in die Kammern, trugen ihre Sachen heraus und häuften sie auf den Boden – Töpfe und Kessel, Wolldecken und Kleiderbündel. Die Frauen rollten Schubwägelchen für die Kinder hinaus. Sechs Komiteeleute bahnten sich mit den Schultern einen Weg durchs Gedränge und betraten Londons Zimmer.

Die Sonne war jetzt über die Bäume gestiegen und wärmte die Luft. Hinter den Gebäuden fingen zerbeulte alte Wagen mit Getöse an zu laufen. Man hörte Hämmern, wo die Habe in Kisten verpackt wurde. Der Platz wogte von Betriebsamkeit, dem bewegten Durcheinander endlosen Hin- und Herlaufens, zugerufener Meinungen, gefällter und bestrittener Urteile hin und her.

London ließ seinen Ausschuß eintreten und schloß die Türe, um den Lärm auszusperren. Die Männer waren schweigsam, würdig, ernst und selbstbewußt. Sie saßen auf den Kisten, hielten die Knie umklammert und warfen schräge, ahnungsvolle Blicke an die Wände.

Mac sagte: »London, hast du was dagegen, wenn ich zu ihnen rede?«

»Ganz und gar nicht. Mach nur.«

»Ich habe nicht im Sinn, den Löwen zu spielen und die Sache an mich zu reißen, Leute«, fuhr Mac fort. »Ich habe einige Erfahrung. Ich habe sowas schon öfter mitgemacht. Vielleicht kann ich euch zeigen, wo die Sache schief geht, und vielleicht können wir einige von den Dingen vermeiden, die uns auf die Nase legen.«

Einer von den Männern sagte: »Fahr nur fort, Kamerad. Wir hören zu.«

»O.K. Jetzt sind sie tüchtig eingeheizt. Aber das ist eben die Schwierigkeit mit Wanderarbeitern: in der einen Minute sind sie unter Hochdruck wie ein Bierfaß, und in der nächsten sind sie kalt wie ein Hurenherz. Wir müssen Dampf ablassen und die Kälte aufheizen. Ich möchte jetzt einen Vorschlag machen. Ihr Burschen könnt ihn euch überlegen, und dann könnt ihr vielleicht alle darüber abstimmen lassen. Die meisten Streiks führen zu nichts, weil keine Disziplin darin steckt. Wie wär's, wenn wir die Männer in Gruppen einteilten? Wir lassen jeden Zug einen Anführer wählen, und der ist dann für seine Leute verantwortlich. Dann können wir sie gruppenweise bearbeiten.«

Einer der Männer sagte: »Eine Menge Leute waren in der Armee. Sie haben das Leben dort nicht sehr geschätzt.«

»Klar haben sie es nicht geschätzt. Sie mußten für irgendjemand anders Krieg führen. Die Offiziere wurden ihnen aufgezwungen. Wenn sie ihre eigenen Offiziere ernennen und in eigener Sache kämpfen, wird es anders sein.«

»Die meisten mögen keinerlei Offiziere.«

»Je nun, sie müssen welche haben. Sie werden uns die Hosen vom Leib prügeln, wenn wir keine Disziplin halten. Wenn der einen Abteilung ihr Anführer nicht paßt, dann soll sie ihn eben in Reih und Glied zurückpfeifen und einen andern Führer wählen. Das sollte sie zufriedenstellen. Dann sollten wir Offiziere über Hundertschaften haben und einen obersten Oberst. Überlegt's euch, meine Herren. In ungefähr zwei Stunden findet eine große Versammlung statt. Dann müssen wir einen festen Plan haben.«

London kratzte sich die Tonsur. »Klingt O.K. für meine Ohren. Ich werde die Sache mit Dakin besprechen, sobald ich ihn sehe.«

»Schön«, sagte Mac. »Machen wir uns auf den Weg. Jim, du bleibst in meiner Nähe.«

»Gib mir was zu tun«, sagte Jim.

»Nein, du bleibst in meiner Nähe. Vielleicht habe ich dich nötig.«

# 8

Die zwei Hektar Ackerland auf Andersons Farm waren auf drei Seiten von großen, dunklen Apfelbäumen umgeben; und auf der vierten wurden sie von der schmalen, staubigen Bezirksstraße begrenzt. Die Männer waren unter Lachen und Zurufen schubweise angekommen und hatten bereits gewisse Vorkehrungen angetroffen. Stecken waren in den weichen Boden getrieben worden und bezeichneten die Lagergassen. Fünf Gassen liefen parallel zur Bezirksstraße, und an jedem Gassenende war ein tiefes Loch als Toilette ausgehoben.

Bevor sie mit dem Bau des Lagers begannen, hielten sie ihre allgemeine Versammlung in ziemlich guter Ordnung ab; sie wählten Dakin zu ihrem Vorsitzenden und gaben seinen Komiteevorschlägen ihre Zustimmung. Voller Begeisterung erklärten sie sich mit dem Vorschlag der Aufteilung in Gruppen einverstanden.

Kaum hatten sie angefangen zusammenzuströmen, als fünf Polizisten auf Motorrädern eintrafen und ihre Räder auf der Bezirksstraße parkten. Sie lehnten sich gegen ihre Maschinen und sahen der Arbeit zu. Zelte wurden aufgeschlagen und Unterstände geplant. Doktor Burton mit seinen traurigen Augen war überall zugegen und leitete den Bau des Lagers. Mindestens hundert alte Automobile säumten die Straße. Sie standen in Reih und Glied wie die Munitionswagen eines Artillerieparkes mit der Vorderseite zur Straße. Es gab uralte Fords mit zerschlissenen Polstern, Chevrolets und Dodges mit rostigen Nasen, abgesplitterter Farbe, lockeren Stoßstangen oder überhaupt keinen Stoßstangen. Es gab ausgeleierte Hudsons, die wie ein Maschinengewehr lärmten, wenn sie angelassen wurden. Sie standen da wie eine Veteranenversammlung. Am einen Ende der Wagenreihe stand Dakins Chevrolet-Lastwagen, sauber, neu und glänzend. Er war als einziger von allen in gutem Zustand, und Dakin ließ ihn selten aus den Augen, wenn er von Männern seines Komitees umgeben im Lager umherging. Beim Sprechen oder Zuhören wanderten seine kalten Augen immer wieder verstohlen nach dem glänzendgrünen Lastwagen.

Als die grauen alten Zelte aufgeschlagen waren, bestand Burton darauf, daß die Leinwand mit Seifenlauge geschrubbt wurde. Dakins Lastwagen brachte Fässer voll Wasser von

Andersons Tank herüber. Die Frauen wuschen die Zelte mit alten Besen.

Anderson kam herüber und sah mit besorgten Augen zu, wie seine zwei Hektar in ein Lager verwandelt wurden. Um Mittag war es fertig; und neunhundert Männer machten sich im Baumgarten an die Arbeit und pflückten Äpfel in ihre Kochkessel, in ihre Hüte und in Jutesäcke. Es gab nicht annähernd genug Leitern. Die Männer kletterten an den Stämmen in die Bäume. Bei Einbruch der Dunkelheit waren die Ernte eingebracht, die Kistenzeilen gefüllt, die Kisten zu Andersons Scheune gefahren und aufgestapelt.

Dick hatte rasch gearbeitet. Er schickte einen Jungen, um Leute und einen Lastwagen anzufordern, die ihn in der Stadt treffen sollten, und der Lastwagen kehrte zurück, beladen mit Zelten aller Art – Schirmzelten aus blaßbrauner Leinwand, flachen und spitzen Militärzelten, großen Truppenzelten, die zehn Mann Platz boten. Und der Lastwagen brachte zwei Säcke Haferflocken und Säcke voll Mehl, Kisten voll Konserven, Säcke voll Kartoffeln und Zwiebeln und eine geschlachtete Kuh.

Die neuen Zelte wurden den Gassen entlang aufgerichtet. Dr. Burton überwachte die Einrichtung der Küche. Lastwagen fuhren hinaus zu den Abfallgruben der Stadt und brachten drei rostige, ausrangierte Herde zurück. Zinnblech deckte die klaffenden Stellen der Herdplatten. Köche wurden bestimmt, Waschzuber mit Wasser gefüllt, die Kuh wurde zerlegt und zusammen mit Kartoffeln und Zwiebeln zu gewaltigen Schmortöpfen verarbeitet. Eimerweise wurden Bohnen gekocht. In der Abenddämmerung, als die Ernte vorüber war, kamen die Männer zurück und fanden Zuber voll Geschmortem vor. Sie setzten sich auf den Boden und aßen aus Schalen, Tassen und Büchsen.

Als die Dunkelheit hereinbrach, wurden die Motorradpolizisten von fünf mit Karabinern bewaffneten Hilfssheriffs abgelöst. Eine Zeitlang marschierten sie in militärischer Manier die Straße auf und ab, aber schließlich setzten sie sich in den Graben und sahen den Leuten zu. Im Lager brannten nur wenige Lichter. Hier und da war ein Zelt von einer Laterne erhellt. Flackernde Feuerchen warfen Schatten. Am einen Ende der ersten Gasse, unmittelbar hinter seinem glänzend-grünen Lastwagen, stand Dakins Zelt – eine umfängliche, patentierte Angelegenheit mit einer Zeltbahn quer durch die Mitte, so daß es zwei Räume umfaßte. Der zusammenklappbare Tisch und die Faltstühle waren aufgeschlagen. Den Boden bedeckte eine besondere Plane, und am mittleren Zeltstock hing eine zischende Petroleumlampe. Dakin wohnte stilvoll und reiste luxuriös. Er hatte keine Laster; jeder Cent, den er oder seine Frau verdienten, kam dem Lebensunterhalt, dem Lastwagen oder der Lagerausrüstung zugute.

Als es dunkel war, spazierten London, Mac und Jim zu dem Zelt und traten ein. Bei Dakin im Zelt saßen Burke, ein finster blickender, mürrischer Ire und zwei kleine Italiener, die sich sehr stark ähnelten. Mrs. Dakin hatte sich hinter die Scheidewand zurückgezogen. Unter dem weißen Licht der Petroleumlampe schimmerte Dakins rosa Kopfhaut durch sein blondes Haar. Seine Augen wanderten verstohlen und ruhelos umher. »Abend, Jungens, nehmt irgendwo Platz.«

London wählte einen Stuhl, den einzigen, der noch frei war. Mac und Jim hockten sich auf den Boden; Mac zog seinen Tabakbeutel hervor und drehte sich eine Zigarette. »Es scheint alles gutzugehen«, bemerkte er.

Dakins Augen flitzten zu ihm hinüber und weg. »Ja. Es hat den Anschein.«

»Diese Polizisten haben sie aber mal rasch hergeschickt«, sagte Burke. »Ich hätte Lust, ein paar von ihnen zu ärgern.«

Dakin wies ihn ruhig zurecht: »Polizisten soll man so lange in Ruhe lassen, bis man nicht mehr kann. Sie tun dir ja nichts.«

Mac fragte: »Wie machen sich die Gruppen?«

»Ganz ordentlich. Sie haben alle ihre Führer gewählt. Einigen haben sie auch schon wieder einen Tritt gegeben und neue gewählt. Übrigens, dieser Doktor Burton ist ein famoser Bursche.«

»Ja«, sagte Mac, »der ist schon recht. Ich möchte wissen, wo er eigentlich steckt? Vielleicht wär's gut, du würdest eine von den Gruppen auf ihn aufpassen lassen. Wenn es los geht, werden sie versuchen, ihn hier herauszuholen. Wenn sie ihn herausholen, können sie uns hinausbefördern. ›Eine Gefahr für die öffentliche Gesundheit‹ nennen sie es dann.«

Dakin wandte sich an Burke: »Bring du das in Ordnung, nicht wahr, Burke? Gib einer ordentlichen Bande den Befehl, auf den Doktor aufzupassen. Die Leute mögen ihn gern.« Burke stand auf und verließ das Zelt.

London sagte: »Erzähl ihm, was du mir erzählt hast, Mac.«

»Ja, die Burschen glauben, das sei hier ein Ferienlager, Dakin. Morgen früh ist es aus mit dem Ferienlager. Dann beginnt der Spaß.«

»Streikbrecher?«

»Jawohl. Ein ganzer Zug voll. Ich habe einen Jungen in der Stadt. Der geht für mich aufs Telegraphenamt. Heute abend bekam ich ein Telegramm. Heute verläßt ein ganzer Güterzug voll Streikbrecher die Stadt. Sie sollten im Lauf des Vormittags ankommen.«

»Aha«, sagte Dakin. »Es wird wohl gut sein, an die Bahn zu gehen und mit den Neuen zu reden. Das kann vielleicht was nützen, bevor sie verteilt werden.«

»Das war auch mein Gedanke«, sagte Mac. »Ich habe erlebt, daß ganze Rudel Streikbrecher überliefen, wenn man ihnen die Lage erklärte.«

»Wir werden ihnen die Lage schon klar machen.«

»Hört mal«, sagte Mac. »Die Polizei wird versuchen, uns abzufangen. Könnten wir nicht unsere Burschen sich kurz vor Tagesanbruch zwischen den Bäumen durchschleichen und die Polizei hier vergebens auf der Lauer liegen lassen?«

Eine Sekunde lang blinzelten Dakins kalte Augen. »Glaubt ihr, das wird klappen, Jungens?« Sie lachten entzückt. Dakin fuhr fort: »Gut, dann geht und gebt den Leuten Bescheid.«

Mac sagte: »Augenblick mal, Dakin. Wenn du den Leuten noch heute abend Bescheid sagst, wird es kein Geheimnis bleiben.«

»Wie meinst du das?«

»Ja, du glaubst doch nicht etwa, wir haben keine Spitzel hier im Lager, oder? Ich wette, es liegen mindestens fünf unter der Decke, abgesehen von den Kerlen, die bereit sind, alles auszuplaudern und hoffen, dabei ihre Schäfchen ins Trockne zu bringen. Zum Teufel, das ist doch immer so. Sagt ihnen nichts, bis ihr zum Aufbruch bereit seid.«

»Du traust den Leuten nicht viel zu, was?«

»Je nun, wenn ihr's drauf ankommen lassen wollt, so versucht's halt. Ich wette, ihr werdet entdecken, daß die Polizei gleich mit uns kommt.«

Dakin fragte: »Was meint ihr?«

»Er wird wohl recht haben«, sagte einer der kleinen Italiener.

»O.K. Dann müssen wir eine gewisse Anzahl zurücklassen, die das Lager hüten.«

»Mindestens hundert«, stimmte Mac zu. »Wenn wir das Lager im Stich lassen, stecken sie es uns bombensicher in Brand.«

»Die Jungens haben Andersons Ernte aber mal rasch eingebracht.«

»Ja«, sagte Dakin. »Zwei- oder dreihundert sind noch jetzt im Nachbargut tätig. Andersons Ernte wird größer ausfallen, als er es sich vorgestellt hat.«

»Ich wollte, sie suchten nicht jetzt schon Streit«, sagte Mac. »Davon werden wir noch genug bekommen.«

»Wieviele Streikbrecher sind unterwegs? Konntest du darüber was erfahren?«

»So zwischen vier- und fünfhundert werden es morgen sein. Später wohl mehr. Vergeßt nicht, den Burschen zu sagen, sie sollen gehörig Steine in die Taschen stecken.«

»Das vergeß ich bestimmt nicht.«

Burke kehrte zurück. Er sagte: »Der Doktor will in einem großen Armeezelt schlafen. Sie werden dort zu elft sein.«

»Wo steckt der Doktor jetzt?« fragte Mac.

»Er hat an einem Burschen Ringelflechten entdeckt. Er behandelt ihn drüben bei der Küche.«

In diesem Augenblick brach im Lager draußen ein Chor von Geheul los, und dann hörte man eine hohe, zornige Stimme rufen. Die sieben stürzten aus dem Zelt. Der Lärm kam von einer Gruppe, die vor der Lagergasse gegenüber der Straße stand. Dakin drängte sich unter die Männer. »Was zum Teufel ist hier los?«

Die zornige Stimme antwortete: »Da kann ich dir Bescheid geben: eure Leute fingen an, Steine zu werfen. Ich sag euch, wenn das nicht aufhört, fangen wir an zu schießen, und es ist uns egal, wen wir treffen.«

Mac wandte sich an Jim, der neben ihm stand. Er sagte leise: »Wenn sie nur schießen wollten. Diese Schießbudenfiguren gehen uns kaputt, wenn nicht bald eine Gemeinheit passiert. Sie werden übermütig. Sie fangen selber Streit an.«

London drang wütend in die Schar. »Macht, daß ihr fort kommt«, schrie er. »Ihr habt genug zu tun ohne Bubenstreiche. Los, schert euch dorthin, woher ihr gekommen seid.« Die Autorität dieses Mannes trieb sie mürrisch zurück, aber sie gingen widerstrebend auseinander.

Der Deputy rief: »Ihr sorgt für Ordnung, oder wir tun's mit Gewehren.«

Dakin sagte kalt: »Du kannst deinen Lautsprecher abstellen und schlafen gehen.«

Mac flüsterte Jim zu: »Die Polizisten haben eine höllische Angst. Das macht sie gefährlich. Grad wie Klapperschlangen, die Angst haben: Sie sind bereit, auf alles loszuschießen.«

Die Schar hatte sich verteilt, und die Männer waren in ihre Zelte gegangen. Mac sagte: »Komm, wir sehen mal nach dem Doktor, Jim. Komm mit zur Küche.«

Sie fanden Dr. Burton auf einer Kiste sitzend und damit beschäftigt, einem Mann den Arm zu verbinden. Eine Kerosin-Lampe warf fades gelbes Licht auf seine Arbeit und erleuchtete einen kleinen Kreis auf dem Boden. Er klebte den Verband mit Leukoplast fest.

»So!« sagte er. »Das nächste Mal lassen Sie es aber nicht mehr so lange anstehen. Sonst werden Sie noch eines Tages einen Arm verlieren.«

Der Mann sagte: »Danke, Doktor«, ging fort und ordnete im Gehen seinen Hemdärmel.

»Abend, Mac. Abend, Jim. Ich glaube, ich bin fertig.«

»War das die Flechte?«

»Nein, nur ein kleiner Schnitt und der Anfang einer prächtigen Infektion. Sie werden es nie lernen, mit Schnitten vorsichtig zu sein.«

Mac sagte: »Wenn der Doktor jetzt noch einen Pockenfall finden und eine Quarantänestation einrichten könnte, würde zu seinem Glück nichts mehr fehlen. Was tust du jetzt, Doktor?«

Die traurigen braunen Augen sahen müde zu Mac empor. »Ich glaube, ich bin mit allem fertig. Ich sollte noch nachsehen, ob die Gruppe die Toiletten desinfiziert hat, wie ich's ihnen befohlen habe.«

»Sie riechen jedenfalls desinfiziert«, sagte Mac. »Warum gehst du nicht schlafen, Doktor? Letzte Nacht bist du nicht dazu gekommen.«

»Ich bin zwar müde, aber Schlaf habe ich keinen. Seit einer Stunde denke ich daran, wenn ich fertig wäre, könnte ich in den Baumgarten hinausspazieren, mich gegen einen Baum setzen und ausruhen.«

»Ist dir dabei Gesellschaft unangenehm?«

»Nein, es freut mich, wenn ihr mitkommt.« Burton stand auf. »Wartet, bis ich mir die Hände gewaschen habe.« Er schrubbte sich die Hände in einer Pfanne voll warmem Wasser, überzog sie mit Schmierseife und spülte sie ab. »Gehn wir spazieren«, sagte er.

Die drei schritten langsam von den Lagergassen fort und auf den Baumgarten zu. Ihre Füße zerkrümelten sanft die mürben, kleinen Schollen der gepflügten Erde.

»Mac«, sagte Burton müde. »Du bist mir ein Rätsel. Du nimmst immer die Sprechweise deiner Gesprächspartner an. Wenn du mit London und Dakin bist, dann redest du wie sie. Du bist ein Schauspieler.«

»Nein«, sagte Mac, »ein Schauspieler bin ich ganz und gar nicht. Jede Sprechweise fühlt sich gewissermaßen auf ihre eigene Weise an. Ich fühle sie, und es kommt mir ganz natürlich heraus. Ich strenge mich nicht eigens an. Ich glaube, ich könnte gar nicht anders. Weißt du, Doktor, die Leute sind gegenüber einem Menschen, der nicht ihre eigene Sprache spricht, mißtrauisch. Man kann jemanden ordentlich beleidigen, wenn man ein Wort gebraucht, das er nicht versteht. Er sagt vielleicht nichts, aber er haßt dich deswegen. In deinem Fall ist es nicht das gleiche, Doktor. Von dir erwartet man, daß du anders bist. Wenn du es nicht wärest, hätten sie kein Vertrauen zu dir.«

Sie betraten die Bogengänge unter den Bäumen, und die Laubknäuel und die Äste hoben sich dunkel gegen den Himmel ab. Das leise Summen des Lagers verlor sich. Eine Schleiereule, die ihr schneidendes Krächzen über ihren Köpfen schrie, ließ die Männer zusammenfahren.

»Das ist eine Eule, Jim«, erklärte Mac. »Sie fängt Mäuse.« Und dann zu Burton: »Jim ist noch nie lange auf dem Land gewesen. Dinge, die uns vertraut sind, sind ihm neu. Hier wollen wir uns setzen.«

Mac und der Doktor setzten sich auf den Boden und lehnten sich gegen den dicken Stamm eines alten Apfelbaumes. Jim saß ihnen gegenüber und schlug die Beine übereinander. Die Nacht war still. Über ihnen hingen die schwarzen Blätter regungslos in der unbewegten Luft.

Mac sprach leise, denn die Nacht schien zu lauschen. »Du bist mir auch ein Rätsel, Doktor.«

»Ich? Ein Rätsel?«

»Ja, du. Du gehörst nicht zur Partei, aber die ganze Zeit arbeitest du mit uns; du bekommst nie etwas dafür. Ich weiß nicht, ob du an das, was wir tun, glaubst; du hast noch nie etwas gesagt; du arbeitest einfach. Ich bin schon öfter mit dir an der Front gewesen, und ich bin gar nicht sicher, daß du an unsere Sache glaubst.«

Dr. Burton lachte leise. »Das ist schwer zu sagen. Ich könnte dir einiges von dem verraten, was ich denke; du würdest es vielleicht nicht gerne hören; ich bin ziemlich sicher, daß du es nicht gerne hören würdest.«

»Immerhin, laß hören.«

»Gut. Du sagst, ich glaube nicht an eure Sache. Das hieße soviel, wie nicht an den Mond glauben zu wollen. Kommunen hat es schon früher gegeben, und es wird sie auch weiterhin geben. Aber ihr habt die Vorstellung, wenn ihr sie *einrichten* könnt, dann sei die Sache ein für allemal getan. Nichts bleibt bestehen, Mac. Wenn du morgen eine Idee in die Wirklichkeit umsetzen könntest, würde sie sofort beginnen, sich zu verändern. Richte eine Kommune ein, und das gleiche allmähliche Fließen wird weitergehen.«

»Dann hältst du unsere Sache nicht für gut?«

Burton seufzte. »Siehst du? Wir häufen nur noch mehr Steine auf den alten Felsen. Darum spreche ich nicht gerne oft darüber. Hör zu, Mac. Meine Sinne sind nicht über alle Zweifel erhaben; aber es sind die einzigen, die ich habe. Ich möchte das ganze Bild ins Auge fassen – soweit das möglich ist. Ich will nicht die Scheuklappen ›gut‹ und ›schlecht‹ aufsetzen und mein Gesichtsfeld einengen. Wenn ich eine Sache ›gut‹ nennen wollte, würde ich mir die Freiheit rauben, sie näher zu untersuchen, denn dabei könnte ich ja etwas Schlechtes finden. Verstehst du? Ich möchte das Ganze im Auge behalten.«

Mac unterbrach ihn hitzig: »Und die soziale Ungerechtigkeit? Das Profitsystem? Du mußt doch zugeben, daß sie schlecht sind.«

Dr. Burton warf den Kopf zurück und betrachtete den Himmel. »Mac«, sagte er. »Denk mal an die physiologischen Ungerechtigkeiten, die Ungerechtigkeit des Starrkrampfs, die Ungerechtigkeit der Syphilis, die Gangstermethoden der Amöbenruhr – das ist mein Arbeitsgebiet.«

»Die Revolution und der Kommunismus werden die soziale Ungerechtigkeit heilen.«

»Ja, und Desinfektion und Prophylaxe werden das übrige verhüten.«

»Das ist natürlich ein Unterschied: die eine Ungerechtigkeit stammt von den Menschen, die andere von den Bazillen.«

»Ich sehe keinen großen Unterschied, Mac.«

»Aber verdammt nochmal, Doktor, Starrkrampf gibt's doch überall. Syphilis findest du auch in der Park Avenue. Warum treibst du dich denn bei uns herum, wenn du doch nicht auf unserer Seite bist?«

»Ich möchte die Dinge gerne selbst erfahren«, sagte Burton. »Wenn du dir in den Finger schneidest und Streptokokken geraten in die Wunde, dann entsteht eine Schwellung und Schmerz. Die Schwellung ist der Kampf, den dein Körper führt, der Schmerz ist die Schlacht. Man kann nicht voraussagen, wer gewinnt, aber die Wunde ist das erste Schlachtfeld. Wenn die Zellen den ersten Kampf verlieren, dringen die Streptokokken ein, und der Kampf zieht sich weiter den Arm hinauf. Mac, diese kleinen Streiks sind gewissermaßen die Infektion. Etwas hat die Leute befallen; ein bißchen Fieber ist entstanden, und die Lymphdrüsen schicken Verstärkung. Ich will selber erfahren; darum begebe ich mich an den Sitz der Wunde.«

»Du findest also, der Streik sei eine Wunde?«

»Ja. Gruppenmenschen erwischen immer irgendeine Infektion. Diese hier scheint ziemlich bösartig zu sein. Ich will die Dinge *erfahren*, Mac. Ich will diese Gruppenmenschen beobachten, denn sie kommen mir wie ein neues Individuum vor, gar nicht wie einzelne Menschen. Ein Mensch in einer Gruppe ist keinesfalls er selbst; er ist eine Zelle in einem Organismus, der ihm nicht mehr gleicht, als die Zellen deines Körpers dir gleichen. Ich will die Gruppe beobachten und lernen, wie und was sie ist. Die Leute sagen ›Massen sind verrückt, sie sind ganz unberechenbar‹. Warum betrachten die Leute Massen als Menschen und nicht vielmehr als Massen? Eine Masse benimmt sich fast immer ganz vernünftig – eben als Masse.«

»Und was hat das alles mit unserer großen Sache zu tun?«

»Es könnte sich folgendermaßen verhalten, Mac: Wenn der Gruppenmensch in Bewegung gerät, schafft er sich eine Standarte ›Gott will, daß wir das Heilige Land zurückerobern‹; oder er sagt: ›Wir kämpfen, um die Welt für die Demokratie zu sichern‹; oder er sagt: ›Wir wollen soziale Ungerechtigkeit mit dem Kommunismus austilgen.‹ Aber es geht dem Gruppenmenschen dabei gar nicht um das Heilige Land oder die Demokratie oder den Kommunismus. Vielleicht spürt die Gruppe einfach den Trieb, sich in Bewegung zu setzen und zu kämpfen, und braucht diese Worte nur, um die Hirne der

Einzelmenschen zu beruhigen. Ich sage, so *könnte* es sich vielleicht verhalten, Mac.«

»Jedenfalls nicht mit unserer Sache, niemals«, schrie Mac.

»Vielleicht nicht. Das ist eben meine Art zu denken.«

Mac sagte: »Die Schwierigkeit mit dir ist die, Doktor, daß du zu verdammt weit links stehst, um noch Kommunist sein zu können. Du gehst zu weit mit der Kollektivierung. Wie erklärst du dir denn Leute wie mich, welche die Dinge lenken und in Bewegung setzen? Da bist du mit deinem Gruppenmenschen am Ende.«

»Du kannst genau so gut Wirkung wie Ursache sein, Mac. Vielleicht bist du ein Ausdruck des Gruppenmenschen, eine Zelle, die mit einer besonderen Aufgabe betraut ist, wie etwa eine Augenzelle, wobei du deine Kraft aus dem Gruppenmenschen ziehst und ihn gleichzeitig lenkst wie ein Auge. Dein Auge empfängt Befehle vom Hirn sowohl, wie es sie gibt.«

»Das alles hat nichts mit dem praktischen Leben zu tun«, sagte Mac angewidert. »Was hat all dieses Gerede zu tun mit hungrigen Menschen, mit zeitweiliger oder dauernder Arbeitslosigkeit?«

»Vielleicht hat es sehr viel damit zu tun. Es ist noch gar nicht lange her, da sah man keinen Zusammenhang zwischen Wundstarrkrampf und Mundsperre. Es gibt noch immer Primitive auf der Welt, die nicht wissen, daß Kinder das Ergebnis von Geschlechtsverkehr sind. Ja, es lohnt sich vielleicht sehr, mehr über den Gruppenmenschen zu wissen, seine Natur, seine Ziele, seine Wünsche zu kennen. Sie sind nicht die unsrigen. Die Lust, die wir empfinden, wenn wir eine juckende Stelle kratzen, bedeutet für eine große Anzahl Zellen den Tod. Vielleicht empfindet der Gruppenmensch Lust, wenn Einzelmenschen in einem Krieg vernichtet werden. Ich möchte einfach soviel wie möglich erfahren, Mac, mit den Mitteln, die mir zur Verfügung stehen.«

Mac stand auf und wischte sich seinen Hosenboden.

»Wenn man zuviel erfährt, tut man nichts.«

Burton erhob sich ebenfalls und lachte leise. »Eines Tages vielleicht – ach, lassen wir das. Ich hätte nicht soviel reden sollen. Aber es klärt die Gedanken, wenn man sie ausspricht, sogar wenn niemand zuhört.«

Sie gingen über die mürben Schollen zurück, dem schlafenden Lager entgegen. »Wir haben nichts zu idealisieren,

Doktor«, sagte Mac. »Wir müssen morgen früh eine Schar Streikbrecher verprügeln.«

»Deus vult«, sagte Burton. »Habt ihr Andersons Vorstehhunde gesehen? Wunderschöne Tiere. Sie bereiten mir eine sinnliche, fast wollüstige Freude.«

In Dakins Zelt brannte noch immer Licht. Das Lager schlief. In den Gassen glommen nur noch einige Kohlenfeuer. Die stumme Reihe alter Wagen stand der Straße zugekehrt, und auf der Straße selbst glühten einzelne Funken mit wechselnder Helle, die Zigaretten wachhabender Deputies.

»Hast du das gehört, Jim? Das zeigt dir, was für ein Mensch Burton ist. Da sind zwei schöne Hunde, gute Jagdhunde; aber für den Doktor sind es keine Hunde, sondern Gefühle. Für mich sind's Hunde. Und diese schlafenden Leute hier sind Menschen, aus Fleisch und Blut; aber für den Doktor sind es keine Menschen, sondern eine Art kollektiver Koloß. Wenn er nicht Arzt wäre, könnten wir ihn hier nicht brauchen. Wir brauchen sein Können, aber sein Gehirn bringt uns nur durcheinander.«

Burton lachte entschuldigend. »Ich weiß nicht, warum ich dann überhaupt noch weiterrede. Ihr Praktiker versucht immer, Praktiker aus Fleisch und Blut zu führen. Und dann geht etwas schief. Eure Praktiker bocken, sie folgen nicht den Regeln des gesunden Menschenverstands, und ihr Praktiker leugnet entweder, daß es sich so verhält, oder ihr weigert euch, darüber nachzudenken. Und wenn sich einer fragt, was es denn sei, das aus einem Menschen aus Fleisch und Blut etwas mehr macht, als euer Maßstab zuläßt, dann heult ihr auf: ›Träumer, Mystiker, Metaphysiker.‹ Ich weiß nicht, wie ich dazu komme, so zu einem Praktiker zu reden. In der ganzen Weltgeschichte gibt es keine anderen Männer, die zu solch wahnwitziger Verwirrung und Verirrung geführt haben, wie eben Praktiker, die Menschen aus Fleisch und Blut führten.«

»Wir haben eine konkrete Aufgabe zu erfüllen«, beharrte Mac. »Wir haben keine Zeit, uns mit Hirngespinsten herumzuschlagen.«

»Jawohl. Und daher macht ihr euch an die Arbeit, ohne euren Werkstoff zu kennen. Und jedesmal stellt euch eure Unwissenheit ein Bein.«

Sie waren jetzt nahe bei den Zelten. »Wenn du mit anderen Leuten so reden würdest, müßten wir dich sofort rausschmeißen.«

Eine dunkle Gestalt löste sich plötzlich vom Boden. »Wer da?« forschte eine Stimme; und dann: »Oh, guten Abend. Ich wußte nicht, wer da kommt.«

»Hat Dakin Wachen aufgestellt?« fragte Mac.

»Jawohl.«

»Er ist ein tüchtiger Kerl. Ich wußte, daß er ein tüchtiger Mann ist, ein überlegener Mann.«

Sie blieben bei einem großen spitzen Truppenzelt stehen. »Ich denke, ich lege mich hin«, sagte der Doktor. »Hier schläft meine Leibgarde.«

»Gute Idee«, pflichtete Mac bei. »Morgen wirst du wohl einige Verbände anzulegen haben.«

Als der Doktor im Zelt verschwunden war, wandte sich Mac an Jim. »Kein Grund, warum du dich nicht auch schlafen legen solltest.«

»Was gehst du denn tun?«

»Ich? Oh, ich dachte, ich sehe mich noch etwas um, ob auch alles in Ordnung ist.«

»Ich möchte mitkommen. Ich laufe dir einfach nach.«

»Sch-sch, sprich nicht so laut.« Mac ging langsam auf die Wagenreihe zu. »Du hilfst mir sehr, Jim. Es mag sentimental klingen wie bei einem alten Weib, aber du machst, daß ich keine Angst habe.«

»Ich tu ja gar nichts, als hinter dir hertrotten«, sagte Jim.

»Ich weiß. Ich werde wohl weich. Manchmal habe ich Angst, es könnte dir was geschehen. Ich hätte dich nicht mitnehmen dürfen, Jim. Ich fange an, mich an dich zu gewöhnen.«

»Und was tun wir jetzt, Mac?«

»Ich wollte, du gingest zu Bett. Ich will versuchen, mich mit den Polizisten auf der Straße zu unterhalten.«

»Wofür?«

»Hör mal, Jim, was der Doktor sagte, hat dich doch nicht verwirrt, oder?«

»Nein. Ich habe gar nicht zugehört.«

»Es war ein Haufen Unsinn. Aber jetzt sag ich dir was, das kein Unsinn ist. Einen Streik gewinnt man auf doppelte Weise: indem die Leute hartnäckig kämpfen und indem man die öffentliche Stimmung für sich gewinnt. Nun gehört der größte Teil dieses Tals einigen wenigen Kerlen. Das heißt, daß den übrigen nicht eben viel gehört. Die wenigen Besitzer müssen die anderen entweder bezahlen oder belügen. Diese

Polizisten dort auf der Straße sind eigens aufgebotene Hilfspolizisten, einfache Wanderarbeiter mit einem Stern und einem Gewehr und einer zeitweiligen Anstellung. Ich dachte mir, ich will sie mal aushorchen; ich will versuchen herauszufinden, was sie von dem Streik denken. Wahrscheinlich denken sie davon, was ihnen die Eigentümer vorgedacht haben. Aber ich könnte sie vielleicht doch angeln.«

»Und was, wenn sie dich verhaften? Denk daran, was der Mann gestern abend auf der Straße sagte.«

»Es sind ja nur Hilfspolizisten, Jim. Die werden mich nicht gleich erkennen, wie es ein ordentlicher Polizist tun würde.«

»Auf jeden Fall will ich mitkommen.«

»O.K., aber wenn die Sache schief gehen sollte, rennst du ins Lager und brüllst wie am Spieß.«

Im Zelt hinter ihnen begann einer im Schlaf zu rufen. Ein leiser Stimmenchor weckte ihn und gebot seinem Träumen Einhalt. Mac und Jim drückten sich seitlich zwischen zwei Wagen durch und näherten sich schweigend einer kleinen Gruppe glühender Zigaretten. Die Funken verblaßten und veränderten die Stellung, als sie näher kamen.

Mac rief: »He, ihr dort! Dürfen wir zu euch hinauskommen?«

Eine Stimme aus der Gruppe: »Wieviele seid ihr?«

»Zwei.«

»Dann kommt nur.« Als sie sich näherten, suchte der Scheinwerfer einer Taschenlampe ihre Gesichter, verweilte eine Sekunde auf ihnen und verlöschte. Die Deputies erhoben sich. »Was wollt ihr?« forschte der Wortführer.

Mac antwortete: »Wir konnten nicht einschlafen; da dachten wir, eigentlich könnten wir mit euch plaudern.«

Der Mann lachte. »Wir haben es heute abend wirklich kurzweilig.«

Im Dunkel zog Mac seinen Tabaksbeutel heraus. »Will einer von euch rauchen?«

»Wir haben schon zu rauchen. Was wollt ihr?«

»Gut, ich sag's euch halt. Eine Menge Kameraden möchten gerne wissen, was ihr eigentlich von diesem Streik haltet. Sie haben uns hergeschickt, um euch zu fragen. Sie wissen, daß ihr auch nur Arbeiter seid, genau wie sie selbst. Sie möchten gerne wissen, ob ihr vielleicht nicht euren eigenen Leuten helfen wollt.«

Seine Worte begegneten Schweigen. Mac blickte etwas beunruhigt um sich.

Eine Stimme sagte leise: »Also los, meine Küken. Bringt sie nach hinten. Wenn ihr quiekt, plombieren wir euch.«

»Was zum Teufel soll das? Was habt ihr vor?«

»Stellt euch hinter sie, Jack, und du, Ed. Haltet ihnen den Gewehrlauf in den Rücken. Wenn sie Dummheiten machen, gebt ihr's ihnen. Jetzt Marsch!«

Die Gewehrmündungen stießen ihnen in den Rücken und pufften sie durch die Dunkelheit. Die Stimme des Anführers sagte: »Ihr kamt euch wohl gottverdammt pfiffig vor, was? Ihr konntet ja nicht wissen, daß uns die Tagespolizei euren Steckbrief gegeben hat.« Sie querten die Straße und marschierten jenseits zwischen die Bäume. »Ihr kamt euch sicher verdammt pfiffig vor, als ihr die Leute noch vor Tagesanbruch hier herausbringen wolltet; und wir sollten hier weiter auf der Lauer liegen. Aber wir wußten von eurem Streich schon zehn Minuten, nachdem ihr ihn geplant hattet.«

»Wer hat euch das gesagt, Mister?«

»Aha, das möchtest du wohl gerne wissen, was?« Ihre Füße stapften vorwärts. Die Gewehre stachen ihnen in den Rükken.

»Führt ihr uns ins Gefängnis ab, Mister?«

»Ins Gefängnis? Teufel auch, wir führen euch gottverdammte Rote zum Selbsthilfe-Komitee. Wenn ihr Glück habt, prügeln sie euch windelweich und kippen euch über die Bezirksgrenze; wenn ihr kein Glück habt, knüpfen sie euch an einen Baum. Wir haben in diesem Tal keine Verwendung für Radikale.«

»Aber ihr seid doch Polizisten, ihr müßt uns ins Gefängnis führen.«

»Das denkst du dir so. Ein kleines Stückchen weiter steht ein reizendes Häuschen. Dort führen wir euch hin.«

Unter den Obstbäumen war sogar das schwache Sternenlicht abgeriegelt. »Jetzt haltet den Mund!«

Jim schrie: »Lauf, Mac!« und im gleichen Augenblick ließ er sich fallen. Seine Wache stolperte über ihn. Jim wälzte sich hinter einen Baumstamm, stand auf und schoß davon. In der zweiten Reihe kletterte er in einen Apfelbaum, hoch hinauf ins Laub. Er hörte eine Rauferei und ein Stöhnen. Das Suchlicht fuhr umher, fiel zu Boden und beleuchtete ziellos einen faulen Apfel. Das Reißen von Stoff, dann ein anhaltendes

Stapfen. Eine Hand langte von oben her, nahm die Lampe auf und knipste sie aus. Unterdrückte, streitende Stimmen kamen vom Ort der Rauferei.

Jim löste sich vorsichtig aus dem Baum. Jedesmal wenn die Blätter raschelten, keuchte er vor Furcht. Er bewegte sich lautlos fort, kam zur Straße und überquerte sie. Beim Wagenpark stellte ihn eine Wache. »Das ist schon das zweitemal heute abend, Kleiner. Warum gehst du nicht schlafen?«

Jim sagte: »Hör zu, ist Mac schon vorbeigekommen?«

»Ja, wie die Fledermaus aus der Hölle. Er ist in Dakins Zelt.«

Jim eilte weiter, hob die braune Zeltbahn vor dem Eingang und trat ein. Drinnen waren Dakin, Mac und Burke. Mac redete aufgeregt. Er hielt mitten im Wort inne und starrte Jim an. »Herrgott, bin ich froh«, sagte er. »Wir wollten schon eine Patrouille aussenden, die versuchen sollte, dich hereinzuholen. War ich ein verdammter Narr! Was für ein verdammter Narr war ich doch. Weißt du, Dakin, sie marschierten mit uns davon und hielten uns Gewehre in den Rücken. Ich hab's ihnen ja nicht geglaubt, daß sie schießen würden, aber unmöglich war's ja nicht. Jim, was zum Teufel hast du eigentlich gemacht?«

»Ich ließ mich fallen, und der Kerl fiel über mich, und sein Gewehr bohrte sich in den Dreck. Den Trick übten wir immer auf dem Schulhof.«

Mac lachte unbehaglich. »Sobald ihre Gewehre uns nicht mehr berührten, hatten sie wahrscheinlich Angst, sie könnten sich gegenseitig totschießen. Ich sprang auf die Seite und gab meinem Kerl einen Tritt in den Bauch.«

Burke stand hinter Mac. Jim sah, wie Mac Dakin zublinzelte. Die kalten Augen verschwanden fast hinter den blond bewimperten Lidern. Dakin sagte: »Burke, mach die Runde und sieh, ob die Wachen nicht etwa schlafen.«

Burke zögerte. »Die werden schon aufpassen.«

»Immerhin, es ist besser, du siehst mal nach. Wir wollen keine Überfälle mehr. Was haben sie in der Hand, Burke?«

»Sie haben tüchtige Knüppel.«

»Gut. Sieh mal nach.«

Burke ging hinaus. Mac trat nahe an Dakin heran. »Zeltwände sind dünn«, sagte er ruhig. »Ich möchte dich allein sprechen. Hast du Lust, ein wenig spazierenzugehen?«

Dakin nickte zweimal kurz. Zu dritt schlenderten sie in die

Dunkelheit hinaus, in der Richtung, die früher Dr. Burton eingeschlagen hatte. Eine Wache beäugte sie im Vorbeigehen.

Mac sagte: »Jemand verrät uns schon jetzt. Diese Deputies wußten bereits, daß wir vor Tagesanbruch fortschleichen wollten.«

Dakin fragte kalt: »Denkst du, es ist Burke? Er war ja nicht einmal dabei.«

»Ich weiß nicht, wer es ist. Irgendeiner, der sich in der Nähe herumtrieb, kann es durch das Zelt hindurch gehört haben.«

»Und was tun wir dagegen? Du scheinst ja in solchen Dingen Bescheid zu wissen.« Die kalte Stimme fuhr fort: »Ich habe das Gefühl, daß ihr Roten uns die Sache nicht leichter macht. Heute abend kommt einer herein und sagt, wenn wir euch hinausbefördern, lassen die Eigentümer vielleicht mit sich reden.«

»Und sowas glaubst du? Vergiß nicht, daß sie die Löhne abgebaut haben, bevor wir auftauchten. Zum Teufel, man könnte meinen, wir hätten diesen Streik angefangen, und du weißt verdammt gut, daß das nicht wahr ist. Wir helfen euch nur, daß er sein Ziel erreicht, statt daß der Schuß nach hinten losgeht.«

Dakins eintönige Stimme unterbrach ihn. »Was profitiert ihr dabei?«

Mac erwiderte hitzig: »Nichts profitieren wir dabei.«

»Wie kann ich das wissen?«

»Du kannst es nicht wissen, wenn du es nicht glaubst. Beweisen kann ich dir's nicht.«

Dakins Stimme erwärmte sich ein wenig. »Wenn das wahr wäre, würde ich euch nicht trauen. Wenn einer einen Profit sucht, dann weiß man, woran man ist. Dann bestehen zwei Möglichkeiten: er bleibt bei der Stange oder er übt Verrat. Aber wenn einer keinen Profit sucht, weiß man nicht, was er tun wird.«

»Also schön«, sagte Mac gereizt. »Lassen wir diesen Unsinn. Wenn uns die Burschen los sein wollen, dann sollen sie gegen uns stimmen. Und wir wollen unsere Sache verteidigen. Aber es hat keinen Sinn, daß wir uns untereinander bekämpfen.«

»Und was tun wir denn nun? Es hat keinen Zweck, die Jungens morgen früh hinausschleichen zu lassen, wenn die Polizei doch Bescheid weiß.«

»Allerdings nicht. Wir marschieren eben einfach die Straße entlang und nehmen das Wagnis auf uns. Wenn wir die Streikbrecher sehen und wenn wir sehen, wie sie sich verhalten, dann werden wir wissen, ob wir zu kämpfen oder zu reden haben.«

Dakin blieb stehen und setzte seinen Fuß seitlich in die weiche Erde. »Wofür mußte ich denn mit dir herauskommen?«

»Ich wollte dir nur mitteilen, daß wir verraten werden. Wenn du irgend etwas hast, von dem du nicht willst, daß es die Polizei erfährt, dann erzähl es niemandem.«

»Gut, das habe ich verstanden. Solange es doch jedermann erfährt, können wir's ihnen ja auch sagen. Ich gehe schlafen. Vielleicht versucht ihr zwei, ob ihr es fertigbringt, keinen Stunk zu machen.«

Mac und Jim teilten sich ein kleines Militärzelt ohne Bodenplane. Sie krochen in die kleine Höhle und rollten sich in ihre Steppdecken. Mac flüsterte: »Ich halte Dakin für sauber, aber er will sich nicht fügen.«

»Du glaubst doch nicht, er wird versuchen, uns hinauszudrängen, oder, Mac?«

»Schon möglich. Ich glaube nicht. Bis morgen abend werden die Leute genügend Beulen eingefangen haben und wütend sein, um für uns zu stimmen. Herrgott, Jim, wir können die Sache doch nicht einfach im Sand verlaufen lassen. Sie ist zu schön.«

»Mac?«

»Ja?«

»Warum holen uns die Polizisten nicht einfach heraus, dich und mich?«

»Sie haben Angst. Sie fürchten, das könnte die Leute kollerig machen. Es könnte sein wie gestern, als der alte Dan von der Leiter fiel. Die Polizisten wissen sehr wohl, wann sie die Wanderarbeiter in Ruhe lassen müssen. Ich denke, wir schlafen jetzt.«

»Ich wollte nur noch fragen, Mac, wie hast du dich drüben im Baumgarten frei machen können? Es hat einen Kampf gegeben, nicht wahr?«

»Allerdings. Aber es war so dunkel, daß sie nicht sahen, auf wen sie einhieben. Ich konnte einfach um mich schlagen.«

Jim lag einen Augenblick still. »Hattest du Angst, Mac, als sie uns die Gewehre in den Rücken hielten?«

»Und wie. Ich habe schon öfter mit der Selbsthilfe zu tun gehabt, auch der arme Joy. Zehn oder fünfzehn rotten sich gegen einen zusammen und prügeln ihn zu Brei. Oh, das sind mutige Köter, kann ich dir sagen. Meistens tragen sie Masken. Und ob ich Angst hatte! Du nicht?«

»Schon. Zuerst hatte ich Angst. Und dann marschierten sie mit uns ab, und ich wurde ganz kalt. Ich konnte genau vor mir sehen, was geschehen würde, wenn ich mich fallen ließe. Ich sah den Kerl deutlich über mich stolpern, ich sah alles, bevor es geschah. Am meisten hatte ich davor Angst, sie könnten auf dich schießen.«

Mac sagte: »Es ist komisch, Jim, aber je größer die Gefahr ist, in die man gerät, um so weniger fürchtet man sich. Als das Durcheinander mal angefangen hatte, fürchtete ich mich nicht mehr. Ich erinnere mich noch immer ungern an das Gefühl des Gewehrs im Rücken.«

Jim blickte durch die Zeltöffnung. Die Nacht schien grau im Vergleich zu der Schwärze im Innern des Zeltes. Schritte gingen vorbei und zerkrümelten die kleinen Schollen. »Glaubst du, wir gewinnen den Streik, Mac?«

»Wir sollten schlafen, Jim; aber weißt du, vor heute abend würde ich dir das nicht gesagt haben: Nein, ich glaube nicht, daß wir den Streik gewinnen. Dieses Tal ist organisiert. Sie werden schießen, und niemand wird etwas dagegen tun können. Wir haben keine Aussichten. Ich stelle mir vor, daß die Leute wahrscheinlich fahnenflüchtig werden, sobald es hart auf hart geht. Aber darüber solltest du dir keine Gedanken machen, Jim. Die Sache geht immer weiter. Sie breitet sich aus, und eines Tages verfängt sie. Einmal werden wir siegen. Daran müssen wir glauben.« Er richtete sich auf einem Ellbogen auf. »Wenn wir daran nicht glaubten, wären wir nicht hier. Der Doktor hatte recht mit seiner Infektion, aber die Infektion ist das investierte Kapital. Wir *müssen* daran glauben, daß wir es ausscheiden können, bevor es in unsere Herzen dringt und uns tötet. Du bist immer der gleiche, Jim. Du bist immer da. Du gibst mir Kraft.«

Jim sagte: »Harry sagte mir schon gleich zu Anfang, was mir bevorstehen würde. Alle hassen uns, Mac.«

»Das ist das Schwerste«, pflichtete Mac bei. »Alle hassen uns; die auf unserer Seite und unsere Feinde. Und wenn wir gewännen, wenn wir es durchständen, würden uns die auf unserer Seite umbringen. Ich frage mich, warum wir es überhaupt tun. Ach, schlaf ein!«

## 9

Schon bevor sich die Morgendämmerung auch nur ankündigte, schallten die Geräusche erwachender Menschen durch das Lager. Äxte hieben auf Holz, und aus rostigen Öfen wurde die Asche gerasselt. In wenigen Augenblicken erfüllte das Lager der süße Duft brennenden Kiefern- und Apfelholzes. Das Küchenkommando war tätig. In der Nähe der sausenden Herde wurde in Eimern Kaffee bereitet. Die Waschkessel voll Bohnen begannen warm zu werden. Aus den Zelten krochen Leute, stellten sich in die Nähe der Herde und drängten sich so nahe heran, daß die Köche keinen Platz für ihre Arbeit hatten.

Dakins Lastwagen fuhr zu Andersons Haus hinüber und kehrte mit drei Bottichen Wasser zurück. Eine Weisung machte die Runde: »Dakin will die Gruppenführer sprechen. Sie sollen sofort kommen.« Die Gruppenführer schritten selbstbewußt zu Dakins Zelt.

Allmählich bildeten die Baumwipfel eine scharfe Linie vor dem östlichen Himmel, und die geparkten Wagen wurden in Grautönen sichtbar. Der Kaffee in den Eimern begann zu sieden, und ein durchdringender, nahrhafter Geruch stieg aus den Bohnenkesseln. Die Köche schöpften Bohnen in was immer für Gefäße die Leute brachten: Pfannen, Gläser, Büchsen und Blechnäpfe. Viele setzten sich auf den Boden und schnitzten sich mit ihren Taschenmessern kleine hölzerne Spatel, mit denen sie ihre Bohnen aßen. Der Kaffee war schwarz und bitter, aber er wärmte die Männer und Frauen, die schweigsam und ungesellig gewesen waren, so daß sie nun anfingen zu plaudern, zu lachen und sich Grüße zuzurufen. Das Tageslicht stieg über die Bäume herüber, und der Boden wurde graublau. Drei große Züge Gänse flogen quer über sie hinweg, hoch oben im Licht.

Inzwischen stand Dakin, flankiert von Burke und London, vor seinem Zelt. Vor Dakin standen die Gruppenführer und warteten, und unter ihnen standen Mac und Jim, denn Mac hatte Jim erklärt: »Wir müssen eine Zeitlang hübsch vorsichtig sein. Wir müssen verhüten, daß uns die Burschen jetzt hinausschmeißen.«

Dakin hatte eine kurze Kattunjacke und eine wollene Mütze angezogen. Seine blassen Augen schossen über die Gesichter der Männer. »Ich will euch offen sagen, wie es steht, und dann könnt ihr ausscheiden, wenn ihr wollt. Ich will nicht, daß irgend jemand mitkommt, der nicht mitkommen will. Ein Zug voll Streikbrechern trifft ein. Wir haben im Sinn, in die Stadt zu gehen und zu versuchen, ob wir sie aufhalten können. Wir werden mit ihnen einiges besprechen, und dann werden wir vielleicht gegen sie kämpfen müssen. Was haltet ihr davon?«

Ein zustimmendes Gemurmel erhob sich.

»Gut. Dann begeben wir uns also auf den Marsch. Sorgt für Disziplin. Sorgt dafür, daß die Leute ruhig und auf der Seite der Straße gehen.« Er grinste kalt. »Falls einige von ihnen Lust haben, ein paar Steine aufzulesen und in die Tasche zu stecken, kann ich darin nichts Böses finden.«

Die Männer lachten verständnisvoll.

»O. K. Wenn alles klar ist, geht und redet mit euren Leuten. Sie müssen alle gewappnet sein, bevor wir aufbrechen. Ungefähr hundert Jungens lasse ich zurück, damit sie das Lager hüten. Geht jetzt frühstücken.«

Die Männer verteilten sich und eilten zu den Herden. Mac und Jim gingen auf die Anführer zu. London sagte eben: »Von denen erwarte ich keine großartige Keilerei. Die scheinen mir nicht sehr bösartig.«

»Es ist noch zu früh am Morgen«, tröstete ihn Mac. »Sie haben ihren Kaffee noch nicht getrunken. Nüchtern sind die Burschen anders.«

Dakin wollte wissen: »Geht ihr mit?«

»Erraten«, sagte Mac. »Übrigens, Dakin, ein paar von uns sind dabei, Eßwaren und anderen Nachschub zu sammeln. Richte es so ein, daß einige Wagen das Zeug abholen können, sobald sie welche anfordern.«

»O. K. Wir werden es heute abend brauchen können. Die Bohnen werden bis dahin alle sein. Es braucht eine höllische Menge, um eine Bande wie diese zu füttern.«

Burke sagte: »Ich bin dafür, ein Handgemenge zu veranstalten, sobald die Streikbrecher aus dem Zug sind. Man muß ihnen die Hölle heiß machen.«

»Es ist besser, zuerst zu reden«, sagte Mac. »Ich habe erlebt, daß der halbe Zug zu den Streikenden überläuft, wenn man erst mal mit ihnen redet. Wenn du ihnen an die Gurgel springst, kriegen es einige mit der Angst, aber andere werden wild.«

Dakin beobachtete ihn mißtrauisch, während er sprach. »Gehn wir jedenfalls«, sagte er. »Ich muß noch die Burschen bestimmen, die zurückbleiben. Der Doktor und seine Leute können das Lager in Ordnung bringen. Ich gehe mit meinem Lastwagen; London und Burke können mit mir fahren. Wir lassen diese verdammten alten Klapperkästen besser hier.«

Die Sonne ging eben auf, als die lange, zerlumpte Kolonne sich auf den Weg machte. Die Gruppenführer sorgten dafür, daß die Leute auf einer Seite der Straße gingen. Jim hörte jemanden sagen: »Bemühe dich nicht mit Erdklumpen. Wart ab, bis wir zum Bahndamm kommen. Dort gibt es schöne Granitbrocken im Straßenbett.«

Gesang ertönte, der unmelodische, holprige Gesang ungeübter Männerstimmen. Dakins grüner Chevrolet-Lastwagen fuhr an der Spitze und trödelte in einem niedrigen Gang voraus. Die Kolonne der Männer folgte ihm, und die Zurückbleibenden zusammen mit den Frauen schrien ihnen aus dem Lager Abschiedsgrüße nach.

Kaum waren sie unterwegs, als zehn Polizisten auf Motorrädern auftauchten und sich auf die Marschroute verteilten. Als sie noch keinen Kilometer zurückgelegt hatten, raste ein großer offener Wagen, vollbepackt mit Männern, an die Spitze der Kolonne und blieb auf der andern Straßenseite stehen. Alle Männer hielten Gewehre in der Hand und trugen Hilfspolizisten-Abzeichen. Der Fahrer stieg auf seinen Sitz. »Ihr haltet Disziplin, verstanden«, rief er. »Ihr könnt marschieren, solange ihr den Verkehr nicht stört; aber ihr habt niemanden zu belästigen. Ist das klar?« Er setzte sich, lenkte seinen Wagen vor denjenigen Dakins und führte die ganze Marschkolonne an.

Jim und Mac marschierten zwanzig Meter hinter Dakins Wagen. Mac sagte: »Sie schicken uns ein Empfangskomitee. Das ist wirklich rührend von ihnen.« Die Männer um ihn her kicherten. Mac fuhr fort: »Sie sagen: ›Ihr habt ein Recht zu streiken, aber ihr dürft keine Posten aufstellen‹, und sie wissen, daß ein Streik ohne Posten nicht durchzuführen ist.« Diesmal lachte keiner. Die Männer brummten, aber es klang nicht sehr bösartig. Mac blickte besorgt zu Jim. »Es gefällt mir nicht«, sagte er leise. »Dieses Pack ist nicht richtig eingeheizt. Ich hoffe zu Gott, daß bald irgendetwas passiert, das sie wild macht. Diese ganze Sache verpufft, wenn nicht etwas passiert.«

Die weit auseinandergezogene Parade bewegte sich in die Stadt hinein und benutzte die Bürgersteige. Die Männer verhielten sich ruhig, und die meisten sahen verlegen aus. Als sie in die Stadt einzogen, sahen ihnen die Hausbewohner durch die Fenster zu, und Kinder standen auf den Rasen und schauten sie sich an, bis sie von den Eltern in die Häuser gezerrt und die Türen geschlossen wurden. Sehr wenige Leute waren auf der Straße. Die Motorräder der Polizei trödelten so langsam einher, daß die Fahrer gelegentlich ihre Füße ausstrecken und den Boden berühren mußten, um nicht umzukippen. Angeführt vom Wagen des Sheriffs, zog sich die Prozession durch Nebenstraßen, bis sie schließlich bei den Bahngeleisen anlangte. Die Männer blieben längs dem Bahngelände stehen, denn die Linie wurde von zwanzig Mann bewacht, die mit Schrotflinten und Tränengas bewaffnet waren.

Dakin parkte seinen Lastwagen am Randstein. Die Männer verteilten sich schweigend und stellten sich gegenüber der Linie der Polizeisondertruppe auf. Dakin und London schritten vor der dichtgeschlossenen Reihe hin und her und gaben Anweisungen. Die Männer sollten, wenn immer möglich, mit den Polizisten keinen Streit anfangen. Zuerst sollte geredet werden – dabei blieb es.

Auf dem Bahndamm standen zwei lange Reihen von leeren Kühlwagen. Jim bemerkte leise zu Mac: »Vielleicht lassen sie den Güterzug weit draußen anhalten und laden die Burschen dort aus. Dann bekommen wir überhaupt keine Gelegenheit, sie zu beeinflussen.«

Mac schüttelte den Kopf. »Später vielleicht schon, aber jetzt, glaube ich, wollen sie uns zwingen, unsere Karten auf den Tisch zu legen. Sie stellen sich vor, sie können uns Angst einjagen. Herrgott, ich wollte, der Zug käme an. Warten verteufelt alles bei Leuten wie den unsrigen. Sie kriegen es mit der Angst, wenn sie herumstehen und warten müssen.«

Inzwischen hatte sich eine Anzahl Männer auf den Randstein gesetzt. Ein Gesums ruhiger Plauderei stieg aus der enggedrängten Reihe. Sie waren eingesäumt von der Eisenbahnwache einerseits und der motorisierten Polizei und den Deputies andererseits. Die Männer sahen ängstlich und gehemmt aus. Die Deputies hielten ihre Gewehre mit beiden Händen quer vor dem Bauch fest.

»Die Polizisten haben ebenfalls Angst«, sagte Mac.

London sprach einer Gruppe von Männern Mut zu. »Die werden bestimmt nicht schießen«, sagte er. »Schießen können sie sich nicht leisten.«

Jemand rief: »Er fährt ein!« Weit draußen gab ein Signal die Strecke frei. Über den Bäumen wurde eine Rauchfahne sichtbar, und die Geleise dröhnten unter herannahenden Rädern. Jetzt erhoben sich die Männer vom Randstein und reckten die Hälse nach der Strecke.

London brüllte: »Haltet jetzt die Leute zurück.«

Sie konnten sehen, wie die schwarze Lokomotive und die Güterwagen langsam einfuhren; und in den Türöffnungen der Kastenwagen konnten sie die Beine der Männer sehen.

Die Lokomotive fauchte langsam in den Bahnhof ein und stieß unter den Rädern dicke Dampfwolken hervor. Sie fuhr auf ein Seitengleis und zog die Bremsen an. Die Wagen rasselten gegeneinander, die Lokomotive stand keuchend und schnaubend da.

Auf der anderen Seite der Straße, gegenüber dem Bahndamm, lag eine Zeile baufälliger Läden und Restaurants mit möblierten Zimmern in den obern Stockwerken. Mac blickte über die Schulter. In den Fenstern der Zimmer drängten sich die Köpfe von Männern, die hinausschauten. Mac sagte: »Die Kerle da drüben gefallen mir nicht.«

»Warum nicht?« fragte Jim.

»Ich weiß nicht. Es sollten auch Frauen darunter sein. Es sind überhaupt keine Frauen dabei.«

In den Türen der Kastenwagen saßen Streikbrecher, und hinter ihnen standen andere. Sie schauten ängstlich hinaus. Sie machten keine Anstalten, auszusteigen.

Da trat London vor; er trat so nahe an eine Wache heran, daß sich die Mündung der Flinte drehte und auf seinen Magen zeigte, und daß die Wache einen Schritt zurücktrat.

Die Lokomotive schnaufte rhythmisch wie ein großes, erschöpftes Tier. London formte seine Hände um den Mund zum Trichter. Seine tiefe Stimme brüllte: »Kommt zu uns herüber, ihr Jungens. Kämpft nicht gegen uns. Helft nicht der Polizei.« Seine Stimme wurde von einem Dampfgezisch abgeschnitten. Ein weißer Strahl entsprang der Seite der Lokomotive und ertränkte Londons Stimme, löschte jeden anderen Laut außer seinem eigenen grellen Schrei aus. Die Linie der Streikenden wurde unruhig und bauchte sich in der Mitte vor, den Wachen entgegen. Die Mündungen der Schrotflinten drehten sich ihnen zu und hielten die Reihe in Schach. Die Gesichter der Wachen wurden hart, aber ihre Drohung hatte die Linie zum Stehen gebracht. Der Dampf gellte weiter, und seine weiße Feder stieg auf und zerteilte sich in kleine Fetzen.

In der Türe eines der Kastenwagen entstand Unruhe, wie ein Wallen von Menschen. Ein Mann zwängte sich zwischen den sitzenden Streikbrechern hindurch und ließ sich zu Boden fallen.

Mac rief Jim ins Ohr. »Großer Gott! Das ist Joy!«

Die verkrüppelte, gnomenhafte Gestalt wandte sich nach der Türe und zu den Männern zurück. Die Arme winkten eckig. Noch immer pfiff der Dampf. Die Männer in der Türe fielen zu Boden und standen vor dem toll gestikulierenden Joy. Er drehte sich um und winkte den Streikenden zu. Sein zerschundenes Gesicht war verzerrt. Fünf oder sechs der Männer folgten ihm, und die ganze Gruppe bewegte sich der Linie der Streikenden entgegen. Die Wachen machten eine Vierteldrehung und versuchten ängstlich, beide Seiten gleichzeitig im Auge zu behalten.

Und dann – über dem Dampfgezisch – dreimal ein scharfer Knall. Mac blickte zu den Läden zurück. Köpfe und Gewehre verschwanden rasch aus den Zimmerfenstern, und die Fenster wurden hinuntergelassen.

Joy hielt mit weit aufgerissenen Augen inne. Sein Mund flog auf, und ein Blutstrahl quoll über das Kinn und in das Hemd. Die Augen suchten wild die Menschenmenge ab. Er fiel auf das Gesicht, und die Finger krallten nach beiden Seiten. Die Wachen starrten die sich krümmende Gestalt auf dem Boden ungläubig an. Plötzlich hörte der Dampfstrahl auf, und die Stille bestürzte die Leute wie ein Getöse. Die Linie der Streikenden stand still, mit seltsam träumerischen Gesichtern. Joy stützte sich auf seinen Armen hoch, wie eine Echse, und fiel zurück. Ein dickflüssiges Bächlein von Blut lief zwischen die zermalmten Steine der Straßenschotterung.

Eine unheimliche, schwerfällige Bewegung breitete sich unter den Männern aus. London trat hölzern vor, und die Männer traten vor. Sie waren starr. Die Wachen zielten mit ihren Gewehren, aber die Linie trat weiter vor, ohne auf sie zu achten, ohne sie zu sehen. Die Wachen traten flink beiseite, um Platz zu machen, denn die Türen der Kastenwagen spien schweigende Männer aus, die langsam heranschritten. Die Enden der langen Linie rollten sich ein und bildeten langsam einen Kreis, dessen Mittelpunkt der Tote war, wie eine Schafherde sich um einen Kern versammelt.

Jim klammerte sich fröstelnd an Macs Arm. Mac wandte sich ihm zu und flüsterte: »Er hat zum erstenmal in seinem Leben was Nützliches getan. Armer Joy. Er hat's geschafft. Er hätte solche Freude. Sieh dir die Polizisten an, Jim. Laß meinen Arm los! Nimm dich zusammen. Sieh dir die Polizisten an!«

Die Wachen waren verängstigt; einem Aufruhr konnten sie Einhalt gebieten; Kämpfen konnten sie Einhalt gebieten; aber dieses langsame, schweigende Vorrücken von Männern mit den weit aufgerissenen Augen von Schlafwandlern entsetzte sie. Sie hielten stand, aber der Sheriff ließ seinen Wagen anlaufen. Die motorisierte Polizei verzog sich unmerklich zu ihren geparkten Maschinen.

Inzwischen waren die Streikbrecher ausgestiegen. Einige von ihnen krochen zwischen den Wagen oder unter den Rädern durch und liefen auf der anderen Seite davon, aber die meisten kamen heran und schlossen sich dicht um die Stelle, wo Joy lag.

Mac sah Dakin am Rande der Masse stehen; für einmal schauten seine blassen kleinen Augen gerade und fest. Mac ging zu ihm hinüber. »Wir sollten ihn auf deinen Wagen laden und ins Lager schaffen.«

Dakin wandte sich langsam um. »Wir dürfen ihn nicht anrühren«, sagte er. »Die Polizei wird ihn untersuchen müssen.«

Mac sagte scharf: »Warum hat die Polizei nicht die Kerle in den Fenstern gefaßt? Sieh dir doch die Polizisten an. Sie haben eine tödliche Angst. Ich sage dir, wir müssen ihn mitnehmen. Wir müssen ihn benutzen, um unseren Jungens einzuheizen, um sie bei der Stange zu halten. Das wird sie zusammenschmieden, das wird sie kampflustig machen.«

Dakin schnitt eine Grimasse: »Du bist mir ein kaltschnäuziger Köter. Hast du überhaupt nichts anderes im Kopf als ›Streik‹?«

Jim unterbrach ihn: »Dakin, der kleine Kerl wurde erschossen, weil er uns helfen wollte. Willst du ihn jetzt daran hindern?«

Dakins Augen wanderten langsam von Mac zu Jim und

wieder zurück. Er sagte: »Was wißt ihr davon, was er tun wollte? Es war nichts als der verdammte Dampf zu hören.«

»Wir kennen ihn«, sagte Mac. »Er war einer unserer Genossen.«

Dakins Augen füllten sich mit Abscheu. »Euer Genosse, und ihr wollt ihn nicht einmal jetzt in Ruhe lassen. Ihr wollt ihn benutzen. Ihr seid mir ein Paar kaltschnäuziger Köter.«

Mac schrie: »Was verstehst du davon? Joy wollte keine Ruhe; Joy wollte was leisten, und er wußte nicht wie.« Seine Stimme schnappte hysterisch über. »Und jetzt, wo er endlich die Gelegenheit hätte, etwas zu leisten, jetzt willst du sie ihm rauben.«

Eine Anzahl der Männer hatte sich aus stumpfer Neugier dem Wortwechsel zugewandt. Dakin spähte Mac noch einen Augenblick ins Gesicht. »Los«, sagte er. Sie bahnten sich mit den Ellbogen einen Weg in die dichtgedrängte Masse der Männer, die nur widerwillig Platz machte.

Mac rief: »Los, Jungens, laßt uns durch. Wir müssen den armen Kerl wegschaffen.« Die Männer öffneten eine enge Gasse, indem sie heftig nach rückwärts drängten.

London schloß sich ihnen an und half den Durchlaß erzwingen. Joy war wirklich tot. Als sie um ihn herum ein wenig freien Raum gewonnen hatten, drehte ihn London um und wischte den blutigen Staub von Joys Mund. In den offenen Augen war ein füchsischer Blick; der Mund grinste furchtbar.

Mac sagte: »Tu das nicht, London. Laß es so; laß alles genau wie es ist.«

London hob den kleinen Mann auf die Arme. Joy sah vor Londons breitem Brustkasten sehr klein aus. Diesmal öffnete sich ihnen leicht eine Gasse. London schritt voran; die Männer ordneten sich hinter ihm zu einer losen Kolonne und folgten ihm.

Neben Dakins glänzend-grünem Lastwagen stand der Sheriff, umgeben von seinen Deputies. London blieb stehen, und die Männer hinter ihm blieben stehen. »Ich will die Leiche haben«, sagte der Sheriff.

»Nein. Die bekommen Sie nicht.«

»Ihr habt einen Streikbrecher erschossen. Wir werden Anklage erheben. Ich brauche die Leiche für den Leichenbeschauer.«

Londons Augen glühten rot. Er sagte schlicht: »Mister, Sie kennen die Leute, die diesen kleinen Mann getötet haben; Sie wissen, wer es getan hat. Sie haben Gesetze, und Sie halten sich nicht daran.« Die Masse schwieg und lauschte.

»Ich sage dir, ich will die Leiche haben.«

London sagte klagend: »Sehen Sie denn das nicht ein, Mister? Wenn ihr Kerle nicht macht, daß ihr zum Teufel kommt, seht ihr denn nicht ein, daß ihr dann umgebracht werdet? Können Sie noch nicht mal so viel einsehen, Mister? Merken Sie denn nicht, wann Sie nicht mehr weitergehen dürfen?«

Es war zu hören, wie die Menge schnaufend wieder zu atmen begann. Der Sheriff sagte: »Mit dir bin ich noch nicht zu Ende«, aber er trat den Rückzug an, und seine Deputies traten den Rückzug an. Die Menge knurrte, so leise, daß es wie ein Stöhnen klang. London hob Joy über die Rückwand des Lastwagens, kletterte hinein und hob die Leiche nach vorn, bis sie hinten gegen den Fahrersitz lehnte.

Dakin ließ den Motor an, fuhr rückwärts heraus und rollte die Straße entlang. Und die dumpfe, drohende Menge folgte. Sie gab keinen Ton von sich. Sie schritt mit schweren Stapfen.

Keine motorisierte Polizei säumte die Straße. Die Straßen ihrer Marschroute waren verlassen. Mac und Jim gingen etwas seitlich neben dem Lastwagen. »Waren es Selbsthilfeleute, Mac?«

»Jawohl. Aber diesmal sind sie zu weit gegangen. Alles hat sich gegen sie ausgewirkt. Der Dampf – wenn unsere Jungens die Schüsse deutlicher hätten hören können, wären sie wahrscheinlich davongelaufen. Aber der Dampfstrahl war zu laut. Es ging alles zu rasch; unsere Jungens hatten gar keine Gelegenheit, Angst zu bekommen. Nein, sie haben einen Fehler gemacht.«

Sie stapften langsam voran, neben der Kolonne marschierender Männer. »Mac, wer sind denn diese Selbsthilfeleute überhaupt? Was für Burschen sind das?«

»Es sind die schmierigsten Burschen in jeder Stadt. Es sind die gleichen, die Neger lynchen. Es macht ihnen Spaß, grausam zu sein. Es macht ihnen Spaß, Leuten weh zu tun, und immer finden sie einen schönen Namen dafür: Patriotismus oder Verfassungsschutz. Aber es sind einfach die alten Negerschinder am Werk. Die Eigentümer benützen sie und erzählen ihnen, daß man das Volk vor den Roten schützen müsse. Siehst du, das gestattet ihnen, straflos Häuser in Brand zu stecken und Leute zu foltern und zu prügeln. Und damit haben sie ja ihren Zweck erreicht. Mut haben sie keinen; sie schießen nur aus der Deckung heraus, oder sie überfallen jemanden, wenn sie zehn gegen einen sind. Es ist wohl der abscheulichste Abschaum der Welt.« Seine Augen suchten Joys Leiche auf dem Lastwagen. Er sagte: »Während des Kriegs gab es in meiner Heimatstadt einen kleinen, dicken deutschen Schneider, und eine Bande dieser patriotischen Schweinehunde, ungefähr fünfzig, steckten sein Haus in Brand und prügelten ihn zu Brei. Es sind famose Kerls, diese Selbsthilfeleute. Vor nicht langer Zeit schossen sie eine Leuchtspur-Patrone durch einen Kerosintank und steckten eine Arbeiterbaracke in Brand. Sie hatten noch nicht einmal den Mut, es mit einem Streichholz zu tun.«

Die Kolonne marschierte weiter durch die Landschaft und wirbelte eine Menge Staub auf. Die Männer erwachten langsam aus ihrem Traum. Sie redeten leise miteinander. Ihre Füße schlurften schwer über den Boden. »Armer Joy«, sagte Jim. »Er war ein braver kleiner Kerl. Er ist so viel geschlagen worden. Er erinnert mich so an meinen Alten, immer wild.«

Mac wies ihn zurecht. »Joy soll dir nicht leid tun. Wenn er wüßte, was er getan hat, würde er sich was drauf einbilden. Joy wollte immer Anführer sein, und jetzt wird er es sein – wenn er auch in einer Kiste liegt.«

»Und wie steht's mit den Streikbrechern, Mac? Einige marschieren mit uns.«

»Eine Handvoll ist allerdings zu uns übergelaufen, aber viele sind ausgerissen. Ein paar von den unsrigen sind ebenfalls ausgerissen. Wir sind ungefähr gleich viele wie beim Auszug. Hast du gesehen, wie sie unter den Wagen durchkrochen und wegliefen?« Mac sagte: »Schau dir diese Leute an. Sie werden wach. Es ist, als hätte man ihnen für eine Weile eine Narkose gegeben. Das sind die gefährlichsten Leute.«

»Die Polizisten wußten das auch«, sagte Jim.

»Das will ich meinen. Wenn eine Masse keinen Ton von sich gibt, wenn sie bloß mit ausdruckslosen Gesichtern vorrückt, dann ist es für einen Polizisten Zeit, sich aus dem Staub zu machen.«

Sie näherten sich Andersons Farm. Jim fragte: »Was machen wir jetzt, Mac?«

»Wir veranstalten ein Begräbnis und fangen an, Streikposten aufzustellen. Es läßt sich jetzt an. Sie werden Streikbrecher mit Lastwagen herantransportieren.«

»Glaubst du immer noch, daß wir verlieren werden?«

»Ich weiß nicht. Dieses Tal ist gut organisiert. Herrgott, und wie es organisiert ist! Das ist nicht so schwer, wenn ein paar Leute alles in der Hand haben: Land, Gerichte und Banken. Sie können Darlehen zurückfordern; sie können einen unter falscher Anklage ins Gefängnis befördern, und sie können immer reichlich bestechen.«

Dakins Lastwagen hielt am Ende der Wagenreihe an und stellte sich rücklings an seinen Platz. Die Lagerwächter strömten heraus, und die Kolonne der Rückkehrer löste sich unter sie auf. Gruppen scharten sich zusammen, um die Geschichte wieder und wieder zu hören. Dr. Burton trabte zu Dakins Lastwagen hinüber. London erhob sich schwerfällig. Seine breite blaue Hemdenbrust war verschmiert mit Joys Blut. Burton warf nur einen einzigen Blick auf Joy und sagte: »Erschossen, he?«

»Es hat ihn erwischt«, sagte London.

Burton sagte: »Bringt ihn in mein Zelt. Ich will ihn untersuchen.« Hinter den Zelten erhob sich ein heiserer, brodelnder Schrei. Alle wandten sich um; der Ton ließ sie erstarren. Burton sagte: »Ach, sie schlachten da hinten ein Schwein. Einer der Wagen brachte ein lebendes Schwein mit. Bringt die Leiche in mein Zelt.«

London bückte sich müde und hob Joy wieder auf seine Arme. Eine Gruppe von Männern folgte ihm und scharte sich um das große Truppenzelt. Mac und Jim betraten hinter Dr. Burton das Zelt. Sie sahen schweigend zu, wie er das steife, blutige Hemd aufknöpfte und eine Wunde in der Brust enthüllte. »Da haben wir's. Das hat gereicht.«

»Erkennst du ihn, Doktor?«

Burton sah das verzerrte Gesicht genauer an. »Ich hab ihn schon irgendwo gesehen.«

»Das will ich meinen. Es ist Joy. Du hast ihm ungefähr jeden einzelnen Knochen in seinem Leib geflickt.«

»Nun, jetzt hat er's überstanden. Ein rauflustiger kleiner Kerl. Ihr werdet die Leiche in die Stadt schicken müssen. Der Leichenbeschauer wird sie brauchen.«

London sagte: »Wenn wir das tun, begraben sie ihn – verstecken sie ihn.«

Mac sagte: »Wir können ein paar Burschen mitschicken, die dafür sorgen, daß er wieder hierher zurückkommt. Sie können ja am Leichenschauhaus Posten stehen, bis sie die Leiche wieder haben. Diese verdammten Selbsthilfeleute haben einen Fehler gemacht; und inzwischen werden sie es gemerkt haben.«

Dakin hob die Zeltbahn, die den Eingang verdeckte, und trat ein. »Sie braten das Schwein bereits«, sagte er. »Die waren aber mal rasch bei der Hand.«

Mac sagte: »Dakin, kannst du die Leute eine Art Plattform bauen lassen? Wir brauchen einen Platz für den Sarg. Auch solltest du einen Platz haben, von dem aus du sprechen kannst.«

»Du scheinst ein Schauspiel draus machen zu wollen.«

»Genau das. Du mißverstehst mich, Dakin. Was haben wir für Waffen? Steine und Stöcke. Sogar die Indianer hatten wenigstens Pfeil und Bogen. Aber wenn wir auch nur das kleinste Gewehr zu unserem Schutz hätten, gleich würden sie Truppen aufbieten, um die Revolution niederzuschlagen. Wir haben verdammt wenig in der Hand, womit wir kämpfen können. Wir müssen von dem wenigen Gebrauch machen. Dieser kleine Kerl war mein Freund. Du kannst es mir glauben, er würde auf jede erdenkliche Weise gebraucht werden wollen. Wir *müssen* ihn benutzen.« Er hielt inne. »Dakin, verstehst du denn nicht? Wir werden einen höllischen Haufen Leute auf unsere Seite ziehen, wenn wir ein öffentliches Begräbnis veranstalten. Wir müssen die öffentliche Meinung mobilisieren.«

London nickte mit dem Kopf. »Der Junge hat recht, Dakin.«

»O.K., wenn du es auch so willst, London. Jemand wird wohl eine Rede halten müssen, aber ich tu's nicht.«

»Aber ich will es tun, wenn ich muß«, schrie London. »Ich habe gesehen, wie der kleine Bursche uns entgegenkam. Ich sah, wie es ihn traf. Ich werde die Rede schon halten, wenn du es nicht tun willst.«

Burton sagte: »Jedenfalls solltet ihr dafür sorgen, daß die Leiche in die Stadt gebracht und dem Leichenbeschauer zur Verfügung gestellt wird.«

London sagte: »Ich will eine Schar von meinen eigenen Leuten mitschicken, die dort bei ihm bleiben.«

Jims Stimme wurde vor dem Zelt vernehmlich: »Oh, Mac, komm heraus. Anderson will dich sprechen.«

Mac ging rasch hinaus. Anderson stand neben Jim. Er sah alt

und müde aus. »Ihr habt mir verteufelt mitgespielt«, fing er böse an zu reden.

»Was ist los, Mr. Anderson?«

»Sie versprachen, uns zu schützen, nicht wahr?«

»Allerdings. Diese Burschen hier werden sich Ihrer annehmen. Was ist los?«

»Ich will Ihnen schon sagen, was los ist. Letzte Nacht hat eine Bande von Männern Al's Lunchwagen verbrannt. Sie sind über Al hergefallen und haben ihm einen Arm und sechs Rippen gebrochen. Sie haben seinen Lunchwagen zu Asche verbrannt.«

»Jesses!« sagte Mac. »Ich hätte nicht gedacht, daß sie das tun würden.«

»Sie haben es nicht gedacht, aber die haben es doch getan.«

»Wo ist Al jetzt, Mr. Anderson?«

»Er ist drüben im Haus. Ich mußte ihn im Krankenhaus abholen.«

»Ich will den Arzt schicken. Wir wollen hinübergehen und ihn aufsuchen.«

»Achtzehnhundert Dollar!« schrie der Alte. »Er hatte einiges davon zusammengekratzt, und ich habe ihm einen Teil geliehen, und dann kommt ihr her. Jetzt hat er gar nichts mehr.«

»Es tut mir furchtbar leid«, sagte Mac.

»Natürlich tut's Ihnen leid. Das macht Geschehenes nicht ungeschehen. Das bringt uns Al's Wagen nicht zurück. Das macht seinen Arm und seine Rippen nicht heil. Und was tut ihr, um mich zu beschützen? Als nächstes werden sie mir das Haus anzünden.«

»Wir stellen Ihnen eine Wache um Ihr Haus.«

»Zum Teufel mit eurer Wache. Was nützen diese Vagabunden schon! Ich wollte, ich hätte euch nie auf meinen Hof gelassen. Ihr werdet mich ruinieren.« Seine Stimme war ein hohes Kreischen geworden. Seine alten Augen standen voll Tränen. »Ihr habt alles verteufelt, das habt ihr erreicht. Das ist der Lohn dafür, daß man sich mit einem Pack verdammter Radikaler einläßt.«

Mac versuchte, ihn zu beruhigen. »Kommen Sie, wir gehen nach Al schauen«, schlug er vor. »Al ist ein Prachtskerl. Ich möchte ihn gern besuchen.«

»Er ist ganz zerschunden. Sie haben ihn auch ins Gesicht getreten.«

Mac drängte ihn allmählich beiseite, denn von der schrillen Stimme angelockt, begannen die Männer zusammenzulaufen. »Warum machen Sie uns Vorwürfe?« sagte er. »Wir haben nichts getan. Es waren Ihre reizenden Nachbarn.«

»Ja, aber es wäre nicht passiert, wenn wir uns nicht mit euch eingelassen hätten.«

Mac wandte sich zornig gegen ihn. »Hören Sie mal zu, Mister, wir wissen, daß Sie eine Faust zwischen die Zähne gekriegt haben; kleinen Leuten, wie Sie und ich es sind, geschieht das immer wieder. Wir geben uns alle Mühe zu erreichen, daß es Leuten wie Ihnen nicht mehr geschieht.«

»Der Wagen hat achtzehnhundert Dollar gekostet. Ich kann mich ja nicht mal mehr in der Stadt zeigen, ohne daß die Kinder mir Steine nachwerfen. Ihr habt uns ruiniert.«

Mac fragte: »Wie denkt Al darüber?«

»Ich glaube bald, Al ist selber so rot wie die Hölle. Die einzigen Leute, auf die er wütend ist, sind die paar Männer, die es getan haben.«

»Al hat einen klugen Kopf«, sagte Mac. »Al sieht eben das Ganze. Man hätte Sie ja sowieso bald aufs hohe Brett gesetzt. Wenn Sie jetzt hoch gehen, haben Sie wenigstens eine große Schar von Männern hinter sich. Diese Leute werden Ihnen nie vergessen, was Sie für sie tun. Und heute abend stellen wir Ihnen eine Wache um Ihr Haus. Ich werde möglichst bald den Arzt hinüberschicken und Al untersuchen lassen.«

Der Alte wandte sich müde ab und ging fort.

Rauch aus den rostigen Herden hing tief über dem Lager. Die Männer begannen dem Duft von Schweinebraten nachzugehen. Mac blickte Andersons Rückzug nach. »Wie fühlst du dich jetzt als Mitglied der Partei, Jim? Es ist herrlich, wenn man davon liest – romantisch. Damen lieben es, aufzustehen und von der Klasse der Besitzenden und den unterdrückten Arbeitern zu faseln. Es ist eine schwere Last, Jim. Der arme Kerl. Der Lunchwagen kommt ihm jetzt größer als die Welt vor. Ich fühle mich verantwortlich. Zum Teufel«, fuhr Mac fort, »ich hatte mir vorgestellt, dich hierher mitzunehmen, um dir was beizubringen, um dir Zuversicht zu geben; und jetzt jammere ich dir was vor. Ich hatte mir vorgestellt, dir den Rücken zu stärken, und statt dessen – ach, zum Teufel! Es ist furchtbar schwer, immer die große Sache im Auge zu behalten. Warum zum Teufel sagst du nichts?«

»Du gibst mir keine Gelegenheit.«

»Da magst du recht haben. Sag jetzt etwas! Ich muß immerzu an den armen kleinen Joy denken, den sie über den Haufen geschossen haben. Er hatte nicht viel Verstand, aber er schreckte vor nichts zurück.«

»Er war ein lieber kleiner Kerl«, sagte Jim.

»Erinnerst du dich noch, was er immer sagte? Niemand konnte ihn daran hindern, einen Hurensohn einen ›Hurensohn‹ zu nennen. Ich wollte, ich käme mir manchmal nicht so verloren vor, Jim.«

»Vielleicht hilft da ein Bissen Schweinebraten.«

»Herrgott, da hast du recht. Heute morgen habe ich nicht viel gehabt. Gehen wir hinüber.«

Ein langer Lieferwagen kam die Straße herangefahren und hielt vor der Wagenreihe an. Aus dem Fahrersitz kletterte ein eifriger kleiner Herr und kam ins Lager: »Wer ist hier zuständig?« wollte er von Mac wissen.

»Dakin. Er ist dort drüben in dem großen Zelt.«

»Aha. Ich bin der Leichenbeschauer. Ich muß die Leiche haben.«

»Wo haben Sie denn Ihre Leibwache?« fragte Mac.

Der kleine Herr schnaubte ihn an. »Was soll ich mit einer Leibwache? Ich bin der Leichenbeschauer. Wo ist die Leiche!«

»Drüben im großen Zelt. Sie liegt für Sie bereit.«

»Warum sagen Sie das nicht gleich?« Er lief schnaubend davon, wie eine kleine Dampfmaschine.

Mac seufzte: »Gott sei Dank, daß wir es nicht mit vielen wie dem zu tun haben«, sagte er. »Der kleine Kerl hat Mut. Kommt ganz allein hier heraus. Er ist selber ein bißchen wie Joy.« Sie gingen zur Küche. Zwei Männer schritten vorbei, zwischen sich Joys Leiche, und der Leichenbeschauer lief eifrig hinter ihnen her.

Männer kamen von der Küche her mit Stücken fetten Schweinebratens in der Hand. Sie wischten sich die Lippen an den Ärmeln ab. Die Herdplatten waren bedeckt mit kleinen Schnitten zischenden Fleisches. »Herrgott, riecht das gut«, sagte Mac. »Holen wir uns welches. Ich habe einen Mordshunger.« Die Köche händigten ihnen schlecht geschnittene, halbgare Stücke aus, und im Fortschlendern nagten sie am weichen Fleisch. »Iß nur das Äußere«, sagte Mac. »Der Doktor sollte den Leuten verbieten, rohes Schweinefleisch zu essen. Es wird ihnen allen übel werden.«

»Sie sind zu hungrig, um warten zu können«, sagte Jim.

Apathie hatte die Männer befallen. Sie saßen da und starrten vor sich hin. Sie schienen nicht Kraft genug zum Sprechen zu haben, und unter ihnen saßen die verschmutzten, unzufriedenen Frauen. Sie waren stumpf und teilnahmslos. Sie nagten nachdenklich an ihren Fleischstücken, und wenn sie damit fertig waren, wischten sie sich die Hände an ihren Kleidern ab. Die Luft war voll von ihrer Apathie und voll von ihrer Unzufriedenheit.

Auch Mac, der mit Jim durch das Lager ging, wurde unzufrieden. »Sie sollten irgend etwas tun«, beschwerte er sich. »Es ist mir gleich, was es ist. Wir können sie nicht so herumsitzen lassen. Unser Streik geht uns sonst in die Binsen. Herrgott, was ist nur los mit ihnen? Heute morgen wurde ihnen ein Mann umgebracht; das sollte sie doch in Gang halten. Jetzt ist es erst kurz nach Mittag, und schon sind sie zusammengesackt. Wir müssen ihnen irgend etwas zu tun geben. Sieh dir doch diese Augen an, Jim.«

»Sie sehen nichts – sie starren bloß vor sich hin.«

»Ja, sie denken an sich selbst. Jeder einzelne von ihnen denkt darüber nach, wie unrecht ihm geschieht oder wieviel Geld er während des Krieges verdient hat. Genau wie Anderson. Sie entgleiten uns.«

»Also, bringen wir sie auf die Beine. Was könnte man tun?«

»Ich weiß nicht. Wenn wir sie ein Loch graben ließen, würde das den Zweck so gut wie irgend etwas anderes erfüllen. Wenn wir es nur fertig bringen, daß alle gemeinsam etwas schieben oder heben oder daß alle in die gleiche Richtung gehen – es ist scheißegal, was sie tun. Wenn wir ihnen nichts zu tun geben, werden sie miteinander Streit anfangen. Sie werden schon sehr bald gemein werden.«

London, der eben vorbeilief, fing das letzte Wort auf. »Wer wird bald gemein werden?«

Mac drehte sich um. »Ach, du bist's, London. Wir sprachen gerade von den Jungens hier. Sie haben keinen Zusammenhalt mehr.«

»Ich weiß. Ich habe lange genug mit Wanderarbeitern gelebt, um das zu sehen.«

»Nun, und ich sagte eben, wenn wir ihnen nicht was zu tun geben, fangen sie Streit an.«

»Haben sie bereits. Die Bande, die heute morgen im Lager zurückblieb, hat schon Radau gemacht. Einer der Burschen hat sich an die Frau eines anderen herangemacht. Und der kam dazu und hat ihm eine Schere in den Leib gejagt. Der Doktor hat ihn verbunden. Wäre wohl verblutet.«

»Siehst du, Jim? Hab ich's nicht gesagt? Hör zu, London. Dakin hat was gegen mich. Er will auf nichts hören, was ich sage, aber auf dich hört er. Wir müssen diesen Burschen was zu tun geben, bevor sie Dummheiten anstellen. Meinetwegen laß sie im Kreis herummarschieren – laß sie ein Loch graben und wieder zuwerfen – es ist vollkommen egal.«

»Ich weiß schon. Wie wär's denn mit Postenstehen?«

»Großartig. Aber ich glaube, es wird noch gar nicht wieder gearbeitet.«

»Was tut das schon, wenn es den Burschen nur Beine macht.«

»Köpfchen, London. Sieh zu, ob du Dakin dazu bewegen kannst, sie auszuschicken, immer etwa fünfzig aufs Mal, in verschiedene Richtungen. Sie sollen sich an die Straßen halten, und wenn sie irgendwo Leute Äpfel pflücken sehen, sollen sie es ihnen verleiden.«

»Das will ich gerne tun«, sagte London, drehte sich um und ging auf Dakins braunes Zelt zu.

Jim setzte an: »Mac, du hast doch gesagt, ich dürfe mit den Posten gehen.«

»Mir wär's lieber, du bliebest bei mir.«

»Ich möchte aber gerne an der Sache teilnehmen, Mac.«

»O.K., dann geh halt mit einer der Gruppen. Aber halte dich in ihrer Nähe, Jim. Sie kennen hier unsere Nummern. Das weißt du ja. Laß dich nicht aufgabeln.«

Sie sahen London und Dakin aus dem Zelt treten. London redete rasch. Mac sagte: »Weißt du, ich glaube, es war ein Fehler, Dakin einzusetzen. Er hängt zu sehr an seinem Lastwagen, seinem Zelt und seinen Kindern. Er ist zu vorsichtig. London wäre der richtige Mann gewesen. London hat nichts zu verlieren. Ich frage mich, ob man die Leute dazu bewegen könnte, Dakin abzusetzen und London zu wählen. Ich glaube, die Leute mögen London lieber. Dakin besitzt zu viel. Hast du seinen zusammenlegbaren Ofen gesehen? Er ißt noch nicht mal mit den Leuten. Vielleicht ist es besser, sich an die Arbeit zu machen und zu versuchen, ob man London hineindrücken kann. Ich dachte, Dakin sei kaltblütig, aber er ist mir ein bißchen allzu kaltblütig. Wir brauchen einen, der den Kerlen einheizen kann.«

Jim sagte: »Komm, Dakin stellt jetzt die Postengruppen zusammen.«

Jim schloß sich einer Gruppe von ungefähr fünfzig Mann an. Sie marschierten die Straße entlang, weg von der Stadt. Im Augenblick des Aufbruchs fiel die Apathie fast unmittelbar von den Männern ab. Die lang auseinandergezogene Schar schritt rasch voran.

Der magergesichtige Sam war ihr Anführer, und er instruierte seine Leute auf dem Marsch. »Sammelt Steine auf«, sagte er. »Steckt euch einen Haufen tüchtiger Brocken in eure Taschen. Und schaut immer seitlich zwischen die Baumreihen.«

Eine Strecke weit waren die Plantagen verlassen. Die Männer begannen tonlos zu singen:

»Es war Weihnacht auf der Insel,
Die Gefangenen waren da –«

Sie schlurften im Takt. Sie marschierten über die Querstraße, und eine Staubwolke zog hinter ihnen her. »Es ist wie in Frankreich«, sagte einer. »Wenn alles Schlamm wäre, wär's genau wie in Frankreich.«

»Zum Teufel, du warst ja gar nicht in Frankreich.«

»Und ich war doch in Frankreich. Fünf Monate.«

»Du marschierst aber gar nicht wie ein Soldat.«

»Ich will auch gar nicht wie ein Soldat marschieren. Ich bin genug wie ein Soldat marschiert. Ich hab einen Granatsplitter erwischt, daß du's nur weißt.«

»Wo stecken denn die Streikbrecher?«

»Es sieht so aus, als hätten wir's ihnen verleidet. Ich sehe keinen arbeiten. Wir haben diesen Streik bereits gewonnen!«

Sam sagte: »Klar, Kerl, du hast ihn schon gewonnen. Du hast dir einfach den Helm aufgestülpt – und schon hast du ihn gewonnen, nicht wahr? Sei doch kein verdammter Narr.«

»Nun, heute morgen haben wir den Polizisten jedenfalls gehörig Angst eingejagt. Polizisten sind keine mehr zu sehen.«

Sam sagte: »Du wirst noch genug zu sehen bekommen, bevor das hier zu Ende ist. Du bist wie alle Wanderarbeiter auf der Welt: Jetzt bist du König in der Hölle; im nächsten

Augenblick fängst du an zu jammern, und im übernächsten machst du dich aus dem Staub.« Ein zorniger Chor brach auf ihn ein.

»Meinst du, du Musterknabe? Gib uns doch mal was zu tun!«

»Du hast gar kein Recht, so zu reden. Was zum Teufel hast du denn selber schon geleistet?«

Sam spuckte auf die Straße. »Ich will euch gerne sagen, was ich geleistet habe. Ich war in Frisco am Blutigen Donnerstag. Ich habe einen Polizisten in hohem Bogen von seinem Pferd befördert. Ich war einer von denen, die aus einer Schreinerwerkstatt die Knüppel holten, welche die Polizisten dort machen ließen. Einen davon hab' ich noch immer, als Andenken.«

»Das lügst du. Du bist ja gar kein Hafenarbeiter; du bist ein lausiger Erntearbeiter.«

»Natürlich bin ich ein Erntearbeiter. Und weißt du, warum? Weil ich bei jeder Schiffahrtsgesellschaft im ganzen verdammten Land herum auf der schwarzen Liste stehe, nur darum.« Er sprach voller Stolz. Schweigen begegnete seinen Beteuerungen. Er fuhr fort: »Ich habe mehr Unruhen mitgemacht, als ihr Schmalspurwanderer nur von ferne gesehen habt.« Seine Verachtung ließ sie kuschen. »Paßt besser auf, was in den Plantagen vor sich geht, und haltet den Mund.«

»Schaut, dort sind Kisten.«

»Wo?«

»Höllisch weit hinten in dieser Gasse.«

Jim blickte in die angezeigte Richtung. »Dort hinten sind Leute«, schrie er.

Einer sagte: »Los, Wasserratte, mach uns was vor.«

Sam blieb mitten auf der Straße stehen. »Wollt ihr gehorchen?« herrschte er sie an.

»Klar, wenn die Befehle was taugen.«

»Gut. Nehmt euch zusammen. Ich will nicht, daß ihr zuerst drauflos stürmt, und dann, wenn es ernst wird, nehmt ihr Reißaus. Los, bleibt beisammen.«

Sie verließen die Straße, durchquerten einen tiefen Bewässerungsgraben und marschierten die Gasse zwischen den großen Bäumen entlang. Als sie in die Nähe des Kistenstoßes kamen, fielen Männer aus den Bäumen und sammelten sich zu einer ängstlichen Gruppe.

Beim Kistenstoß stand ein Kontrolleur. Als sich die Postenpatrouille ihm näherte, nahm er eine Doppel-Schrotflinte aus einer Kiste und ging einige Schritte auf sie zu. »Wollt ihr die Arbeit aufnehmen?« fragte er.

Ein Chor höhnischer Rufe antwortete ihm. Einer steckte beide Zeigefinger in den Mund und pfiff durchdringend.

»Macht, daß ihr das Grundstück verlaßt«, sagte der Kontrolleur. »Ihr habt kein Recht, es zu betreten.«

Die Streikenden marschierten langsam weiter. Der Kontrolleur zog sich zum Kistenstapel zurück, wo seine Pflücker ängstlich von einem Fuß auf den andern traten und mit furchtsamen Gesichtern zusahen.

Sam sagte über die Schulter: »Gut. Bleibt hier stehen.« Er trat allein einige Schritte vor. »Hört zu, ihr Arbeiter«, sagte er. »Kommt zu uns. Fallt uns nicht in den Rücken. Kommt und schließt euch uns an.«

Der Kontrolleur antwortete: »Führen Sie Ihre Leute von diesem Grundstück, oder ich lasse die ganze Gesellschaft abführen.«

Wieder ertönten die Hohnrufe und das schrille Pfeifen.

Sam drehte sich zornig um. »Laßt das bleiben, ihr verrückten Köter. Hört mit dieser Musik auf.«

Die Pflücker sahen sich nach einer Rückzugsmöglichkeit um. Der Kontrolleur beruhigte sie. »Laßt euch nicht bange machen, Leute. Ihr habt ein Recht zu arbeiten, wenn ihr wollt.«

Sam rief nochmal: »Hört zu, wir geben euch eine letzte Gelegenheit, mit uns zu kommen.«

»Laßt euch nicht einschüchtern«, schrie der Kontrolleur. Seine Stimme wurde lauter. »Sie haben niemandem etwas zu befehlen.«

Die Pflücker standen still. »Kommt ihr?« forderte Sam sie auf. Sie gaben keine Antwort. Sam bewegte sich langsam auf sie zu.

Der Kontrolleur trat vor. »Ich habe Rehposten in dieser Flinte. Ich schieße, wenn ihr euch nicht davonmacht.«

Sam sprach leise im Vorrücken. »Du schießt mir auf keinen, Bürschchen. Du könntest einen von uns treffen, und die übrigen würden dich abschlachten.« Seine Stimme war leise und ausdruckslos. Vier Schritte hinter ihm rückten seine Leute vor. Er blieb genau vor dem Kontrolleur stehen. Das zitternde Gewehr zeigte auf seine Brust. »Wir kommen nur, um zu reden«, sagte er, und mit einer einzigen Bewegung duckte er sich und schnellte vor wie ein angreifender Rugbyspieler und brachte den Kontrolleur zu Fall. Das Gewehr ging los und grub ein Loch in den Boden. Sam wälzte sich herum und trieb dem Kontrolleur seine Knie zwischen die Beine. Dann sprang er auf, während sich der Mann heiser rufend am Boden wand. Eine Sekunde hatten sowohl Pflücker wie Streikende still gestanden. Zu spät drehten sich die Pflücker um, um davonzulaufen. Die Männer schwärmten mit Flüchen im Hals auf sie los. Die Pflücker wehrten sich einen Augenblick, dann gingen sie zu Boden.

Jim stand ein wenig abseits; er sah, wie sich ein Pflücker loswand und zu laufen begann. Er nahm eine schwere Scholle auf und schleuderte sie nach dem Mann, traf ihn an der Lende und warf ihn zu Boden. Die Gruppe machte sich über den Gestürzten mit eifrigen Füßen her, tretend und stampfend; und der Pflücker schrie vom Boden auf. Jim sah unbeteiligt nach dem Kontrolleur. Dessen Gesicht war weiß vor Angst und naß vor Schmerzensschweiß.

Sam machte sich los und lief auf die tretende und stampfende Gruppe zu. »Hört auf, ihr gottverdammten Kerle, hört auf«, brüllte er sie an; und immer noch traten sie und knurrten. Ihre Lippen waren naß von Geifer. Sam nahm eine Apfelkiste vom Stoß und schmetterte sie über einen Kopf. »Bringt sie nicht um«, rief er. »Tötet sie nicht.«

Die Wut verzog sich so rasch, wie sie gekommen war. Sie ließen von dem Opfer ab. Sie schnauften schwer. Jim besah sich gefühllos die zehn stöhnenden Männer auf dem Boden, deren Gesichter formlos getreten waren. Dort war einem eine Lippe weggerissen und gab blutige Zähne und Kiefer frei; einer weinte wie ein Kind, weil sein Arm scharf zurückgebogen war, beim Ellbogen gebrochen. Jetzt, da die Wut verraucht war, fühlten sich die Streikenden übel, vergiftet von den Ausscheidungen ihrer eigenen Zorndrüsen. Sie waren schwach; einer hielt seinen Kopf zwischen den Händen, als schmerze er schrecklich.

Plötzlich machte ein Mann aufgeregte Bewegungen. Ein Gewehrschuß hallte vom Ende der Baumreihe. Fünf Männer rannten daher und blieben ab und zu stehen, um zu feuern. Die Streikenden preschten davon, indem sie hinter den Bäumen Deckung suchten.

Jim rannte mit. Er schrie sich selber zu: »Feuer bestehen wir nicht. Feuer bestehen wir nicht.« Tränen machten ihn blind.

Er spürte einen schweren Schlag auf die Achsel und taumelte ein wenig. Die Gruppe erreichte die Straße, blickte über die Schulter zurück und stürzte weiter davon.

Sam war hinter ihnen und lief neben Jim. »O. K«, rief er. »Sie haben aufgehört.« Noch immer rannten einige der Männer in blinder Panik weiter, rannten weiter und verschwanden bei der Straßenkreuzung. Sam holte die übrigen ein. »Beruhigt euch«, rief er. »Beruhigt euch. Ihr werdet nicht verfolgt.« Sie blieben stehen. Sie standen schwach an der Straßenseite. »Wieviele haben sie erwischt?« forschte Sam.

Die Männer sahen einander an. Jim sagte: »Ich sah nur einen, der getroffen wurde.«

»O. K. Um den brauchen wir uns keine Sorgen zu machen; vielleicht. Es hat ihn in der Brust erwischt.« Er sah Jim genauer an. »Was ist denn mit dir los, Kleiner? Du blutest ja.«

»Wo?«

»Den ganzen Rücken hinunter.«

»Ich bin wohl gegen einen Ast gerannt.«

»Ja Teufel, Ast.« Sam zerrte die blaue Kattunjacke von Jims Schulter. »Dich haben sie mit einem Spitzgeschoß angebohrt. Kannst du den Arm bewegen?«

»Natürlich. Er fühlt sich nur ein bißchen benommen an.«

»Wahrscheinlich ist kein Knochen getroffen worden. Schultermuskel. Muß ein Stahlmantelgeschoß gewesen sein. Du blutest nicht einmal stark. Los, gehen wir nach Hause. Gleich wird es hier von Polizisten wimmeln wie von Maden.«

Sie eilten die Straße entlang. »Sobald du dich schwach fühlst, helf ich dir, Kleiner.«

»Ich fühle mich gut. – Wir haben's nicht durchgestanden, Sam.«

Sam sagte bitter: »Wir waren Helden, solange wir fünf gegen einen waren; die Streikbrecher haben wir zu Mus gemacht.«

Jim fragte: »Haben wir welche getötet?«

»Ich glaube nicht. Einige werden nie mehr ganz die Alten sein.«

Jim sagte: »Jesses, es war ziemlich schlimm, nicht wahr? Hast du den Burschen mit der zerrissenen Lippe gesehen?«

»Ach, zum Teufel, die Lippe werden sie ihm schon wieder annähen. Es bleibt uns nichts anderes übrig, Kleiner. Wir müssen einfach. Wenn sie sich uns nicht anschließen wollen, müssen wir ihnen Angst machen.«

»Oh, ich weiß schon«, sagte Jim. »Sie tun mir nicht leid.«

Weit weg hörten sie eine Sirene. Sam schrie: »Springt in den Graben, Jungens. Legt euch in den Graben. Das ist die Polizei.« Er sah, daß alle flach in einem tiefen Bewässerungsgraben längs der Straße lagen. Die Motorräder heulten vorüber, kreuzten die Querstraße, und eine Ambulanz läutete ihnen hinterher. Die Männer hoben die Köpfe erst, als die Räder jenseits der Kreuzung verschwunden waren. Sam sprang hoch. »Los jetzt. Wir müssen abhauen.«

Sie trabten die Straße entlang. Die Sonne war bereits am Untergehen, und die Straße lag im blauen Abendschatten. Eine schwere Wolke segelte wie ein Schiff der Sonne entgegen, und ihr dunkler Rand rötete sich allmählich. Wieder sprangen die Männer in den Graben, als die Ambulanz zurückkam. Diesmal fuhren die Motorräder langsamer, und die Polizisten blickten in die Baumgassen, suchten aber nicht im Graben.

Bei Einbruch des Abends kehrten die Streikposten ins Lager zurück. Jims Beine wankten unter ihm. Seine Schulter stach tief drinnen, denn die Nerven erwachten, nachdem sie das Spitzgeschoß betäubt hatte. Die Männer verteilten sich im Lager.

Mac kam Jim entgegen, und als er sah, wie weiß Jim war, fiel er in Trab. »Was ist mit dir los, Jim? Bist du verletzt?«

»Nein, nicht sehr. Sam sagt, ich habe einen Schuß in der Schulter sitzen. Ich kann nichts sehen. Es tut nicht sehr weh.«

Macs Gesicht wurde rot. »Herrgott, ich wußte doch, daß ich dich nicht gehen lassen sollte.«

»Warum nicht? Ich bin kein Hosenscheißer.«

»Mag sein. Aber wenn ich nicht auf dich aufpasse, wirst du bald den Arsch zukneifen. Komm, zeig dich dem Doktor. Vor einer Minute war er noch hier. Dort geht er. He, Doktor!« Sie brachten Jim in ein weißes Zelt.« Das hier ist eben erst angekommen. Der Doktor will es als Krankenzelt benutzen«, sagte Mac.

Das Herbstdunkel brach rasch herein, und der Abend wurde durch die große schwarze Wolke, die sich über den westlichen Himmel ausbreitete, beschleunigt. Mac hielt eine Lampe, während Burton Jims Schulter vom Hemd befreite. Er wusch die Wunde sorgfältig mit heißem, sterilem Wasser. »Du hast Glück gehabt«, sagte er. »Eine Bleikugel würde dir die Schulter zerschmettert haben. So hast du nur ein kleines

Bohrloch durch den Muskel. Er wird eine Zeitlang steif sein. Die Kugel hat ganz durchgeschlagen.« Seine geschickten Hände reinigten die Wunde mit einer Sonde, legten einen Verband an und hefteten ihn mit Leukoplast fest. »Es kommt alles in Ordnung«, sagte er. »Schone dich etwa zwei Tage. Mac, später geh ich hinüber nach Al Anderson sehen. Willst du mitkommen?«

»Natürlich, ich werde dich begleiten. Ich will nur für Jim eine Tasse Kaffee holen.« Er drückte Jim einen Zinnapf voll schwarzem, scheußlichem Kaffee in die Hand. »Komm, setz dich«, sagte er. Er schob eine Kiste heran und zwang Jim, sich darauf zu setzen. Er selber legte sich daneben auf den Boden. »Wie ist das passiert, Jim?«

»Wir gingen ein paar Streikbrechern nach. Mac, unsere Leute haben sie windelweich getreten. Ins Gesicht haben sie sie getreten.«

Mac sagte leise: »Ich weiß, Jim. Es ist scheußlich, aber es ist das einzige, was wir tun können, wenn sie nicht zu uns überlaufen wollen. Wir müssen es tun. Es ist auch nicht angenehm zuzusehen, wie ein Schaf geschlachtet wird, aber wir brauchen das Schaffleisch. Was geschah dann?«

»Dann kamen fünf Männer hergerannt und schossen. Unsere Leute liefen wie die Hasen. Sie konnten nicht standhalten.«

»Warum sollten sie auch, Jim, ohne andere Waffen als die bloßen Hände?«

»Ich habe kaum etwas gespürt, als ich getroffen wurde. Einer von uns ist gefallen. Ich weiß nicht, ob er tot war oder nicht.«

»Ein netter Ausflug«, sagte Mac. »Die anderen Patrouillen brachten etwa dreißig Streikbrecher mit zurück. Sie hatten keinerlei Schwierigkeiten; sie brauchten sie nur anzurufen, und schon kamen sie.« Er langte hinauf und berührte einen Augenblick Jims Beine. »Wie geht's mit der Schulter?«

»Tut ein bißchen weh, nicht stark.«

»Ach, übrigens, Jim, es sieht so aus, als sollten wir einen neuen Vorsitzenden bekommen.«

»Du meinst, sie haben Dakin abgesetzt?«

»Nein, aber er ist ausgeschieden. Dick ließ melden, er habe eine Ladung Wolldecken. Also nahm Dakin sechs Mann mit sich und fuhr mit seinem glänzenden Lastwagen los. Einer von den sechsen kam davon, ist zurückgekehrt und hat uns erzählt, wie es zugegangen ist. Sie hatten ihre Ladung und waren schon auf der Rückfahrt. Kurz hinter der Stadt fuhren sie über eine Handvoll Nägel und hielten an, um das Rad zu wechseln. Na, und dann springt ein Dutzend Männer mit Gewehren heraus und hält sie in Schach. Sechs von ihnen halten unsere Jungens fest, während die übrigen Dakins Lastwagen zerstören, das Kurbelgehäuse einschlagen und es in Brand setzen. Dakin steht da mit einem Gewehr vor der Brust. Er wird weiß, und dann wird er blau. Dann stößt er ein Geheul aus wie ein Präriewolf und geht auf sie los. Die schießen ihn ins Bein, aber das hält ihn nicht auf. Als er nicht mehr gehen kann, kriecht er ihnen nach, Schaum vor dem Mund wie ein toller Hund – einfach übergeschnappt, er ist einfach übergeschnappt. Ich glaube, an seinem Lastwagen hing er mehr als an irgend etwas anderem in der Welt. Der Junge, der zurückkam, sagte, es sei furchtbar gewesen, wie er ihnen nachgekrochen sei. Er wollte sie beißen. Er knurrte – wie ein tollwütiger Hund. Ja, und dann kommen ein paar Verkehrspolizisten dazu, und die Selbsthilfeleute verduften. Die Polizisten fassen Dakin und nehmen ihn mit. Der Junge, der zurückkam und alles erzählt hat, war in einen Baum geklettert und hat alles beobachtet. Er sagt, Dakin habe einen Polizisten in die Hand gebissen, und sie mußten ihm einen Schraubenzieher hinten zwischen die Zähne stecken, um ihn los zu hebeln. Und das ist der Kerl, von dem ich sagte, er werde nie die Selbstbeherrschung verlieren. Jetzt haben sie ihn eingesperrt. Ich denke mir, die Leute werden an seiner Stelle London wählen.«

Jim sagte: »Mir sah er auch kaltblütig genug aus. Ich bin froh, daß ich seinen Lastwagen nie angerührt habe.«

Mac häufte mit der Hand einen kleinen Erdhügel auf den Boden, knetete ihn rund und tätschelte ihn oben ein wenig flach. »Ich bin etwas besorgt, Jim. Dick hat heute keine Nahrungsmittel geschickt. Wir haben nichts von ihm gehört, diese Wolldecken ausgenommen. Sie wärmen alle Bohnenreste mit Schweineknochen auf; aber das ist auch alles, was wir haben, außer Maisbrei. Das muß für morgen reichen.«

»Glaubst du, sie haben Dick abgefangen?«

Mac tätschelte seinen Hügel noch flacher. »Dick ist gerissen wie ein Wiesel. Ich halte es kaum für möglich, daß sie ihn erwischen. Ich weiß nicht, was los ist. Wir müssen Nahrungsmittel herbeischaffen. Sobald die Burschen hungrig werden, ist's mit ihnen aus, leider.«

»Vielleicht hat er nicht mehr auftreiben können. Heute morgen hat er doch das Schwein geschickt.«

»Schon, und das Schwein ist jetzt in den Bohnen. Dick weiß, wieviel nötig ist, um die Burschen zu füttern. Dick müßte inzwischen unsere geheimen Freunde organisiert haben.«

Jim fragte: »Wie ist den Leuten jetzt zumute?«

»Oh, besser. Diesen Nachmittag sind sie etwas aufgelebt. Ich weiß, daß das ein bißchen rasch ist, aber wir sollten das Begräbnis morgen abhalten. Das dürfte sie für einige Zeit aufpulvern.« Er schaute aus dem Zelt. »Lieber Gott, sieh dir die Wolke dort an!« Er trat hinaus und schaute zum Himmel. Der Himmel war von der dicken, schwarzen Wolke fast ganz verdüstert. Ein mutwilliger Wind erhob sich, wirbelte den Staub auf, blies den Rauch der Feuer vor sich her, ließ die Zeltbahnen flattern und zauste die Wipfel der Apfelbäume, welche das Lager umstanden. »Das sieht nach einer Regenwolke aus«, sagte Mac. »Herrgott, hoffentlich regnet's nicht. Diese Kerle ersaufen mir sonst wie die Ratten.«

Jim sagte: »Du machst dir zuviel Sorgen über Dinge, die vielleicht geschehen könnten, Mac. Immer machst du dir Gedanken. Diese Leute sind an das Leben im Freien gewöhnt. Ein bißchen Regen wird ihnen nicht weh tun. Du kannst nie ruhig sein.«

Mac setzte sich wieder auf den Boden. »Vielleicht hast du recht, Jim. Ich habe solche Angst davor, der Streik könnte schiefgehen, daß ich mir Dinge einbilde. Ich war schon bei so vielen Streiks dabei, die alle aufgeflogen sind, Jim.«

»Ja, aber was macht es dir schon aus, wenn er auffliegt? Die Unruhe frißt sich dann nur tiefer ein; das hast du selbst gesagt.«

»Allerdings, ich weiß. Es würde wahrscheinlich nichts ausmachen, wenn der Streik schon jetzt zusammenbräche. Die Jungens werden es nie vergessen, wie Joy getötet wurde; und nie werden sie die Sache mit Dakins Lastwagen vergessen.«

»Jetzt redest du wie eine alte Frau, Mac.«

»Nun, es ist immerhin mein Streik – ich meine, ich habe das Gefühl, es sei mein Streik. Ich will ihn jetzt nicht fehlschlagen sehen.«

»Das wird er nicht, Mac.«

»He? Was weißt du denn davon?«

»Nun, ich hab's mir heute morgen überlegt. Hast du viel über Geschichte gelesen, Mac?«

»Ein bißchen, in der Schule. Warum?«

»Erinnerst du dich vielleicht, wie die Griechen die Schlacht bei Salamis gewonnen haben?«

»Vielleicht wußte ich's mal. Ich erinnere mich nicht.«

»Ja, also die Griechen sind mit ihren Schiffen in einem Hafen eingeschlossen. Sie möchten am liebsten davonlaufen und abhauen. Und ein ganzer Haufen persischer Schiffe liegt draußen davor. Und der griechische Admiral weiß, daß ihm seine Burschen ausreißen werden; und so gibt er dem Feind den Rat, sie fest einzuschließen. Am nächsten Morgen sehen die Griechen ein, daß sie nicht kneifen können; sie müssen kämpfen, wenn sie davonkommen wollen, und sie gewinnen. Sie schlagen die persische Flotte in Grund und Boden.« Jim schwieg.

Männer gingen vorbei, auf dem Weg zur Küche. Mac klopfte mit flacher Hand den Boden fest. »Ich verstehe, was du meinst, Jim«, sagte er. »Im Augenblick brauchen wir sie nicht, aber wenn es einmal dazu kommt, bei Gott, Jim, das ist eine Idee –«, sagte er mit klagender Stimme. »Ich nehme dich hierher mit, um dir was beizubringen, und gleich fängst du an, mich zu unterrichten.«

»Quatsch«, sagte Jim.

»O. K., dann ist es eben Quatsch. Ich möchte wohl wissen, wie die Leute herausbringen, wann das Essen gar ist. Wahrscheinlich eine Art Gedankenlesen. Oder vielleicht haben sie einen ähnlichen Sinn wie Geier. Siehst du, da gehen sie. Komm, Jim. Wir wollen essen.«

## 11

Es gab Bohnen, die in Schweinefett schwammen. Mac und Jim holten ihre Blechnäpfe aus dem Zelt und standen Schlange, bis man ihnen etwas von dem Zeug in die Teller hieb. Sie gingen fort. Jim nahm einen kleinen hölzernen Spatel aus der Tasche und kostete die Bohnen. »Mac«, sagte er, »ich kann das nicht essen.«

»Besseres gewöhnt, was? Du mußt es essen.« Er kostete seine eigene Portion und kippte den Blechnapf sofort auf den

Boden aus. »Iß es nicht, Jim. Es macht dich krank, Bohnen und Fett! Die Burschen werden Krach schlagen.«

Sie sahen die Leute an, die vor ihren Zelten saßen und versuchten, ihre Mahlzeit zu essen. Die Sturmwolke breitete sich über den Himmel aus und verschluckte die noch jungen Sterne. Mac sagte: »Bestimmt wird jemand die Köche umbringen wollen. Gehen wir zu London.«

»Wo ist denn Dakins Zelt geblieben, Mac?«

»Mrs. Dakin hat es abgebrochen. Sie ist in die Stadt gezogen und hat das Zelt mitgenommen. Ein komischer Kerl, dieser Dakin; er wird wieder Geld haben, noch bevor er entlassen ist. Gehen wir London aufsuchen.«

Sie gingen die Reihe entlang bis zu Londons grauem Zelt. Ein Licht schimmerte durch die Leinwand. Mac hob die Plane vom Eingang. Drinnen saß London auf einer Kiste und hielt eine offene Sardinenbüchse in der Hand. Das schwarzhaarige Mädchen, Lisa, kauerte auf der Bodenmatratze und gab ihrem Kind zu trinken. Als die Männer eintraten, zog sie den Zipfel einer Wolldecke um das Kind und die entblößte Brust. Sie lächelte ihnen kurz zu und schlug die Augen zu dem Kind nieder.

»Gerade rechtzeitig zum Abendbrot!« sagte Mac.

London sah verlegen aus. »Ich hatte noch einige Reste.«

»Hast du das Zeug da draußen versucht?«

»Ja.«

»Nun, hoffentlich haben die anderen auch noch einige Reste. Wenn wir ihnen nichts Besseres zu liefern haben, werden uns die Burschen davonlaufen.«

»Es sind einfach keine Nahrungsmittel mehr angekommen«, sagte London. »Ich habe noch eine Büchse Sardinen. Wollt ihr sie haben?«

»Mit Vergnügen!« Mac nahm die angebotene Büchse gierig und drehte den Schlüssel, um sie zu öffnen. »Nimm dein Messer, Jim. Wir teilen.«

»Wie geht's mit dem Arm?« fragte London.

»Er wird steif«, sagte Jim.

Vor dem Zelt sagte eine Stimme: »Das ist es, dort, wo das Licht brennt.« Der Eingang wurde aufgeschlagen, und Dick trat ein. Sein Haar war sorgfältig gekämmt. Er hielt eine graue Mütze in der Hand. Sein grauer Anzug war sauber, wenn auch nicht frisch gebügelt. Nur seine staubigen, ungeputzten Schuhe verrieten, daß er zu Fuß über Land gegangen war. Er stand im Zelteingang und sah sich um. »Hallo, Mac. Abend, Jim«, und dann zum Mädchen: »Einen guten Abend, die Dame.« Ihre Augen leuchteten auf. Ein Anflug von Rot erschien auf ihren Wangen. Sie zog den Zipfel der Decke kokett tiefer um die Schultern.

Mac winkte mit der Hand. »Das ist London – das ist Dick.« Dick salutierte andeutungsweise. »Freut mich«, sagte er. »Hör mal, Mac. Die Kinderchen in der Stadt haben was dazugelernt.«

»Wie meinst du das? Warum bist du überhaupt hier?«

Dick zog aus einer Außentasche eine Zeitung und reichte sie Mac. Der entfaltete sie, während ihm London und Jim über die Schulter sahen. »Ist heute vormittag erschienen«, sagte Dick.

Mac rief aus: »Schweinehunde!« Die Zeitung wies eine Schlagzeile auf: »Bezirksrat füttert Streikende. Gestern abend beschloß der Bezirksrat in einer öffentlichen Versammlung einstimmig, den Männern, welche zur Zeit die Arbeit in der Apfelernte niedergelegt haben, Nahrungsmittel zur Verfügung zu stellen.«

»Allerdings haben die was dazugelernt«, sagte Mac. »Funktioniert es bereits, Dick?«

»Und wie!«

London mischte sich ein: »Ich sehe keinen Grund, sich zu sträuben. Wenn sie Freude daran haben, uns Schinken und Eier zu liefern, so habe ich nichts dagegen.«

»Aber sicher«, sagte Mac sarkastisch. »*Wenn* sie daran Freude haben. Die Zeitung sagt natürlich nichts über die zweite Versammlung, die sie gleich hinterher abhielten und worin sie den Beschluß widerriefen.«

»Was wird denn da gespielt?« wollte London wissen. »Was soll das alles?«

»Hör zu, London«, sagte Mac. »Das ist ein alter Trick, aber er wirkt. Dick geht hin und bietet alle unsere geheimen Freunde auf. Sie sagen uns Nahrungsmittel und Wolldecken und Geld zu. Schön, und dann erscheint das da. Dick geht einsammeln. Die Freunde sagen: ›Wofür zum Teufel? Der Bezirksrat füttert sie ja!‹ ›Den Teufel tun sie‹, sagt Dick. Und der andere: ›Ich hab's doch selbst in der Zeitung gelesen. Es heißt, sie schicken euch Eßwaren. Was wollt ihr eigentlich?‹ Siehst du, London, so funktioniert die Sache. Hast du etwa heute was von dem Bezirksfutter gesehen?« – »Nein –«

»Aha. Und Dick konnte auch nichts auftreiben. Jetzt weißt du Bescheid. Sie haben im Sinn, uns auszuhungern. Und es wird ihnen, bei Gott, gelingen, wenn wir keine Hilfe bekommen.« Er wandte sich an Dick. »Die Sache lief gut. Du hattest Erfolg.«

»Klar«, stimmte Dick zu. »Es war nicht schwierig. Ich werde aber einige Zeit brauchen, bis ich wieder alles eingerenkt habe. Ich brauche von diesem Herrn hier eine Bescheinigung, daß ihr keine Eßwaren bekommt. Sie muß vom Leiter der Streikbewegung unterschrieben sein.«

»O. K.«, sagte London.

»Wir haben viele Freunde in Torgas«, fuhr Dick fort. »Natürlich ist die Bande in der Pflanzer-Vereinigung organisiert, und die Kerle arbeiten unterirdisch wie die Erdhörnchen. Aber es ist alles da, sobald ich Zugang habe.«

»Du hast ganze Arbeit geleistet, bis die Sache hier geplatzt ist«, sagte Mac.

»Klar. Nur mit einer alten Dame hatte ich Schwierigkeiten. Sie wollte der Sache dienen, daß einem angst und bange wurde.«

Mac lachte: »Ich habe nie gehört, daß dich jungfräuliche Scheu dem Futtersack fernhalten konnte. Ich denke mir, daß sie wirklich alles der Sache hingeben wollte.«

Dick schauderte. »Ihr Alles maß sechzehn Axtgriffe in der Weite«, sagte er.

»Wir schreiben dir also die Bescheinigung, und dann machst du, daß du zum Teufel kommst. Haben sie dich schon ausspioniert?«

»Ich weiß nicht«, sagte Dick. »Ich habe so das Gefühl. Ich habe in die Stadt geschrieben, daß sie Bob Schwartz schicken sollen. Ich habe das Gefühl, daß sie mich bald fassen werden wegen Landstreicherei. Dann kann Bob meinen Platz einnehmen.«

London wühlte in einer Kiste und brachte einen Notizblock und einen Bleistift zum Vorschein. Mac nahm ihm beides ab und schrieb die Erklärung. »Du schreibst schön«, sagte London bewundernd.

»Hm? Ach so. Darf ich gleich für dich unterschreiben, London?«

»Natürlich. Mach nur.«

»Zum Teufel«, sagte Dick. »Das hätte ich auch selber tun können.« Er nahm das Papier und faltete es sorgfältig. »Übrigens, Mac. Ich habe gehört, einer von den Leuten sei hingemacht worden.«

»Ach, du weißt gar nicht? Es war Joy.«

»Teufel!«

»Jawohl. Er kam mit den Streikbrechern an. Er versuchte, sie zum Überlaufen zu bewegen, als es ihn erwischte.«

»Armer Kerl.«

»Es ging rasch. Er hat höchstens eine Minute gelitten.«

Dick seufzte. »Nun, es stand für Joy in den Sternen geschrieben. Früher oder später mußte es ihn ja erwischen. Haltet ihr ein Begräbnis ab?«

»Morgen.«

»Marschieren alle mit?«

Mac sah London an. »Natürlich«, sagte er. »Vielleicht können wir die öffentliche Sympathie für uns gewinnen.«

»Das würde Joy gefallen«, sagte Dick. »Nichts würde ihm lieber sein. Schade, daß er's nicht sehen kann. Also, auf Wiedersehen, ich muß weiter.« Er machte kehrt, um das Zelt zu verlassen. Lisa hob die Augen. »Einen guten Abend der Dame. Ich hoffe, Sie wiederzusehen«, sagte Dick. Wieder färbten sich die Wangen. Ihre Lippen teilten sich ein wenig, und als die Zeltbahn hinter Dick zufiel, blieben ihre Augen eine Zeitlang daran hängen.

Mac sagte: »Herrgott, sind die hier organisiert! Dick ist tüchtig. Wenn er nichts auftreiben kann, läßt sich nichts auftreiben.«

Jim fragte: »Wie steht's mit der Plattform für die Rede?«

Mac wandte sich an London: »Ja, London, hast du schon was unternommen?«

»Die Leute werden sie morgen früh aufschlagen. Ich habe nur ein paar alte Zaunlatten dafür beschaffen können. Eine kleine muß es halt tun.«

»Macht nichts«, sagte Mac. »Solange sie hoch genug ist, daß jeder Joy sehen kann, reicht's schon.«

Londons Gesicht nahm einen besorgten Ausdruck an. »Was zum Teufel soll ich den Leuten sagen? Du sagtest doch, ich müsse eine Rede halten.«

»Du wirst schon in Fahrt kommen«, sagte Mac. »Sag ihnen, der kleine Bursche sei für sie gestorben. Und wenn er das tun konnte, so könnten sie wenigstens für sich selber kämpfen.«

»Ich habe nie viel Reden gehalten«, klagte London.

»Du brauchst auch keine Rede zu halten. Sprich einfach mit den Leuten. Das hast du oft genug getan. Sag's ihnen einfach. Das ist sowieso viel besser als eine Rede.«

»Aha. So. O. K.«

Mac wandte sich an das Mädchen. »Wie geht's dem Kleinen?«

Sie errötete und zog die Decke enger um die Schultern. Ihre Wimpern beschatteten die Wangen. »Recht gut«, flüsterte sie. »Es schreit gar nie.«

Die Eingangsplane wurde aufgerissen, und der Arzt trat ein. Seine raschen, bestimmten Bewegungen schienen im Widerspruch zu seinen traurigen Hundeaugen. »Ich gehe nach dem jungen Anderson sehen, Mac«, sagte er. »Kommst du mit?«

»Natürlich, Doktor.« Und zu London: »Hast du die Leute hinübergeschickt, die Andersons Haus bewachen sollen?«

»Ja. Sie hatten gar keine Lust, aber ich habe sie geschickt.«

»Gut. Gehen wir, Doktor. Komm mit, Jim, wenn du kannst.«

»Ich fühle mich wohl«, sagte Jim.

Burton sah ihm fest ins Gesicht. »Du gehörst ins Bett.«

Mac kicherte. »Ich habe Angst, ihn allein zu lassen. Sobald ich ihn eine Minute allein lasse, macht er Stunk. Auf Wiedersehen, London.«

Draußen herrschte dichtes Dunkel. Die große Wolke hatte sich über den ganzen Himmel ausgebreitet, und alle Sterne waren verschwunden. Eine gedrückte Stille lastete auf dem Lager. Die wenigen Männer, die um die paar Feuerchen saßen, sprachen leise. Die Luft war reglos, warm und feucht. Der Doktor, Mac und Jim tasteten sich vorsichtig aus dem Lager in die umgebende Schwärze. »Ich fürchte, es wird bald regnen«, sagte Mac. »Wir werden eine einzige Schweinerei kriegen, wenn die Leute naß werden. Das wirkt schlimmer aufs Gemüt als Geschützhagel. Die meisten Zelte werden ja wohl undicht sein.«

»Natürlich«, sagte Burton.

Sie erreichten die Grenze des Baumgartens und schritten zwischen zwei Reihen Bäumen voran. Und so dunkel war es, daß sie die Hände vor sich ausstreckten.

»Wie gefällt euch euer Streik jetzt?« fragte der Doktor.

»Nicht so gut. Dieses Tal ist organisiert wie die Jesuiten. Jetzt ist uns der Nachschub abgeschnitten. Wir sind erledigt, wenn wir kein Essen beschaffen können. Und wenn es diese Nacht so recht von Herzen regnet, werden uns die Leute davonschleichen. Sie halten das einfach nicht aus. Es ist komisch, Doktor. Du glaubst nicht an die Sache, und wahrscheinlich bist du derjenige, der bis zum Ende durchhalten wird. Ich verstehe dich überhaupt nicht.«

»Ich verstehe mich selbst nicht«, sagte der Doktor leise. »Ich glaube nicht an die Sache, aber ich glaube an die Menschen.«

»Wie meinst du das?«

»Ich weiß nicht. Ich glaube einfach daran, daß es Menschen sind und nicht Tiere. Es ist wohl möglich, wenn ich in einen Hundezwinger käme und die Tiere wären hungrig und krank und verdreckt und ich könnte diesen Hunden helfen, daß ich es dann auch tun würde. Sie wären an dem allem ja nicht schuld. Es könnte keiner sagen: ›Diesen Hunden geht's so dreckig, weil sie keinen Ehrgeiz haben. Sie heben ihre Knochen nicht auf. Es ist immer die gleiche Sache mit diesen Hunden.‹ Nein, sondern man würde versuchen, sie zu pflegen und zu füttern. So geht es mir auch. Ich habe gewisse Fertigkeiten, mit denen ich den Menschen helfen kann, und wenn ich welche sehe, die Hilfe brauchen, dann leiste ich sie eben. Ich denke nicht erst lange darüber nach. Wenn ein Maler ein Stück Leinwand sähe und er hätte Farben zur Verfügung, dann würde er eben malen wollen. Er würde nicht darüber nachdenken, weshalb er wohl malen wolle.«

»Natürlich. Ich verstehe schon. Einerseits mutet es kaltherzig an, beiseite zu stehen und so auf die Menschen herabzusehen und sich nie mit ihnen einzulassen, aber andererseits, Doktor, scheint es doch auch wie der Teufel fein und sauber.«

»Oh, Mac, ich habe fast keine Desinfektionsmittel mehr. Es wird nicht mehr schön sauber stinken, wenn ich nicht noch mehr Karbol bekomme.«

»Ich will sehen, was sich tun läßt«, sagte Mac.

Hundert Meter vor ihnen schimmerte ein gelbes Licht. »Ist das nicht Andersons Haus?« fragte Jim.

»Das wird es wohl sein. Wir sollten jetzt bald auf eine Wache stoßen.« Sie gingen auf das Licht zu, und niemand rief sie an. Sie erreichten das Gartentor, ohne angerufen zu werden. Mac sagte: »Gott-verdammt, wo stecken denn bloß die Kerle, die London hergeschickt hat? Geh du schon rein, Doktor, ich will versuchen, sie aufzustöbern.« Burton schritt auf das Haus zu und betrat die erleuchtete Küche. Mac und Jim gingen zur Scheune, und in der Scheune fanden sie die Männer zigarettenrauchend im niedrigen Heu lagern. Eine Kerosinlampe hing an einem Haken an der Wand und warf ihr gelbes Licht auf die Reihe leerer Verschläge und auf den großen Stoß Apfelkisten – Andersons Ernte, die auf den Abtransport wartete.

Mac kochte vor Zorn, aber er hatte sich bald im Zaum, und als er zu sprechen begann, klang seine Stimme leise und freundlich. »Hört mal zu, Jungens«, versuchte er sie zu überzeugen: »Das ist kein Witz. Wir haben erfahren, daß diese verdammten Selbsthilfeleute versuchen werden, sich an Anderson zu rächen, weil er uns auf seine Farm gelassen hat. Stellt euch mal vor, er hätte uns nicht aufgenommen. Wir würden jetzt in der ganzen verteufelten Gegend herumgestoßen. Anderson ist ein netter Mann. Wir sollten nicht zulassen, daß ihm jemand etwas zuleide tut.«

»Es ist gar niemand in der Nähe«, verteidigte sich einer. »Liebe Zeit, Mister, wir können doch nicht die ganze Nacht aufbleiben. Wir haben schließlich den ganzen Nachmittag Posten geschoben.«

»Meinetwegen«, rief Mac zornig. »Dann laßt sie halt den Hof überfallen. Dann schmeißt uns Anderson hinaus. Und wo sind wir dann?«

»Wir machen uns drunten beim Fluß ein Lager, Mister.«

»Das denkst du dir so. Sie würden dich so rasch über die Bezirksgrenze befördern, daß dir der Arsch raucht. Das weißt du genau!«

Einer der Männer erhob sich umständlich. »Der Bursche hat recht«, sagte er. »Wir schleichen hier besser ab. Meine Alte sitzt drüben im Lager. Ich möchte nicht gerne, daß sie in Schwierigkeiten gerät.«

»Gut. Bildet eine Kette«, schlug Mac vor. »Laßt keinen durch. Ihr wißt, was sie mit dem jungen Anderson gemacht haben – haben seinen Lunchwagen verbrannt, haben Al verprügelt.«

»Al hat immer ein prima Ragout serviert«, sagte einer. Sie standen müde auf. Als sie alle die Scheune verlassen hatten, blies Mac die Lampe aus. »Selbsthilfeleute schießen mit Vorliebe auf Lampen«, erklärte er. »Sowas wagen sie. Es ist besser, wir sagen auch Anderson, er soll die Vorhänge zuziehen.«

Die Wachen verschwanden einer nach dem andern im Dunkel. Jim fragte: »Glaubst du, sie werden jetzt Wache halten, Mac?« fragte er.

»Ich wollte, ich könnte es glauben. Ich glaube, sie liegen nach zehn Minuten wieder in der Scheune. In der Armee können sie eine Wache, die einschläft, erschießen. Wir können nichts tun als reden. Gott, diese Hilflosigkeit macht mich ganz krank. Wenn wir nur Gewehre hätten. Wenn wir nur strafen dürften, um die Disziplin zu wahren.« Die Schritte der Wachen verhallten im Dunkel. Mac sagte: »Ich werde sie noch einmal ausgraben, bevor wir weggehen.« Sie schritten zum Kücheneingang und klopften an. Bellen und Knurren von Hunden antwortete ihnen. Sie konnten die Hunde drinnen umherspringen hören und Anderson, der sie beruhigte. Die Türe öffnete sich einen Spalt. »Wir sind's, Mr. Anderson.«

»Kommt herein«, sagte er mißmutig.

Die Vorstehhunde fuhren hin und her, wedelten mit ihren dünnen, gertenähnlichen Schwänzen und winselten vor Freude. Mac bückte sich, tätschelte beide und zog sie am Halsband. »Sie sollten die Hunde draußen lassen, Mr. Anderson, als Wächter«, sagte er. »Es ist so dunkel, daß die Wachen nichts sehen können. Aber die Hunde würden jeden Eindringling riechen.«

Al lag auf einem Feldbett beim Ofen. Er sah blaß und schwach aus. Er schien abgemagert, denn das Fleisch hing lose über die Backenknochen. Er lag flach auf dem Rücken, und der eine Arm war ihm vor die Brust geschnürt. Der Arzt saß auf einem Stuhl neben dem Bett.

»Abend, Al«, sagte Mac ruhig. »Wie steht's, Junge?«

Die Augen leuchteten auf. »O. K.«, sagte Al. »Es tut gehörig weh. Der Doktor sagt, ich werde einige Zeit liegen müssen.« Mac beugte sich über das Bett und ergriff Al's heile Hand. »Nicht zu fest«, sagte Al rasch. »Auf dieser Seite sind ein paar Rippen gebrochen.«

Anderson stand daneben; seine Augen brannten. »Da sehen Sie's«, sagte er. »Da sehen Sie, wohin es führt. Der Lunchwagen verbrannt, Al verwundet, da sehen Sie's.«

»Oh, um Himmels willen, Papa«, sagte Al schwach, »fang nicht wieder an. Sie nennen dich Mac, nicht wahr?«

»Richtig.«

»Also, hör mal, Mac. Glaubst du, ich könnte Parteimitglied werden?«

»Meinst du, du willst Aktiver werden?«

»Ja. Glaubst du, sie nehmen mich?«

»Ich glaube –«, sagte Mac langsam. »Ich gebe dir eine Anmeldekarte. Warum willst du denn Mitglied werden, Al?«

Das massige Gesicht verzog sich zu einer Grimasse. Al warf den Kopf zurück und vorwärts. »Ich habe nachgedacht«, sagte er. »Seit sie mich zusammengehauen haben, denke ich nach. Ich kann diese Kerle nicht vergessen, mein brennendes Wägelchen und wie sie mit den Füßen auf mir rumgetrampelt sind; und die beiden Polizisten, die an der Ecke aufpassen und sich nicht rühren! Ich kann das nicht vergessen.«

»Und darum willst du dich uns anschließen, he, Al?«

»Ich will gegen sie sein«, schrie Al. »Ich will mein Leben lang gegen sie kämpfen. Ich will auf der anderen Seite stehen.«

»Sie werden dich nur noch mehr verprügeln, Al. Ich sag's dir gerade heraus. Sie werden dir alle Knochen im Leib zerschlagen.«

»Sollen sie doch. Das ist mir dann gleich, wenn ich gegen sie kämpfe, verstehst du? Aber einfach so, ich mit meinem Lunchwägelchen, und hin und wieder helfe ich einem armen Schlucker aus –« Seine Stimme erstickte, und Tränen drangen aus seinen Augen.

Dr. Burton berührte ihn leicht an der Wange. »Sprich nicht so viel, Al.«

»Ich sorge dafür, daß du eine Antragskarte bekommst«, sagte Mac. Und er fuhr fort: »Bei Gott, es ist komisch. Ein Bursche nach dem anderen wird uns von einem Polizeiknüppel in unsere Reihen geprügelt. Jedesmal, wenn sie wieder eine Schar zusammengehämmert haben, laufen bei uns eine Handvoll Anmeldungen ein. In Los Angeles gibt es einen Überfall-Polizisten, der uns mehr Mitglieder schickt als unsere eigenen Werber. Und die verdammten Narren haben noch nicht einmal so viel Verstand, um das einzusehen. O. K., Al. Du bekommst deine Antragskarte. Ich weiß nicht, ob was daraus wird, aber an mir soll's nicht fehlen.« Er tätschelte Al's gesunden Arm. »Hoffentlich wirst du aufgenommen. Du bist ein braver Kerl, Al. Sei mir nicht böse wegen des Wagens.«

»Keine Spur. Ich weiß schon, auf wen ich böse bin, Mac.«

Burton sagte: »Gönn dir Ruhe, Al. Du hast sie nötig.«

Anderson war im Zimmer umhergeflattert. Die Hunde umkreisten ihn unablässig, steckten witternd ihre lederfarbenen Nasen in die Luft und wedelten mit ihren steifen, gertenähnlichen Schwänzen. »Nun, ich hoffe, ihr seid zufrieden«, sagte er fassungslos. »Ihr macht alles hin, was ich habe. Ihr nehmt mir sogar Al. Hoffentlich habt ihr viel Freude daran.«

Jim unterbrach ihn: »Machen Sie sich keine Sorgen, Mr. Anderson. Ihr Haus wird bewacht. Sie sind der einzige im ganzen Tal, dessen Äpfel gepflückt sind.«

Mac fragte: »Wann bringen Sie die Äpfel fort?«

»Übermorgen.«

»Möchten Sie Wachen für die Lastwagen?«

»Ich weiß nicht«, sagte Anderson bekümmert.

»Ich denke, es ist besser, wir setzen Wachen auf die Lastwagen«, sagte Mac, »nur für den Fall, daß jemand versuchen sollte, Ihre Ernte vorzeitig auszuladen. Wir wollen jetzt aufbrechen. Gute Nacht, Mr. Anderson. Nacht, Al. Irgendwie bin ich froh, daß es passiert ist.«

Al lächelte. »Nacht, ihr beiden. Vergiß die Karte nicht, Mac.«

»Bestimmt nicht. Es ist besser, Sie ziehen die Vorhänge zu, Mr. Anderson. Ich glaube nicht, daß man bei Ihnen durchs Fenster schießen wird, aber man kann nie wissen; sie haben das andernorts auch schon getan.«

Die Tür schloß sich augenblicklich hinter ihnen. Der Lichtfleck auf dem Boden, den das Fenster warf, verschwand, als der Vorhang zugezogen wurde. Mac tastete sich zum Gartentor, und als sie draußen waren, schloß er es hinter sich. »Wartet hier einen Augenblick«, sagte er. »Ich will noch mal nach den Wachen sehen.« Er trat ins Dunkel.

Jim stand neben dem Doktor. »Gib gut acht auf deine Schulter«, riet ihm Burton. »Sonst könntest du später Schwierigkeiten damit bekommen.«

»Es macht mir nichts aus, Doktor. Ich bin irgendwie froh, daß ich das habe.«

»Ja, ich habe mir schon gedacht, es könnte so stehen.«

»Es könnte wie stehen?«

»Ich meine, in deinen Augen ist etwas Religiöses, Jim. Das ist mir bei euch Jungens schon öfter begegnet.«

Jim flammte auf: »Was Religiöses ist es bestimmt nicht. Ich habe für Religion nichts übrig.«

»Nein. Das wird wohl so sein. Laß dich nicht durch mich irritieren, Jim. Ich darf dich nicht mit Bezeichnungen verwirren. Du lebst ein gutes Leben, gleichgültig, wie du das nennen willst.«

»Ich bin glücklich«, sagte Jim. »Zum erstenmal glücklich. Ich fühle mich von etwas erfüllt.«

»Ich weiß. Erhalte es lebendig. Es ist eine Vision des Himmels.«

»Ich glaube nicht an den Himmel«, sagte Jim. »Ich glaube nicht an Religion.«

»Schön, ich will nicht mit dir streiten. Ich bin nicht ganz so neidisch, Jim, wie man sich denken könnte, denn manchmal liebe ich die Menschen ebensosehr wie du, vielleicht nicht ganz auf die gleiche Weise.«

»Geht es dir manchmal auch so, Doktor? So als ob ganze Kolonnen in dich hineinmarschierten? Und selber umfängt man sie.«

»Ja, so ähnlich. Besonders wenn sie was Dummes getan haben, wenn jemand Fehler begangen hat und dafür gestorben ist. Ja, das hab' ich schon erlebt, Jim – ziemlich häufig.«

Sie hörten Macs Stimme. »Wo seid ihr beide? Es ist so verdammt finster.«

»Hier sind wir.« Sie gingen zu ihm hinüber, und alle drei traten sie in den Baumgarten, unter die schwarzen Bäume.

»Die Wachen waren nicht in der Scheune«, sagte Mac. »Sie waren auf ihren Posten. Vielleicht halten sie durch.«

Weit draußen auf der Straße hörten sie das Brummen eines Lastwagens, der sich näherte. »Anderson tut mir leid«, sagte Burton ruhig. »Alles, was er achtet, alles, was er fürchtet, kehrt sich gegen ihn. Ich bin gespannt, was er tun wird. Sie werden ihn natürlich von hier vertreiben.«

Mac sagte rasch: »Wir können es nicht ändern, Doktor. Er ist nun mal der eine, der für die vielen geopfert wird. Einer muß zugrunde gehen, wenn die ganze Schar aus dem Schlachthof entkommen soll. Wir können uns keine Gedanken darüber machen, was einem einzigen geschieht. Es ist notwendig, Doktor.«

»Ich habe weder eure Motive noch eure Ziele in Frage gestellt. Ich habe nur gesagt, der arme Alte tut mir leid. Er hat seine Selbstachtung verloren. Das ist bitter für ihn, glaubst du nicht, Mac?«

»Ich kann mir nicht die Zeit nehmen, um über die Gefühle eines einzelnen nachzudenken«, sagte Mac scharf. »Ich bin zu sehr beschäftigt mit großen Scharen von Menschen.«

»Es war etwas anderes bei dem kleinen Kerl, der erschossen wurde«, fuhr der Doktor nachdenklich fort. »Was er tat, tat er gerne. Er hatte es gar nicht anders gewollt.«

»Doktor, du brichst mir noch das Herz«, sagte Mac gereizt. »Verlier dich nicht in einem Haufen sentimentaler Narreteien. Wir müssen ein Ziel erreichen; es ist ein sehr wirkliches Ziel; es hat nichts zu tun mit Leuten, die ihre Achtung verloren haben. Es geht darum, daß Leute Brot in den Magen kriegen. Es ist etwas Wirkliches, nicht irgend so eine hochtrabende Idee von dir. Wie geht's dem alten Knaben mit der gebrochenen Hüfte?«

»Also gut, sprechen wir von etwas anderem. Der Alte wird giftig wie ein Skorpion. Ganz zuerst drehte sich alles um ihn; eine Zeitlang kam er sich sehr wichtig vor, und jetzt ist er wild, weil die Leute ihm nicht mehr zuhören kommen.«

»Ich gehe ihn morgen mal besuchen«, sagte Jim. »Er war irgendwie ein netter alter Kerl.«

Mac schrie: »Still! Hat der Lastwagen nicht angehalten?«

»Ich glaube auch. Es klang, als hielte er beim Lager an.«

»Was zum Teufel kann das sein? Kommt, beeilen wir uns. Paßt wegen der Bäume auf.« Sie hatten erst ein kurzes Stück zurückgelegt, als der Lastwagen aufheulte, das Getriebe knirschte und das Brummen sich wieder entfernte. Das Geräusch schwand in die Ferne, bis es in der Stille versank. »Ich hoffe, es bedeutet nichts Schlechtes«, sagte Mac.

Sie trabten aus dem Baumgarten und durchquerten die Lichtung. In Londons Zelt brannte noch die Lampe, und eine Anzahl Männer bewegten sich in der Nähe. Mac stürzte darauf zu, warf die Eingangsplane auf und trat ein. Auf dem Boden lag eine lange, rohe Kiefernholzkiste. London saß auf einer Kiste und starrte trübsinnig die Ankömmlinge an. Das Mädchen schien sich auf ihre Matratze zu ducken, während Londons dunkelhaariger, blasser Sohn neben ihr saß und ihr Haar streichelte. London wies mit dem Daumen nach der Kiste. »Was zum Teufel soll ich damit tun?« fragte er. »Das Mädchen hat sich halb zu Tode erschrocken. Ich kann das Ding nicht hier behalten.«

»Joy?« fragte Mac.

»Ja. Sie haben ihn eben gebracht.«

Mac zog an seiner Lippe und betrachtete den Sarg. »Wir könnten ihn hinausstellen. Oder deine Kinder schlafen heute nacht im Krankenzelt, und wir lassen ihn hier – das heißt, wenn er dir nicht Angst macht, London.«

»Mich läßt es ganz kalt«, behauptete London. »Er ist auch nur ein Arbeiter. Ich habe schon oft welche gesehen.«

»Gut, dann lassen wir ihn hier. Jim und ich bleiben. Er war unser Freund.« Hinter ihnen lachte der Doktor leise. Mac wurde rot und fuhr herum. »Und wenn du auch recht hättest, Doktor – was dann? Ich kannte den Kleinen.«

»Ich habe nichts gesagt«, sagte Burton.

London sprach leise mit dem Mädchen und dem schwarzhaarigen Jungen, und augenblicklich verließen sie das Zelt, wobei das Mädchen ihr Schultertuch eng um sich und das Kind raffte.

Mac setzte sich auf das eine Ende der langgestreckten Kiste und rieb mit seinem Zeigefinger das Holz. Die grobe Kiefermaserung schlängelte sich wie Bächlein darüber. Jim stand hinter Mac und starrte über dessen Schulter. London ging ängstlich im Zelt umher, und seine Augen mieden den Sarg. Mac sagte: »Der Bezirk liefert ja ein nettes Stück Arbeit.«

»Was erwartest du denn, ohne Geld?« fragte ihn London.

»Oh, für mich selber wünsche ich mir nichts als einen Holzstoß, einfach ein Feuer, um mich zu beseitigen, damit ich nicht herumliege.« Er stand auf, betastete seine hintere Hosentasche und brachte ein großes Messer zum Vorschein. Eine der Klingen war als Schraubenzieher zu gebrauchen. Er setzte sie an einem Schraubenkopf im Sargdeckel an und drehte.

London schrie: »Wofür willst du ihn denn öffnen? Das ist nicht gut. Laß ihn in Ruhe.«

»Ich will ihn sehen«, sagte Mac.

»Wozu? Er ist tot – er ist ein Klumpen Erde.«

Der Doktor sagte leise: »Manchmal kommt mir vor, ihr Realisten seid die sentimentalsten Leute der Welt.«

Mac schnaubte und legte die Schraube vorsichtig auf den Boden. »Wenn du meinst, das sei Sentimentalität, bist du schief gewickelt, Doktor. Ich will sehen, ob es gut wäre, ihn morgen den Leuten zu zeigen. Irgendwie müssen wir ihnen ein bißchen Saft einspritzen. Sie verfaulen ja stehenden Fußes.«

Burton sagte: »Spaß mit Leichen, hm?«

Jim bekräftigte ernsthaft: »Wir müssen jedes Mittel benützen, Doktor. Wir müssen jede Waffe gebrauchen.«

Mac sah anerkennend zu ihm auf. »Das ist die Meinung. So ist es nun mal. Wenn Joy noch nach seinem Tode was leisten kann, dann muß er es tun. Private Gefühle gibt es in dieser Masse keine. Es kann keine geben. Und so etwas wie guter Geschmack besteht nicht, vergiß das nicht.«

London stand still, hörte zu und nickte mit seinem dicken Kopf langsam auf und nieder. »Recht habt ihr«, stimmte er zu. »Seht euch Dakin an. Er ließ sich wegen seines verdammten Lastwagens in Wut bringen. Ich habe gehört, morgen kommt er vor Gericht – wegen Körperverletzung.«

Mac drehte rasch die Schrauben heraus und legte sie in einer Reihe auf den Boden. Der Deckel klemmte. Er trat ihn mit dem Absatz los.

Joy sah flach und klein und peinlich sauber aus. Er hatte ein sauberes blaues Hemd und seine speckigen Jeans an. Die Arme waren ihm steif über den Magen gefaltet. »Außer einem Schuß Formaldehyd haben sie ihm nichts geschenkt«, sagte Mac. Auf Joys Wangen wuchsen Stoppeln, die sich sehr dunkel von der grauen, wächsernen Haut abhoben. Das Gesicht war gefaßt und ruhig. Die nagende Bitterkeit war aus ihm verschwunden.

»Er sieht friedlich aus«, bemerkte Jim.

»Ja«, sagte Mac. »Das ist es ja eben. Es wird nichts nützen, ihn zu zeigen. Er sieht so zufrieden aus, daß sich die Leute am liebsten gleich zu ihm legen würden.« Der Doktor kam heran und sah einen Augenblick in den Sarg. Dann ging er und setzte sich auf eine Kiste. Seine traurigen Augen hefteten sich auf Macs Gesicht. Mac starrte noch immer auf Joy. »Er war so ein braver kleiner Kerl«, sagte er. »Er wollte nichts für sich. Er war ja nicht gerade sehr hell. Aber irgendwie schien es ihm, daß etwas faul sei. Er sah nicht ein, weshalb Nahrungsmittel auf dem Abfallhaufen verfaulen sollten, während es Leute gab, die hungerten. Der arme kleine Narr, er konnte das nie begreifen. Und er setzte es sich in den Kopf, daß er dem abhelfen wolle. Ich möchte wohl wissen, wieviel er wirklich geholfen hat. Es ist furchtbar schwer zu sagen. Vielleicht gar nichts – vielleicht sehr viel. Es läßt sich nicht entscheiden.« Macs Stimme hatte zu flackern begonnen. Des Doktors Augen verharrten auf seinem Gesicht, und des Doktors Mund lächelte ein seltsames, halb sardonisches, halb freundliches Lächeln.

Jim warf dazwischen: »Joy fürchtete sich vor nichts.«

Mac hob den Sargdeckel auf und legte ihn wieder an Ort und Stelle. »Ich weiß nicht, warum wir ihn immer den ›armen kleinen Kerl‹ nennen. Er war gar nicht arm. Er übertraf sich selbst. Er wußte es nicht – er kümmerte sich nicht darum. Aber immer war in ihm eine Art Ekstase, sogar wenn sie ihn schlugen. Und Jim sagt ganz richtig, er fürchtete sich nicht.« Mac hob eine Schraube auf, steckte sie in ihr Loch und drehte sie mit dem Messer fest.

London sagte: »Das hört sich wie eine Rede an. Vielleicht ist es besser, du hältst die Rede. Ich verstehe mich nicht aufs Reden. Das war eine schöne Rede. Sie hörte sich gut an.«

Mac sah schuldbewußt auf und suchte in Londons Gesicht nach Sarkasmus, fand aber keinen. »Das war keine Rede«, sagte er ruhig. »Vielleicht hätte es eine sein können, aber es war keine. Es war, als hätte ich ihm gesagt, daß er nicht vergebens gelebt hat.«

»Warum hältst du morgen die Rede nicht selber? Du verstehst dich darauf.«

»Zum Teufel, nein. Du bist der Anführer. Die Leute würden es krumm nehmen, wenn ich große Töne machte. Sie erwarten es von dir.«

»Und was soll ich sagen?«

Mac trieb die Schrauben hinein, eine nach der andern. »Sag ihnen das übliche Zeug. Sag ihnen, Joy sei für sie gestorben. Sag ihnen, er habe ihnen helfen wollen, und das Beste, was sie für ihn tun könnten, sei, sich selber zu helfen, indem sie zusammenhalten. Siehst du?«

»Ja, ich sehe.«

Mac stand auf und betrachtete das gemaserte Holz des Deckels. »Hoffentlich versucht uns jemand aufzuhalten«, sagte er. »Hoffentlich kommen uns einige von diesen verdammten Selbsthilfeleuten in die Quere. Herrgott, ich hoffe, sie versuchen, uns daran zu hindern, durch die Stadt zu ziehen.«

»Ja, ich verstehe«, sagte London.

Jims Augen glühten. Er wiederholte: »Ich hoffe es.«

»Die Leute werden kämpfen wollen«, fuhr Mac fort. »Sie werden zutiefst verletzt sein. Sie werden was kaputtschlagen wollen. Diese Selbsthilfeleute haben nicht viel Verstand; hoffentlich sind sie blöde genug, morgen Stunk zu machen.«

Burton erhob sich müde von seiner Kiste und kam auf Mac zu. Er berührte ihn leise an der Schulter. »Mac«, sagte er, »du bist das verrückteste Gemisch von Grausamkeit und Hausfrauensentimentalität, von klarer Einsicht und rosaroter Brille, das mir je vorgekommen ist. Ich verstehe nicht, wie du es fertigbringst, das alles auf einmal zu sein.«

»Quatsch«, sagte Mac.

Der Doktor gähnte. »Gut, lassen wir es bei ›Quatsch‹. Ich gehe schlafen. Du weißt, wo du mich finden kannst, wenn du mich brauchst; aber ich hoffe nur, du brauchst mich nicht.«

Mac sah rasch zum Zeltdach auf. Dicke, träge Tropfen fielen auf die Leinwand. Einer – zwei – drei und dann ein Dutzend; mit leisem Getrommel beklopften sie das Zelt. Mac seufzte. »Ich hatte so gehofft, es würde nicht regnen. Jetzt werden die Burschen bis morgen früh ersoffenen Ratten gleichen. Sie werden nicht mehr Rasse haben als Meerschweinchen.«

»Ich gehe trotzdem schlafen«, sagte der Doktor. Er ging hinaus und schloß das Zelt hinter sich.

Mac ließ sich auf den Sarg sinken. Das Trommeln wurde rascher. Draußen riefen die Männer einander zu, und der Regen trübte ihre Stimmen. »Es wird im ganzen Lager wohl kein Zelt geben, das nicht undicht ist«, sagte Mac. »Herrgott, warum muß uns immer ein Strich durch die Rechnung gemacht werden, kaum daß sich ein Lichtblick zeigt? Warum bekommen wir immer eins aufs Dach – immer?«

Jim setzte sich behutsam neben ihn auf die lange Kiste. »Mach dir keine Sorgen, Mac. Manchmal kämpft einer nur um so hartnäckiger, wenn es ihm so richtig hundeelend zumute ist. So ging es jedenfalls mir, als meine Mutter starb und nicht einmal mit mir reden wollte. Es war mir so hundeelend, daß ich alles aufs Spiel gesetzt hätte. Mach dir nur keine Sorgen.«

Mac fuhr ihn an: »Verstehst du's wieder besser? Ich werde wild, wenn du mich zu oft bloßstellst. Geh und leg dich dort auf die Matratze des Mädchens. Du hast einen bösen Arm. Er muß jetzt sicher weh tun.«

»Er brennt schon ein bißchen.«

»Also, leg dich dort hin. Versuch zu schlafen.« Jim wollte protestieren, und dann ging er zu der Matratze auf dem Boden und streckte sich auf ihr aus. Der Schmerz der Wunde pulste den Arm hinunter und quer über die Brust. Er hörte, wie der Regen zunahm, bis er wie ein Besen über die Leinwand fegte. Er hörte die dicken Tropfen ins Innere des Zelts fallen, und dann, als eine Stelle in der Mitte des Zeltes leckte, hörte er die schweren Tropfen auf die Sargkiste klatschen.

Mac saß noch immer daneben und hielt den Kopf in den

Armen. Und Londons Augen starrten immerzu in die Lampe, wie die schlaflosen Augen eines Luchses. Das Lager hatte sich wieder beruhigt, und der Regen fiel stetig aus einem windstillen Himmel. Es dauerte nicht lange, bis Jim in einen brennenden Schlaf fiel. Der Regen strömte Stunden und Stunden nieder. Das Lampenlicht am Zeltpfosten wurde gelb und strahlte nicht mehr. Ein blaues Flämmchen flackerte eine Weile und ging dann aus.

## 12

Jim kam es vor, als erwache er in einer Kiste. Seine eine Seite war ganz in schmerzhafte Steife eingeschreint. Er öffnete die Augen und sah sich im Zelt um. Eine graue, leblose Morgendämmerung war angebrochen. Der Sarg lag noch immer am alten Platz, aber Mac und London waren gegangen. Er hörte das Klopfen, das ihn geweckt haben mußte: Hämmer auf Holz. Eine Zeitlang lag er ruhig da und blickte sich im Zelt um, aber schließlich versuchte er, sich aufzusetzen. Die Kiste aus Schmerz hielt ihn fest. Er wälzte sich herum, stemmte sich auf die Knie und stand auf, wobei er seine verletzte Schulter hängen ließ, um sie vor jeder Anspannung zu bewahren.

Der Zelteingang wurde aufgeschlagen, und Mac trat ein. Sein blauer Arbeitskittel glänzte vor Feuchtigkeit. »Morgen, Jim. Du hast etwas schlafen können, nicht wahr? Wie geht's mit dem Arm?«

»Steif«, sagte er. »Regnet es immer noch?«

»Ein elender Sprühregen. Der Doktor kommt gleich nach deiner Schulter sehen. Herrgott, naß ist es draußen! Sobald die Leute ein bißchen herumlaufen, wird es ein einziger Morast sein.«

»Was ist das für ein Klopfen?«

»Wir sind daran, das Podium für Joy zu bauen. Sogar eine alte Fahne haben wir aufgetrieben, die wir über den Sarg legen können.« Er hielt ein kleines, unansehnliches Stoffpaket empor und entrollte es: ein fadenscheiniges und fleckiges amerikanisches Fahnentuch. Er breitete es sorgfältig über den

Sarg. »Nein«, sagte er. »Ich glaube, das ist falsch. Das Sternenfeld sollte links über der Brust liegen, nicht wahr? So?«

»Es ist eine lausige, dreckige Fahne«, sagte Jim.

»Ich weiß, aber sie wird sich großartig machen. Der Doktor sollte jetzt jeden Augenblick hier sein.«

»Ich habe einen Mordshunger«, sagte Jim.

»Wer hat den nicht? Wir bekommen gleich Haferflocken zum Frühstück, einfach so, ohne was, keinen Zucker, keine Milch – einfach Haferflocken.«

»Sogar das hört sich gut an, für meine Ohren. Du scheinst heute morgen weniger bedrückt zu sein, Mac.«

»Ich? Ja, die Burschen sind nicht ganz so niedergeschlagen, wie ich's mir vorgestellt hatte. Die Frauen schlagen Lärm, aber die Männer sind in ziemlich guter Verfassung, wenn man alles bedenkt.«

Burton stürmte herein. »Wie fühlst du dich, Jim?«

»Es tut ziemlich weh.«

»Setz dich mal hierher. Ich will dich frisch verbinden.«

Jim setzte sich auf eine Kiste und machte sich auf Schmerzen gefaßt, aber der Arzt arbeitete geschickt; er entfernte den alten Verband und legte einen neuen an, ohne ihm weh zu tun. »Der alte Dan ist sehr aufgeregt«, sagte er. »Er hat Angst, er werde nicht zum Begräbnis mitgenommen. Er sagt, er habe den Streik angefangen und jetzt vergesse man ihn einfach.«

Mac fragte: »Glaubst du, wir können ihn auf einen Lastwagen verladen und mitnehmen, Doktor? Wenn es möglich wäre, gäbe es ein großartiges Aufsehen.«

»Es ist möglich, Mac, aber es würde ihm höllisch weh tun, und es kann zu Komplikationen führen. Er ist ein alter Mann. Halt still, Jim. Ich bin fast fertig. Nein, ich will euch sagen, was wir tun können. Wir sagen ihm, wir nehmen ihn mit, und wenn wir ihn dann wirklich aufheben, wird er uns bitten, ihn liegen zu lassen. Es ist lediglich sein Stolz, der verletzt ist. Er findet, Joy habe ihn um seine Wirkung gebracht.« Er strich den fertigen Verband zurecht. »So ist es besser, Jim. Wie fühlt es sich jetzt an?«

Jim bewegte seine Schulter vorsichtig. »Besser. Ja, so ist's viel besser.«

Mac sagte: »Warum gehst du den alten Knaben nach dem Essen nicht mal besuchen, Jim? Er ist doch ein Freund von dir.«

»Das könnte ich tun.«

Burton erklärte: »Er ist ein bißchen niedergeschlagen, Jim. Reize ihn nicht. Die ganze Aufregung ist ihm ein bißchen in den Kopf gestiegen.«

Jim sagte: »Klar. Ich werde schon mit ihm fertig.« Er stand auf. »Übrigens, das sitzt wirklich viel besser.«

»Gehen wir unsern Haferbrei holen«, sagte Mac. »Wir müssen mit dem Begräbnis rechtzeitig beginnen, damit wir möglichst den Mittagsverkehr in der Stadt blockieren.«

Der Doktor höhnte: »Immer menschenfreundlich. Herrgott, bist du eine Giftspritze, Mac. Wenn ich an der Spitze der andern Seite stände, würde ich dich herauspicken und erschießen.«

»Das werden sie eines Tages wohl auch tun«, erwiderte Mac. »Alles andere haben sie schon mit mir gemacht.«

Sie verließen einer nach dem anderen das Zelt. Draußen war die Luft erfüllt von winzigen Tröpfchen fallenden Wassers, einem grauen, nebligen Sprühregen. Die Obstbäume waren nur undeutlich wie hinter einem grauen Gazevorhang sichtbar. Jim blickte die Gasse durchnäßter Zelte hinunter. Die Wege waren von den Füßen der umhergehenden Leute bereits zu schlammigem Kot aufgewühlt, und die Leute gingen dauernd umher, denn es gab keine trockne Stelle, wo sie sich hätten setzen können. Schlangen von Männern warteten vor den Toiletten am Ende der Gassen, bis die Reihe an sie kam.

Burton, Mac und Jim schritten auf die Kochherde zu. Dikker blauer Rauch von nassem Holz quoll aus den Ofenrohren. Auf den Herdplatten brodelten die Waschkessel voll Haferbrei, und die Köche rührten mit langen Stöcken um. Jim spürte, wie ihm der Nebel den Hals hinunterkroch. Er zog die Jacke fester um sich und machte den obersten Knopf zu. »Ich habe ein Bad nötig«, sagte er.

»Gut, nimm ein Schlammbad. Das ist die einzige Möglichkeit. Da, ich habe dir deinen Eßnapf mitgebracht.«

Sie stellten sich an das Ende der Schlange, die vor dem Kochherd wartete. Die Köche füllten die Gefäße mit Haferbrei, während einer nach dem andern vorbeizog. Jim schaufelte einen Mund voll auf seinen Eßspatel und blies ihn kalt. »Es schmeckt gut«, sagte er. »Ich muß wohl am Verhungern sein.«

»Jedenfalls solltest du es sein, falls du es nicht wärest. London überwacht den Bau des Podiums. Komm mit, wir gehen hinüber.« Sie tappten durch den Schlamm, indem sie, wo immer sich unbegangener Boden zeigte, die Spuren möglichst vermieden. Hinter den Kochherden stand das neue Podium, eine kleine Bühne aus alten Zaunlatten und Grabenplanken. Sie erhob sich etwa einen Meter über den Boden. London war eben daran, ein Geländer aufzunageln. »Morgen«, sagte er. »Wie hat das Frühstück geschmeckt?«

»Heute morgen würde uns sogar gebackener Dreck schmecken«, sagte Mac. »Das war der Rest, nicht wahr?«

»Jawohl. Wenn das aufgegessen ist, haben sie nichts mehr.«

»Vielleicht hat Dick heute mehr Glück«, munterte ihn Jim auf. »Warum läßt du nicht mich gehen und Essen auftreiben, Mac? Ich tue ja überhaupt nichts.«

Mac sagte: »Du bleibst gefälligst hier. Hör dir das an, London: Der Kerl ist vorgemerkt; zweimal haben sie schon versucht, ihn zu erwischen, und da will er hinaus und allein herumspazieren.«

»Sei kein verdammter Narr«, sagte London. »Wir verladen dich mit dem Sarg auf den Lastwagen. Mit dieser Verletzung kannst du nicht zu Fuß gehen. Du fährst hübsch mit dem Wagen.«

»Was zum Teufel –?« fing Jim an.

London blickte ihn finster an.

»Werde mir nicht frech«, sagte er. »Hier bin ich Chef. Wenn du dann mal der Boß bist, darfst du mir befehlen. Jetzt befehle ich.«

Jims Augen flammten rebellisch auf. Er blickte rasch zu Mac und sah, daß dieser grinste und abwartete. »O. K.«, sagte Jim. »Ich tue, was ihr für gut befindet.«

Mac sagte: »Ich habe eine Arbeit für dich, Jim. London, hör zu, ob du einverstanden bist. Jim könnte rumgehen und mit den Jungens ins Gespräch kommen. Die Stimmung abtasten. Wir sollten wissen, wie weit wir gehen können. Ich glaube, die Jungens würden Jim Vertrauen schenken.«

»Was möchtest du denn wissen?« fragte London.

»Nun, wir sollten wissen, was die Leute jetzt vom Streik halten.«

»Scheint mir in Ordnung«, sagte London.

Mac wandte sich an Jim: »Besuch den alten Dan«, sagte er. »Und dann versuche einfach, mit möglichst vielen Leuten ins Gespräch zu kommen, immer nur mit wenigen aufs Mal.

Versuche nicht, sie zu beeinflussen. Sag einfach ›ja, ja‹, bis du herausgefunden hast, was sie denken. Kannst du das, Jim?«

»Klar. Wohin haben sie den alten Dan gesteckt?«

»Schau. Siehst du dort hinten in der zweiten Reihe das Zelt, das weißer ist als die übrigen? Das ist das Krankenzelt. Ich stelle mir vor, dort drin wird der alte Dan wohl sein.«

»Jedenfalls gehe ich dort mal nachsehen«, sagte Jim. Er kratzte den Rest seines Haferbreis auf den Spatel und aß ihn. An einem Wasserbottich schöpfte er etwas Wasser, um seinen Eßnapf zu waschen, und als er an seinem kleinen, spitzen Militärzelt vorbeikam, warf er den Napf hinein. Im Zelt rührte sich etwas. Jim ließ sich auf die Knie fallen und kroch hinein. Lisa war drinnen. Sie hatte dem Kind zu trinken gegeben und bedeckte hastig ihre Brust.

»Morgen«, sagte Jim.

Sie errötete und hauchte »Morgen«.

»Ich dachte, Sie schlafen im Krankenzelt?«

»Es waren Männer dort«, sagte sie.

»Hoffentlich sind Sie hier in der vergangenen Nacht nicht naß geworden.«

Sie zupfte das Schultertuch adrett herunter. »Nein, es hat nicht durchgeregnet.«

»Wovor haben Sie Angst?« fragte Jim. »Ich tue Ihnen nichts. Ich habe Ihnen mal geholfen – Mac und ich.«

»Ich weiß. Darum.«

»Wieso: ›darum‹?«

Ihr Kopf verschwand fast unter der Wolldecke. »Sie haben mich doch – ohne Kleider gesehen«, hauchte sie.

Jim wollte auflachen, riß sich aber zusammen. »Das hat nichts zu bedeuten«, sagte er. »Deswegen sollten Sie kein schlechtes Gefühl haben. Wir mußten Ihnen helfen.«

»Ich weiß.« Ihre Augen hoben sich. »Fühle mich aber irgendwie komisch.«

»Denken Sie nicht mehr daran«, sagte Jim. »Wie geht's dem Kind?«

»Gut.«

»Stillen Sie es jede Nacht?«

»Ja.« Dann wurde ihr Gesicht dunkelrot. Sie platzte heraus: »Ich gebe ihm gern die Brust.«

»Natürlich.«

»Ich tu's gerne – weil – es ist so ein angenehmes Gefühl.« Sie versteckte ihr Gesicht. »Ich hätte es Ihnen nicht sagen sollen.«

»Warum nicht?«

»Ich weiß nicht, aber ich hätte nicht sollen. Es ist nicht – anständig, glauben Sie? Sie sagen es doch niemandem?«

»Selbstverständlich nicht.« Jim wandte den Blick ab und hinaus durch den niederen Eingang. Der Nebel schlug sich allmählich nieder. Große Tropfen glitten die steile Zeltwand hinab wie Perlen an einer Schnur. Er fuhr fort, aus dem Zelt zu starren, da er instinktiv wußte, daß das Mädchen ihn gerne anschauen wollte und nicht konnte, solange er nicht wegsah.

Ihr Blick strich über sein Gesicht, ein dunkles Profil im Gegenlicht. Sie sah die unförmige, verbundene Schulter.

»Was haben Sie am Arm?« wollte sie wissen.

Er wandte sich um, und diesmal hielten ihre Augen stand. »Ich wurde gestern angeschossen.«

»Oh. Tut es weh?«

»Ein bißchen.«

»Einfach so? Einfach angeschossen, von einem Mann?«

»Es war ein Kampf mit ein paar Streikbrechern. Einer von den Eigentümern hat mich erwischt mit einem Gewehr.«

»Sie haben gekämpft? Sie?«

»Klar.«

Ihre Augen blieben weit geöffnet. Sie schaute fasziniert in sein Gesicht. »Sie haben doch kein Gewehr, oder?«

»Nein.«

Sie seufzte. »Wer war der Kerl, der gestern abend ins Zelt kam?«

»Ein junger? Das war Dick. Er ist ein Freund von mir.«

»Er sieht aus, als ob er ein netter Bursch wäre«, sagte sie.

Jim lächelte. »Sicher, der ist O. K.«

»Aber ein bißchen frech«, sagte sie. »Joey – das ist mein Angetrauter – er mochte ihn gar nicht. Ich fand, er sei ein netter Junge.«

Jim stützte sich auf die Knie und machte sich daran, aus dem Zelt zu kriechen. »Haben Sie schon gefrühstückt?«

»Joey holt mir gerade was.« Ihre Augen waren jetzt kühner. »Gehn Sie zum Begräbnis?«

»Klar.«

»Ich kann nicht gehen. Joey sagt, ich dürfe nicht.«

»Es ist zu naß und scheußlich.« Jim kroch hinaus. »Wiedersehn. Passen Sie auf sich auf.«

»Wiedersehn.« Sie stockte: »Sagen Sie's niemandem, bitte!«

Er schaute ins Zelt zurück. »Was soll ich niemandem sagen? Ach, wegen des Kindes! Nein, ich verspreche es.«

»Wissen Sie«, erklärte sie, »Sie haben mich halt so gesehen, darum habe ich's Ihnen gesagt. Ich weiß nicht warum.«

»Ich weiß auch nicht. Wiedersehn.« Er richtete sich auf und ging fort. Nur wenige Männer waren in dem Nebel unterwegs. Die meisten Streikenden hatten ihren Brei geholt und waren in die Zelte zurückgegangen. Der Rauch der Kochstellen wirbelte nahe dem Boden entlang. Ein schwacher Wind blies den Sprühregen in einem leicht geneigten, davontreibenden Winkel einher. Als Jim an Londons Zelt vorbeikam, schaute er hinein und sah ein Dutzend Männer um den Sarg stehen, und alle blickten darauf hinunter. Jim wollte schon eintreten, aber er besann sich eines Bessern und ging die Gasse hinunter zu dem weißen Krankenzelt. Dort drinnen herrschte eine merkwürdig durchgreifende Reinlichkeit; medizinische Geräte, Verbandstoff, Jodflaschen, eine große Flasche Salz, eine Arzttasche, alles präzise auf einer großen Kiste angeordnet.

Der alte Dan lag aufgerichtet in einem Feldbett; auf dem Boden stand eine weithalsige Flasche für den Urin und ein altmodischer Nachttopf als Bettschüssel. Dem alten Dan war der Bart länger und wilder gewachsen, und seine Wangen waren noch tiefer eingefallen. Seine Augen blitzten Jim böse an. »So«, sagte er, »kommst du endlich. Ihr verdammten jungen Schnaufer holt euch, was ihr haben wollt, und dann lauft ihr einem davon.«

»Wie fühlst du dich, Dan?« fragte Jim besänftigend.

»Wen interessiert das schon? Der Doktor ist ein netter Mensch – er ist der einzige nette Mensch in diesem ganzen Lausenest.«

Jim zog sich eine Apfelkiste heran und setzte sich. »Sei nicht böse, Dan. Schau, mich hat's auch erwischt; mich haben sie in die Schulter geschossen.«

»Geschieht dir ganz recht«, sagte Dan schmollend. »Ihr Bubis könnt ja nicht einmal auf euch selber achtgeben. Es ist ein reines Wunder, daß ihr nicht alle tot über eure eignen Füße stolpert.« Jim schwieg. »Läßt mich einfach hier liegen«, schrie Dan. »Glaubst du, ich erinnere mich an nichts? Dort oben im Apfelbaum wußtest du von nichts anderem zu reden als Streik, Streik und nochmals Streik. Und wer fängt den

Streik an? Etwa du? Zum Teufel, nein. Ich fang ihn an! Denkst du, das weiß ich nicht? Ich fange ihn an, als ich mir die Hüfte breche. Und dann läßt du mich hier allein.«

»Wir wissen es, Dan. Wir wissen es alle.«

»Warum habe ich dann nichts mehr zu sagen? Ihr behandelt mich wie ein verdammtes Wickelkind.« Er gestikulierte wütend – und zuckte jäh zusammen. »Sie lassen mich einfach hier liegen, und die ganze Gesellschaft geht zu einem Begräbnis! Niemand kümmert sich um mich!«

Jim warf ein: »Das ist nicht wahr, Dan. Wir legen dich auf einen Lastwagen und nehmen dich mit, und zwar an der Spitze der ganzen Prozession.«

Dans Mund fiel auf und entblößte die vier langen Eichhörnchenzähne. Seine Hände legten sich allmählich beruhigt auf die Bettdecke. »Ehrenwort?« sagte er. »Auf einen Lastwagen?«

»Das hat unser Streikleiter gesagt. Er sagte, der eigentliche Anführer seist du, und da müßtest du mit.«

Dan blickte sehr streng. Sein Mund war würdevoll und militärisch. »Das ist nicht mehr als recht. Und er weiß es.« Er starrte auf seine Hände hinunter. Seine Augen wurden sanft und kindlich. »Ich werde sie führen«, sagte er mild. »All die Hunderte von Jahren hat den Wanderarbeitern immer ein Führer gefehlt. Ich werde sie zum Licht führen. Sie brauchen nur zu tun, was ich ihnen sage. Ich werde sagen: ›Jungens, tut dies!‹ und sie werden es tun. Und ich werde sagen: ›Ihr faulen Tröpfe, macht, daß ihr dort hinüber kommt!‹ und bei Gott, sie werden machen, denn ich kann keine faulen Tröpfe brauchen. Wenn ich was sage, dann müssen sie flitzen, aber plötzlich.« Und dann lächelte er liebevoll. »Die armen verdammten Ratten«, sagte er. »Es hat ihnen nie jemand gesagt, was sie zu tun haben. Sie hatten keinen wirklichen Führer.«

»So ist's«, pflichtete ihm Jim bei.

»Nun, von jetzt an wird's anders«, rief Dan aus. »Sag ihnen, daß ich's versprochen habe. Sag ihnen, daß ich einen Plan ausdenke. In zwei Tagen werde ich gesund und munter sein. Sag ihnen, sie sollen nur noch ein klein wenig Geduld haben, bis ich bei ihnen bin und sie führe.«

»Das will ich ihnen gerne sagen«, versprach Jim.

Dr. Burton betrat das Zelt. »Morgen, Dan. Tag, Jim. Dan, wo steckt denn der Mann, der für dich sorgen sollte?«

»Er ist fortgegangen«, sagte Dan klagend. »Er ging fort, mir mein Frühstück zu holen. Er ist nie zurückgekommen.«

»Brauchst du den Topf, Dan?«

»Nein.«

»Hat er dir den Einlauf gemacht?«

»Nein.«

»Ich muß dir einen anderen Pfleger besorgen, Dan.«

»Sag mal, Doktor, dieser junge Hüpfer hier sagt, ich solle auf einem Lastwagen zu dem Begräbnis fahren.«

»Ganz richtig, Dan. Wenn du willst, kannst du mit.«

Dan legte sich lächelnd zurück. »Es wurde auch langsam Zeit, daß sich jemand um mich kümmerte«, sagte er mit Genugtuung.

Jim erhob sich von seiner Kiste. »Auf Wiedersehen, Dan.« Burton ging mit ihm hinaus. Jim fragte: »Schnappt er über, Doktor?«

»Nein. Er ist ein alter Mann. Er hatte einen Schock. Die Knochen heilen nicht mehr gut.«

»Aber er spricht wirr.«

»Ja, der Mann, der für ihn sorgen sollte, hat meine Anweisungen nicht befolgt. Er braucht einen Einlauf. Verstopfung beschwipst die Leute manchmal; aber er ist einfach ein alter Mann, Jim. Du hast ihn sehr glücklich gemacht. Es wäre gut, wenn du ihn öfters besuchen könntest.«

»Glaubst du, er wird tatsächlich mit zum Begräbnis kommen?«

»Nein. Es würde ihm weh tun, so im Lastwagen herumgerüttelt zu werden. Wir müssen es irgendwie vermeiden. Wie fühlst du dich denn mit deinem Arm?«

»Ich habe ihn fast vergessen.«

»Fein. Sorge dafür, daß er immer schön warm hat. Es kann ekelhaft werden, wenn du nicht acht gibst. Wiedersehen. Die Leute werfen in den Toiletten einfach keine Erde nach. Die Desinfektionsmittel sind uns ausgegangen. Wir müssen unbedingt irgendein Desinfektionsmittel beschaffen – irgendeins.« Er eilte davon und brummte im Gehen leise vor sich hin.

Jim sah sich nach jemandem um, mit dem er sprechen konnte. Die Männer, deren er ansichtig wurde, gingen raschen Schrittes durch den Sprühregen von einem Zelt zum andern. Der Schlamm in den Gassen war inzwischen tief und schwarz geworden. In der Nähe stand eines der großen braunen Truppenzelte. Da er drinnen Stimmen hörte, trat Jim ein. Im trüben braunen Licht sah er ein Dutzend Männer auf ihren Decken hocken. Bei seinem Eintritt erstarb das Gespräch. Die

Männer sahen zu ihm auf und warteten. Er steckte seine Hand in die Tasche und zog den Tabakbeutel heraus, den ihm Mac gegeben hatte. »Hallo«, sagte er. Die Männer warteten noch immer ab. Jim fuhr fort: »Ich habe einen verletzten Arm. Will mir einer von euch eine Zigarette drehen?«

Ein Mann, der vor ihm saß, streckte die Hand aus, nahm den Beutel und verfertigte rasch eine Zigarette. Jim nahm sie und winkte damit in die Runde. »Laß ihn herumgehen. Sie taugen weiß Gott nicht viel in diesem Lager.« Der Beutel ging von Hand zu Hand. Ein untersetzter, kleiner Mann mit einem kurzen Schnurrbart sagte: »Setz dich her, Kleiner, auf mein Bett. Bist du nicht der, der gestern den Schuß erwischt hat?«

Jim lachte. »Ich bin einer von den beiden. Ich bin nicht der Tote. Ich bin der, der davongekommen ist.«

Sie lachten verständnisvoll. Ein hohlwangiger Mann mit glänzenden Backenknochen unterbrach das Gelächter. »Warum begraben sie den Kleinen heute?«

»Warum nicht?« fragte Jim.

»Ja, jedermann wartet doch drei Tage.«

Der kleine Dicke blies einen Rauchstrahl aus. »Wenn einer tot ist, ist er tot.«

Der Hohlwangige sagte düster: »Und wenn er gar nicht tot wäre? Und wenn er bloß irgendeinen Zustand hätte? Und wenn wir ihn lebendig begrüben? Ich finde, wir sollten drei Tage warten, wie andere Leute auch.«

Eine glatte, sarkastische Stimme antwortete. Jim sah einen hochgewachsenen Mann mit einer weißen, faltenlosen Stirn. »Nein, der schläft nicht«, sagte der Mann. »Da kannst du ganz sicher sein. Wenn du wüßtest, was ein Leichenbestatter macht, wärest du ganz sicher, daß er nicht irgendeinen ›Zustand‹ hat.«

Der Hohlwangige sagte: »Es wäre ja möglich. Ich sehe keinen Grund, ein Risiko einzugehen.«

Der Weißstirnige höhnte: »Na, wenn der mit den Adern voll Formalin schlafen kann, muß er einen verdammt gesunden Schlaf haben.«

»Machen sie das mit ihnen?«

»Jawohl. Ich habe einen gekannt, der bei einem Leichenbestatter gearbeitet hat. Er erzählte mir Dinge, die ihr mir nicht glauben würdet.«

»Ich möchte sie lieber nicht hören«, sagte der Hohlwangige. »Es ist nicht gut, so zu reden.«

Der Dicke fragte: »Wer war der kleine Kerl eigentlich? Ich

habe gesehen, wie er versuchte, die Streikbrecher herumzubringen, und dann sah ich, wie er anfing, auf uns zuzukommen, und dann, paff! und schon liegt er.«

Jim hielt seine kalte Zigarette einen Augenblick an die Lippen. »Ich habe ihn gekannt. Er war ein netter kleiner Kerl. Er war eine Art Arbeiterführer.«

Der Weißstirnige sagte: »Es scheint ein Kopfgeld auf Arbeiterführer ausgesetzt zu sein. Sie werden alle nicht alt. Schaut euch diese Klapperschlange an, den Sam. Er behauptet, er sei ein Hafenarbeiter. Ich wette, der ist innerhalb von einem halben Jahr tot.«

Ein dunkelhaariger Junge fragte: »Und London? Glaubst du, sie werden ihn wie Dakin fangen?«

Der Hohlwangige: »Nein, bei Gott. London weiß sich in acht zu nehmen. London hat Köpfchen.«

Der Weißstirnige: »Wenn London Köpfchen hat, warum zum Teufel sitzen wir dann hier herum? Dieser Streik ist faul. Jemand zieht Geld daraus. Wenn es hart auf hart geht, wird jemand gegen Bezahlung aussteigen, und wir können den Kopf hinhalten.«

Ein breitschultriger, muskulöser Mann stemmte sich auf die Knie und kauerte da wie ein Tier. Er bleckte knurrend die Zähne, und seine Augen flammten rot. »Das genügt, du Zehnmalkluger«, sagte er. »Ich kenne London schon lange. Wenn du behaupten willst, London lasse sich bestechen, dann kommen ich und du hintereinander, und zwar jetzt! Ich weiß nichts von diesem Streik hier. Ich bin dabei, weil London sagt, er ist O.K. Aber laß du deine Sprüche bleiben.«

Der Weißstirnige sah ihm kalt ins Gesicht. »Du scheinst mir ziemlich hitzig.«

»Jedenfalls hitzig genug, um dir einzuheizen, Mister.«

»Hört auf«, mischte sich Jim ein. »Warum sollen wir untereinander streiten? Wenn ihr streitlustig seid, so werdet ihr bald alle auf eure Rechnung kommen.«

Der Vierschrötige grunzte und setzte sich wieder auf seine Decken. »Solange ich dabei bin, soll sich keiner unterstehen, hinter Londons Rücken was gegen ihn zu sagen«, knurrte er.

Der kleine Dicke sah Jim an. »Wie hast du den Schuß erwischt, Kleiner?«

»Im Laufen«, sagte Jim. »Mein Lauf wurde beflügelt.«

»Ich hörte einen Burschen sagen, ihr habt alle ein paar Streikbrecher versohlt.«

»Haben wir auch.«

Der Weißstirnige sagte: »Sie sagen, es kommen weitere Streikbrecher in Lastwagen an. Und sie sagen, jeder Streikbrecher hat Tränengas bei sich.«

»Das ist gelogen«, sagte Jim rasch. »Sie setzen immer solche Lügen in Umlauf, um den Leuten Angst zu machen.«

Der Weißstirnige fuhr fort: »Ich habe gehört, die Eigentümer hätten London mitgeteilt, daß sie nicht verhandeln, solange Rote im Lager seien.«

Der breitschultrige, muskulöse Mann erwachte wieder zum Leben. »So, und wer sind die Roten? Du redest mehr wie ein Roter als irgendeiner, der mir begegnet ist.«

Der Weißstirnige fuhr fort: »Mir scheint, dieser Arzt ist ein Roter. Was hat ein Arzt hier draußen verloren? Niemand bezahlt ihn hier. Wer zahlt ihn also? Er kriegt das Seinige bestimmt, da könnt ihr sicher sein.« Er machte ein weises Gesicht. »Vielleicht wird er von Moskau bezahlt.«

Jim spuckte auf den Boden. Sein Gesicht war blaß. Er sagte ruhig: »Du bist der gottverdammteste, gemeinste Hurensohn, der mir je vor die Augen gekommen ist. Du vermutest in jedem den Schweinehund, der du selber bist.«

Der Vierschrötige war wieder auf den Knien. »Der Kleine hat recht«, sagte er. »Er kann dich nicht durchwalken, aber ich kann es. Und bei Gott, ich tu's, wenn du nicht endlich deinen Klosettdeckel zuklappst.«

Der Weißstirnige stand langsam auf und ging zum Ausgang. Er drehte sich um. »Gut, Kameraden, aber paßt auf. Schon recht bald wird euch London raten, den Streik beizulegen. Und dann wird er ein neues Auto und eine Dauerstelle bekommen. Paßt nur auf.«

Der Vierschrötige wuchtete sich auf die Knie, aber der Weißstirnige drückte sich aus dem Zelt.

Jim fragte: »Wer ist das? Schläft er hier bei euch?«

»Zum Teufel, nein. Er war erst vor einer Weile aufgetaucht.«

»Und hat ihn einer von euch schon früher gesehen?«

Sie schüttelten die Köpfe. »Ich nicht.«

»Ich noch nie.«

Jim schrie: »Bei Gott, dann haben sie ihn hereingeschickt.«

Der Dicke fragte: »Wer hat ihn geschickt?«

»Die Eigentümer. Sie haben ihn hergeschickt, damit er so redet und um euch London verdächtig zu machen. Versteht ihr denn nicht? Es spaltet das Lager. Es wäre gut, wenn zwei von euch dafür sorgten, daß er aus dem Lager befördert wird.«

Der Vierschrötige stellte sich auf die Füße. »Ich tu's allein«, sagte er. »Nichts täte ich lieber.« Er ging aus dem Zelt.

Jim sagte: »Ihr müßt auf der Hut sein. Kerle wie der da wollen euch einblasen, der Streik sei am Zusammenbrechen. Hört nicht auf solche Lügen.«

Der Dicke schaute aus dem Zelt. »Es ist keine Lüge, daß wir nichts mehr zu essen haben«, sagte er. »Es ist keine Lüge, daß gesottenes Viehfutter kein großartiges Frühstück ist. Es braucht keine Spione, um das zu verbreiten.«

»Wir müssen durchhalten«, schrie Jim. »Wir müssen einfach. Wenn wir verlieren, sind wir erledigt, und nicht nur wir. Jeder einzelne Erntearbeiter im ganzen Land verliert dann mit uns.«

Der Dicke nickte. »Es greift alles ineinander«, stimmte er zu. »Es gibt nichts Vereinzeltes. Manche Kerle denken, sie wollen für sich selbst was herausholen, aber sie erreichen nichts, ohne daß alle etwas erreichen.«

Ein Mann mittleren Alters, der hinten im Zelt gelegen hatte, setzte sich auf. »Wißt ihr, was der Fehler ist bei Arbeitern?« fragte er. »Nun, ich will's euch sagen. Sie reden einen gottverdammten Haufen zuviel. Wenn sie mehr mit der Faust und weniger mit dem Mund täten, würden sie was erreichen.« Er hielt inne. Die Männer im Zelt horchten auf. Von draußen drangen geschäftige Geräusche herein: Stottern von Fußstapfen, Murmeln von Stimmen, Geräusche von Leuten, durchdringend wie ein Geruch, und leise. Die Männer im Zelt saßen still und lauschten. Das Geräusch von Leuten schwoll ein wenig an. Fußstapfen platschten im Schlamm. Eine Gruppe zog am Zelt vorüber.

Jim stand auf und ging zum Eingang, gerade als ein Kopf hereingestreckt wurde. »Sie bringen den Sarg heraus. Kommt, Jungens.« Jim trat zwischen den Planen des Eingangs hinaus. Noch immer fiel der Nebel, wurde seitwärts geblasen und trieb wie winzige leichte Schneeflocken dahin. Hier und da bewegte sich schwer von Nässe die lose Leinwand eines Zeltes im Winde. Jim blickte die Gasse entlang. Die Nachricht hatte sich verbreitet. Aus den Zelten drängten Männer und Frauen. Sie bewegten sich langsam heran und scharten sich alle zusammen um das Podium. Und da die

Gruppe immer dichter wurde, verschmolzen die vielen Stimmen zu einer einzigen Stimme, und das Geräusch der Fußstapfen wurde eine einzige große Unrast. Jim sah die Gesichter an. Die Augen waren wie blind. Die Köpfe waren in die Nacken gelegt, als schnüffelten sie. Alle drängten sich aneinander und um das Podium.

Aus Londons Zelt traten sechs Männer, welche die Kiste trugen. Es waren keine Griffe am Sarg. Je zwei Männer verschränkten die Hände unter der Last und trugen sie auf den Unterarmen. Sie zögerten und ruckten, versuchten im Schritt zu gehen, und als sich der schwingende Rhythmus eingespielt hatte, rückten sie langsam durch den Schlamm gegen das Podium vor. Sie waren barhaupt, und die Tropfen der Feuchtigkeit lagen wie grauer Staub auf ihrem Haar. Der schwache Wind hob eine Ecke des schmutzigen Fahnentuchs, ließ sie fallen und hob sie wieder. Vor dem Sarg öffnete sich eine Gasse durch das Volk, und die Träger schritten voran, die Gesichter starr vor förmlicher Feierlichkeit, die Nacken gerade, die Kinne gesenkt. Die Leute am Rand der Gasse starrten die Kiste an. Sie wurden still, solange sie sich vorüberbewegte, und wenn sie vorbei war, tuschelten sie ängstlich miteinander. Einige Männer bekreuzigten sich hastig. Die Träger erreichten das Podium. Das vorderste Paar legte das Ende auf die Planken, und die andern schoben die Kiste vorwärts, bis sie sicher auflag.

Jim eilte zu Londons Zelt. London und Mac waren drinnen. »Jesses, ich wollte, du würdest sprechen; ich kann nicht sprechen.«

»Nein. Du wirst es großartig machen. Denk daran, was ich dir sagte. Versuche, von ihnen Antworten zu bekommen. Wenn du einmal ein Echo geweckt hast, hast du sie gewonnen. Eine ganz gewöhnliche alte Regel für Lager-Versammlungen; aber sie bewährt sich jedesmal vor einer Masse.«

London sah verängstigt aus. »Tu du's, Mac. Ich schwör dir, ich kann's nicht. Ich hab den Burschen ja nicht einmal gekannt.«

Mac machte ein angewidertes Gesicht. »Also, steig jetzt mal rauf und versuch's. Wenn du herunterfällst, bin ich immer noch da, um dich aufzufangen.«

London knöpfte den Kragen seines blauen Hemdes zu und stülpte den Kragen hoch. Er knöpfte seine alte schwarze Serge-Jacke über dem Bauch zu und strich sie glatt. Seine Hände fuhren zum Haar rund um die Tonsur hinauf und strichen es glatt, an den Seiten und hinten; und dann schien er sich selbst zu massiver, schwerer Feierlichkeit zusammenzurütteln. Der magergesichtige Sam kam herein und stellte sich neben ihn. London trat aus dem Zelt, voll überragender Autorität. Mac, Jim und Sam bildeten hinter ihm ein Glied, aber London schritt allein die schlammige Gasse hinunter, und seine kleine Prozession folgte ihm. Die Köpfe der Leute drehten sich nach ihm um, als er sich näherte. Das Gewebe leiser Reden verstummte. Ein neuer Durchgang öffnete sich, um den Anführer durchzulassen, und die Köpfe drehten sich ihm nach.

London bestieg das Podium. Er war allein, über den Köpfen der Menge. Die Gesichter waren auf ihn gerichtet, die Augen ausdruckslos wie Glas. Einen Augenblick schaute London auf den Kiefernholzsarg hinunter, und dann wurden seine Schultern breiter. Er schien die atmende Stille ungern zu durchbrechen. Seine Stimme klang wie aus der Ferne und voller Würde.

»Ich bin hergekommen, um eine Art Rede zu halten«, sagte er. »Ich verstehe mich nicht aufs Reden.« Er stockte und blickte hinaus über die nach oben gewandten Gesichter. »Dieser kleine Bursche wurde gestern getötet. Ihr habt es alle gesehen. Er wollte auf unsere Seite kommen, und jemand hat ihn erschossen. Er hat niemandem etwas zuleide getan.« Wieder stockte er, und sein Gesicht sah ratlos aus. »Nun, was soll man da sagen? Wir gehen ihn begraben. Er gehört zu uns, und er ist erschossen worden. Was soll ich sagen? Wir werden hinausmarschieren und ihn begraben – wir alle. Weil er zu uns gehörte. Er war einer wie wir alle. Was ihm geschah, kann jedem einzelnen von uns geschehen.« Er stockte, und sein Mund blieb offen. »Ich – ich versteh mich nicht aufs Reden«, sagte er unbeholfen. »Es ist einer hier, der den kleinen Burschen gekannt hat. Ich lasse ihn reden.« Sein Kopf drehte sich langsam nach der Stelle, wo Mac stand. »Komm herauf, Mac. Erzähl ihnen von dem kleinen Burschen.«

Mac durchbrach seine eigene Starre und stürzte sich fast auf das Podium. Er schwang die Schultern wie ein Boxer. »Ich will's ihnen schon erzählen«, schrie er leidenschaftlich. »Der Bursche hieß Joy. Er war ein Radikaler! Versteht ihr? Ein Radikaler. Er wollte, daß Leute wie ihr genug zu essen hätten und einen Ort zum Schlafen, wo ihr nicht naß würdet. Er wollte nichts für sich. Er war ein Radikaler!« schrie Mac.

»Versteht ihr, was er war? Ein Dreckfink, ein Staatsfeind. Ich weiß nicht, ob ihr alle sein Gesicht sehen konntet, wie es zerfetzt war. Das haben die Polizisten getan, weil er ein Radikaler war. Seine Hände waren kaputt, und seine Kinnlade war kaputt. Einmal haben sie ihm die Kinnlade zerbrochen, als er Streikposten stand. Sie warfen ihn ins Loch. Dann kam der Arzt und schaute ihn an. ›Ich behandle keinen gottverdammten Radikalen‹, sagte der Arzt. Und so bleibt Joy mit einer kaputten Kinnlade liegen. Er war gefährlich – er wollte, daß Leute wie ihr genug zu essen hätten.« Seine Stimme wurde immer leiser, und seine Augen beobachteten sachverständig, sahen, wie sich die Gesichter beim Versuch, die leiser werdenden Worte zu verstehen, strafften – sahen, wie sich die Leute vorbeugten. »Ich habe ihn gekannt.« Plötzlich rief er: »Was wollt ihr jetzt tun? Schmeißt ihn in ein Dreckloch, deckt ihn mit Schlamm zu. Vergeßt ihn.«

Eine Frau in der Menge begann hysterisch zu schluchzen. »Er hat für uns gekämpft«, rief Mac. »Werdet ihr ihn vergessen?«

Ein Mann in der Menge brüllte: »Nein, bei Gott nicht!«

Mac hämmerte weiter: »Laßt ihr es zu, daß sie ihn töten, während ihr kuscht?«

Diesmal war es ein Chor: »Nein!«

Macs Stimme verfiel in einen Singsang: »Schmeißt ihr ihn in den Dreck?«

»Nein.« Die Leiber schwankten ein wenig.

»Er hat für euch gekämpft. Werdet ihr ihn vergessen?«

»Nein.«

»Wir werden durch die Stadt marschieren. Lassen wir uns von den verdammten Polizisten daran hindern?«

Ein dumpfes Gebrüll: »Nein.« Die Menge wankte im Rhythmus. Sie machte sich auf die nächste Antwort gefaßt.

Mac durchbrach den Rhythmus, und der Bruch brachte sie aus der Fassung. Er sagte ruhig: »Dieser kleine Mann ist unser aller Geist. Wir wollen nicht für ihn beten. Er braucht keine Gebete. Und wir brauchen keine Gebete. Wir brauchen Knüppel!«

Gierig versuchte die Menge, den Rhythmus wieder herzustellen. »Knüppel«, sagte sie, »Knüppel«. Und dann wartete sie schweigend.

»O. K.«, sagte Mac kurz. »Wir werden den dreckigen Radikalen zwar in den Schlamm werfen, aber er wird doch auch unter uns bleiben. Gott helfe dem, der versucht, uns aufzuhalten.« Plötzlich trat er vom Podium ab und ließ die Menge hungrig und aufgeregt stehen. Augen blickten fragend in andere Augen.

London stieg vom Podium herunter. Er sagte zu den Trägern: »Ladet ihn auf Albert Johnsons Lastwagen. Wir brechen in wenigen Minuten auf.« Er folgte Mac, der sich einen Weg durch die Menge bahnte.

Als er aus dem Gedränge heraus war, gesellte sich Dr. Burton zu ihm. »Du verstehst sie allerdings zu behandeln, Mac«, sagte er leise. »Kein Prediger hat die Leute je rascher gerührt. Warum hast du die Stimmung nicht etwas länger ausgehalten? In wenigen Augenblicken hätten sie in Zungen geredet und die Augen verdreht.«

Mac sagte gereizt: »Hör auf, mir in den Rücken zu schießen, Doktor. Ich habe eine Aufgabe zu erfüllen, und ich muß jedes Mittel dafür einsetzen.«

»Aber wo hast du das gelernt, Mac?«

»Was soll ich gelernt haben?«

»All die Kniffe.«

Mac sagte müde: »Versuche nicht, besonders klug zu sein, Doktor. Ich wollte, daß sie böse werden. Schön, jetzt sind sie wild. Es kann dir doch egal sein, wie man's macht.«

»Ich weiß schon, wie man's macht«, sagte Burton. »Ich wollte nur gerne wissen, wo du es gelernt hast. Übrigens, der alte Dan ist einverstanden, nicht mitgenommen zu werden. Er entschloß sich, als wir ihn aufhoben.«

London und Jim holten sie ein. Mac sagte: »Es wäre gut, eine große Wache zurückzulassen, London.«

»O.K. Ich werde Sam sagen, er soll bleiben und etwa hundert Mann zurückbehalten. Das war eine prima Rede, Mac.«

»Ich hatte keine Zeit, sie mir im voraus zurechtzulegen. Wir machen uns besser auf den Weg, bevor sie wieder abkühlen. Wenn sie mal unterwegs sind, sind sie O.K. Aber wir dürfen sie nicht einfach herumstehen und abkühlen lassen.«

Sie wandten sich um blickten zurück. Durch die Menge kamen wiegend die Träger mit der Kiste auf den Unterarmen. Der Menschenknäuel teilte sich und zog hinterher. Der leichte Nebel fiel. Im Westen enthüllte ein Spalt in der Wolke einen Flecken blaßblauen Himmels, und während sie noch hinsahen, zerriß ein hoher, lautloser Wind die Wolkendecke.

»Es kann doch noch ein schöner Tag werden«, sagte Mac.

Er wandte sich an Jim: »Ich hätte dich fast vergessen. Wie fühlst du dich?«

»Ganz gut.«

»Immerhin, es ist gescheiter, du gehst nicht die ganze Strecke zu Fuß. Du fährst mit dem Lastwagen.«

»Nein, ich gehe lieber zu Fuß. Die Leute sähen es nicht gern, wenn ich führe.«

»Ich habe daran gedacht«, sagte Mac. »Wir lassen die Sargträger auch fahren. Dann wird es in Ordnung sein. Sind wir bereit, London?«

»Bereit.«

## 13

Der Sarg ruhte auf der flachen Ladefläche eines alten Dodge-Lastwagens. Auf beiden Seiten saßen die Träger und ließen die Beine herunterhängen. Jim saß am Ende und ließ die Füße baumeln. Der Motor klopfte und hustete; Albert Johnson verließ den Parkplatz und wartete auf der Straße, bis sich die Kolonne in Reihen von etwa acht Mann gebildet hatte. Dann schaltete er in einen niedrigen Gang, glitt langsam die Straße entlang, und hinter ihm schlurften die langen Reihen der Männer. Die hundert Wachposten standen im Lager und sahen dem Aufbruch der Prozession zu.

Am Anfang versuchten die Männer, im Schritt zu gehen, indem sie »links, links« sagten, aber sie wurden es bald müde. Sie schleppten ihre Füße, an Steine stoßend, auf der bekiesten Straße nach. Ein leises Gemurmel stieg aus den Reihen, aber jeder fühlte sich veranlaßt, zur Ehre des Sarges leise zu sprechen. Auf der betonierten Landstraße warteten Verkehrspolizisten, ein Dutzend auf Motorrädern. Ihr Hauptmann, in einem offenen Wagen, rief: »Wir stören euch nicht. Wir müssen Umzüge immer begleiten.«

Die Füße scharrten auf dem Beton. Die Reihen fielen unordentlich auseinander. Erst als sie den Stadtrand erreichten, nahmen sich die Leute zusammen. In den Vorgärten und auf den Bürgersteigen standen Menschen und sahen die Prozession vorüberziehen. Viele nahmen vor dem Sarg den Hut ab. Aber Macs Wunsch ging nicht in Erfüllung. An jeder Ecke der Marschroute stand Polizei, leitete den Verkehr um, hielt ihn auf und gab den Weg frei für die Beerdigung. Als sie ins Geschäftsviertel von Torgas einzogen, brach die Sonne durch die Wolken und glitzerte auf den nassen Straßen. Die feuchten Kleider der Marschierenden dampften unter der plötzlichen Wärme. Jetzt standen die Bürgersteige gedrängt voll Neugieriger, die den Sarg anstarrten; und die Männer strafften sich. Die Gruppen schlossen sich enger zusammen. Die Marschierenden gingen im Schritt und blickten selbstbewußt. Niemand hielt sie auf, und die Straße war frei von Fahrzeugen.

Hinter dem Lastwagen schritten sie durch die Stadt, durch die Vorstadt und hinaus ins offene Land, zum Bezirksfriedhof. Er lag ungefähr eine Meile weit außerhalb, klein und überwuchert von Unkraut. Auf den frischen Gräbern standen kleine galvanisierte Pfosten, auf denen die Namen und Daten eingeprägt waren. Nahe dem hintern Rand des Grundstücks war ein Haufen frischer, nasser Erde aufgeschichtet. Der Lastwagen hielt vor dem Tor. Die Träger stiegen ab und nahmen den Sarg wieder auf die Unterarme. Auf der Straße lehnten die Verkehrspolizisten ihre Maschinen an und standen wartend herum.

Albert Johnson holte zwei Enden Tau unter dem Sitz hervor und folgte den Trägern. Die Menge trat aus den Reihen und folgte. Jim sprang vom Wagen und wollte sich der Menge anschließen, aber Mac fing ihn ab. »Das können wir ihnen überlassen; der Marsch war die Hauptsache. Warten wir hier.«

Ein rothaariger junger Mann schlenderte durch das Friedhofstor und kam auf sie zu. »Kennt ihr einen, der Mac heißt?« fragte er.

»Sie nennen mich Mac.«

»So. Und kennst du einen, der Dick heißt?«

»Allerdings.«

»Ja? Wie heißt er denn mit Familiennamen?«

»Halsing. Was ist mit ihm los?«

»Nichts, aber er schickt dir diese Meldung.«

Mac entfaltete das Blatt Papier und las. »Donnerwetter«, sagte er. »Sieh dir das an, Jim!«

Jim nahm die Meldung. Sie lautete:

»Die Dame hat gewonnen. Sie besitzt eine Farm, Briefkasten Nr. 221, Gallinas Road. Schick sofort einen Lastwagen hin. Sie haben dort zwei Kühe, alt, und ein Stierkalb und zehn Sack Limabohnen. Schick ein paar Burschen mit, um die Kühe zu schlachten. Dick.

PS. Gestern abend hätten sie mich fast erwischt.

PPS. Nur zwölf Axtgriffe.«

Mac lachte. »Herrgott! Jesses, zwei Kühe und ein Kalb und Bohnen. Damit gewinnen wir Zeit. Jim, lauf und suche London. Sag ihm, er solle so rasch wie möglich herkommen.«

Jim stürzte davon und lief durch die Menge. Kurz darauf kam er zurück, und London eilte neben ihm her.

Mac schrie: »Hat er dir's schon erzählt, London? Ja?«

»Er sagt, ihr habt Nahrungsmittel.«

»Ja, zum Teufel. Zwei Kühe und ein Kalb. Zehn Sack Bohnen! Die Leute können gleich jetzt mit dem Lastwagen hinfahren.«

Von jener Seite des Friedhofs, wo die Menge stand, kam das Geräusch der Schollen, die auf den Kiefernholzsarg kollerten. »Weißt du«, sagte Mac, »es wird den Burschen famos gehen, sobald sie sich den Bauch mit Fleisch und Bohnen vollschlagen können.«

London sagte: »Ich hätte selber Verwendung für ein Stück Fleisch.«

»Hör zu, London. Ich fahre mit dem Lastwagen. Gib mir zehn Leute als Wachen mit. Jim, du kannst mitkommen.« Er stockte. »Woher bekommen wir Holz? Das Holz ist uns fast ausgegangen. Weißt du was, London? Laß jeden ein oder zwei Stück Holz auflesen, Zaunlatten, Grabenbretter, irgendwas. Sag ihnen wofür. Sobald ihr zurück seid, schaufelt ihr eine Grube und macht Feuer. In den verdammten alten Wagen werden sich schon genügend Abfälle für einen Windfang finden. Macht ein tüchtiges Feuer.« Er wandte sich wieder an den rothaarigen Burschen. »Wo ist die Gallinas Road?«

»Ungefähr eine Meile von hier. Ihr könnt mich unterwegs absetzen.«

London sagte: »Ich gehe Albert Johnson und ein paar Männer holen.« Er eilte hinüber und tauchte in der Menge unter.

Mac lachte noch immer leise in sich hinein. »Was für ein Glücksfall!« sagte er. »Noch ist uns eine Frist gegönnt. Oh, Dick ist ein großartiger Kerl. Ein großartiger Kerl.«

Jim blickte zur Menge hinüber und sah, wie sie lebendig wurde, wie sie quirlte. Eine aufgeregte Bewegung erfaßte sie.

Die Masse brodelte, lief über und strömte zum Lastwagen. London vorab zeigte mit dem Finger auf einzelne Männer. Die Menge umschwärmte lachend und rufend den Wagen. Albert Johnson legte seine schmutzigen Seile wieder unter den Sitz und stieg ein. Mac setzte sich neben ihn und half Jim herein. »Halt die Leute zusammen, London«, rief er. »Laß sie nicht auseinanderlaufen.« Die zehn Erwählten sprangen auf die Wagenbrücke.

Und jetzt spielten die Leute. Sie klammerten sich an das rückwärtige Brett, bis die Räder im Matsch wirbelten. Sie formten Bälle aus Dreck und warfen sie den Männern auf dem Wagen nach. Draußen auf der Straße stand ruhig die Polizei und wartete.

Albert Johnson ließ die Kupplung kommen und riß sich vom Griff der Menge los. Der Motor schnaufte heftig, als er die Straße erreichte. Zwei der Polizisten ließen ihre Motorräder an und gesellten sich zu dem Wagen. Mac drehte sich um und blickte durch das hintere Fenster des Führerhäuschens nach der Masse. Sie kochte in Wellen aus dem Friedhof. Sie ergoß sich auf die Straße, eilte davon, überschwemmte die Straße, während die Polizisten vergeblich versuchten, einen Durchlaß für Automobile freizuhalten. Die jubelnden Männer machten sich über sie lustig, stießen sie, wogten um sie her und lachten wie Kinder. Der Lastwagen samt seiner Eskorte fuhr um eine Ecke und entfernte sich rasch.

Albert beobachtete vorsichtig den Tacho. »Diese Schätzchen möchten mich wahrscheinlich gerne wegen überhöhter Geschwindigkeit erwischen.«

»Verdammt richtig«, sagte Mac. Er wandte sich an Jim. »Kopf runter, wenn wir jemandem begegnen, Jim.« Und dann zu Albert: »Wenn uns jemand anhalten will, fahr einfach zu. Denk daran, was sie mit Dakins Lastwagen gemacht haben.«

Albert nickte und verlangsamte sein Tempo auf sechzig.

»Mich soll keiner anhalten. Ich habe meiner Lebtag einen Lastwagen gesteuert, wenn ich einen kriegen konnte.«

Sie fuhren nicht durch die Stadt, sondern dem einen Stadtrand entlang, überquerten auf einer hölzernen Brücke den Fluß und bogen in die Gallinas Road ein. Albert fuhr langsam, damit der rothaarige Junge abspringen konnte. Er winkte lässig, als sie weiterfuhren. Die Straße lag zwischen endlosen Apfelbäumen. Sie fuhren drei Meilen auf das Vorgebirge zu, bevor die Obstplantagen allmählich aufhörten und Stoppelfeldern Platz machten. Jim sah auf die blechernen Briefkästen an der Straßenseite. »Hier ist zweihundertachtzehn«, sagte er. »Es kann nicht mehr weit sein.«

Einer der Polizisten kehrte um und fuhr zur Stadt zurück, aber der andere blieb.

»Dort ist es«, sagte Jim. »Das große weiße Tor dort.«

Albert schwenkte ein und hielt an, während einer der Männer absprang und das Tor öffnete. Der Polizist stellte seinen Motor ab und stützte das Rad auf.

»Privatbesitz«, rief ihm Mac zu.

»Ich bleibe in der Nähe, mein Lieber«, sagte er. »Ich bleibe nur ein bißchen in der Nähe.«

Hundert Meter vor ihnen stand ein kleines weißes Haus unter einem gewaltigen, breit ausladenden Pfefferbaum, und dahinter erhob sich eine große weiße Scheune. Ein grobknochiger Bauer mit einem strohfarbenen Schnurrbart latschte aus dem Haus und stand wartend da. Albert hielt an. Mac sagte: »Hallo, Mister. Die Dame des Hauses hat uns gesagt, wir sollen hier was abholen.«

»Ja«, sagte der Mann. »Ich weiß Bescheid. Zwei alte Milchkühe, ein kleines Stierkalb.«

»Gut. Können wir sie gleich hier schlachten, Mister?«

»Ja. Macht's selber. Nachher aufräumen. Macht keine Unordnung.«

»Wo sind sie, Mister?«

»Ich hab sie in der Scheune. Schlachtet sie nicht dort. Es gibt zu viel Geschmier.«

»Klar, Mister. Fahr zur Scheune, Albert.«

Als der Wagen angehalten hatte, ging Mac nach hinten. »Hat einer von euch schon mal eine Kuh geschlachtet?«

Jim meldete sich. »Mein Alter arbeitete in einem Schlachthof. Ich kann's ihnen zeigen. Ich kann's nicht selber tun wegen meines Arms.«

»O.K.«, sagte Mac.

Der Bauer war um das Haus herum zu ihnen gekommen. Jim fragte: »Haben Sie einen Schmiedehammer?«

Er wies mit dem Daumen auf einen kleinen Schuppen, der unter einem schrägen Dach an der Scheune klebte.

»Und ein Messer?«

»Ja. Ein gutes Messer. Gebt's dann zurück!« Er ging zum Haus.

Jim wandte sich an die Männer. »Zwei von euch gehen in die Scheune und bringen zuerst das Kalb heraus. Es ist wahrscheinlich am lebhaftesten.«

Der Bauer eilte zurück mit einem kurzstieligen, schweren Hammer in der einen Hand und einem Messer in der anderen. Jim nahm ihm das Messer ab und sah es an. Die Klinge war so geschliffen, daß sie schlank und glänzend war, und die Spitze war nadelscharf. Er prüfte die Schneide mit dem Daumen. »Scharf«, sagte der Bauer, »es ist immer scharf.« Er nahm das Messer zurück, wischte es am Ärmel ab und ließ das Licht darauf spielen. »Chernan Stahl. Guter Stahl.«

Vier Männer kamen aus der Scheune gelaufen mit einem roten, einjährigen Stierkalb zwischen ihnen. Sie klammerten sich an einen Strick um dessen Hals und steuerten es, indem sie es mit den Schultern stießen. Sie gruben die Absätze in den Boden, um es zum Stehen zu bringen, hielten es zwischen sich fest und zwangen ihm den Kopf hinunter.

»Hier drüben«, sagte der Bauer. »Hier versickert das Blut im Boden.«

Mac sagte: »Wir sollten das Blut auffangen können. Es ist gute, kräftige Nahrung. Wenn wir nur etwas hätten, um es mitzunehmen.«

»Mein Alter trank es«, sagte Jim. »Ich kann es nicht trinken; mir wird übel. Hier, Mac, nimm den Hammer. Schlag ihm genau hier auf den Kopf, tüchtig.« Er reichte Albert Johnson das Messer. »Schau. Siehst du, wo meine Hand ist? Hier mußt du ihn stechen, sobald Mac zuschlägt. Hier läuft eine große Arterie durch. Die mußt du öffnen.«

»Wie kann man denn wissen, ob man sie getroffen hat?«

»Das merkst du gleich. Das Blut schießt heraus wie aus einem zentimeterdicken Schlauch. Geht aus dem Weg, ihr.«

Zwei Männer hielten das Kalb seitlich, Kopf nach unten, fest. Mac hieb zu, so daß es auf die Knie ging. Albert stieß das Messer hinein, durchschnitt die Arterie und sprang vor dem spritzenden Blut zurück. Das Kalb machte einen Satz und ließ sich dann langsam nieder. Sein Kinn ruhte flach auf dem Boden, und seine Beine knickten ein. Die dicke, karminrote Blutlache verbreitete sich auf der nassen Erde.

»Es ist verdammt schade, daß wir es nicht aufbewahren können«, sagte Mac. »Wenn wir nur einen kleinen Kübel hätten, wäre uns geholfen.«

Jim schrie: »O.K. Bringt die nächste. Bringt sie hierher.«

Die Männer waren auf das erste Schlachten neugierig gewesen, aber als die beiden alten Kühe getötet wurden, drängten sie sich nicht mehr so nahe heran, um etwas sehen zu können. Als alle Tiere dalagen und das Blut langsam aus ihren Kehlen sickerte, wischte Albert das klebrige Messer an einem Stück Sackleinwand ab und reichte es dem Bauern zurück. Er fuhr mit seinem Lastwagen rückwärts an die Tiere heran, und die Männer hoben die schlaffen, schweren Dinger auf die Ladefläche, so daß die Köpfe herausbaumelten, damit das Blut zu Boden tropfen konnte. Schließlich machten sie aus den zehn Säcken Limabohnen einen Stoß auf dem vorderen Teil der Ladefläche und nahmen darauf Platz.

Mac wandte sich an den Bauer: »Danke, Mister.«

»Gehört mir nicht«, sagte er. »Nicht meine Kuh. Ich bin Pächter.«

»Danke jedenfalls, daß Sie uns das Messer geliehen haben.« Mac half Jim, als er einstieg und zu Albert Johnson rüberrückte. Alberts rechter Hemdärmel war bis zur Schulter rot von Blut. Albert ließ seinen schwerfälligen, puffenden Motor anspringen und fuhr vorsichtig über den holprigen Weg. Am Tor wartete der Verkehrspolizist, und als sie auf die Landstraße kamen, folgte er ihnen in kurzem Abstand.

Die Männer auf den Säcken fingen an zu singen:

> »Suppe, Suppe, nichts als Suppe –
> Alles andre ist uns schnuppe.«

Der Polizist grinste ihnen zu. Einer von den Männern sang für ihn:

> »Oh Susanna, wie ist das Leben schön!
> Sogar der Polizeichef kann nicht mehr grade stehn.«

Auf dem Fahrersitz beugte sich Mac vor und sprach über Jim hinweg: »Albert, wir wollen die Stadt möglichst meiden. Wir müssen das Zeug unbedingt ins Lager bringen. Versuch bitte, drum herum zu fahren, auch wenn es ein Umweg ist.«

Albert nickte übellaunig.

Die Sonne schien jetzt, aber sie stand hoch und spendete

keine Wärme. Jim sagte: »Das sollte die Leute in gute Stimmung versetzen.«

Albert nickte wieder. »Sobald sie sich den Bauch mit Fleisch vollgestopft haben, werden sie einschlafen.«

Mac lachte. »Ich muß mich über dich wundern, Albert. Hast du denn gar keine idealen Vorstellungen von dem Adel der Arbeit?«

»Nichts habe ich«, sagte Albert. »Keine Ideale, kein Geld, gar nichts.«

»Nichts zu verlieren als deine Ketten«, warf Jim leise dazwischen.

»Quatsch«, sagte Albert. »Nichts zu verlieren als meine Haare.«

»Du hast aber doch deinen Lastwagen«, sagte Mac. »Wie hätten wir ohne einen Lastwagen das Zeug ins Lager befördern sollen?«

»Der Lastwagen hat mich«, beschwerte sich Albert. »Der gottverdammte Wagen frißt mich noch auf.« Er blickte mit traurigen Augen geradeaus. Seine Lippen bewegten sich beim Sprechen kaum. »Wenn ich gearbeitet habe und drei Dollar verdient, und ich fange an, mich auf ein Flittchen zu freuen, dann geht sicher irgend etwas an diesem Karren kaputt und kostet drei Dollar. Darauf kann man sich verlassen. Der gottverdammte Lastwagen ist schlimmer als eine Frau.«

Jim sagte ernsthaft: »Wenn das System gut wäre, hättest du einen guten Wagen.«

»Meinst du? Wenn das System gut wäre, hätte ich ein Flittchen. Ich bin nicht wie Dakin: Wenn Dakins Lastwagen hätte kochen können, hätte er nichts anderes begehrt.«

Mac sagte zu Jim: »Du sprichst mit einem Mann, der weiß, was er will – und ein Automobil ist nicht, was er will.«

»So ist's«, sagte Albert. »Ich glaube, das Abstechen der Kühe ist schuld. Vorher war alles in Ordnung.«

Sie fuhren jetzt wieder durch die endlosen Baumgärten, und die Blätter waren dunkel, und die Erde war dunkel vor Nässe. In den Gräben neben der Straße lag ein wenig schmutziges Regenwasser. Der Verkehrspolizist folgte ihnen von Straße zu Straße auf ihrem winkligen Umweg rund um die Stadt. Zwischen den Bäumen konnten sie die Häuser sehen, in denen die Eigentümer oder die ansässigen Pächter wohnten.

Mac sagte: »Wenn es unsern Jungens nicht so aufs Gemüt

schlüge, würde ich wünschen, der Regen hielte an. Den Äpfeln tut er gar nicht gut.«

»Meinen Wolldecken tut er auch gar nicht gut«, sagte Albert finster.

Die Männer hinten auf den Säcken sangen im Chor:

»Oh wir singen, oh wir singen
Von Helene Rosenschinken
Und ihren Gaben an die Menschenwelt.«

Albert fuhr um eine Ecke und schwenkte in die Straße ein, die zu Andersons Plantage führte. »Gute Arbeit«, sagte Mac. »Du bist gar nicht in die Nähe der Stadt gekommen. Es wäre eine verteufelte Sache gewesen, wenn sie uns aufgehalten hätten und wir hätten unsere Ladung verloren.«

Jim sagte: »Schau dir diesen Rauch an, Mac. Sie haben bereits ein tüchtiges Feuer in Gang gebracht.« Der blaue Rauch kroch zwischen den Stämmen durch und stieg kaum über die Wipfel empor.

»Am besten fährst du gleich dem Lager entlang in die Nähe der Bäume«, riet Mac. »Sie müssen die Tiere zerlegen, und sie haben nichts anderes als die Apfelbäume, um sie daran aufzuhängen.«

An der Straße standen Männer, die nach ihnen Ausschau hielten. Als der Lastwagen vorbeifuhr, erhoben sich die Männer von den Bohnensäcken, zogen die Hüte und verbeugten sich. Albert schaltete herunter und kroch durch die Menschenmenge zum Ende des Lagers, in die Nähe der Apfelbäume.

London und hinter ihm Sam stießen sich einen Weg durch den rufenden Wirbel hysterischer Männer und Frauen.

Mac schrie: »Hängt sie auf. Und hör mal, London, sag den Köchen, sie sollen das Fleisch dünn schneiden, damit es rascher gar wird. Die Leute sind hungrig.«

Londons Augen strahlten ebenso wie jene der Männer um ihn her. »Herrgott, könnte ich essen!« sagte er. »Wir hatten euch schon fast aufgegeben.«

Die Köche kamen durch die Menge heran. Die Tiere wurden an die unteren Äste der Bäume gehängt, die Eingeweide herausgenommen, die Häute abgezogen. Mac schrie: »London, sorge dafür, daß nichts verloren geht. Alle Knochen und Köpfe und Füße müssen für Suppe aufbewahrt werden.« Eine

Pfanne voll zerkleinerter Fleischstücke ging zur Feuergrube, und die Menge folgte, so daß die Metzger mehr Platz für ihre Arbeit bekamen. Mac stand auf dem Trittbrett und übersah den Schauplatz, aber Jim saß noch immer im Führerhaus, den Schalthebel zwischen den Beinen. Mac wandte sich besorgt zu ihm. »Was ist los, Jim? Fühlst du dich nicht wohl?«

»Doch, doch; es ist alles O. K. Meine Schulter ist allerdings elend steif. Ich kann sie so gut wie gar nicht bewegen.«

»Du hast wahrscheinlich kalt. Wir wollen sehen, ob dir der Doktor den Verband nicht etwas lockern kann.« Er half Jim aus dem Wagen und stützte ihn unter dem Ellbogen, als sie zur Kochgrube hinüber gingen. Über dem ganzen Lager hing ein Geruch von bratendem Fleisch, und aus dem Fleisch tropfte Fett auf die Kohlen, so daß wilde, kleine Flämmchen aufschossen und jeden Tropfen verschlangen. Die Männer drängten sich so nahe um die Grube, daß sich die Köche, welche umher gingen und das Fleisch mit langen spitzen Stecken wendeten, ihren Weg durch die Menge stoßen mußten. Mac führte Jim zu Londons Zelt. »Ich gehe den Doktor bitten, er möge herüberkommen. Setz dich hier herein. Ich bringe dir Fleisch, sobald es gar ist.«

Im Zelt war es schon schummerig. Das wenige Licht, das durch die graue Leinwand drang, war grau. Als sich Jims Augen an das Licht gewöhnt hatten, sah er Lisa auf ihrer Matratze sitzen mit dem Kind unter dem Schultertuch. Sie schaute ihn mit dunklen, unbefangenen Augen an. Jim sagte: »Abend. Wie geht's Ihnen denn?«

»Gut.«

»Darf ich mich etwas auf Ihre Matratze setzen? Ich fühle mich ein wenig schwach.«

Sie zog die Beine unter sich und rückte beiseite. Jim setzte sich neben sie. »Was riecht denn so gut?« fragte sie.

»Fleisch. Wir haben einen Haufen Fleisch.«

»Ich esse gerne Fleisch«, sagte sie. »Ich könnte fast von Fleisch allein leben.« Londons dunkelhaariger, schlanker Sohn trat durch den Zelteingang. Er stand still und starrte die beiden an. »Er ist verletzt«, sagte Lisa rasch. »Er tut nichts. Er hat eine Schulterverletzung.«

Der Junge sagte: »Oh«, leise. »Ich habe nicht daran gedacht.« Er sagte zu Jim: »Sie meint immer, ich sehe sie daraufhin an, und das tue ich gar nicht.« Er sagte sentenzenhaft: »Ich denke mir immer, wenn man einem Mädchen nicht trauen kann, dann nützt es auch nichts, auf der Lauer zu liegen. Eine Dirne bleibt eine Dirne. Lisa ist keine Dirne. Ich habe kein Recht, sie wie eine Dirne zu behandeln.« Er hielt inne. »Sie haben Fleisch da draußen, massenhaft Fleisch. Sie haben auch Limabohnen. Aber nicht für jetzt.«

Lisa sagte: »Die esse ich auch gern.«

Der Junge fuhr fort: »Die Burschen wollen nicht warten, bis das Fleisch gar ist. Sie wollen es schon essen, wenn es innen noch ganz rot ist. Es wird ihnen übel werden, wenn sie nicht aufpassen.«

Der Zelteingang wurde aufgerissen und ließ Dr. Burton ein. In den Händen trug er einen Topf voll dampfendes Wasser. »Das sieht ja aus wie die Heilige Familie«, sagte er. »Mac hat mir gesagt, du würdest immer steifer.«

»Es tut ziemlich weh«, sagte Jim.

Der Doktor schaute auf das Mädchen hinunter. »Glaubst du, du könntest das Kind eine Weile hinlegen, um ihm heiße Tücher auf die Schulter zu halten?«

»Ich?«

»Ja. Ich habe zu tun. Zieh ihm die Jacke aus und behandle die steife Stelle mit heißem Wasser. Wenn es geht, laß es nicht in die Wunde kommen.«

»Glauben Sie, ich kann das?«

»Warum denn nicht? Er hat dir ja auch geholfen. Los, nimm ihm die Jacke ab und zieh ihm das Hemd herunter. Ich habe zu tun. Wenn ihr fertig seid, lege ich einen frischen Verband an.« Er ging hinaus.

Das Mädchen sagte: »Wollen Sie, daß ich Ihnen helfe?«

»Gerne. Warum nicht? Sie können es schon.«

Sie reichte Joey das Kind, half Jim aus seiner blauen Kattunjacke und schob sein Hemd herunter. »Haben Sie drunter nichts an?«

»Nein.«

Darauf verstummte sie und legte die heißen Tücher auf den Schultermuskel, bis die schmerzhafte Steife nachließ. Ihre Finger drückten das Tuch an und wanderten umher, drückten hier und dort, vorsichtig, während ihr junger Ehemann zuschaute. Nach einer kurzen Weile kehrte Dr. Burton zurück; Mac begleitete ihn und brachte an einem Stecken ein großes Stück schwarzes Fleisch.

»Geht es besser?«

»Besser. Viel besser. Sie hat es großartig gemacht.«

Das Mädchen zog sich zurück; es schlug verlegen die Augen nieder. Burton legte rasch einen frischen Verband an, und Mac überreichte das große Stück Fleisch. »Ich habe es dort draußen bereits gesalzen«, sagte er. »Der Doktor meint, du sollst heute besser nicht mehr herumgehen.«

Burton nickte. »Du könntest dich erkälten und Fieber bekommen«, sagte er. »Dann kannst du gar nichts mehr tun.«

Jim stopfte sich den Mund mit zähem Fleisch und kaute. »Mögen die Leute das Fleisch?« fragte er.

»Sie sind höllisch übermütig. Sie fühlen sich, als gehöre ihnen die Welt. Sie möchten ausziehen und jemand zu Hackfleisch verarbeiten. Ich wußte, daß es so kommen würde.«

»Gehen sie heute noch Posten schieben?«

Mac dachte einen Augenblick nach. »Du jedenfalls nicht. Du bleibst schön hier in der Wärme sitzen.«

Joey reichte das Kind seiner Frau. »Hat's genug Fleisch, Mister?«

»Klar.«

»Gut, dann geh ich was für Lisa und mich holen.«

»Geh nur. Hör mal, Jim. Lauf jetzt nicht mit einer Leichenbittermiene herum. Viel ist nicht mehr zu machen. Der Nachmittag ist schon weit vorgerückt. London wird ein paar Leute im Wagen ausschicken, um zu sehen, ob überhaupt Streikbrecher an der Arbeit sind. Sie werden auskundschaften, wieviele und wo, und dann werden wir morgen früh ausrücken und was dagegen unternehmen. Wir haben jetzt genug, um die Leute zwei Tage lang zu füttern. Die Wolken verziehen sich. Wir werden zur Abwechslung mal klares und kaltes Wetter bekommen.«

Jim fragte: »Hast du irgendwelche Nachrichten über Streikbrecher?«

»Nein, nicht viel. Ein paar Leute behaupten, Streikbrecher kämen auf Lastwagen und mit Wachen an, aber in einem Lager darf man nie etwas glauben. Es gibt keinen verteufelteren Nährboden für Gerüchte.«

»Die Burschen sind jetzt unheimlich still.«

»Klar. Warum auch nicht? Sie haben den Mund voll. Morgen müssen wir anfangen, Lärm zu schlagen. Wir können es nicht lange aushalten, dafür müssen wir kräftig zuschlagen.«

Motorenlärm kam von der Straße her und verstummte. Vor dem Zelt entstand ein plötzlicher Stimmenaufruhr, und dann war es wieder ruhig. Sam streckte den Kopf in das Zelt. »Ist London hier?« forschte er.

»Nein. Was ist los?«

»Da draußen ist ein aufgetakelter Hurensohn in einem glänzenden Wagen, der den Chef sprechen will.«

»Worum handelt es sich denn?«

»Ich weiß nicht. Er sagt, er wolle die Streikleitung sprechen.«

Mac sagte: »London ist drüben bei der Feuergrube. Sag ihm, er soll herkommen. Wahrscheinlich will der Bursche die Lage besprechen.«

»O.K. Ich sag's ihm.«

Wenige Augenblicke später betrat London das Zelt, gefolgt von dem Fremden, einem untersetzten, leutseligen Mann in einem grauen Geschäftsanzug. Seine Backen waren rosa und glattrasiert, seine Haare fast weiß. Gutmütige Runzeln strahlten von den Augenwinkeln aus. Jedesmal, wenn er sprach, verbreitete sich ein offenes, freundliches Lächeln über seinen Mund. Er sagte zu London: »Sind Sie der Vorsitzende dieses Lagers?«

»Jawohl«, sagte London mißtrauisch. »Mich haben sie gewählt.«

Sam kam herein und stellte sich mit einem finsteren und schmollenden Gesicht knapp hinter London auf. Mac ging in die Hocke und hielt sich mit den Fingern im Gleichgewicht. Der Ankömmling lächelte. Seine Zähne waren weiß und gleichmäßig. »Mein Name ist Bolter«, sagte er schlicht. »Ich besitze eine große Obstplantage. Ich bin der neue Präsident der Pflanzer-Vereinigung dieses Tals.«

»Na und?« sagte London. »Sie haben sicher eine gute Stelle für mich, wenn ich mich kaufen lasse.«

Das Lächeln wich nicht aus Bolters Gesicht, aber seine herabhängenden, sauberen rosa Hände schlossen sich leicht. »Versuchen wir doch, ob uns nicht ein besserer Anfang als das gelingt«, bat er. »Ich sagte Ihnen schon, ich sei der *neue* Präsident. Das bedeutet eine Änderung unserer Politik. Ich halte nichts von der Art, wie bisher vorgegangen wurde.« Während er sprach, blickte Mac nicht Bolter, sondern London an.

Ein Teil des Zorns wich aus Londons Gesicht. »Was haben Sie uns zu sagen?« fragte er. »Schießen Sie los.«

Bolter sah sich nach einer Sitzgelegenheit um, sah aber keine. Er sagte: »Ich habe nie verstehen können, wie zwei Männer etwas erreichen sollen, wenn sie einander anknurren. Ich bin dagegen überzeugt, daß immer irgend etwas Gutes zustandekommen wird, wenn sich Männer – gleichgültig wie wütend sie aufeinander sind – zusammen an einen Tisch setzen.«

London kicherte: »Wir haben aber keinen Tisch.«

»Sie wissen schon, was ich meine«, fuhr Bolter fort. »Jedermann in der Vereinigung behauptet, Ihre Leute seien keinen Vernunftgründen zugänglich, aber ich habe ihnen gesagt, ich kenne die amerikanischen Arbeiter. Wenn man mit amerikanischen Arbeitern vernünftig redet, dann hören sie auch zu.«

Sam spuckte aus. »Ich meine, wir hören ja zu. Reden Sie also vernünftig.«

Bolters weiße Zähne blitzten auf. Er blickte sich anerkennend um. »Sehen Sie? Genau das habe ich ihnen gesagt. Ich habe gesagt: ›Lassen Sie mich unsere Karten auf den Tisch legen, und dann mögen sie ihre Karten auf den Tisch legen, und dann wollen wir sehen, ob wir nicht miteinander ins Geschäft kommen. Amerikanische Arbeiter sind doch keine Tiere.‹«

Mac brummte: »Sie sollten für den Kongreß kandidieren.«

»Wie bitte?«

»Ich habe mit diesem Burschen hier gesprochen«, sagte Mac. Londons Gesicht hatte sich wieder verhärtet.

Bolter fuhr fort: »Dazu bin ich hergekommen: um unsere Karten auf den Tisch zu legen. Ich sagte Ihnen schon, daß ich eine Obstplantage besitze, aber glauben Sie bitte nicht, daß mich Ihre Anliegen darum nicht berühren. Wir alle wissen, daß wir kein Geld verdienen können, wenn der Arbeiter nicht zufrieden ist.« Er hielt inne und wartete auf irgendein Echo. Es kam keines. »Ja. Ich stelle mir die Sache also folgendermaßen vor: Ihr verliert Geld, und wir verlieren Geld, weil wir dasitzen und uns gegenseitig anknurren. Wir möchten, daß Sie die Arbeit wieder aufnehmen. Dann bekommen Sie Ihren Lohn, und uns werden die Äpfel gepflückt. Und so werden wir beide zufrieden sein. Wollen Sie die Arbeit wieder aufnehmen? Keine weiteren Fragen, nichts wird nachgetragen, einfach als Männer, die sich an einen Tisch gesetzt und die Sache überlegt haben?«

London sagte: »Klar wollen wir die Arbeit wieder aufnehmen, Mister. Wir sind ja amerikanische Arbeiter. Ihr braucht uns nur die Lohnaufbesserung zu geben, die wir verlangen und die Streikbrecher nach Hause zu schicken, und morgen früh schon sitzen wir wieder in den Bäumen, als wäre nichts geschehen.

Bolter lächelte jeden einzelnen in der Runde an, bis sein Lächeln auf jedem Gesicht geruht hatte. »Gut. Ich bin durchaus der Meinung, daß Sie eine Lohnaufbesserung haben sollten«, sagte er. »Und das habe ich auch allen gegenüber zum Ausdruck gebracht. Nun, ich bin kein sehr guter Geschäftsmann. Die übrigen Mitglieder der Vereinigung haben mir das auch alle zu verstehen gegeben. Wie die Apfelpreise nun einmal sind, bezahlen wir Ihnen bereits das Äußerste, was uns möglich ist. Wenn wir noch mehr zahlen, legen wir drauf.«

Mac grinste. »Wir sind wohl doch keine amerikanischen Arbeiter«, sagte er. »All das hat für meine Ohren nichts mit Vernunft zu tun. Bis dahin hörte es sich an wie ein Strumpf voll Geld.«

Jim sagte: »Der Grund, weshalb Sie die Lohnaufbesserung nicht zahlen können, ist der, daß wir dann den Streik gewonnen hätten; und wenn wir gewännen, würden andere arme Teufel haufenweise in Streik treten. Verhält es sich nicht so, Mister.«

Bolter behielt sein Lächeln. »Ich dachte mir von Anfang an, daß Ihnen ein Lohnaufschlag zukäme, aber ich hatte keine Macht. Ich bin noch immer dieser Ansicht, und jetzt bin ich Präsident der Vereinigung. Ich habe der Vereinigung mitgeteilt, was ich im Sinn habe. Einigen war der Gedanke unsympathisch, aber ich bestand darauf, daß Sie einen Lohnaufschlag haben müssen. Ich offeriere Ihnen zwanzig Cents, und es sollen keine Fragen mehr gestellt und nichts soll nachgetragen werden. Und wir erwarten von Ihnen, daß Sie morgen früh wieder an der Arbeit sind.«

London blickte sich nach Sam um. Er lachte über dessen finsteres Gesicht und klopfte dem mageren Mann auf die Schulter. »Mr. Bolter«, sagte er, »wie Mac schon sagte, wir sind wohl doch keine amerikanischen Arbeiter. Sie befahlen ›Karten auf den Tisch‹, und dann legten Sie die Ihren mit dem Rücken nach oben hin. Hier sind unsere, und bei Gott, es ist eine starke Hand. Eure verdammten Äpfel müssen gepflückt werden, und wir pflücken sie nicht ohne unseren

Lohnaufschlag. Und irgendwer anders pflückt sie auch nicht. Was halten Sie davon, Mr. Bolter?«

Endlich war das Lächeln in Bolters Gesicht doch verschwunden. Er sagte mit tiefem Ernst: »Die amerikanische Nation ist groß geworden, weil jedermann in die Hände spuckte und mithalf. Amerikanische Arbeit ist die beste Arbeit der Welt, und die bestbezahlte.«

London unterbrach ihn zornig: »Was hat es schon zu sagen, wenn ein Chinese nur einen halben Cent bekommt, solange er davon essen kann. Es ist uns scheißegal, wieviel wir kriegen, wenn wir dabei hungern müssen.«

Bolter setzte sein Lächeln wieder auf. »Ich habe ein Haus und Kinder«, sagte er. »Ich habe schwer gearbeitet. Sie glauben, ich sei anders als Sie. Ich möchte, daß Sie auch mich als Arbeiter betrachten. Ich habe mir alles, was ich habe, durch Arbeit erworben. Aber man hat uns gesagt, daß unter Ihnen Radikale am Werk seien. Ich glaube das nicht. Ich glaube nicht, daß amerikanische Männer mit amerikanischen Idealen Radikalen ihr Ohr leihen. Wir teilen alle das gleiche Schicksal. Die Zeiten sind schwer. Wir versuchen alle, vorwärts zu kommen, und wir müssen einander beistehen.«

Plötzlich brüllte Sam: »Oh, um Himmels willen, hören Sie doch auf. Wenn Sie was zu sagen haben, dann sagen Sie's; bloß hören Sie mit diesem gottverdammten Gewäsch auf.«

Bolters Blick war sehr traurig. »Akzeptieren Sie die Hälfte?«

»Nein«, sagte London. »Sie würden die Hälfte nicht offerieren, wenn Sie nicht unter Druck ständen.«

»Wie wissen Sie, daß die Leute nicht einverstanden wären, wenn Sie abstimmen ließen?«

»Hören Sie mal zu, Mister«, sagte London, »die Leute sind so voll Gift und Galle, daß Sie Ihnen die Haut über die Ohren ziehen, wenn Sie sich in diesem geschleckten Aufzug draußen auch nur zeigen. Wir streiken für unsere Lohnaufbesserung. Wir stellen Posten um eure verdammten Obstplantagen, und wir verprügeln euch jeden einzelnen Streikbrecher, den ihr herschickt. Jetzt rücken Sie heraus mit Ihrem ›oder sonst‹! Decken Sie endlich Ihre verdammten Karten auf. Was gedenken Sie zu tun, wenn wir nicht nachgeben?«

»Die Selbsthilfe auf uns hetzen«, sagte Mac.

Bolter beeilte sich zu sagen: »Wir wissen nichts von Selbsthilfe. Aber wenn die Bürger zum Äußersten getrieben werden und sich zusammenrotten, um den Frieden aufrechtzuerhalten, dann ist das ihre Sache. Die Vereinigung weiß davon nichts.« Er lächelte wieder. »Verstehen Sie denn nicht? Wenn Sie unsere Häuser und unsere Kinder bedrohen, dann müssen wir sie beschützen. Würden Sie denn Ihre Kinder nicht auch beschützen?«

»Und was glauben Sie denn, daß wir anderes tun?« schrie London. »Wir versuchen, sie vor dem Verhungern zu schützen. Wir wenden das einzige Mittel an, das einem Wanderarbeiter zur Verfügung steht. Fangen Sie bloß nicht an, über Kinder zu reden, sonst zeigen wir Ihnen was.«

»Unser einziger Wunsch ist, diese Angelegenheit friedlich beizulegen«, sagte Bolter. »Amerikanische Bürger wollen Ordnung im Land, und ich kann Ihnen versichern, daß wir Ordnung schaffen werden – und wenn wir dem Gouverneur ein Gesuch um Truppen stellen müssen.«

Sams Mund war feucht. Er rief: »Und ihr schafft Ordnung, indem ihr unsere Leute aus dem Fenster heraus erschießt, ihr feigen Köter. Und in Frisco habt ihr Ordnung geschaffen, indem ihr Frauen über den Haufen geritten habt. Und in der Zeitung steht dann: ›Heute morgen wurde ein Streikender getötet, der sich in ein Bajonett warf.‹ *Sich warf!*«

London schlang seinen Arm um den wütenden Mann und drängte ihn langsam von Bolter weg. »Hör auf, Sam. Laß das jetzt. Beruhige dich.«

»Zum Teufel mit dir«, schrie Sam. »So nimm doch das lausige Geld, das dir dieser aufgeblasene Sack anbietet!«

London straffte sich plötzlich. Seine schwere Faust holte aus und krachte in Sams Gesicht, und Sam ging zu Boden. London stand da und sah ihn an. Mac lachte hysterisch. »Ein Streikender hat sich soeben in eine Faust geworfen«, sagte er.

Sam setzte sich auf. »O. K., London. Schon recht. Ich halte den Mund, aber du warst nicht in Frisco am Blutigen Donnerstag.«

Bolter hatte sich nicht vom Fleck gerührt. »Ich hoffte, Sie würden auf die Stimme der Vernunft hören«, sagte er. »Wir sind darüber informiert, daß Sie unter dem Einfluß von Radikalen stehen, welche rote Organisationen hierher geschickt haben. Sie führen Sie in die Irre, sie erzählen Ihnen Lügen. Sie wollen nichts als Unruhe stiften. Sie sind berufsmäßige Unruhestifter, die dafür bezahlt werden, Streiks anzuzetteln.«

Mac erhob sich aus seiner Hocke. »Was für ekelhafte Biester«, sagte er. »Führen amerikanische Arbeiter in die Irre, denk mal einer an! Werden vermutlich von den Russen bezahlt, glauben Sie nicht auch, Mr. Bolter?«

Der Mann sah ihn lange an, und das gesunde Rot war aus seinen Wangen gewichen. »Sie werden es wahrscheinlich zum Kampf kommen lassen«, sagte er. »Das tut mir leid. Ich wünschte den Frieden. Wir kennen die Radikalen, und wir werden gegen sie vorgehen müssen.« Er wandte sich flehend an London. »Lassen Sie sich nicht in die Irre führen. Nehmen Sie die Arbeit wieder auf. Wir wünschen nur den Frieden.«

London blickte finster. »Davon hab ich genug gehört«, sagte er. »Sie wollen den Frieden. Gut, was haben wir denn getan? Haben zwei Aufmärsche veranstaltet. Und was habt ihr getan? Ihr habt zwei von unsern Leuten erschossen und einen verwundet, einen Lastwagen und einen Lunchwagen verbrannt und unsern Nachschub abgeschnitten. Ihre gottverdammten Lügen hängen mir zum Hals heraus, Mister. Ich will dafür sorgen, daß Sie hinauskommen, ohne daß Sam Hand an Sie legt, aber schicken Sie uns keinen mehr her, bevor Sie nicht ehrlich verhandeln wollen.«

Bolter schüttelte traurig den Kopf. »Wir wollen nicht gegen Sie kämpfen«, sagte er. »Wir möchten, daß Sie die Arbeit wieder aufnehmen. Aber wenn wir kämpfen müssen, dann haben wir Waffen. Die Gesundheitsbehörde ist recht aufgebracht über dieses Lager. Und die Regierung sieht es nicht gerne, wenn unkontrolliertes Fleisch die Hand wechselt. Die Bürger haben den Krawall ziemlich satt. Und falls es nötig sein sollte, werden wir natürlich Truppen aufbieten müssen.«

Mac stand auf, ging zum Zelteingang und sah hinaus. Schon brach der Abend herein. Das Lager war ruhig, denn die Männer standen da und behielten Londons Zelt im Auge. Alle Gesichter, weiß in der beginnenden Dämmerung, waren dem Zelt zugekehrt. Mac schrie: »Schon recht, Jungens, wir werden euch nicht verraten.« Er drehte sich um. »Zünde die Lampe an, London. Ich möchte diesem Menschenfreund das eine und andere sagen.«

London hielt ein Streichholz an die Blechlaterne und hängte sie an die Zeltstange, von wo sie ein fahles, regelmäßiges Licht warf. Mac pflanzte sich vor Bolter auf, und sein muskulöses Gesicht verzog sich zu einem höhnischen Grinsen. »Sehr schön, Bürschchen«, sagte er. »Sie haben den Mund voll genommen, aber ich weiß, daß Sie gleichzeitig in die Hosen gemacht haben. Ich will gerne zugeben, daß Sie all die Dinge wirklich tun können, die Sie in Aussicht stellen. Aber bedenken Sie mal, was nachher passiert. In Washington verbrannte euer Gesundheitsdienst die Zelte. Und das war einer der Gründe, weshalb Hoover die Stimmen der Arbeiter verlor. In Frisco habt ihr Truppen aufgeboten, und fast die ganze Stadt ergriff für die Streikenden Partei. Damit sich die öffentliche Meinung gegen den Streik richtete, mußtet ihr die Polizei anweisen, die Nahrungsmittelzufuhr zu unterbinden. Es geht mir jetzt nicht um Recht oder Unrecht, Mister, ich sage Ihnen einfach, was passiert.« Mac trat einen Schritt zurück. »Woher glauben Sie denn, daß wir Nahrungsmittel und Wolldecken und Medikamente und Geld bekommen? Sie wissen verdammt gut, woher wir sie bekommen. Ihr Tal wimmelt nur so von unsern geheimen Freunden. Ihre ›aufgebrachten Bürger‹ sind ein bißchen aufgebracht über euch Kinderchen, das wissen Sie ganz genau. Und Sie wissen auch, daß die Gewerkschaften in den Streik treten werden, wenn Sie es zu bunt treiben. Die Lastwagenfahrer und die Restaurantangestellten und die Landarbeiter, alle. Und gerade, weil Sie das wissen, versuchen Sie, uns einzuschüchtern. Nun, es gelingt Ihnen nicht. Dieses Lager ist bedeutend sauberer als die verlausten Schlafbunker, die Sie uns auf Ihren Gütern zur Verfügung stellen. Sie sind hergekommen mit der Absicht, uns Angst zu machen, aber der Schuß ist nach hinten losgegangen.«

Bolter war sehr blaß. Er wandte sich von Mac ab und trat vor London. »Ich habe versucht, Frieden zu stiften«, sagte er. »Wissen Sie, daß dieser Mann vom roten Hauptquartier beauftragt ist, diesen Streik anzuzetteln? Passen Sie auf, daß Sie nicht mit ihm ins Gefängnis kommen. Wir haben ein Recht darauf, unsern Besitz zu schützen, und wir werden ihn schützen. Ich habe versucht, mit Ihnen von Mann zu Mann zu verhandeln, aber Sie wollen nicht. Von jetzt an ist Ihnen die Straße gesperrt. Noch heute abend wird eine Verordnung erlassen, die alle Aufmärsche und Ansammlungen auf Landstraßen verbietet. Der Sheriff wird, wenn nötig, tausend Mann aufbieten.«

London blickte rasch zu Mac, und Mac blinzelte ihm zu. London sagte: »Jesses, ich hoffe, Mister, wir kriegen Sie hier heil hinaus. Wenn die Leute da draußen hören, was Sie jetzt eben gesagt haben, werden sie Sie auseinandernehmen wollen.«

Bolter ließ seinen Kaumuskel spielen und senkte die Augenlider. Er nahm die Schultern zurück. »Glauben Sie nicht, Sie können mir Angst machen«, sagte er. »Wenn nötig, werde ich mein Haus und meine Kinder mit meinem Leben beschützen. Und falls Sie Hand an mich legen sollten, wird Ihr Streik noch vor Morgengrauen eine vergangene Sache sein.«

London überkreuzte die Arme und trat vor, aber Mac sprang ihm in den Weg. »Der Mann hat recht, London. Er läßt sich nicht einschüchtern. Bei vielen gelingt's, aber nicht bei ihm.« Er drehte sich um. »Mr. Bolter, wir sorgen dafür, daß Sie ungeschoren aus dem Lager kommen. Wir verstehen uns jetzt. Wir wissen, was wir von Ihnen zu erwarten haben. Und wir wissen auch, wie vorsichtig Sie bei der Anwendung von Gewalt sein müssen. Vergessen Sie nicht die Tausende von Leuten, die uns Nahrungsmittel und Geld schicken. Wenn nötig, werden sie auch noch anderes tun. Wir sind bisher ruhig gewesen, aber wenn Sie sich irgendwelche Scherze erlauben, dann veranstalten wir Ihnen einen Aufruhr, den Sie nicht so rasch vergessen werden.«

Bolter sagte kalt: »Ich denke, es ist alles gesagt worden. Es tut mir leid, aber ich werde berichten müssen, daß Sie sich weigern, uns auf halbem Wege entgegenzukommen.«

»Auf halbem Weg?« schrie Mac. »Nach nirgends gibt's einen halben Weg.« Er dämpfte seine Stimme jäh. »London, du gehst auf seiner rechten Seite, und du, Sam, auf seiner linken. Und sorgt dafür, daß er heil wegkommt. Dann werdet ihr den Jungens wohl mitteilen müssen, was er gesagt hat. Aber wir dürfen nicht die Kontrolle über sie verlieren. Sagt ihnen, die Gruppen sollen sich auf Unruhen gefaßt machen.«

Sie nahmen Bolter in die Mitte und brachten ihn durch das Gedränge schweigender Männer, setzten ihn in sein Coupé und sahen ihn wegfahren. Als er außer Sicht war, rief London mit erhobener Stimme: »Wenn ihr zum Podium hinüberkommt, will ich euch erzählen, was dieser Hurensohn gesagt hat und was wir ihm geantwortet haben.« Er bahnte sich armeschwingend einen Weg, und die Männer folgten ihm aufgeregt. Die Köche ließen die Herde im Stich, auf denen sie Bohnen und Stücke von Kuhfleisch sotten. Die Frauen kamen wie die Ratten aus den Zelten gekrochen und folgten. Als London das Podium bestieg, war es dicht von Menschen umringt, die in der Dämmerung standen und zu ihm aufschauten.

Während des Gesprächs mit Bolter hatte sich Doktor Burton unsichtbar gemacht, hatte sich so still verhalten, daß er verschwunden schien, aber als die Gruppe gegangen war und nur Jim und Lisa auf der Matratze zurückblieben, kam er aus seiner Ecke hervor und setzte sich neben sie. Sein Gesicht war kummervoll. »Die Sache wird gemein«, sagte er.

»Genau, was wir brauchen«, erklärte ihm Jim. »Je schlimmer, um so wirkungsvoller.«

Burton sah ihn aus traurigen Augen an. »Du vermagst darüber hinauszusehen«, sagte er. »Ich wollte, ich könnte das. Mir scheint das alles sinnlos – roh und sinnlos.«

»Es muß weitergehen«, sagte Jim mit Nachdruck. »Es darf erst aufhören, wenn sich die Leute selber regieren und den Ertrag ihrer Arbeit genießen.«

»Das hört sich ganz einfach an«, seufzte Burton. »Ich wollte, ich könnte es für so einfach halten.«

Er wandte sich lächelnd an das Mädchen. »Wie löst du die Sache, Lisa?«

Sie fuhr auf. »Hm?«

»Ich meine, was wünschst du dir, um glücklich sein zu können.«

Sie schaute verlegen auf ihr Kind hinunter. »Ich wünsche mir eine Kuh«, sagte sie. »Ich wünsche mir Butter und solchen Käse, den man selber machen kann.«

»Du willst also eine Kuh ausbeuten?«

»Hm?«

»Ich rede dummes Zeug. Hast du denn schon mal eine Kuh gehabt, Lisa?«

»Als ich ganz klein war, hatten wir eine«, sagte sie. »Ich bin hinausgelaufen und habe die Milch ganz warm getrunken. Ein alter Mann melkte sie in so was wie eine Schale, zum Trinken. Schmeckt warm. Das hab ich so gern. Es wäre bestimmt gut für das Kind.« Burton wandte sich langsam von ihr ab. Aber sie verweilte. »Die Kuh fraß Gras und manchmal Heu. Es kann sie auch nicht jeder melken. Sie treten um sich.«

Burton fragte: »Hast du mal eine Kuh gehabt, Jim?«

»Nein.«

Burton sagte: »Ich habe nie daran gedacht, daß Kühe konterrevolutionäre Tiere sein könnten.«

Jim fragte: »Wovon redest du eigentlich, Doktor?«

»Oh, nichts. Ich fühlte mich wohl ein bißchen unglücklich. Während des Krieges war ich in der Armee. Gerade aus der

Schule. Da brachten sie zum Beispiel einen von den unsern herein, dem der halbe Brustkasten weggeschossen war, oder einen Deutschen mit großen Augen, dem die Beine weggesplittert waren. Ich arbeitete, als wären es Stücke Holz. Aber wenn alles vorbei war, wenn ich nichts mehr zu tun hatte, dann machte es mich manchmal unglücklich, so wie jetzt. Ich fühlte mich einsam.«

Jim sagte: »Du solltest nur immer das Ziel im Auge behalten, Doktor. Aus all diesen Kämpfen wird etwas Gutes hervorgehen. Darum lohnt es sich.«

»Jim, ich wollte, ich wüßte das so genau. Aber nach meinen geringen Erfahrungen unterscheidet sich das Ziel nie wesentlich von den Mitteln. Verdammt nochmal, Jim, mit Gewalt läßt sich doch nur etwas Gewaltsames aufrichten.«

»Das glaube ich nicht«, sagte Jim. »Alle großen Dinge haben gewaltsame Anfänge.«

»Es gibt keine Anfänge«, sagte Burton. »Und keine endgültigen Ziele. Mir kommt es so vor, als hätten sich die Menschen in einen blinden, fürchterlichen Kampf eingelassen, um eine Vergangenheit zu überwinden, an die sie sich nicht mehr erinnern, und für eine Zukunft, die sie weder voraussehen noch verstehen können. Und die Menschen haben es mit allen Hindernissen und mit allen Feinden aufgenommen und sie alle überwunden – einen ausgenommen: sich selbst können sie nicht besiegen. Wie sich doch die Menschheit haßt!«

Jim sagte: »Wir hassen nicht uns, wir hassen das investierte Kapital, das uns knechtet.«

»Die andere Seite besteht aus Menschen, Jim, Menschen wie dir. Der Mensch haßt sich. Die Psychologen lehren uns, daß die Selbstliebe eines Menschen genau aufgewogen wird von seinem Selbsthaß. Mit der Menschheit als Ganzem muß es sich gleich verhalten. Wir bekämpfen uns selbst, und wir können nur siegen, indem wir jeden einzelnen Menschen töten. Ich bin einsam, Jim. Ich habe nichts, was ich hassen könnte. Und du, was gewinnst du dabei, Jim?«

Jim blickte verwirrt: »Meinst du mich?« Er wies mit dem Finger auf seine Brust.

»Ja, dich. Was gewinnst du bei der ganzen Schweinerei?«

»Ich weiß nicht; es ist mir gleich.«

»Also nehmen wir mal an, in deiner Schulter gibt es eine Blutvergiftung oder du stirbst an Starrkrampf und der Streik wird niedergeschlagen? Was dann?«

»Es macht nichts«, beharrte Jim. »Früher dachte ich auch so wie du, Doktor, aber es macht überhaupt nichts aus.«

»Wie bist du dahin gekommen?« fragte Burton. »Wie geht das zu?«

»Ich weiß nicht. Früher war ich einsam, und jetzt bin ich es nicht mehr. Wenn es jetzt mit mir aus ist, macht es nichts. Die Sache geht weiter. Ich bin nur ein Teilchen davon. Sie wird immer weiter wachsen. Ich fühle, daß es irgendwie gut ist, diesen Schmerz in der Schulter zu haben, und ich möchte wetten, daß Joy einen Augenblick lang froh war, bevor er starb. Genau in jenem Augenblick war er froh, da möchte ich wetten.«

Sie hörten draußen eine rauhe, eintönige Stimme und dann einige Rufe und dann das zornige Brüllen der Menge, wie das eines wütenden Tiers. »Jetzt eben erzählt London es ihnen«, sagte Jim. »Sie sind außer sich. Jesses, wie eine wilde Menge die Luft mit Wildheit erfüllt. Du verstehst das nicht, Doktor. Mein Alter hat immer allein gekämpft. Wenn er verprügelt wurde, wurde er allein verprügelt. Ich weiß noch, wie einsam er war. Aber ich bin nicht mehr einsam, und ich allein kann nicht mehr verprügelt werden, denn ich bin mehr als ich.«

»Reine religiöse Ekstase. Das kann ich verstehen. Teilhaber am Blute des Lammes.«

»Zum Teufel mit der Religion«, schrie Jim. »Es geht um Menschen, nicht um Gott. Es geht um etwas, was man kennt.«

»Nun, kann denn eine Gruppe von Menschen nicht Gott sein, Jim?«

Jim riß sich herum. »Du machst zu viele Worte, Doktor. Du baust dir eine Falle aus Worten, und dann gehst du selbst hinein. Mich fängst du nicht. Mir bedeuten deine Worte nichts. Ich weiß, was ich tue. Argumentieren verfängt bei mir nicht.«

»Beruhige dich«, sagte Burton sanft. »Reg dich nicht so auf. Es ging mir nicht ums Argumentieren, ich wollte gerne was von dir erfahren. Ihr werdet immer gleich wütend, wenn man euch was fragt.«

Als die Dämmerung in Nacht überging, schien die Laterne heller zu brennen und mit ihrem gelben Licht in tiefere Winkel des Zelts zu dringen. Mac kam still herein, als schleiche er vor dem Lärm und den Rufen draußen davon. »Sie sind wütend«, sagte er. »Sie haben wieder Hunger. Gesottenes und

Bohnen heut abend. Ich wußte, das Fleisch würde sie übermütig machen. Am liebsten würden sie gleich jetzt ausziehen und Häuser in Brand stecken.«

»Wie sieht der Himmel aus?« fragte Burton. »Gibt's noch mehr Regen?«

»Sternenklar. Das Wetter ist gut.«

»Mac, ich muß mit dir reden. Meine Vorräte gehen zu Ende. Ich brauche Desinfektionsmittel. Oh ja, und ich könnte Salvarsan gebrauchen. Wenn irgendeine Epidemie ausbrechen sollte, wär's mit unserem Glück aus.«

»Ich weiß«, sagte Mac. »Ich habe in die Stadt berichtet, wie es steht. Ein paar von unsern Jungens versuchen, Geld aufzutreiben, um für Dakin eine Bürgschaft stellen zu können. Mir wär's gerade so recht, wenn er im Gefängnis bliebe.«

Burton erhob sich von seinem Platz auf der Matratze. »London kannst du herumbefehlen, nicht wahr? Dakin würde sich nicht alles bieten lassen.«

Mac betrachtete ihn. »Was ist los, Doktor? Fühlst du dich nicht wohl?«

»Wie meinst du das?«

»Ich meine, daß deine Selbstbeherrschung nachläßt. Du bist müde. Was ist los, Doktor?«

Burton steckte die Hände in die Taschen. »Ich weiß nicht; ich fühle mich wohl einsam. Ich bin furchtbar einsam. Ich arbeite ganz allein, für nichts und wieder nichts. Für euch gibt es irgendeinen Ausgleich. Ich bekomme Herzschläge nur durch das Stethoskop zu hören. Ihr hört sie in der Luft.« Plötzlich beugte er sich vor, legte Lisa seine Hand unter das Kinn, hob ihren Kopf und blickte in ihre Augen, die sich verengten. Ihre Hand suchte langsam sein Handgelenk und zog sachte daran. Er ließ los und steckte die Hand wieder in die Tasche.

Mac sagte: »Ich wollte, ich wüßte eine Frau, zu der du gehen könntest, Doktor, aber ich weiß keine. Ich bin hier selber neu. Dick könnte dich in der Stadt beraten. Er wird unterdessen wohl etwa zwanzig auf seiner Liste haben. Aber sie könnten dich erwischen und einstecken, Doktor, und wenn du nicht für uns sorgtest, würden sie uns augenblicklich von hier vertreiben.«

Burton sagte: »Manchmal verstehst du zu viel, Mac. Manchmal – gar nichts. Ich glaube, ich gehe mal Anderson besuchen. Ich war den ganzen Tag noch nicht bei ihm.«

»O. K., Doktor, wenn dir das hilft. Ich behalte Jim in Dekkung.«

Der Doktor blickte nochmal auf Lisa hinunter und ging dann hinaus.

Inzwischen war das Rufen zu Gerede abgeklungen, zu leisem Gerede. Es belebte draußen vor dem Zelt die Nacht.

»Der Doktor ißt nicht«, beschwerte sich Mac. »Noch nie hat ihn jemand schlafen sehen. Früher oder später muß er zusammenbrechen, aber bisher ist es noch nie vorgekommen. Er braucht unbedingt eine Frau; eine, die ihn eine Nacht lang gern hat, wißt ihr, wirklich gern hat. Er muß menschliche Wärme spüren – mit der Haut. Ich übrigens auch. Lisa, du kannst von Glück reden, daß du gerade ein Kind gehabt hast. Ich würde dir sonst in die Haare geraten.«

»Hm?«

»Ich meine, wie geht's dem Kind?«

»Gut.«

Mac nickte Jim gewichtig zu: »Ich schätze ein Mädchen, das nicht zuviel spricht.«

Jim fragte: »Was war dort draußen? Ich habe schon jetzt genug vom Drinnensitzen.«

»Je nun, London erzählte, was uns das Bürschchen gesagt hat, und verlangte ein Vertrauensvotum. Natürlich bekam er das mit Glanz und Gloria. Jetzt bespricht er sich mit den Gruppenleitern wegen morgen.«

»Was ist denn morgen?«

»Nun, unser Bürschchen hatte natürlich recht, als er von der Verordnung sprach. Morgen wird es gegen das Gesetz verstoßen, wenn unsere Jungens auf der Landstraße marschieren. Vermutlich werden sie nicht an die Lastwagen gedacht haben. Statt also um die Plantagen Postenketten aufzustellen, werden wir fliegende Staffeln in den Wagen ausschicken. Dann können wir zunächst die eine Schar Streikbrecher überfallen und uns davonmachen und dann eine zweite überfallen. So sollte es gehen.«

»Woher kriegen wir das Benzin?«

»Wir nehmen es halt aus allen Wagen zusammen und füllen es in die paar wenigen, die wir brauchen. Das sollte für morgen reichen. Übermorgen müssen wir vielleicht was anderes versuchen. Vielleicht gelingt es uns, morgen so kräftig zuzuschlagen, daß wir übermorgen ausruhen können, bis sie eine neue Ladung Streikbrecher herangeschafft haben.«

Jim fragte: »Morgen kann ich doch mit, nicht wahr?«

Mac schrie: »Was würdest du uns schon nützen? Die Leute, die gehen, müssen kämpfen können. Du versperrst uns nur Platz mit deinem blöden Arm. Denk doch ein bißchen nach.«

Die Eingangsplanen wurden beiseite gezogen und London trat ein. Sein Gesicht war gerötet vor Freude. »Die Burschen kochen vor Zorn«, sagte er. »Sie brennen darauf, Torgas Mores zu lehren, wenn es nur eben aufmuckt.«

»Laß ihnen ja nicht die Zügel schießen«, riet Mac. »Sie haben den Bauch voll Futter. Wenn sie losgehen, werden wir sie kaum mehr einholen können.«

London zog sich eine Kiste heran und setzte sich. »Das Futter sei fast fertig, sagt der Bursche. Ich will dich was fragen, Mac. Alle sagen, du seist ein Roter. Beide Kerle, die herkamen, um zu reden, haben es gesagt. Sie scheinen dich zu kennen.«

»O ja?«

»Sag mir ehrlich, Mac. Bist du und Jim rot?«

»Was glaubst du?«

Londons Augen blitzten zornig, aber er nahm sich zusammen. »Werde nicht gemein, Mac. Ich schätze es nicht, wenn die Kerle auf der Gegenseite mehr über dich wissen als ich. Was zum Teufel weiß ich denn? Du bist in mein Lager gekommen und hast mir geholfen. Ich habe nie Fragen gestellt – niemals. Ich würde dir auch jetzt keine stellen, aber ich muß wissen, was ich zu erwarten habe.«

Mac machte ein ratloses Gesicht. Er schaute zu Jim hinüber. »O. K.?«

»Von mir aus O. K.«

»Hör mal, London«, begann Mac. »Man kann dich furchtbar gerne haben. Sam würde jeden windelweich prügeln, der dich nur schief anschaut.«

»Ich habe gute Freunde«, sagte London.

»Eben darum. Mir geht es gleich wie ihnen. Wenn ich nun ein Roter wäre, was dann?«

London sagte: »Du bist ein Freund von mir.«

»Also gut, ich bin ein Roter. Das ist kein so höllisch großes Geheimnis. Sie behaupten, ich hätte diesen Streik angezettelt. Du mußt mich jetzt recht verstehen. Ich würde ihn angezettelt haben, wenn ich gekonnt hätte. Aber es war gar nicht nötig. Er fing von selber an.«

London beäugte ihn vorsichtig, als ob er im Geist langsam

um Macs Geist herumginge. »Was gewinnst du dabei?« fragte er.

»Meinst du an Geld? Nicht einen verdammten Fünfer.«

»Wofür tust du's dann?«

»Ja, das ist schwer zu sagen – du weißt doch, was du für Sam und all die andern Burschen, die mit dir wandern, empfindest? Also gut, ich empfinde das gleiche für alle Wanderarbeiter im Land.«

»Auch für Leute, die du überhaupt nicht kennst?«

»Ja, auch für Leute, die ich überhaupt nicht kenne. Jim geht es genau so – genau so.«

»Es hört sich vollkommen verrückt an«, sagte London. »Hört sich an wie ein schlechter Witz. Und Geld kriegst du keines?«

»Du hast mich doch noch nicht in einem Rolls-Royce sitzen sehen, oder?«

»Ja, aber nachher?«

»Was heißt ›nachher‹?«

»Nun, vielleicht beziehst du deine Sache, wenn das hier vorbei ist.«

»Es gibt kein Nachher«, sagte Mac. »Wenn das hier erledigt ist, sind wir anderswo dabei.«

London blinzelte ihn an, als versuche er, seine Gedanken zu lesen. »Ich glaub' dir's«, sagte er langsam. »Bisher hast du mir noch keinen Bären aufgebunden.«

Mac streckte den Arm aus und klopfte ihm kräftig auf die Schulter. »Ich hätt' es dir längst gesagt, wenn du mich gefragt hättest.«

London sagte: »Ich habe nichts gegen Rote. Immer hört man, was sie für Hurensöhne seien. Sam ist eine reizbare und jähzornige Klapperschlange, aber ein Hurensohn ist er nicht. Komm, wir holen uns was zu essen.«

Mac erhob sich. »Ich bringe für dich und Lisa was mit, Jim.«

London stand im Eingang und sagte: »Der Mond geht prächtig auf. Ich wußte nicht, daß Vollmond ist.«

»Es ist auch gar nicht Vollmond. Wo siehst du das?«

»Schau, dort drüben, siehst du? Sieht aus, als gehe der Mond auf.«

Mac sagte: »Das ist gar nicht Osten – Jesses! Das ist Andersons Haus. *London*«, rief er. »Sie haben Andersons Haus in Brand gesteckt! Hol die Leute. Los, verdammt nochmal! Wo stecken denn die Wachen? Sammle rasch die Leute!« Er rannte fort, auf das rote, immer heftiger werdende Licht hinter den Bäumen zu.

Jim sprang von der Matratze hoch. Er spürte seinen verwundeten Arm nicht, als er so fünfzig Schritt hinter Mac herlief. Er hörte Londons Stimme brüllen und dann das Trommeln vieler Füße auf dem nassen Boden. Er erreichte die Bäume und beschleunigte seinen Lauf. Das rote Licht schlug hinter den Bäumen hoch. Es war jetzt mehr als bloße Glut. Eine Stichflamme schlug über die Wipfel. Lauter als der Lärm der Füße war ein bösartiges Knistern. Von vorne schlugen schrille Schreie und unterdrücktes Geheul an sein Ohr. Die Bäume warfen Schatten weg vom Feuerschein. Das Ende der Baumgasse wurde durch die Brandstätte abgeschlossen, und davor bewegten sich schwarze Gestalten. Jim konnte sehen, wie Mac davonstürzte, und hörte das immer lauter werdende fauchende Brüllen der Flammen. Er rannte, was er konnte, holte Mac ein und lief neben ihm. »Es ist die Scheune«, keuchte er. »Waren die Äpfel schon raus?«

»Jim! Verdammt, du hättest nicht kommen sollen. Nein, die Äpfel sind in der Scheune. Wo zum Teufel haben denn die Wachen gesteckt? Man kann sich auf niemanden verlassen.« Sie näherten sich dem Ende der Gasse, und die heiße Luft schlug ihnen ins Gesicht. Alle Wände der Scheune waren in Feuer gehüllt, und die starken Flammen sprangen aus dem Dach. Die Wachen standen neben Andersons Häuschen und beobachteten schweigend das Schauspiel, während Anderson mit zuckenden Bewegungen vor ihnen herumtanzte.

Mac hörte auf zu rennen. »Keinen Zweck. Nichts zu machen. Sie müssen Benzin verwendet haben.«

London stürzte an ihnen vorbei mit Mordlust in den Augen. Er hielt vor den Wachen und schrie: »Ihr gottverdammten Hornochsen! Wo zum Teufel wart ihr denn?«

Einer der Männer übertönte das Feuer: »Du hast uns doch einen geschickt, der uns holen kam. Wir waren gerade zum Lager unterwegs, als wir sahen, wie es anfing.«

Londons Wut verpuffte. Seine schweren Fäuste lösten sich. Er drehte sich hilflos nach Mac und Jim um, deren Augen im Feuerschein glühten. Anderson hüpfte in seinem zuckenden, wilden Tanz nahe an sie heran. Er kam auf Mac zu, stellte sich vor ihn und stieß sein Kinn zu Macs Gesicht empor. »Du dreckiger Hurensohn!« Seine Stimme brach, und er drehte sich weinend um, dem Flammenschloß zu. Mac legte seinen Arm um Andersons Hüfte, aber der Alte stieß ihn von sich. Aus dem Feuer kam der beißende, süße Geruch brennender Äpfel. Mac sah schwach und traurig aus. Zu London sagte er: »Herrgott, ich wollte, das wäre nicht geschehen. Der arme Alte, seine ganze Ernte.« Ein Gedanke ließ ihn verstummen. »Du Allmächtiger! Hast du jemand im Lager zurückgelassen?«

»Nein, daran habe ich nicht gedacht.«

Mac wirbelte herum. »Los, eine Schar von euch. Vielleicht wollen sie uns nur weglocken. Einige bleiben hier und sorgen dafür, daß das Haus nicht auch noch abbrennt.« Er rannte auf dem gleichen Weg zurück, den er gekommen war. Sein langer, schwarzer Schatten lief vor ihm her. Jim versuchte mitzukommen, aber Übelkeit und Schwäche befielen ihn. Der Abstand zu Mac vergrößerte sich, und die Männer überholten ihn, bis er allein war, zurückgeblieben, und schwindlig über die unebene Erde vorwärts stolperte. Aus dem Lager vor ihm brachen keine Flammen. Jim begnügte sich, auf dem unscharfen Weg zwischen den Stämmen im Schritt zu gehen. Er hörte das Krachen der einstürzenden Scheune und drehte nicht einmal den Kopf. Als er den halben Weg zurückgelegt hatte, gaben seine Beine nach, und er ließ sich zu Boden sinken. Über seinem Kopf war der Himmel vom Feuer erhellt, und hinter dem unteren rosigen Licht hingen die eisigen Sterne.

Mac, der zurückgekommen war, fand ihn dort. »Was ist los, Jim?«

»Nichts. Meine Beine wurden schwach. Ich ruhe mich nur aus. Ist im Lager alles in Ordnung?«

»Ja. Sie haben es nicht angegriffen. Ein Mann ist verletzt. Er ist gefallen. Ich glaube, er hat sich den Fuß gebrochen. Wir müssen den Doktor suchen. War das ein verdammt schlechter Bubenstreich! Einer von den Kerlen holt die Wache weg, während die anderen Benzin ausleeren und ein Streichholz dranhalten. Jesses, ging das rasch! Jetzt wird uns Anderson die Hölle heiß machen. Morgen wird er uns wohl rausschmeißen.«

»Wohin gehen wir dann, Mac?«

»He, du! Dich hat's ja ordentlich erwischt. Los, gib mir deinen Arm. Ich helf' dir. Hast du den Doktor beim Feuer gesehen?«

»Nein.«

»Aber er sagte doch, er wolle Al besuchen. Ich habe ihn auch nicht zurückkommen sehen. Los, stell dich auf die Beine. Ich muß dich ins Bett stecken.«

Schon verglomm das Licht. Am Ende der Gasse lag zwar noch ein Feuerhaufen, aber die Flammen sprangen nicht in langen Fahnen hoch. »Halt dich an mir fest. Hast du gesehen, Anderson war fast verrückt. Gott sei Dank, haben sie sein Haus nicht auch noch angezündet.«

London mit Sam hinter sich holte sie ein. »Wie sieht's im Lager aus?«

»O.K. Sie haben es nicht angerührt.«

»Ja, was ist denn mit dem Jungen los?«

»Einfach geschwächt, von der Wunde. Stütze ihn auf der anderen Seite.« Gemeinsam schleppten sie Jim durch den Obstgarten, über das offene Feld und in Londons Zelt. Sie setzten ihn auf die Matratze. Mac fragte: »Hast du den Doktor dort drüben gesehen? Ein Bursche hat den Fuß gebrochen.«

»Nein. Hab ihn nirgends gesehen.«

»Ich möchte wohl wissen, wo er steckt.«

Sam betrat leise das Zelt. Gestraffte Muskeln zeichneten sein mageres Gesicht. Er kam steif heran und stellte sich vor Mac. »Neulich nachmittags, als der Kerl sagte, was er tun würde, wenn –«

»Was für ein Kerl?«

»Der erste, der kam, und dem du's gesagt hast.«

»Was soll ich ihm denn gesagt haben?«

»Dem du gesagt hast, was *wir* tun würden.«

Mac fuhr auf und blickte London an. »Ich weiß nicht, Sam. Wir können uns die Sympathie der Öffentlichkeit verscherzen. Und jetzt sollte sie sich uns zuwenden. Wir dürfen sie nicht unsern Gegnern zutreiben.«

Sams Stimme war dumpf vor Haß. »Das kannst du ihnen nicht durchgehen lassen. Du kannst doch nicht zulassen, daß uns die feigen Köter ausräuchern.«

London sagte: »Rück heraus damit, Sam. Was willst du?«

»Ich möchte mir zwei Burschen aussuchen – und ein bißchen mit Streichhölzern spielen.« Mac und London beobachteten ihn genau. »Ich gehe«, sagte Sam. »Ich scher mich den Teufel. Ich gehe. Es gibt einen Kerl, der heißt Hunter. Er hat ein großes, weißes Haus. Ich nehme mir einen Kanister Benzin mit.«

Mac grinste. »Sieh dir den Burschen genau an, London. Erinnerst du dich, ihn schon mal irgendwo gesehen zu haben? Weißt du, wer er ist?«

London ging darauf ein: »Nein, keine Ahnung. Wer ist das?«

»Du überfragst mich. War er jemals im Lager?«

»Nein, bei Gott. Vielleicht ist es eben einfach einer, der irgendeinen persönlichen Groll hegt. Man hängt uns ja alles Mögliche an.«

Mac wandte sich jäh an Sam: »Wenn sie dich erwischen, mußt du es allein ausbaden.«

»Ich werd es schon ausbaden«, sagte Sam finster. »Ich teile nicht gern. Ich will auch niemand mitnehmen. Ich hab es mir anders überlegt.«

»Wir kennen dich nicht. Du hegst nur einen persönlichen Groll.«

»Ich hasse den Kerl, weil er mich bestohlen hat«, sagte Sam.

Mac trat nahe an ihn heran und packte ihn am Arm. »Brenn den Köter auf den Grund«, sagte er böse. »Verbrenn den letzten Splitter im Haus. Ich möchte mitkommen. Gott, möchte ich gern dabeisein!«

»Bleib da«, sagte Sam. »Das ist nicht deine Sache. Dieser Kerl hat mich bestohlen – und ich bin nun mal ein Feuervogel. Ich habe immer gern mit Streichhölzern gespielt.«

London sagte: »Wiedersehen, Sam. Komm uns mal besuchen.«

Sam schlüpfte leise aus dem Zelt und verschwand. London und Mac blickten noch eine Weile auf die leicht schwingende Eingangsplane. London sagte: »Ich habe das Gefühl, daß er nicht zurückkommen wird. Komisch, wie man einen so schäbigen Menschen mit der Zeit gern bekommen kann. Immer mußte er sein Kinn hochwerfen, immer hat er Streit gesucht.«

Jim hatte still auf der Matratze gesessen. Sein Gesicht war bekümmert. Durch die Zeltwände war die Feuersglut noch immer schwach zu sehen, und jetzt ertönte durch die Nacht das Heulen von Sirenen, die immer näher kamen, einsam und böse.

Mac sagte bitter: »Sie haben dem Feuer einen gehörigen Vorsprung gegeben, bevor sie mit ihrer Brandwache ausgerückt sind. Zum Teufel, wir haben ja noch gar nichts gegessen. Komm mit, London. Ich bring dir was, Jim.«

Jim saß da und wartete auf ihre Rückkehr. Lisa, die neben ihm saß, gab ihrem Kind wieder heimlich die Brust. »Gehen Sie gar nie hinaus?« fragte Jim.

»Hm?«

»Sie sitzen den ganzen Tag hier. Alle möglichen Dinge geschehen um Sie her, und Sie schenken ihnen überhaupt keine Beachtung. Sie hören nicht einmal zu.«

»Ich wollte, es wäre vorbei«, erwiderte sie. »Ich wollte, wir wohnten in einem Haus mit einem Boden und einer Toilette in der Nähe. Ich mag keine Kämpfe.«

»Es muß aber sein«, sagte Jim. »Einmal wird es wohl zu Ende sein, aber das erleben wir vielleicht nicht mehr.«

Mac kam herein, zwei dampfende Eßnäpfe in den Händen. »Die Feuerwehr kam immerhin an, bevor es ganz erloschen war. Hier, Jim; ich habe das Fleisch gleich zu den Bohnen gelegt. Das ist für dich, Lisa.«

Jim sagte: »Mac, du hättest Sam nicht gehen lassen dürfen.«

»Warum zum Teufel durfte ich nicht?«

»Weil du es nicht aus dem rechten Gefühl heraus tatest, Mac. Du ließest dich von deinem persönlichen Haß bestimmen.«

»Ja, Herrgott! Denk doch an den armen alten Anderson, der seine Scheune und seine ganze Ernte verloren hat.«

»Selbstverständlich, ich weiß. Vielleicht ist es ja auch eine gute Idee, Hunters Haus in Brand zu stecken. Aber du hast dich dabei ereifert.«

»O ja? Und ich nehme an, du wirst mich deswegen verklagen. Ich nehme dich mit hierher, damit du ein paar Erfahrungen sammeln kannst, und du verwandelst dich in einen gottverdammten Schulmeister. Was glaubst du eigentlich, wer du bist? Ich habe schon Streiks organisiert, als du noch dein Lätzchen besabbert hast.«

»Augenblick mal, Mac. Ich kann euch nur noch mit dem Kopf helfen. Es geht alles weiter, und ich sitze da mit einer verletzten Schulter. Ich möchte einfach verhüten, daß du den Kopf verlierst, Mac. Wenn du wild wirst, kannst du nicht mehr denken.«

Mac starrte ihn feindselig an. »Du hast Glück, daß ich dir nicht den Schädel einhaue, nicht weil du unrecht hast, sondern weil du recht hast. Man hat bald genug von einem Kerl, der immer recht hat.« Plötzlich grinste er. »Es ist vorbei, Jim. Denken wir nicht mehr daran. Du verwandelst dich in einen richtigen Hurensohn. Alle werden dich hassen, aber du wirst ein gutes Parteimitglied sein. Ich weiß, ich verliere den Kopf; ich kann es nicht ändern. Ich bin sehr besorgt, Jim. Alles geht schief. Wo glaubst du, daß der Doktor steckt?«

»Noch immer kein Lebenszeichen von ihm? Erinnerst du dich noch, was er sagte, bevor er fortging?«

»Er sagte, er wolle Al besuchen.«

»Ja, aber davor: wie einsam er sich fühle. Es hörte sich ein bißchen durchgedreht an, wie einer, der zu viel gearbeitet hat. Vielleicht ist er übergeschnappt. Er hat doch nie an die Sache geglaubt; vielleicht ist er ausgerissen.«

Mac schüttelte den Kopf. »Ich bin schon viel mit dem Doktor herumgekommen. Das hat er noch nie getan. Er hat noch niemanden im Stich gelassen. Ich mache mir Sorgen, Jim. Der Doktor wollte zu Anderson. Vielleicht hielt er die Brandstifter für unsere Wachen, und sie haben ihn erwischt. Nichts käme ihnen mehr gelegen.«

»Vielleicht kommt er wieder.«

»Dann würde ich dir Bescheid geben. Wenn der Gesundheitsdienst morgen eine Verordnung gegen uns erläßt, dann können wir verdammt sicher sein, daß sie den Doktor abgefangen haben. Armer Teufel! Ich weiß nicht, was ich mit dem Mann tun soll, der sich den Fuß gebrochen hat. Einer hat ihn geschient, aber wahrscheinlich falsch. Ach was, vielleicht spaziert der Doktor bloß im Obstgarten herum. Es ist meine Schuld: ich habe ihn allein hinübergehen lassen; es ist ganz meine Schuld. London tut, was er kann. Ich werde vergeßlich. Ich habe eine Last auf mir, Jim. Andersons Scheune liegt mir auf der Seele.«

»Du behältst das Ganze nicht im Auge«, sagte Jim.

Mac seufzte. »Ich habe immer gemeint, ich könne allerhand verdauen, aber du kannst höllisch viel mehr vertragen. Hoffentlich fange ich nicht an, dich zu hassen. Es ist besser, du schläfst im Krankenzelt, Jim. Dort gibt es ein Reservebett, und ich will nicht, daß du auf dem Boden schläfst, solange du dich nicht besser fühlst. Warum ißt du nicht?«

Jim sah auf seinen Blechnapf. »Ich hab's ganz vergessen. Und dabei habe ich Hunger.« Er fischte ein Stück Gesottenes aus den Bohnen und nagte daran. »Hol dir doch selber auch was«, sagte er.

»Ja, ich geh jetzt.«

Nachdem er fort war, aß Jim rasch seine Bohnen, die großen, ovalen, goldenen Bohnen. Er spießte immer drei aufs Mal auf ein zugespitztes Hölzchen, und als sie alle waren, kippte er den Napf und trank die Soße. »Schmeckt gut, nicht wahr?« sagte er zu Lisa.

»Ja, Limabohnen esse ich immer gern. Sie hätten nur ein bißchen Salz nötig. Schweinefleisch mit Salz schmeckt besser.«

»Die Leute sind so still, furchtbar still.«

»Sie haben alle den Mund voll«, sagte das Mädchen. »Immer reden sie, außer wenn sie sich den Mund vollgestopft haben. Immer nur reden. Wenn sie schon kämpfen müssen, warum kämpfen sie dann nicht und erledigen die Sache, statt immer zu reden?«

»Das ist eben ein Streik«, sagte Jim zur Verteidigung.

»Sogar Sie reden die ganze Zeit«, sagte sie. »Reden dreht noch kein Rad.«

»Manchmal kann man aber mit Reden Dampfdruck erzeugen, der dann die Räder dreht, Lisa.«

London trat ein, stand da und stocherte mit einem zugespitzten Streichholz in seinen Zähnen. Im Lampenlicht schimmerte stumpf die kahle Stelle seiner Tonsur. »Ich habe ringsum Ausschau gehalten«, sagte er. »Hab noch kein Feuer gesehen. Vielleicht haben sie Sam geschnappt.«

»Er war ein kluger Bursche«, sagte Jim. »Neulich hat er einen Kontrolleur zu Fall gebracht, und dabei hatte der Kontrolleur ein Gewehr.«

»Oh, klug ist er schon. Klug wie die Schlange. Sam ist eine Klapperschlange, bloß klappert er nicht. Er ist ganz allein gegangen, hat keinen mitgenommen.«

»Um so besser. Wenn er erwischt wird, ist er einfach ein Übergeschnappter. Wenn drei Burschen erwischt würden, wäre es eine Verschwörung, verstehst du?«

»Ich hoffe, er wird nicht erwischt, Jim. Er ist ein netter Kerl. Ich mag ihn gern.«

»Ja, ich weiß.«

Mac kam mit seinem Blechnapf voll Essen herein. »Jesses, bin ich hungrig. Ich hab's gar nicht gemerkt, bis ich den ersten Bissen im Mund hatte. Hast du genug, Jim?«

»Bestimmt. Warum machen die Leute kein Feuer an und setzen sich drum herum? Gestern taten sie's doch.«

»Sie haben kein Holz«, sagte London. »Ich hab' sie alles Holz zu den Kochstellen bringen lassen.«

»Und warum sind sie so still? Man hört ja keinen Ton«, sagte Jim. »Es ist alles so ruhig.«

Mac sinnierte: »Es ist verdammt komisch, wie sich so eine Schar Menschen benimmt. Man kann es nie im voraus wissen. Ich habe immer gemeint, wenn man sie nur genau genug beobachtete, dann könnte man mit der Zeit lernen, was sie tun werden. Erst werden sie angriffslustig, und dann ganz plötzlich fährt ihnen die Angst in die Glieder. Ich glaube, das ganze Lager hat Angst. Es hat sich herumgesprochen, daß der Doktor erwischt worden ist. Und ohne ihn haben sie Angst. Sie gehen sich den Burschen mit dem gebrochenen Fuß ansehen, und dann gehen sie weg. Und dann, kurz darauf, gehen sie ihn wieder ansehen. Er ist ganz schweißbedeckt, solche Schmerzen hat er.« Mac nagte an einem Knochen und zerrte mit den Zähnen an dem weißen Knorpel.

Jim fragte: »Glaubst du, daß es Leute gibt, die es wissen?«

»Die was wissen?«

»Wie sich eine Menschenmenge benehmen wird.«

»Vielleicht weiß es London. Er hat seiner Lebtag Männer geführt. Nun, London?«

London schüttelte den Kopf. »Nein«, sagte er. »Ich habe es schon erlebt, daß eine Handvoll Männer wie die Hasen davonliefen, wenn ein Lastwagen eine Fehlzündung hatte. Zu anderen Zeiten scheint sie überhaupt nichts erschrecken zu können. Aber unmittelbar bevor es anfängt, kann man irgendwie spüren, was passieren wird.«

»Ich weiß«, sagte Mac. »Die Luft ist dann voll davon. Ich war einmal dabei, als ein Neger gelyncht wurde. Sie führten ihn ungefähr einen halben Kilometer weit zu einer Eisenbahnunterführung. Unterwegs tötete die Menge ein Hündchen, steinigte es zu Tode. Alle nahmen Steine auf. Die Luft war einfach geladen mit Töten. Dann genügte es ihnen nicht, den Neger zu hängen, sie mußten ihn auch noch verbrennen und zusammenschießen.«

»Hier darf so was nicht passieren«, sagte London.

Mac riet: »Wenn es aber doch passieren sollte, dann gehst du am besten aus dem Weg. Still, was war das?«

Draußen vor dem Zelt war ein Getrappel von Füßen vernehmbar, ein fast militärischer Rhythmus. »Ist London da?«

»Ja. Was wollt ihr?«

»Wir haben hier einen Burschen.«

»Was für einen Burschen?« Ein Mann mit einem Gewehr

kam herein. London sagte: »Bist du nicht einer von denen, die ich als Wache beim Haus zurückgelassen habe?«

»Ja. Nur drei von uns sind hergekommen. Wir sahen diesen Kerl herumschleichen, und wir haben ihn umzingelt und gefangen.«

»Und wer ist's?«

»Ich weiß nicht. Er hatte dieses Gewehr bei sich. Die Jungens wollten ihn zusammenhauen, aber ich sagte, es ist besser, wir bringen ihn hinüber, und das haben wir denn auch getan. Wir haben ihn da draußen, gefesselt.«

London sah Mac an, und Mac nickte zu Lisa hinüber. London sagte: »Lisa, es ist besser, du gehst hinaus.«

Sie erhob sich umständlich. »Wo soll ich denn hin?«

»Ich weiß nicht. Wo ist Joey?«

»Er bespricht sich mit jemand«, sagte Lisa. »Der hat an eine Schule geschrieben, die aus ihm einen Postangestellten machen wird. Joey, der will auch ein Postangestellter werden, und darum bespricht er sich jetzt mit diesem Kollegen.«

»Also such dir irgendeine Frau und setz dich zu ihr.«

Mit einem Hochwerfen der Schulter hob Lisa das Kind auf die Hüfte und verließ das Zelt. London nahm dem Mann das Gewehr ab und warf den Riegel herum. Eine scharfe Patrone schnellte heraus. »Ein Dreißig-dreißiger«, sagte London. »Bringt den Burschen herein.«

»O. K. Bringt ihn herein.« Zwei Wachen stießen den Gefangenen durch den Zelteingang. Er stolperte und gewann sein Gleichgewicht wieder. Seine Ellbogen waren ihm mit einem Gürtel hinter den Rücken gebunden und die Handgelenke mit Draht umwickelt. Er war sehr jung. Sein Körper war schmächtig und seine Schultern schmal. Seine hellblauen Augen waren starr vor Schreck.

»Zum Teufel«, sagte London. »Das ist ja ein halbes Kind.«

»Ein Kind mit einem Dreißig-dreißiger«, fügte Mac hinzu. »Darf ich mit ihm reden, London?«

»Klar, mach nur.«

Mac trat vor den Gefangenen hin. »Was machst du da draußen?«

Der Junge schluckte gequält. »Ich habe gar nichts gemacht.« Seine Stimme war ein Flüstern.

»Wer hat dich geschickt?«

»Niemand.«

Mac schlug ihm mit der offenen Hand ins Gesicht. Der

Kopf ruckte auf die Seite, und auf der weißen, bartlosen Wange entstand ein brandroter Fleck. »Wer hat dich geschickt?«

»Niemand«. Die offene Hand schlug wieder, stärker. Der Junge wankte, versuchte sich zu halten und fiel auf eine Schulter.

Mac streckte die Hand aus und zerrte ihn auf die Füße. »Wer hat dich geschickt?«

Der Junge weinte. Tränen liefen ihm die Nase entlang in seinen blutenden Mund. »Die Jungs in der Schule sagten, wir sollten gehen.«

»Highschool?«

»Ja. Und die Männer auf der Straße sagten, jemand sollte es tun.«

»Wieviele wart ihr?«

»Sechs.«

»Wo sind die anderen?«

»Ich weiß nicht, Mister, Ehrenwort, ich hab sie verloren.«

Macs Stimme war eintönig. »Wer hat die Scheune angezündet?«

»Ich weiß nicht.« Diesmal schlug Mac mit der geballten Faust. Der Hieb warf den schmächtigen Körper gegen die Zeltstange. Mac riß ihn wieder hoch. Das eine Auge des Jungen war zu und gequetscht.

»Paß auf mit dem ›ich-weiß-nicht‹. Wer hat die Scheune angezündet?«

Der Junge konnte nicht reden, sein Schluchzen erstickte ihn. »Schlagen Sie mich nicht, Mister. Ein paar Jungs im Billardzimmer sagten, es wäre gut. Sie sagten, Anderson sei ein Radikaler.«

»Also, siehst du? Habt ihr unsern Arzt gesehen?«

Der Junge sah ihn hilflos an. »Schlagen Sie mich nicht, Mister. Ich weiß nicht. Wir haben niemand gesehen.«

»Was hattest du mit dem Gewehr vor?«

»D-durch die Zelte schießen und ihnen Angst machen.«

Mac lächelte kalt. Er wandte sich an London. »Hast du eine Idee, was wir mit ihm machen sollen?«

»Ach zum Teufel«, sagte London. »Er ist ja nur ein Kind.«

»Ja, ein Kind mit einem Dreißig-dreißiger. Darf ich ihn weiterbehandeln, London?«

»Was hast du mit ihm vor?«

»Ich möchte ihn so in seine Highschool zurückschicken, daß keine Jungen mit Gewehren mehr herkommen.«

Jim saß auf der Matratze und sah zu. Mac sagte: »Jim, soeben hast du mir eine Strafpredigt gehalten, weil ich den Kopf verloren hatte. Jetzt verlier ich ihn nicht.«

»Es ist O. K., solange du kalt bleibst«, sagte Jim.

»Ich treffe gut«, sagte Mac. »Tut dir der Junge nicht leid, Jim?«

»Nein, er ist kein Junge, er ist ein Exempel.«

»So habe ich es mir gedacht. Jetzt hör mal zu, mein Sohn. Wir können dich den Leuten da draußen vorwerfen, aber die bringen dich wahrscheinlich um. Oder wir können dich hier drinnen behandeln.«

Das eine offene Auge starrte voll Furcht.

»Bist du einverstanden, London?«

»Malträtiere ihn nicht zu sehr.«

»Ich brauche ein Aushängeschild, keine Leiche«, sagte Mac. »Also los, Kerlchen. Ich nehme an, du bist einverstanden.«

Der Junge versuchte auszuweichen. Beim Versuch zusammenzukauern, verbeugte er sich. Mac packte ihn fest an der Schulter. Seine rechte Faust arbeitete in raschen, kurzen Hammerschlägen, einer nach dem andern. Die Nase brach und wurde platt, das andere Auge schloß sich und auf den Backen bildeten sich dunkle Schrammen. Der Junge fuhr wild herum, um den kurzen, präzisen Streichen auszuweichen. Plötzlich hörte die Folter auf. »Bindet ihn los«, sagte Mac. Er wischte seine blutige Faust an der Lederjacke des Jungen ab. »Das hat nicht sehr weh getan«, sagte er. »Du wirst dich in der Schule gut machen. Jetzt hör mit dem Geplärr auf. Erzähl den Jungs in der Stadt, was sie erwartet.«

»Soll ich ihm das Gesicht waschen?« fragte London.

»Nein, zum Teufel! Ich leiste hier die Arbeit eines Chirurgen, und du willst alles wieder verderben. Glaubst du, ich tu das zum Vergnügen?«

»Ich weiß nicht«, sagte London.

Die Hände des Gefangenen waren jetzt frei. Er schluchzte leise. Mac sagte: »Hör, was ich jetzt sage, Junge. Du bist nicht schwer verletzt. Deine Nase ist hin, aber das ist auch alles. Wenn es irgendein anderer besorgt hätte, wärst du jetzt schwer verletzt. Und deinen lieben Spielgefährten erzählst du, daß dem nächsten ein Bein gebrochen wird, und dem übernächsten beide Beine. Verstanden? Ich habe dich gefragt, ob du mich verstanden hast.«

»Ja.«

»O. K. Führt ihn zur Straße hinunter und laßt ihn laufen.« Die Wachen griffen dem Jungen unter die Arme und halfen ihm aus dem Zelt. Mac sagte: »London, vielleicht ist es besser, du schickst Patrouillen aus, um zu sehen, ob noch mehr Bübchen mit Kanonen herumlaufen.«

»Das will ich tun«, sagte London. Die ganze Zeit waren seine Augen nicht von Mac gewichen und hatten ihm mit Grauen zugeschaut. »Jesses, bist du ein grausames Biest, Mac. Ich kann begreifen, wenn einer das in der Wut tut, aber du warst nicht wütend.«

»Ich weiß«, sagte Mac müde. »Das ist das Schwerste dabei.« Er stand still und lächelte sein kaltes Lächeln, bis London das Zelt verlassen hatte; dann ging er zur Matratze, setzte sich und umklammerte seine Beine. Über seinen ganzen Körper schauderten die Muskeln. Jim streckte seinen gesunden Arm aus und faßte ihn am Handgelenk. Mac sagte müde: »Ich hätte es nicht tun können, wenn du nicht da gewesen wärest, Jim. O Gott, bist du hartgesotten. Du hast einfach zugeschaut. Dich hat es überhaupt nicht berührt.«

Jim drückte Macs Handgelenk fester. »Quäle dich nicht damit«, sagte er ruhig. »Es war nicht ein verängstigter Junge, es war eine Gefahr für die große Sache. Es mußte getan werden, und du hast es recht getan. Kein Haß, keine Gefühle, einfach eine Aufgabe. Quäle dich nicht.«

»Wenn ich ihm bloß die Hände hätte freigeben können, dann hätte er mich wenigstens hin und wieder puffen oder sich ein bißchen decken können.«

»Denk nicht mehr daran«, sagte Jim. »Es ist ja nur ein Teilchen im Ganzen. Mitleid ist genau so schädlich wie Furcht. Es war wie die Arbeit eines Arztes. Es war eine Operation, nichts anderes. Ich hätte sie dir abgenommen, wenn ich nicht außer Gefecht gesetzt wäre. Stell dir vor, die Kerle da draußen hätten ihn in die Kur genommen.«

»Ich weiß«, stimmte Mac zu. »Sie hätten ihn umgebracht. Ich hoffe, sie fangen nicht noch einen; ich könnte es nicht noch einmal tun.«

»Du müßtest«, sagte Jim.

Mac sah ihn an mit so etwas wie Furcht in den Augen. »Du bist mir über, Jim. Ich fange an, mich vor dir zu fürchten. Ich habe schon mehr Menschen wie dich erlebt. Sie machen mir Angst. Jesses, Jim, ich sehe, wie du dich täglich veränderst. Ich weiß, daß du recht hast. Kaltes Denken bricht Wut, ich weiß das alles. Allmächtiger Gott, Jim, es ist unmenschlich. Ich fürchte mich vor dir.«

Jim sagte leise: »Ich wollte immer, du solltest mich einsetzen. Du wolltest nicht, weil du anfingst, mich gern zu haben.« Er stand auf, ging zu einer Kiste und setzte sich darauf. »Das war ein Fehler. Dann wurde ich verwundet. Und beim Herumsitzen und Warten habe ich meine Kraft kennengelernt. Ich bin stärker als du, Mac. Ich bin stärker als irgendwas auf der Welt, weil ich mich auf einer geraden Linie bewege. Du und all die anderen, ihr müßt auch noch an Frauen und Tabak und Schnaps und warme Kleider und Essen denken.« Seine Augen waren so kalt wie nasse Bachkiesel. »Ich wollte eingesetzt werden. Jetzt will ich dich einsetzen, Mac. Ich sage dir, ich fühle Kraft in mir.«

»Du bist übergeschnappt«, sagte Mac. »Wie geht's mit deinem Arm? Ist er geschwollen? Vielleicht ist dir das Gift ins Blut übergetreten?«

»Glaub das nicht, Mac«, sagte Jim ruhig. »Ich bin nicht verrückt. Es ist Wirklichkeit. Es ist allmählich gewachsen. Und jetzt ist es da. Geh und sag London, ich will ihn sprechen. Sag ihm, er soll herkommen. Ich will versuchen, ihn nicht zur Wut zu reizen, aber er wird gehorchen müssen.«

Mac sagte: »Jim, vielleicht bist du nicht verrückt. Ich weiß nicht. Aber du darfst nicht vergessen, daß London der Streikleiter ist, gewählter Streikleiter. Er hat seiner Lebtag andern befohlen. Wenn du anfängst, ihn herumzukommandieren, wird er dich in hohem Bogen hinausschmeißen.« Er blickte Jim unsicher an.

»Es ist besser, du gehst und sagst es ihm«, sagte Jim.

»Also hör mal zu –«

»Mac, du willst gehorchen. Also tu's auch.«

Sie hörten ein leises Klagen und dann das anschwellende Heulen einer Sirene und dann noch eine, aufsteigend und absinkend, in der Ferne. »Das ist Sam«, schrie Mac. »Er hat sein Feuer gelegt.«

Jim stand auf. Mac sagte: »Du bleibst besser hier. Du bist zu schwach, Jim.«

Jim lachte kalt: »Du wirst schon sehen, wie schwach ich bin.«

Er ging zum Eingang, ging hinaus, und Mac folgte ihm.

Nach Norden zu hingen die Sterne in tiefer Schwärze über den Bäumen. In der Richtung von Torgas warfen die Lichter der Stadt einen blassen Schimmer an den Himmel. Links von der Stadt, über der hohen Brüstung der Bäume, wölbte das neue Feuer eine Kuppel roten Lichts. Jetzt schrien alle Sirenen miteinander, und dann gellte die eine, während die andere ihre Stimme zu einem Grollen absinken ließ. »Diesmal verlieren sie keine Zeit«, sagte Mac.

Die Männer stürzten aus den Zelten und stellten sich hin, um das lodernde Feuer zu sehen. Die Flammen brachen über die Bäume empor, und die Lichtkuppel verbreiterte sich und stieg in die Höhe. »Ein guter Anfang«, sagte Mac. »Auch wenn sie jetzt löschen, das Haus ist zerstört. So weit draußen können sie nur mit Chemikalien vorgehen.«

London eilte zu ihnen herüber. »Er hat's geschafft«, schrie London. »Herrgott, was für ein wahnwitziger Kerl. Ich wußte, daß er's schaffen würde. Er schreckte vor nichts zurück.«

Jim sagte gelassen: »Wir können ihn einsetzen, wenn er zurückkommt.«

»Ihn einsetzen?« fragte London.

»Ja. Ein Mann, der so gut einen Brand stiften kann, kann auch noch anderes. Es brennt ausgezeichnet, London, komm ins Zelt. Wir haben einiges zu besprechen.«

Mac mischte sich ein: »Er meint, London, –«

»Ich werde ihm schon sagen, was ich meine. Komm ins Zelt, London.« Jim ging voran und setzte sich auf eine Kiste.

»Was willst du eigentlich?« wollte London wissen. »Wovon redest du?«

Jim sagte: »Wir sind daran zu verlieren aus Mangel an Disziplin. Andersons Scheune ist verbrannt, weil auf die Wachen kein Verlaß war. Den Arzt haben sie uns entführt, weil seine Leibwache nicht bei ihm blieb.«

»Klar. Und was tun wir dagegen?«

»Wir schaffen Autorität«, sagte Jim. »Wir werden Befehle ausgeben, die ausgeführt werden. Die Leute haben dich doch gewählt, nicht wahr? Jetzt werden sie dazu stehen müssen, ob es ihnen paßt oder nicht.«

Mac schrie: »Herrgott, Jim! Das geht so nicht. Sie werden einfach abhauen. Sie sind über der Bezirksgrenze, bevor du dich umsiehst.«

»Wir brauchen eben eine Polizeigewalt. Wo ist das Gewehr?«

»Dort hinten. Was willst du damit?«

»Das bedeutet Autorität«, sagte Jim. »Dieses Im-Kreis-herum-laufen hängt mir zum Hals heraus. Ich sorge dafür, daß es vorwärtsgeht.«

London trat an ihn heran. »Was soll denn das heißen: ›Ich sorge dafür, daß es vorwärtsgeht?‹ Ich sorge dafür, daß du eine Abkühlung bekommst.«

Jim saß ruhig da. Sein junges Gesicht war wie aus Stein geschnitten, seine Augen unbeweglich; sein Mund lächelte ein wenig in den Winkeln. Er sah London fest und zuversichtlich an. »Setz dich, London, und reg dich nicht auf«, sagte er freundlich.

London blickte unsicher zu Mac. »Ist bei dem eine Schraube los?«

Mac vermied seinen Blick. »Ich weiß nicht.«

»Du könntest dich wenigstens setzen«, sagte Jim. »Früher oder später tust du das ja doch.«

»Also schön, setz ich mich halt.«

»O.K. Du kannst mich jetzt aus dem Lager werfen, wenn du willst. Sie werden mir im Gefängnis schon Platz machen. Oder du kannst mich auch bleiben lassen. Aber wenn ich bleibe, führe ich das hier zu Ende, und ich kann's.«

London seufzte: »Es hängt mir zum Hals heraus. Nichts als Scherereien. Ich würde dir den Posten jederzeit gerne abtreten, auch wenn du noch ein Junge bist. Ich bin der Chef.«

»Eben darum«, unterbrach ihn Jim. »Ich werde die Befehle durch dich erlassen. Mißversteh mich nicht, London: ich will nicht Autorität, sondern Aktion. Ich will nur eines: den Streik zu Ende führen.«

London fragte hilflos: »Was meinst du, Mac? Was wird der Junge zu Ende führen?«

»Ich weiß nicht. Ich dachte, es sei vielleicht Gift von der Schußwunde, aber er scheint vernünftig zu reden«, lachte Mac, und sein Lachen fiel schwer in die Stille.

»Das Ganze klingt ein bißchen nach Bolschewismus«, sagte London.

»Es kann dir ja gleich sein, wonach es klingt, wenn es nur wirkt«, erwiderte Jim. »Bist du bereit zuzuhören?«

»Ich weiß nicht. Nun ja, schieß los.«

»Also gut. Morgen früh hauen wir diese Streikbrecher zusammen. Ich will, daß du dafür die besten Kämpfer aussuchst. Gib den Männern Keulen in die Hand. Ich will, daß immer zwei Wachen zusammen ausrücken, immer paarweise. Wahrscheinlich wird die Polizei auf den Straßen patrouillieren und Barrikaden errichten. Wir dürfen uns nicht von ihnen aufhalten lassen. Wenn sie Barrikaden errichten, muß sie der erste Wagen beseitigen, auch wenn er dabei draufgeht. Der zweite sammelt dann die Leute des ersten und fährt weiter. Verstanden? Was immer wir anfangen, wird zu Ende geführt. Jeder Fehlschlag wirft uns hinter unsern Ausgangspunkt zurück.

»Ich werde höllische Schwierigkeiten mit den Leuten haben, wenn du Befehle geben willst«, sagte London.

»Ich will keine Befehle geben. Ich will nicht in den Vordergrund treten. Die Leute werden es gar nicht wissen. Ich gebe die Anweisungen dir, und du gibst sie ihnen. Das Allererste ist jetzt, daß wir einige Leute ausschicken, um zu erfahren, wie sich das Feuer entwickelt. Morgen werden wir ein gehöriges Maß von Schwierigkeiten haben. Ich wollte, Sam hätte das Feuer nicht gelegt; aber es ist jetzt mal geschehen. Auch müssen wir heute nacht das Lager gut bewachen. Es wird Vergeltungsmaßnahmen geben, da könnt ihr Gift drauf nehmen. Zwei Linien Wachen müssen ausgelegt werden, die untereinander Verbindung haben. Dann brauche ich einen Polizeiausschuß von fünf Mann, der jeden verprügelt, der einschläft oder wegschleicht. Besorge mir fünf Rauflustige.«

London schüttelte den Kopf. »Ich weiß nicht, ob ich dir den Schädel einschlagen oder dich machen lassen soll. Das ganze riecht verdammt nach Unannehmlichkeiten.«

»Leg jedenfalls schon mal die Wachen aus, während du es dir überlegst. Ich fürchte, wir werden noch diese Nacht genug Schwierigkeiten haben.«

»O. K., Kleiner, ich versuch's.«

Nachdem er hinausgegangen war, stand Mac noch immer neben der Kiste, auf welcher Jim saß. »Wie geht's mit dem Arm, Jim?« fragte er.

»Ich spüre ihn überhaupt nicht. Er muß so gut wie geheilt sein.«

»Ich weiß nicht, was mit dir los ist«, fuhr Mac fort. »Ich habe gespürt, wie es anfing.«

Jim sagte: »Es ist etwas, wie es eben aus einem solchen Kampf hervorwächst. Plötzlich spürt man die großen Kräfte am Werk, die solche kleinen Unruhen wie unsern Streik verursachen. Und der Anblick dieser Kräfte verwandelt einen, er gibt einem Mut und macht, daß man handelt. Ich denke mir, daß daher natürliche Autorität stammt.« Er hob seine Augen.

Mac schrie: »Warum flackern denn deine Augen so?«

»Ein kleiner Schwindel«, sagte Jim, und er wurde ohnmächtig und fiel von seiner Kiste.

Mac schleppte ihn zur Matratze und brachte eine Kiste für seine Füße. Im Lager war ein leises Stimmengemurmel, stetig und veränderlich und wechselnd im Ton wie das Murmeln eines Bächleins. Männer gingen vor dem Zelt hin und her. Die Sirenen erhoben wieder ihre Stimmen, aber diesmal ohne Erregung, denn die Wagen waren auf dem Heimweg. Mac knöpfte Jim das Hemd auf. Er brachte einen Eimer Wasser heran, der in einer Ecke des Zeltes stand, und spritzte Jim Wasser auf Kopf und Hals.

Jim öffnete die Augen und blickte zu Macs Gesicht empor. »Mir ist schwindlig«, klagte er. »Ich wollte, der Doktor käme wieder und gäbe mir was. Glaubst du, er kommt wieder, Mac?«

»Ich weiß nicht. Wie fühlst du dich jetzt?«

»Nur schwindlig. Ich denke, ich habe mein Pulver verschossen, bis ich wieder ausgeruht bin.«

»Bestimmt. Du solltest schlafen. Ich gehe mal versuchen, was von der Fleischbrühe für dich zu stibitzen. Das wird dir gut tun. Bleib ruhig liegen, bis ich zurück bin.«

Als er fort war, blickte Jim stirnrunzelnd zur Zeltdecke empor. Er sagte laut: »Ob es wohl weg ist? Ich glaube nicht, aber es könnte sein.« Und dann fielen ihm die Augen zu, und er schlief ein.

Als Mac mit der Suppe hereinkam, stellte er sie auf den Boden. Er nahm die Kiste unter Jims Füßen weg, setzte sich auf den Rand der Matratze und betrachtete das eingefallene, schlafende Gesicht.

Das Gesicht war in ständiger Unruhe. Die Lippen entblößten die Zähne, bis die Zähne trocken waren; dann schlossen sich die Lippen wieder über ihnen. Die Wangen um die Augen zuckten nervös. Einmal, als hätten sie mühsam ihre eigene Schwere zu überwinden, öffneten sich Jims Lippen und versuchten, ein Wort zu bilden, aber ein knurrendes Gemurmel war alles, was gelang. Mac zog die alten Decken über Jim.

Plötzlich wurde die Flamme in der Lampe den Docht hinuntergesaugt, und Dunkelheit kroch herein bis in die Mitte des Zelts. Mac sprang auf und fand eine Schnabelkanne voll Kerosin. Er schraubte den Deckel auf und füllte den Ölbehälter. Langsam wuchs die Flamme wieder, und ihre Ränder breiteten sich aus wie ein Paar Schmetterlingsflügel.

Draußen gingen die langsamen Schritte patrouillierender Männer vorüber. In der Ferne konnte man das Rumpeln der schweren Nachtfracht-Lastwagen auf der Landstraße hören. Mac nahm die Laterne von der Zeltstange herunter, trug sie zur Matratze und stellte sie auf den Boden. Aus seiner Hüfttasche brachte er ein Paket zusammengefaltetes Papier, einen zerknitterten, frankierten Briefumschlag und ein abgebrochenes Stück Bleistift zum Vorschein. Mit dem Papier auf den Knien schrieb er langsam, in großen, rundlichen Buchstaben:

»Lieber Harry,
um Himmels willen schick uns Hilfe. Doktor Burton haben sie gestern abend geschnappt. Ich glaube wenigstens. Der Doktor ist nicht einer, der uns davonlaufen würde, aber er ist weg. Dieses Tal ist organisiert wie die Jesuiten. Die Selbsthilfeleute machen uns die Hölle heiß. Wir brauchen Essen, Medikamente und Geld. Dick leistet prima Arbeit, aber wenn wir nicht von auswärts Hilfe bekommen, sind wir erledigt. Ich kenne keinen andern Ort, der so gottverdammt organisiert ist. Ungefähr drei Männer haben alles in der Hand. Es würde mich nicht überraschen, wenn sie Dick bereits eingesperrt hätten.

Jim entwickelt sich großartig. Ich bin daneben klein und häßlich. Morgen werden wir hier wahrscheinlich hinausgeschmissen. Die SH hat dem Eigentümer die Scheune in Brand gesteckt, und er ist furchtbar aufgebracht. Jetzt, wo Doktor Burton verschwunden ist, wird uns das Gesundheitsamt auffliegen lassen. Denk Dir also was aus. Die ganze Zeit sind sie hinter meinem und Jims Skalp her. Es sollte jemand hier sein für den Fall, daß sie uns erwischen.

Ich schreie um Hilfe, Harry. Unsere geheimen Freunde sind eingeschüchtert, aber das ist nicht das Schlimmste.«

Er nahm ein neues Blatt Papier.

»Die Leute sind gereizt. Du kennst das ja. Morgen früh gehen sie vielleicht hin und stecken das Rathaus in Brand, oder aber sie rasen in die Berge davon und verstecken sich für ein halbes Jahr. Also, Harry, erzähle um Himmels willen allen Leuten, daß wir unbedingt Hilfe brauchen. Wenn sie uns von hier verjagen, werden wir Mühe haben, irgendwo unterzukommen. Wir haben vor, die Streikposten auf Lastwagen in die Obstplantagen zu befördern. Wir haben bisher nicht viele Streikbrecher feststellen können.

Also bis auf weiteres. Jack wird Dir diesen Brief überbringen. Und um der Liebe Gottes willen, schick Hilfe.

Mac.«

Er las den Brief nochmal, fügte einem t den vergessenen Querstrich hinzu, faltete das Blatt und steckte es in den verschmierten Umschlag. Er addressierte ihn an John H. Weaver, Esq.

Draußen hörte er einen Anruf: »Wer da?«

»London.«

»O. K.«

London trat ins Zelt. Er sah Mac und den schlafenden Jim an. »So. Die Wachen habe ich aufgestellt, wie er gesagt hat.«

»Gut. Es hat ihn ordentlich gepackt. Ich wollte, der Doktor käme. Die Schulter macht mir angst. Er sagt, sie tue nicht weh, aber er ist von einem sträflichen Leichtsinn.« Mac brachte die Laterne zur Zeltstange zurück und hängte sie an ihren Nagel.

London setzte sich auf eine Kiste. »Was ist eigentlich über ihn gekommen?« fragte er leise. »Erst ist er noch ein junger Faselhans, und im nächsten Augenblick gibt er mir, weiß Gott, einen Tritt in den Hintern und übernimmt das Kommando.«

Macs Augen waren voll Stolz. »Ich weiß nicht. Ich habe es schon mehrmals erlebt, daß Burschen außer sich gerieten, aber das war anders. Jesses, man *mußte* einfach tun, was er sagte. Zuerst dachte ich, er sei übergeschnappt. Ich bin noch immer nicht sicher, ob er es nicht war. Wo ist das Mädel, London?«

»Ich habe es mit meinem Jungen drüben in einem leeren Zelt untergebracht.«

Mac blickte jäh auf: »Woher hast du denn ein leeres Zelt?«

»Ein paar Burschen sind wohl im Dunkeln abgehauen.«

»Vielleicht schieben sie nur Wache?«

»Nein«, sagte London. »Ich hatte mit ihnen gerechnet. Ein paar Burschen werden wohl davongelaufen sein.«

Mac rieb sich mit den Knöcheln fest die Augen. »Es war auch so langsam an der Zeit. Manche können einfach nicht durchhalten. Hör mal, London, ich muß mich in die Stadt schleichen und versuchen, einen Brief in den Briefkasten zu werfen. Gleichzeitig will ich mich ein bißchen umsehen.«

»Warum läßt du mich nicht einen von den Jungens schikken?«

»Nein, dieser Brief muß unbedingt ankommen. Es ist besser, ich gehe selbst. Ich bin es gewohnt, daß man mir nachstellt. Sie werden mich nicht fangen.«

London betrachtete seine schweren Hände. »Ist es ein – ein roter Brief?« fragte er.

»Du würdest ihn wohl so nennen. Ich versuche, Hilfe zu bekommen, damit dieser Streik nicht zusammenbricht.«

London sprach gezwungen: »Mac – wie ich schon sagte – man hört immer, die Roten seien eine Bande Hurensöhne. Das ist doch nicht wahr, Mac?«

Mac lachte leise in sich hinein. »Es hängt davon ab, wie man's ansieht. Wenn du tausend Hektar Land und eine Million Dollar hättest, wären sie eine Bande Hurensöhne. Aber solange du einfach London bist, ein Wanderarbeiter, dann sind sie eine Bande Burschen, die dir dazu verhelfen wollen, wie ein Mensch und nicht wie ein Schwein zu leben, verstehst du? Natürlich beziehst du deine Informationen aus der Zeitung, und die Zeitungen sind im Besitz der Leute mit Land und Geld, und so sind wir Hurensöhne, verstehst du? Dann lernst du uns kennen, und dann sind wir's nicht. Du mußt selbst entscheiden, wie es sich nun wirklich verhält.«

»Ja, könnte jetzt einer wie ich mit euch zusammenarbeiten? Schließlich hab ich ja bisher auch schon so was getan, als ich für die Burschen sorgte, die mit mir wanderten.«

»Verdammt richtig«, sagte Mac eifrig. »Du hast verdammt recht. Du hast natürliche Autorität, London. Du bist ein Wanderarbeiter, aber du bist auch ein Anführer.«

London sagte schlicht: »Die Burschen haben immer getan, was ich ihnen sagte. Das war meiner Lebtag so.«

Mac senkte die Stimme. Er rückte nahe heran und legte London die Hand aufs Knie. »Hör zu«, sagte er. »Ich glaube, wir verlieren diesen Streik. Aber wir haben immerhin so viel Stunk gemacht, daß es in der Baumwolle vielleicht nicht zum Streik kommen wird. Die Zeitungen schreiben natürlich, daß wir nichts als Unruhe stiften. Aber wir gewöhnen die Arbeiter daran, zusammenzuhalten; immer größere Massen halten zusammen, verstehst du? Es macht nichts aus, wenn wir hier verlieren. Dabei haben fast tausend Männer gelernt, wie man einen Streik aufzieht. Wenn wir es dahin bringen, daß die ganze Bande zusammenhält, dann wird vielleicht – vielleicht das Torgas-Tal, wenigstens der größte Teil davon, nicht mehr das Eigentum von drei Männern sein. Vielleicht darf man sich dann einen Apfel pflücken, ohne gleich ins Gefängnis zu kommen, verstehst du? Vielleicht wird man dann die Äpfel nicht mehr in den Fluß kippen, um den Preis hoch zu halten. Während Leute wie du und ich einen Apfel brauchten, um wenigstens etwas im Magen zu haben, verstehst du? Du mußt das Ganze im Auge behalten, London, nicht bloß diesen kleinen Streik.«

London schaute Mac angestrengt auf den Mund, als versuche er, die Wörter, die herauskamen, zu sehen. »Das ist eine Art Revolution, nicht wahr?«

»Aber sicher. Es ist eine Revolution gegen Hunger und Kälte. Die drei Burschen, die das Tal besitzen, werden alles in Bewegung setzen, um es zu behalten und um auch weiterhin Äpfel verfaulen zu lassen, um den Preis in die Höhe zu treiben. Ein Kerl, der meint, Nahrungsmittel seien zum Essen da, ist ein gottverdammter Roter. Verstehst du?«

Londons Augen waren weit geöffnet und träumerisch. »Ich habe schon viele Radikale reden hören«, sagte er. »Ich habe nie genau hingehört. Sie fuhren immer gleich aus der Haut. Ich habe kein Vertrauen in einen Burschen, der aus der Haut fährt. Ich hab es noch nie so gesehen, wie du es vorhin erklärt hast, noch nie.«

»Schön, dann versuche es auch weiter so zu sehen, London. Es wird dir ein ganz neues Gefühl geben. Sie sagen, wir spielen nicht fair, wir untergraben alles. Hast du dir's mal überlegt, London? Wir haben keine Waffen. Wenn uns etwas geschieht, steht davon nichts in der Zeitung. Aber wenn denen auf der anderen Seite etwas geschieht, Jesses, gleich fließt ein Strom von Tinte. Wir haben kein Geld und keine Waffen, darum müssen wir unsern Kopf brauchen, London. Verstehst du? Es ist, wie wenn ein Mann mit einer Keule gegen einen Maschinengewehrtrupp kämpfen müßte. Seine einzige Möglichkeit ist die, sich herumzuschleichen und die Schützen von hinten niederzuschlagen. Vielleicht ist das nicht fair, aber zum Teufel, London, es geht doch nicht um einen Sportwettbewerb. Für einen, der hungert, gibt's keine Regeln.«

»Ich hab es noch nie so gesehen«, sagte London langsam.

»Es hat sich noch niemand die Zeit genommen, es mir zu erklären. Ich mag Leute gern, die artig und ruhig reden. Immer, wenn ich welche gehört habe, tobten die gleich. ›Fluch über die Polizei‹, schrien sie, ›zum Teufel mit der Regierung‹. Sie wollten immer gleich die Regierungsgebäude in Brand stecken. Das gefällt mir gar nicht. Schade um die schönen Gebäude. Noch keiner hat mir das andere erklärt.«

»Dann haben sie eben ihren Kopf nicht gebraucht«, sagte Mac.

»Mac, du hast gesagt, wir würden diesen Streik verlieren. Warum glaubst du das?«

Mac dachte nach. »Nein –«, sagte er, wie zu sich selbst, »jetzt wirst du dich nicht mehr drücken wollen. Ich will dir sagen, warum, London. In diesem Tal liegt die Macht in ganz wenigen Händen. Der Bursche, der gestern herkam, wollte uns zur Aufgabe bewegen. Aber jetzt wissen sie, daß wir nicht aufgeben. Das einzige, was ihnen übrigbleibt, ist, uns fortzujagen oder uns abzuwürgen. Wir könnten ihnen eine Zeitlang Widerstand leisten, wenn wir einen Arzt und genug zu essen hätten und wenn uns Anderson beistehen würde. Aber mit Anderson haben wir es verdorben. Sie werden uns verjagen, und wenn sie dazu Kanonen brauchen. Sobald sie eine entsprechende Verordnung haben, schmeißen sie uns in hohem Bogen hinaus. Und wo sollen wir dann hin? Auf öffentlichem Boden können wir nicht lagern, denn dagegen werden sie Vorschriften erlassen. Sie werden uns aufteilen und uns auf diese Weise erledigen. Unsere Burschen sind sowieso nicht allzu widerstandsfähig. Ich fürchte, wir kriegen kein Essen mehr herein.«

London sagte: »Warum sagen wir den Burschen dann nicht einfach, sie sollen abhauen, und wir ziehen alle miteinander aus?«

»Sprich nicht so laut. Du weckst sonst den Kleinen auf. Darum nicht: Sie können uns angst machen, aber wir können ihnen auch angst machen. Wir wollen noch einen letzten Schuß auf sie abfeuern. Wir bleiben, solange wir können. Wenn sie einige von uns töten, dann wird sich das herumsprechen, auch wenn die Zeitungen nichts davon schreiben. Das werden viele Leute übel vermerken. Und wir haben einen Feind, verstehst du? Ein Feind schmiedet die Leute zusammen. Die Scheune ist von Leuten wie uns verbrannt worden, aber von solchen, die die Zeitung lesen, verstehst du?

Die müssen wir so rasch wie möglich auf unsere Seite bringen.« Er zog einen mageren, schlaffen Tabakbeutel hervor. »Das hab ich mir noch aufgespart. Ich habe eine Zigarette nötig. Rauchst du, London?«

»Nein, ich kaue, wenn ich Gelegenheit habe.«

Mac drehte sich mit braunem Papier eine schlanke Zigarette. Er hob den Zylinder der Lampe hoch, um die Zigarette anzuzünden. »Du solltest wenigstens ein Nickerchen machen, London. Der Himmel mag wissen, was diese Nacht noch alles geschieht. Ich *muß* in die Stadt und einen Briefkasten suchen.«

»Sie könnten dich schnappen.«

»Nein, bestimmt nicht. Ich gehe durch die Obstgärten. Sie werden mich überhaupt nicht zu sehen bekommen.« Er starrte an London vorbei auf die hintere Zeltwand. London fuhr herum. Die Zeltwand bauschte sich vom Boden her auf. Sam kroch herein und stand auf. Er war schmutzig, und seine Kleider waren zerrissen. Ein langer Schnitt zog sich über seine magere Wange. Seine Lippen waren vor Erschöpfung weggezogen und seine Augen eingesunken.

»Ich habe nur eine Minute«, sagte er leise. »Jesses, was für eine Arbeit! Ihr habt eine Menge Wachen ausgelegt. Ich wollte nicht, daß mich einer sieht. Bestimmt würde uns jemand verraten.«

»Du hast ganze Arbeit geleistet«, sagte Mac. »Wir haben dein Feuer gesehen.«

»Klar. Fast das ganze Haus ist hin. Aber das ist es nicht.« Er blickte ängstlich zu Jim, der auf der Matratze schlief. »Ich – sie haben mich erwischt.«

»Teufel!«

»Ja. Sie haben mich gepackt, und sie kennen mich jetzt.«

»Du hättest nicht herkommen dürfen«, sagte London streng.

»Ich weiß. Ich wollte euch aber Bescheid sagen. Ihr habt von mir noch nie etwas gesehen oder gehört. Ich mußte – ich hab ihm den Schädel eingeschlagen. Jetzt muß ich weiter. Wenn sie mich nochmal erwischen, will ich keine Hilfe, verstanden? Ich bin übergeschnappt, bei mir ist eine Schraube los. Ich werde sagen, Gott habe mich geheißen, verstanden? Das wollte ich euch nur sagen. Riskiert meinetwegen nichts. Ich will es nicht.«

London ging zu ihm und nahm seine Hand. »Bist ein braver Kerl, Sam. Bessere gibt's nicht. Wir sehen uns wieder.«

Mac behielt den Zelteingang im Auge. Er sagte leise über die Schulter: »Falls du in die Stadt kommst, zweiundvierzig Center Avenue. Sag, Mabel habe dich geschickt. Du bekommst eine Mahlzeit. Geh nicht öfter als einmal.«

»O. K., Mac. Lebt wohl.« Schon lag er auf den Knien, streckte den Kopf hinaus und äugte in die Dunkelheit. Eine Sekunde später schlängelte er sich hinaus, und die Plane fiel glatt herunter.

London seufzte. »Hoffentlich schafft er's, Mac. Er ist ein feiner Kerl. Bessere gibt's nicht.«

Mac sagte: »Mach dir keine Gedanken. Irgendwer wird ihn irgendwann töten, wie den kleinen Kerl, den Joy. Der mußte mal abgeknallt werden. Ich und Jim werden früher oder später die gleiche Straße gehen. Es ist so gut wie gewiß, aber es macht nichts aus.«

Londons Mund stand offen. »Jesses, was für eine Art, daran zu denken. Habt ihr denn gar keine Freude am Leben?«

»Doch, verdammt«, sagte Mac. »Mehr als die meisten Leute. Wir haben eine Aufgabe. Etwas, das Sinn hat, gibt einem mächtig Auftrieb, vergiß das nicht! Was einem Menschen allen Mut nimmt, ist eine Arbeit, die zu nichts führt. Die unsere ist langwierig, aber alles, was wir tun, zielt in eine Richtung. Jesses, ich rede ja wie ein Buch. Ich muß gehen.«

»Laß dich nicht erwischen, Mac.«

»Bestimmt nicht; aber daß du's nur weißt, London, nichts täten diese Kerle lieber, als mich und Jim zu beseitigen. Ich kann schon auf mich selber achtgeben. Versprichst du mir, hierzubleiben und zu sorgen, daß Jim nichts zustößt? Versprichst du das?«

»Natürlich. Ich bleibe hier sitzen.«

»Nein, leg dich auch auf die Matratze und schlaf. Aber den Jungen dürfen sie uns nicht wegholen. Wir brauchen ihn, er ist kostbar.«

»O. K.«

»Wiedersehen«, sagte Mac. »Ich komme so rasch wie möglich zurück. Ich möchte gerne herausbringen, was vorgeht. Vielleicht kann ich eine Zeitung auftreiben.«

»Wiedersehen.«

Mac verließ leise das Zelt. London hörte ihn mit einer Wache sprechen und dann weiter weg mit einer zweiten. Auch nachdem er schon fort war, lauschte London auf die Geräusche der Nacht. Es war still draußen, aber es fühlte sich nicht nach Schlaf an. Die Schritte der streifenden Wachen kamen und gingen, und wenn sie sich trafen, wurden ihre Stimmen zu kurzen Grüßen laut. Die Hähne krähten, einer nahe, und weit weg die tiefe Stimme eines alten, weisen Gockels – Bahnhofglocken und Dampfgezisch und das Stampfen einer anfahrenden Lokomotive. London setzte sich auf die Matratze neben Jim, das eine abgewinkelte Bein flach auf dem Boden, das andere aufgestellt und mit den Händen umklammert. Er senkte den Kopf und ließ das Kinn auf dem Knie ruhen, und seine Augen sahen Jim fragend und forschend an.

Jim regte sich ruhelos. Ein Arm schoß empor und fiel wieder hinunter. Er sagte: »Oh« – und – »Wasser«. Er atmete schwer. »Teer über allem.« Seine Augen öffneten sich, blinzelten rasch und ohne zu sehen. London machte seine Hände los, als wolle er Jim berühren, aber er berührte ihn nicht. Die Augen schlossen sich und waren ruhig. Ein schwerer Lastwagenzug polterte vorbei. In einiger Entfernung vor dem Zelt hörte London einen unterdrückten Schrei. »Sst!« rief er leise.

Eine der patrouillierenden Wachen kam heran. »Was ist los, Chef?«

»Wer schreit da?«

»Das? Hast du das noch nicht gehört? Das ist der Alte mit der gebrochenen Hüfte. Er ist verrückt. Sie halten ihn fest. Er schlägt und beißt um sich wie eine Katze. Sie haben ihm ein Tuch in den Mund gestopft.«

»Bist du nicht Jake Pedroni? Natürlich bist du's. Hör mal, Jake. Ich habe den Doktor sagen hören, wenn man dem Alten nicht Seifenwasser einläßt, um ihn abzuführen, dann wird er so. Ich kann hier nicht fort. Geh du hinüber und sorge dafür, daß es gemacht wird, nicht wahr, Jake?«

»Jawohl, Chef.«

»O. K. Hau ab. Es tut seiner Hüfte nicht besonders gut, wenn er um sich schlägt. Wie geht's dem Burschen mit dem gebrochenen Fuß?«

»Ach dem! Einer hat ihm einen gehörigen Schuß Whisky gegeben. Der ist O. K.«

»Ruf mich, wenn irgendwas los ist, Jake.«

»Gut, will ich tun.«

London kehrte auf die Matratze zurück und legte sich neben Jim. Weit weg stampfte die Lokomotive immer rascher durch die Nacht. Der alte kampflustige Hahn krähte zuerst, und der junge antwortete. London spürte einen schweren Schlaf in sein Hirn kriechen, aber er stützte sich auf den Ellbogen und schaute Jim noch einmal an, bevor er sich vom Schlaf überwältigen ließ.

## 14

Die Dunkelheit begann sich zu lichten, als Mac ins Zelt schaute. Die Lampe an der Mittelstütze brannte noch immer. London und Jim schliefen Seite an Seite. Mac trat ein, und im gleichen Augenblick fuhr London auf und spähte umher. »Wer ist das?«

»Ich«, sagte Mac. »Eben angekommen. Wie geht's dem Kleinen?«

»Ich hab geschlafen«, sagte London. Er gähnte und kratzte seine runde Glatze.

Mac trat näher und blickte auf Jim hinunter. Die müden Züge waren aus dem Gesicht des Jungen verschwunden, und die nervösen Muskeln hatten sich entspannt. »Er sieht gut aus. Er hat sich ausgeruht.«

London stand auf. »Wie spät ist's?«

»Ich weiß nicht. Es fängt gerade an, hell zu werden.«

»Sind die Burschen schon daran, die Feuer zu schichten?«

»Wenigstens habe ich dort jemand umhergehen sehen. Es roch nach Holzrauch. Es kann aber auch von Andersons Scheune herrühren, die noch schwelt.«

»Ich habe den Kleinen keine Minute allein gelassen«, sagte London.

»Das will ich dir auch geraten haben.«

»Wann gehst du ein bißchen schlafen?«

»Das mag Gott wissen. Ich spüre es noch nicht sehr. Ich habe ja letzte Nacht etwas geschlafen – oder vielmehr die vorletzte. Es scheint eine Woche her. Erst gestern haben wir ja Joy beerdigt, erst gestern!«

London gähnte wieder. »Heute morgen wird's wohl Rindfleisch und Bohnen geben. Herrgott, würde ich mich über eine Tasse Kaffee freuen.«

»Warum auch nicht? Wie wär's mit Kaffee und Schinken mit Eiern in der Stadt?«

»Ach, geh zum Teufel. Ich muß den Köchen mal Beine machen.« Er stolperte verschlafen hinaus.

Mac zog sich eine Kiste unter die Lampe und nahm eine zusammengerollte Zeitung aus der Tasche. Als er sie auseinanderfaltete, sagte Jim: »Ich bin schon eine Weile wach, Mac. Wo warst du?«

»Ich mußte einen Brief zur Post bringen. Ich habe auf einem Rasen eine Zeitung aufgelesen. Wollen mal sehen, was vorgeht.«

»Mac, habe ich mich gestern abend lächerlich gemacht?«

»Zum Teufel, nein, Jim. Du hast uns Eindruck gemacht. Wir haben dir alle aus der Hand gefressen.«

»Es überkam mich einfach. Es war für mich selbst ganz neu.«

»Wie fühlst du dich denn heute morgen?«

»Gut. Aber nicht mehr wie gestern. Gestern abend hätte ich einen Ochsen hochstemmen können.«

»Nun, jedenfalls hast du uns hochgenommen. Das mit den zwei Lastwagen ist übrigens eine gute Idee. Der Eigentümer des Wagens, der die Barrikade sprengen muß, wird nicht entzückt sein. Jetzt wollen wir mal sehen, was in der Stadt passiert. Oh – oh, Schlagzeilen fürs Album! Hör zu, Jim: ›STREIKENDE BRANDSTIFTEN UND MORDEN. Vergangene Nacht um zehn Uhr wurde die Vorstadtvilla von William Hunter durch Feuer zerstört. Die Polizei meldet, daß die Streikenden in den Apfelplantagen dafür verantwortlich seien. Einem Sonder-Deputy gelang es, einen Verdächtigen dingfest zu machen. Doch wurde er von demselben überfallen, und der Gefangene konnte entweichen. Der Verletzte Olaf Bingham schwebt in Lebensgefahr.‹

Und dann heißt's weiter: ›In den frühen Stunden desselben Abends verbrannten Streikende, sei es aus Fahrlässigkeit, sei es aus böser Absicht, die Scheune auf der Anderson-Farm. Vorher hatte Mr. Anderson den Streikenden die Erlaubnis gewährt, auf seinem Grund und Boden ihr Lager aufzuschlagen.‹

Es ist eine lange Geschichte, Jim. Du kannst sie selbst lesen, wenn du Lust hast.« Er wandte die Seite um. »Junge, Junge! Hör dir diesen Leitartikel an:

›Wir glauben, es ist Zeit zu handeln.

Wenn Saison-Arbeiter den bedeutendsten Industriezweig unseres Tales lahmlegen, wenn Obstpflücker, geführt und angestiftet von bezahlten ausländischen Agitatoren (Das sind wir, Jim), einen Feldzug der Gewalt und der Feuerbrände in unser Land, das rote Rußland in unser friedliches Amerika tragen, wenn der amerikanische Bürger auf seinen Landstraßen nicht mehr sicher ist und sein Heim von Brandschatzung bedroht, dann – glauben wir – ist es Zeit zu handeln!

Unser Bezirk sorgt für seine Leute. Aber diese Streikenden gehören nicht zu uns. Sie spotten der Gesetze und zerstören Leben und Besitz. Sie leben, von geheimen Freunden unterstützt, von den Gütern unseres Landes. Unsere Zeitung hat noch nie der Gewalt das Wort geredet und tut es auch jetzt nicht; aber wir sind der Überzeugung, daß wenn das Gesetz nicht genügt, um diesen Wühlern und Mördern das Handwerk zu legen, daß dann eine empörte Bürgerschaft ihre Sache selbst in die Hand nehmen muß. Die Brandlegung verdient keine Gnade. Wir müssen diese bezahlten Unruhestifter austreiben. Diese Zeitung empfiehlt ihren Lesern, sich nach den Quellen der Luxusgüter zu erkundigen, mit denen diese Leute auch noch beschenkt werden. Wir haben vernommen, daß gestern in ihrem Lager drei erstklassige Stiere geschlachtet wurden.‹«

Mac schmetterte die Zeitung zu Boden. »Und dieses letzte bedeutet, daß heute abend eine Herde Billardzimmer-Amerikaner ausziehen wird und armen Teufeln, die sich nach besseren Zeiten sehnen, Steine in die Fenster schmeißt.«

Jim saß aufrecht. »Herrgott, Mac! Müssen wir das alles auf unsere Kappe nehmen?«

»Alles.«

»Auch den Burschen, von dem sie sagen, er sei ermordet worden?«

»Das war Sam. Sie haben ihn erwischt. Er mußte sich davonmachen. Der Kerl hatte ein Gewehr. Sam hatte nur seine Füße.«

Jim legte sich wieder hin. »Ja«, sagte er. »Ich habe ihn neulich von seinen Füßen Gebrauch machen sehen. Bei Gott, es hört sich nicht gut an. Es ist scheußlich!«

»Ja. Der Leitartikler hat ein paar saftige Ausdrücke gebraucht. ›Bezahlte ausländische Agitatoren.‹ Und dabei stamme ich aus Minneapolis. Und mein Großvater kämpfte in der Schlacht von Bull Run. Er sagte immer, er habe geglaubt, er ziehe in einen Stierkampf statt in eine Schlacht, bis ihm die Kugeln um die Ohren pfiffen. Und du bist ungefähr so gut ein Ausländer wie die Hoover-Verwaltung. Zum Teufel, Jim. So ist es immer. Aber –«, er zog den letzten Rest seines Tabaks hervor – »der Kreis um uns schließt sich. Sam hätte das Feuer nicht legen dürfen.«

»Du hast ihn dazu ermuntert.«

»Ich weiß. Ich war wütend wegen der Scheune.«

»Und was tun wir jetzt?«

»Wir machen weiter, wir machen einfach weiter. Wir schicken die Lastwagen gegen die Streikbrecher aus. Wir halten durch, solange wir können, und dann hauen wir ab – wenn wir können. Hast du Angst, Jim?«

»Keine Spur.«

»Der Kreis schließt sich um uns, Jim. Ich fühl's, wie es uns auf den Leib rückt.« Er stand von seiner Kiste auf, ging zur Matratze und setzte sich. »Vielleicht ist es nur, weil ich nicht geschlafen habe. Soeben, auf dem Rückweg aus der Stadt, war mir, in jedem Baumschatten müsse eine Handvoll Burschen auf mich lauern. Ich bekam solche Angst, daß ich vor einer Maus davongelaufen wäre.«

»Du bist ganz erschöpft«, sagte Jim sanft. »Vielleicht hätte ich was helfen können, wenn ich mir nicht diese Verletzung zugezogen hätte. Jetzt liege ich nur herum und bin im Weg.«

Mac sagte: »Einen Teufel bist du im Weg. Jedesmal, wenn ich niedergeschlagen bin, pulverst du mich wieder auf. Und, mein Lieber, heute früh brauche ich eine Aufpulverung. Ich habe allen Schneid verloren. Ich gäb' was um einen Schnaps.«

»Sobald du was zu essen bekommst, wird es dir schon wieder besser gehen.«

Mac sagte: »Ich habe Harry Nilson geschrieben; ich habe ihm gesagt, wir brauchen unbedingt Hilfe und Nachschub. Aber ich fürchte, es ist zu spät.« Er starrte Jim mit einem merkwürdigen Blick in den Augen an. »Hör zu, Jim. Letzte Nacht habe ich Dick getroffen. Hör jetzt genau zu. Erinnerst du dich an den Abend, als wir hier ankamen?«

»Klar.«

»Und erinnerst du dich an die Stelle, wo wir bei der Brücke links abschwenkten und ins Lager gingen?«

»Ja.«

»Schön. Hör gut zu. Wenn die Hölle los geht und wir getrennt werden, dann geh unter diese Brücke, ganz hoch hinauf unter den Bogen, auf jener Seite, die der Stadt abgekehrt ist. Dort findest du einen Haufen dürres Weidengestrüpp. Heb ihn beiseite. Darunter ist eine tiefe Höhle. Geh hinein und zieh das Gestrüpp vor den Eingang. Es geht ungefähr fünf Meter in die Tiefe, verstehst du? Dick bringt Wolldecken und Konserven dorthin. Wenn sie uns auffliegen lassen, gehst du hin und wartest zwei Tage auf mich. Wenn ich bis dann nicht gekommen bin, weißt du, daß mir etwas zugestoßen ist. Dann fährst du in die Stadt zurück. Reise nachts, bis du aus dem Bezirk heraus bist. Sie können uns nichts vorwerfen, was uns mehr als ein halbes Jahr einträgt, es sei denn, sie bauen eine Anklage auf Totschlag wegen des Burschen von gestern abend. Aber das glaube ich nicht, denn das würde zu viel Staub aufwirbeln. Die Unabhängigen Liberaldemokraten würden bestimmt Joys Fall zur Sprache bringen: die Schießerei aus dem ersten Stock. Hast du dir das alles gut eingeprägt, Jim? Versteck dich dort und warte zwei Tage. Ich glaube nicht, daß sie dich dort ausgraben werden.«

Jim fragte: »Was weißt du noch, Mac? Du verhehlst mir was.«

»Nichts weiß ich«, sagte Mac. »Ich habe bloß das Gefühl, daß wir in der Falle sitzen – es ist nur ein Gefühl. Eine ganze Menge Burschen sind letzte Nacht ausgerissen, hauptsächlich solche mit Frauen und Kindern. London ist O. K. Er wird schon sehr bald Parteimitglied sein. Aber in diesem Augenblick würde ich allen übrigen noch nicht einmal mit einem Roßapfel auf einem Bankett trauen. Sie sind so verdammt nervös, sie sind imstande und stechen uns selber ein Messer in den Bauch.«

»Du bist selber nervös, Mac. Beruhige dich.« Jim stützte sich auf die Knie und stand vorsichtig auf, wobei er den Kopf schief hielt, als horche er auf einen Schmerz. Mac sah ihm besorgt zu. »Es ist prima«, sagte Jim. »Die Schulter ist ein bißchen schwer, aber ich fühle mich prima. Nicht einmal beschwipst. Heute kann ich was leisten.«

»Der Verband sollte erneuert werden«, sagte Mac.

»Oh ja, übrigens: Ist der Doktor zurückgekommen?«

»Nein, sie werden ihn wohl geschnappt haben. Er war doch ein feiner Kerl.«

»War?«

»Nein. Hoffentlich nicht. Vielleicht haben sie ihn nur verprügelt. Aber so viele von unsern Jungens verschwinden einfach und werden nie mehr gesehen.«

»Du übst wirklich einen guten, erfrischenden Einfluß aus!« sagte Jim.

»Ich weiß. Wenn ich nicht wüßte, daß du es vertragen kannst, würde ich den Mund halten. Es tut mir wohl, wenn ich es mir vom Herzen rede. Ich sehne mich so sehr nach einer Tasse Kaffee, daß ich heulen könnte. Denk an all den Kaffee, den es in der Stadt gab. Drei Tassen, wenn man Lust hatte. Soviel wir wollten.«

Jim sagte streng: »Vielleicht täte dir jetzt ein klein wenig davon gut. Reiß dich zusammen. Gleich wirst du noch Mitleid mit dir bekommen.«

Mac straffte sein schlaffes Gesicht. »O. K., Kleiner. Alles in Ordnung. Willst du hinaus? Kannst du gehen?«

»Klar kann ich.«

»Gut. Blas die Lampe aus. Wir wollen nach Fleisch und Bohnen Ausschau halten.«

Der Schirm quietschte, als Jim ihn hob. Das Morgengrauen sprang ins Zelt, grau wie verwässerte Tinte. Jim hob die Eingangsplanen und band sie zurück. »Ein bißchen lüften«, sagte er. »Es fängt an zu stinken. Der ganzen Bande würde ein Bad nichts schaden.«

Mac stimmte zu. »Ich will versuchen, einen Eimer warmes Wasser zu bekommen; dann können wir uns nach dem Essen alle mit dem Schwamm waschen.«

Das Morgenlicht zog am Himmel auf. Noch standen die Bäume schwarz vor dem hellen Osten, und ein Krähenschwarm, der ostwärts flatterte, hob sich scharf gegen diesen Hintergrund ab. Unter den Bäumen erhielt sich noch das Dunkel, und die Erde war dunkel, als müsse das Licht allmählich aufgesaugt werden. Jetzt da sie sehen konnten, hatten die Wachen ihre Gänge aufgegeben. Sie standen in müden Gruppen umher, die Hände in den Taschen, die Kragen hochgeschlagen und die Mäntel am Hals geknöpft. Und sie redeten mit der leisen Eintönigkeit von Männern, die nur reden, um wach zu bleiben.

Auf ihrem Weg zu den Kochstellen näherten sich Mac und Jim einer Gruppe. »Irgendwas vorgefallen während der Nacht?« fragte Mac.

Das Gerede brach ab. Die Männer sahen ihn mit übernächtigten, roten Augen an. »Rein gar nichts, Freundchen. Frank sagte soeben – er sagte, er habe die ganze Nacht das Gefühl gehabt, daß Leute herumgingen. Ich hatte das gleiche Gefühl, als kröchen welche herum, aber wir hörten nichts. Wir gingen immer zu zweit.«

Mac lachte, und seine Stimme schien tief in die Luft zu dringen. »Ich war in der Armee«, sagte er. »Wir wurden in Texas ausgebildet. Jesses, wenn ich da auf Wache war, konnte ich rund um mich die Deutschen hören, hörte sie sogar auf deutsch flüstern.« Die Männer lachten leise in sich hinein, aber ohne Vergnügen. Einer sagte: »London hat gesagt, wir können heute am Tag schlafen. Sobald ich was im Magen habe, verkrieche ich mich.«

»Ich auch. Verkriech mich sofort. Ich hab Sand in der Haut wie ein Rauschgiftsüchtiger. Habt ihr schon einen Rauschgiftsüchtigen gesehen, wenn er Ungeziefer in der Haut hat? Ihr würdet lachen, wenn ihr das sähet.«

Mac fragte: »Warum kommt ihr nicht zu den Herden hinüber und wärmt euch?«

»Das hatten wir gerade im Sinn.«

Jim sagte: »Ich gehe zur Latrine, Mac. Ich treffe dich bei der Küche.« Er ging die Reihe der Zelte entlang, und jedes Zelt war eine kleine Höhle aus Dunkelheit. Aus einigen drang Schnarchen, und in den Eingängen anderer lagen Männer auf dem Bauch und schauten in den Morgen hinaus, und ihre Augen schienen noch voll von Schlaf und nach innen gekehrt. Als er weiter schritt, kamen einige Männer an die Luft und zogen vor Kälte die Schultern hoch und den Hals ein. Er hörte die gereizte, schläfrige Stimme einer Frau, welche ihren Gefühlen Ausdruck gab. »Ich will fort aus diesem Dreckloch. Wofür sitzen wir eigentlich hier? Und ich hab einen faustdikken Klumpen im Magen. Es ist Krebs, Krebs ist's. Die Kartenlegerin hat mir schon vor zwei Jahren gesagt, ich bekomme Krebs, wenn ich nicht aufpasse. Sie sagte, ich sei der Krebstyp. Auf dem Boden schlafen, Abfall fressen.« Ein kaum hörbares Knurren antwortete ihr.

Als Jim an einem andern Zelt vorbeikam, fuhr ein zerzauster Kopf heraus. »Komm rasch herein, Kleiner. Er ist gegangen.«

»Keine Zeit«, sagte Jim.

Zwei Zelte weiter kniete ein Mann auf seiner Wolldecke und sagte: »Weißt du, wie spät es ist, Junge?«

»Nein. Muß wohl kurz nach sechs sein, schätze ich.«

»Ich habe ihre Einladung gehört. Gut, daß du nicht gegangen bist. Sie hat diesem Lager schon mehr Scherereien verursacht als die Streikbrecher. Sie sollten sie rausschmeißen. Sie stiftet nur Streit. Haben sie dort drüben schon Feuer gemacht?«

»Ja«, sagte Jim. Er verließ die Zeltgasse. Fünf Meter weiter, im offenen Feld, stand der viereckige Leinwandverschlag. Drinnen war eine kleine Latte an beiden Enden aufgestützt und über ein Loch gelegt. Sie bot Platz für drei Passagiere. Jim hob eine Chlorkalkschachtel auf und schüttelte sie, aber sie war leer. Ein Mann hockte zusammengekrümmt auf der Latte. »Es sollte was getan werden«, sagte er. »Wo zum Teufel steckt dieser Arzt? Seit gestern hat er sich überhaupt nicht darum gekümmert.«

»Vielleicht könnten wir ein bißchen Erde darüberschaufeln«, sagte Jim. »Das würde helfen.«

»Mich geht's ja nichts an. Dieser Arzt sollte sich darum kümmern. Die Leute könnten sonst noch krank werden.«

Jims Stimme klang verärgert. »Burschen wie du, die nichts tun wollen, verdienen nichts Besseres.« Er stieß mit der Seite seines Schuhs Erde in das Loch.

»Du naseweiser Dreikäsehoch«, sagte der Mann. »Wart mal ab, bis du ein bißchen in der Welt herumgekommen und trocken hinter den Ohren bist, und dann kannst du vielleicht mitreden.«

»Ich weiß schon jetzt genug, um zu wissen, daß du stinkfaul bist.«

»Wart mal, bis ich mir die Hosen hochziehe; ich will dir schon zeigen, wer stinkfaul ist.« Aber er rührte sich nicht.

Jim blickte zu Boden. »Ich kann es nicht mit dir aufnehmen. Ich habe einen Schuß in der Schulter.«

»Aha. Und wenn du weißt, daß du vor einem anständigen Menschen sicher bist, dann beschimpfst du ihn. Ihr lausigen Rotznasen werdet noch was erleben.«

Jim beherrschte seine Stimme. »Ich wollte Sie nicht beschimpfen, Mister. Ich will mich nicht mit Ihnen streiten. Wir haben mehr als genug Gegner, ohne miteinander zu fechten.«

»Siehst du, das hört sich schon besser an«, sagte der Mann. »Ich helfe dir gleich, ein bißchen Erde hineinzutreten, sobald ich fertig bin. Was soll heute geschehen? Weißt du's?«

Jim fing an: »Wir –«, und dann erinnerte er sich. »Ich will Hans heißen, wenn ich's weiß. London wird es uns schon sagen, wenn es soweit ist.«

»London hat überhaupt noch nichts getan«, sagte der Mann. »He, setz dich nicht so nah in die Mitte! Du brichst sonst die Latte. Verzieh dich ans Ende. London hat noch rein gar nichts getan. Er stolziert nur herum und macht sich wichtig. Weißt du, was mir einer gesagt hat? London hat ganze Kisten voll Konserven in seinem Zelt – alles. Büchsenfleisch und Sardinen und Pfirsiche. Was wir armen Arbeiter essen, ist ihm nicht gut genug, nicht für ihn! Er ist zu fein dafür.«

»Und das ist eine gottverdammte Lüge«, sagte Jim.

»Weißt du's wieder besser, was? Viele Burschen haben diese Konserven mit eigenen Augen gesehen. Wie kannst du sagen, es sei gelogen?«

»Weil ich in seinem Zelt war. Er ließ mich letzte Nacht drin schlafen, wegen meiner Verletzung. Es hat eine alte Matratze und zwei leere Kisten in dem Zelt, und sonst nichts.«

»Immerhin sagt eine ganze Reihe Burschen, es habe Pfirsiche und Sardinen dort. Ein paar Jungens wollten gestern abend ein bißchen einbrechen und sich was davon holen.«

Jim lachte verzweifelt: »Oh Jesses, was für eine Schweinebande! Ihr habt einen guten Mann und wißt nichts Besseres zu tun, als ihn herunterzumachen.«

»Da fängst du schon wieder an, Leute zu beschimpfen. Warte ab, bis du wieder gesund bist; dann wird dir schon einer dein Maul für immer stopfen.«

Jim stand von der Latte auf, knöpfte seine Hosen zu und ging hinaus. Die kurzen Ofenrohre der Kochherde pafften grauen Rauch in die Luft, ruhige, gerade Säulen, die zwanzig Meter hoch stiegen, bevor sie sich oben pilzförmig ausbreiteten und gleichmäßig verteilten. Der östliche Himmel war jetzt gelb, und der Himmel zu ihren Häuptern war eierschalenblau geworden. Rasch kamen jetzt die Männer aus den Zelten. Die durchbrochene Stille des Lagers wurde abgelöst von Fußgescharr, Stimmen und Geschäftigkeit.

Eine dunkelhaarige Frau stand vor einem der Zelte, den Kopf zurückgeworfen; und ihre Kehle war weiß. Sie kämmte ihr Haar mit ausholenden, schönen Schwüngen ihres Arms. Als Jim vorüberging, lächelte sie weise und sagte: »Guten Morgen.« Das Kämmen brach nicht ab. Jim blieb stehen. »Nein«, sagte sie. »Nur guten Morgen.«

»Es tut gut, Sie anzuschauen«, sagte er. Einen Augenblick betrachtete er ihren langen, weißen Hals und das scharf umrissene Kinn. »Nochmal guten Morgen«, sagte er, und er sah auf ihren Lippen einen Zug tiefsten und köstlichsten Verständnisses. Und als er weiterging und der zerzauste Kopf herausschoß und die heisere Stimme flüsterte: »Komm rasch herein, er ist jetzt fort«, warf Jim nur einen kurzen Blick hin und ging ohne Antwort vorbei.

Um die alten Herde sammelten sich Männer, die ihre Hände der Wärme entgegenreckten und geduldig warteten, bis Fleisch und Bohnen in den großen Waschkesseln heiß waren. Jim trat an einen Wasserbottich und schöpfte etwas Wasser in eine Zinnschale. Er warf sich das kalte Wasser über Gesicht und Haare und rieb die Hände mit Seife ein. Die Wassertropfen ließ er auf dem Gesicht stehen.

Mac sah ihn, kam hinzu und streckte ihm eine Konservenbüchse entgegen. »Ich habe sie ausgespült«, sagte er. »Was ist los, Jim? Du siehst ja ganz verjüngt aus.«

»Ich habe eine Frau gesehen –«

»Das ist nicht möglich. Dazu war keine Zeit.«

»Ich habe sie nur *gesehen*«, sagte Jim. »Sie kämmte ihr Haar. Es ist komisch – manchmal braucht eine Person nur eine ganz alltägliche Stellung einzunehmen, und es scheint wie ein Wunder; es bleibt einem sein Lebtag in Erinnerung.«

»Wenn ich jetzt einer Frau begegnete, die anständig aussähe, würde ich rein verrückt«, sagte Mac.

Jim blickte in die leere Büchse. »Sie hatte den Kopf zurückgeworfen. Sie kämmte ihr Haar – sie hatte ein eigenartiges Lächeln im Gesicht. Weißt du, Mac, meine Mutter war katholisch. Sie ging sonntags nicht zur Kirche, weil mein Alter Kirchen ebenso haßte wie wir beide. Aber mitten in der Woche, da ging sie manchmal zur Kirche, wenn mein Alter bei der Arbeit war. Als ich noch ein kleiner Junge war, nahm sie mich manchmal mit. Das Lächeln dieser Frau – darum erzähle ich dir das alles – ja, es gab eine Maria dort, die hatte das gleiche Lächeln, klug und kühl und überlegen. Einmal habe ich meine Mutter gefragt, warum sie so lächle. Meine Mutter sagte: ›Die kann lächeln, weil sie im Himmel ist.‹ Ich glaube, sie war ein bißchen eifersüchtig.« Seine Stimme überschlug sich. »Und einmal war ich dort, und da sah ich einen Reigen von Sternchen in der Luft, gerade über ihrem Kopf, der drehte sich um und um, wie Vögelchen. Ich meine, ich sah das wirklich. Es ist nicht lustig, Mac. Das ist nicht Religion – es ist, was die Bücher, die ich gelesen habe, Wunschdenken nennen, nehme ich an. Ich sah sie wirklich. Und sie machten mich ganz glücklich. Mein Alter wäre böse geworden, wenn er es gewußt hätte. Er kam nie auf festen Grund zu stehen. Alles in ihm war verwüstet.«

Mac sagte: »Aus dir wird noch mal ein großer Redner, Jim. Du verstehst es, einen irgendwie mitzureißen. Jesses, du hast es soeben fertig gebracht, daß ich dachte, es wäre eigentlich hübsch, in einer Kirche zu sitzen. Hübsch! Das nenne ich reden. Du wirst gut sein, wenn es gilt, Burschen auf unsere Seite herüberzureden.« Er nahm eine kleine saubere Blechbüchse, die an einem Nagel am Wasserbottich hing, füllte sie und trank daraus. »Komm, wir gehen schauen, ob der Fraß schon heiß ist.«

Die Männer standen Schlange, und wenn sie an den Herden vorbeikamen, löffelten ihnen die Köche Limabohnen und Siedfleischstücke in die Näpfe. Mac und Jim stellten sich an das Ende der Schlange und gelangten schließlich zu den Kochkesseln. »Ist das der Rest?« fragte Mac einen der Köche.

»Wir haben noch Bohnen und Rindfleisch für eine Mahlzeit. Aber das Salz ist uns ausgegangen. Wir brauchen Salz.«

Sie ließen sich von der Menge treiben und aßen im Gehen. Ein Sonnenstrahl schoß über die Bäume her und fiel auf den Boden der Lichtung, fiel auf die Zelte und ließ sie weniger düster scheinen. Bei der Zeile der alten Wagen redete London mit einer Gruppe von Männern. »Komm, gehn wir hören, was sich dort tut«, schlug Mac vor. Sie gingen auf die Stelle der Straße zu, wo die alten Wagen standen. Ein leichter Rost lag auf den Kühlern, einige der abgenutzten Reifen waren platt, und alle Wagen sahen aus, als hätten sie schon sehr lange da gestanden.

London grüßte mit einem Schwenken seiner Hand. »Morgen, Mac. Wie geht's, Jim?«

»Prima«, sagte Jim.

»Ich und die Burschen hier besehen uns diese Rosthaufen. Wir wollen bestimmen, welche wir ausschicken. Kein einziger davon ist einen Höllenschiß wert.«

»Wieviele wolltest du denn ausschicken?«

»Etwa zehn. Immer zwei zusammen, damit, wenn dem einen was passiert, der andere die Jungens aufnehmen und weiterfahren kann.« Er zeigte die Reihe hinunter. »Der alte Hudson dort ist schon recht. Dann haben wir fünf Dodge Vierzylinder, und diese alten Knaben fahren dir noch ohne Räder auf dem Bauch zur Hölle. Mein T-Modell taugt auch was – wenigstens fährt er. Geschlossene Wagen können wir nicht gebrauchen; aus einem geschlossenen Wagen kann man keine Steine schleudern. Da ist ein Breitnasiger. Glaubst du, der läuft?«

Ein Mann trat vor. »Und ob der läuft! Ich bin mit ihm im Winter durch ganz Louisiana gefahren. Er ist nie auch nur warm gelaufen, nicht einmal im Gebirge.«

Sie schritten die Reihe ab und wählten die aus, die geopfert werden sollten. »Diese Burschen sind Gruppenführer«, erklärte London. »Jedem von ihnen gebe ich das Kommando über einen Wagen und lasse ihn selber seine Leute bestimmen, je fünf oder sechs. Leute, denen sie trauen, gute Kämpfer, verstehst du?«

»Klingt ausgezeichnet«, sagte Mac. »Ich wüßte nicht, wie sie irgendjemand aufhalten könnte.«

Einer von den Männern fuhr ihn an. »Und es wird uns auch niemand aufhalten«, sagte er.

»Kommst dir wohl ziemlich angriffslustig vor, was?«

»Gib uns nur erst die Gelegenheit, und du wirst was erleben.«

Mac sagte: »Wir sehen uns ein bißchen um, London.«

»Oh, nur noch einen Augenblick. Soeben sind die Burschen von Andersons Farm zurückgekommen. Sie erzählten, Anderson habe sie die ganze Nacht angeflucht. Und heute morgen sei er in die Stadt gegangen, und er hat immer noch geflucht.«

»Ja, das habe ich mir so gedacht. Was macht Al?«

»Al?«

»Ja, Andersons Junge, der, den sie verprügelt haben.«

»Ach ja. Die Burschen haben ihn besucht. Er wollte hierher kommen, aber sie wollten ihn nicht herumschleppen. Zwei Jungens sind bei ihm geblieben.«

London trat näher und senkte die Stimme, damit die andern nicht hören sollten. »Wohin, glaubst du, ist Anderson gegangen, Mac?«

»Ich denke mir, er ist in die Stadt gegangen, um eine Klage einzureichen und uns hinauswerfen zu lassen. Er wird jetzt wahrscheinlich behaupten, *wir* hätten seine Scheune angezündet. Er hat solche Angst, daß er alles tun wird, um sich mit der andern Seite gut zu stellen.«

»M-hm. Glaubst du, wir sollten hier kämpfen?«

»Ich will dir sagen, wie es nach meiner Meinung kommen

wird«, sagte Mac. »Zuerst werden sie wohl ein paar Kerle herschicken, die uns Angst machen sollen. Die schicken wir heim. Danach rücken sie mit einer Masse an. Wir müssen abwarten, wie unsre Burschen darauf reagieren. Wenn sie bös und gemein sind, werden wir kämpfen. Aber falls sie feige aussehen, räumen wir das Feld – wenn wir können.« Er klopfte London auf die Schulter. »In diesem Fall müssen du und ich und Jim dafür sorgen, daß wir rasch und weit wegkommen. Die Masse wird ihr Opfer haben wollen, und sie werden nicht sehr wählerisch sein.«

London rief den Männern zu: »Laßt aus allen Tanks das Benzin ab und leert es in die Wagen, die wir bestimmt haben. Laßt die Motoren an und seht, ob sie in Ordnung sind, aber verschwendet kein Benzin.« Er wandte sich wieder an Mac. »Ich komme mit euch. Ich möchte das zu Ende besprechen. Was hältst du von unsern Burschen? Die Freundchen dort bei den Rosthaufen werden schon kämpfen. Aber die andern?«

Mac sagte: »Wenn ich im voraus wüßte, was eine Schar von Leuten tut, wäre ich Präsident. Aber etwas weiß ich. Der Geruch von Blut macht sie wild. Laß sie irgend etwas töten, sei es auch nur eine Katze, und sie wollen weitertöten. Wenn es zum Kampf kommt und unsere Burschen lassen als erste Blut fließen, dann werden sie eine höllische Schlacht liefern. Aber wenn wir als erste einen Mann verlieren, dann wäre ich nicht erstaunt, wenn sie in die Bäume kletterten.«

»Ich weiß«, stimmte London zu. »Nimm einen Burschen, den du in- und auswendig kennst, und nimm noch zehn gleiche dazu, und du kannst nicht wissen, was zum Teufel sie tun werden. Was hast du vor? Einfach abwarten?«

»Genau das«, sagte Mac. »Wenn man an Massen gewöhnt ist, kann man es wenigstens ein klein wenig im voraus wissen. Man kann es in der Luft spüren. Aber denk daran, wenn unsere Burschen nachgeben, gehst du in Deckung und bleibst dort. Hör mal zu: Unter der Brücke des Torgas-Flusses ist ein Gang, der mit dürrem Weidengestrüpp verdeckt ist. Du findest Nahrungsmittel und Wolldecken drin. Begib dich dorthin. Eine Masse bleibt nie lange wild. Wenn du in die Stadt kommst, geh an die Center Avenue zweiundvierzig und sag, ich habe dich geschickt.«

»Ich wollte, ich könnte den Jungen und Lisa wegschaffen. Ich möchte nicht, daß ihnen was geschieht.«

Jim unterbrach sie: »Ihr redet, als ob das alles sicher sei.

Noch ist überhaupt nichts passiert, vielleicht passiert auch gar nichts. Vielleicht ist Anderson nur in die Stadt gegangen, um bei jemandem unterzukommen.«

»Ich weiß, es klingt, als betreibe ich Schwarzseherei«, entschuldigte sich Mac. »Vielleicht passiert wirklich nichts. Aber London ist ein wertvoller Mann. Wir brauchen ihn. Ich sehe es gar nicht gern, wenn unsere Leute getötet werden; es sind brave Burschen. Aber London brauchen wir. Dieser ganze Streik hat sich gelohnt, wenn wir London gewonnen haben.«

London blickte stolz. »Du hast schon viele Streiks mitgemacht, Mac. Gehen sie immer so aus?«

»Zum Teufel, nein. Ich hab dir schon gesagt, dieses Tal ist organisiert. Keine andern Arbeiter sind mit uns in Streik getreten. Die Grundbesitzer haben uns hier ohne Nahrungsmittel eingeschlossen. Wenn unsere Überfallstaffeln heute zurückgeschlagen werden, kriegen wir volle Ladung. Du hattest doch nicht etwa vor, mitzufahren, London?«

»Klar. Ich war noch nie in einem Kampf.«

»Ich glaube, es wäre besser, du gingest nicht mit«, riet Mac. »Wir werden dich hier nötig haben. Sie werden heute versuchen, uns auszugraben. Wenn du nicht hier bist, bekommen es die Burschen mit der Angst und hauen ab. Du bist immer noch der Chef, London. Der Chef muß mitten in der größten Gruppe bis zur letzten Minute ausharren. Sorgen wir dafür, daß diese Wagen wegkommen, einverstanden? Es sind viele Streikbrecher angekommen, und sie werden jetzt an der Arbeit sein.«

London kehrte um und eilte zu den Wagen zurück. »Los, Jungens. Gebt Gas. Macht euch auf die Rollbahn.«

Die Gruppenführer stapften zu den Zelten und wählten sich ihre Männer aus, mit Steinen und Holzknütteln und hin und wieder mit einem Messer bewaffnete Männer. Die ganze Menge bewegte sich auf den Straßenrand zu, laut redend und voll guter Ratschläge.

»Gib's ihnen, Joe.«

»Schlag ihnen den Deckel ein.«

Die Motoren liefen an und kämpften gegen ihr Alter. Die Erwählten stiegen auf und setzten sich auf ihre Plätze. London hielt beide Hände hoch, um dem Lärm Einhalt zu gebieten. Er rief: »Dreimal je zwei fahren in jener Richtung, und zweimal zwei in dieser.« Der erste Gang wurde eingelegt. Die Wagen krochen über den Graben und stellten sich auf der

Straße auf. Angriffslustige erhoben sich, schwenkten wütend ihre Hüte, schüttelten die Fäuste und ließen ihre Knüttel mörderisch durch die Luft sausen. Die Wagen setzten sich langsam in entgegengesetzter Richtung in Bewegung, und die zurückbleibende Menge schrie ihnen nach.

Als sie fort waren, verstummten die Rufe plötzlich. Die Männer standen hilflos und verlegen herum. Sie schauten die Straße hinunter und sahen die Wagen davonrattern. Mac, Jim und London schritten Seite an Seite ins Lager zurück.

»Ich hoffe, daß sie um Gottes willen einigen Schaden anrichten«, sagte Mac. »Wenn alles immer nur uns geschieht und andern nichts, werden wir es nicht mehr lange aushalten. Komm, Jim, wir gehen mal sehen, was der alte Dan macht. Und dann können wir vielleicht ein paar Burschen zusammentrommeln und Al besuchen gehen. Ich habe Al etwas versprochen. Er hat ein bißchen Aufmunterung nötig.«

London sagte: »Ich will mich nach Wasser umtun. Der Bottich ist fast leer.«

Jim ging zum Krankenzelt voraus. Die Eingangsplanen waren zurückgebunden, um die Morgensonne hereinzulassen. In einem Fleckchen Sonne lag der alte Dan. Sein Gesicht war durchscheinend weiß und wächsern, und dicke, dunkle Adern schienen durch seine Wangen. »Wie fühlst du dich, Dan?« fragte Jim.

Der Alte murmelte schwach.

»Was sagst du?« Mac beugte sich vor, um zu hören.

Diesmal arbeiteten Dans Lippen sorgfältig. »Ich habe nichts zu essen bekommen.«

Jim rief: »Armer Teufel. Ich hol dir was.« Er trat vor die Tür. »Mac«, rief er, »sie kommen zurück.«

Aus der Richtung zur Stadt fuhren vier Wagen heran und hielten auf der Straße. London lief herbei und ruderte durch die Menge. »Was zum Teufel ist los?«

Der Fahrer des ersten Wagens lächelte blöd. Die Menge verstummte vollständig. »Wir kommen nicht durch«, sagte der Fahrer und lächelte wieder. »Da ist eine Barrikade quer über die Straße.«

»Ich hab euch doch gesagt, ihr sollt sie durchbrechen, wenn ihr auf eine stoßt.«

»Du verstehst mich nicht recht«, sagte der Fahrer dumpf. »Voraus waren noch zwei Wagen. Wir kommen zur Barrikade. Dahinter liegen ungefähr zwanzig Kerle mit Gewehren.«

Er schluckte ängstlich. »Einer mit einem Stern auf der Brust stellt sich oben drauf und sagt: ›In diesem Bezirk verstößt es gegen das Gesetz, Streikposten auszulegen. Fahrt zurück.‹ Und dann versucht der alte Hudson die Barrikade zu umfahren und kippt in einen Graben um und leert aus. Und wie du gesagt hast: die Jungens laufen und steigen in den Breitnasigen.« Die Männer auf den andern Sitzen nickten beteuernd zu seinen Worten.

»Weiter.« Londons Stimme klang gedrückt.

»Und dann versucht der Breitnasige, die Barrikade zu durchbrechen. Und jetzt werfen die Kerle das Tränengas und schießen dem Breitnasigen in die Reifen. Und unsere Jungens fangen an zu husten, und es ist so viel Gas in der Luft, daß man nichts mehr sieht. Und dann setzen die Kerle Gasmasken auf und kommen heran, und sie haben wohl tausend Handschellen bei sich.« Er lächelte wieder. »So sind wir halt zurückgefahren. Wir konnten nichts ausrichten. Wir hatten nicht einmal einen tüchtigen Stein zum Werfen. Alle Jungens in dem Breitnasigen haben sie gefaßt. Teufel, so viel Gas hatte ich noch gar nie gesehen.« Er schaute auf. »Dort kommen die andern«, sagte er verzweifelt. »Sie haben die Straße wahrscheinlich auf beiden Seiten blockiert.«

Ein seltsamer langer Seufzer entfuhr der Menge. Einige Männer drehten sich um und gingen langsam den Zelten zu, schoben ab, mit hängenden Köpfen, als seien sie tief in Gedanken versunken.

London wandte sich an Mac, Ratlosigkeit im Gesicht. Mac sagte: »Glaubst du, wir bringen die Wagen quer durch den Obstgarten und dort hinaus? Sie können doch nicht alle Straßen blockiert haben.«

London schüttelte den Kopf. »Zu naß. Die Wagen würden uns in den Schlamm absacken, bevor wir sie drei Meter weit hätten.«

Mac sprang auf ein Trittbrett. »Hört zu, Jungens«, schrie er. »Es gibt einen Weg! Wir gehen alle miteinander hin und fegen die Barrikaden von der Straße. Sie können uns doch nicht einschließen, verdammt nochmal!« Er hielt inne und wartete auf eine Antwort, auf ein Aufatmen. Aber die Männer wandten ihre Köpfe ab. Jeder wartete, daß ein anderer sprechen sollte.

Schließlich sagte einer: »Wir haben nichts, womit wir kämpfen können, Mister. Wir können doch nicht mit bloßen

Händen gegen Gewehre und Gas kämpfen. Gib uns Gewehre, und wir werden kämpfen.«

Macs Rede wurde zu einem Wutausbruch. »Ihr laßt sie unsere Kameraden erschießen und unsern Freunden die Häuser anzünden, und ihr wollt nicht kämpfen. Jetzt sitzt ihr in der Falle und wollt noch immer nicht kämpfen. Sogar eine verdammte Ratte kämpft, wenn sie in der Falle sitzt.«

Die Hoffnungslosigkeit hing in der Luft, als sei sie selber ein Gas. Der gleiche Mann wiederholte: »Mister, wir können nicht mit bloßen Händen gegen Gewehre und Gas kämpfen.«

Macs Stimme überschlug sich vor Wut: »Wollen sechs von euch feigen Kötern gegen mich mit bloßen Händen kämpfen? *Wollt ihr?*« Sein Mund bewegte sich hilflos. »Versucht, euch selbst zu helfen – versucht, für euch selber was zu tun –«, kreischte er.

London langte hinauf und zerrte ihn mit festem Griff vom Trittbrett herunter. Macs Augen waren wild. Er versuchte, sich loszureißen. »Ich will die feigen Köter selber umbringen«, schrie er.

Jim trat hinzu und packte ihn am andern Arm. »Mac«, sagte er. »Mac, um Gottes willen, du weißt nicht, was du redest.« Jim und London nahmen ihn in die Mitte, drehten ihn um und führten ihn durch die Menge, und die Männer blickten verlegen zu Boden. Sie sagten leise zueinander: »Aber wir können doch nicht mit bloßen Händen gegen Gewehre und Gas kämpfen.«

Die Überfallstaffeln kletterten steif aus ihren Wagen, schlossen sich der Menge an und ließen die Wagen auf der Straße stehen.

Mac war jetzt wie gelähmt. Er ließ es geschehen, daß er in Londons Zelt geführt wurde, und legte sich auf die Matratze. Jim tränkte einen Lappen im Wassereimer und wollte ihm das Gesicht waschen, aber Mac nahm ihm das Tuch aus der Hand und tat es selbst. »Es ist vorbei«, sagte er ruhig. »Ich tauge nichts. Die Partei sollte mich ausschließen. Ich verliere den Kopf.«

»Du bist todmüde«, sagte Jim.

»Oh, ich weiß. Aber das ist es nicht. Sie werden sich nicht selber helfen. Manchmal habe ich genau solche Männer mit bloßen Händen durch ein Maschinengewehrnest gehen sehen. Und heute wollen sie noch nicht einmal gegen ein paar grüne Hilfssheriffs kämpfen. Fürchten sich zu Tode.« Er sagte:

»Jim, ich bin auch nicht besser als sie. Ich sollte meinen Kopf gebrauchen. Als ich mich auf das Trittbrett stellte, wollte ich sie anfeuern. Und dann machte mich dieses gottverdammte Schaf wild. Ich hatte kein Recht, wild zu werden. Sie sollten mich aus der Partei schmeißen.«

London sagte zum Trost: »Ich bin selber auch ziemlich wild geworden.«

Mac betrachtete sorgfältig jeden einzelnen seiner Finger. »Ich möchte am liebsten davonlaufen«, sagte er bekümmert. »Ich möchte mich in einen Heuschober verkriechen und schlafen, und die ganze Bande kann mir gestohlen bleiben.«

Jim sagte: »Sobald du ausgeschlafen hast, wirst du dich wieder stark fühlen. Leg dich hin und schlaf, Mac. Wir kommen dich bestimmt wecken, wenn wir dich brauchen, nicht wahr, London?«

»Natürlich«, sagte London. »Streck dich aus. Es gibt jetzt doch nichts für dich zu tun. Ich gehe hin und bespreche mich mit den Gruppenführern. Vielleicht könnten wir uns mit ein paar tüchtigen Burschen an die Barrikaden heranschleichen.«

»Ich fürchte, sie haben uns jetzt in der Tasche«, sagte Mac. »Sie haben den Jungens allen Mut genommen, noch bevor sie recht in Gang gekommen sind.« Er legte sich auf die Matratze. »Was sie brauchen, ist Blut«, murmelte er. »Eine Masse muß töten. Ach Herrgott, ich glaube, ich habe alles von Anfang an verpfuscht.« Er schloß die Augen, dann öffnete er sie plötzlich wieder. »Hört mal, sie werden uns recht bald besuchen kommen, der Sheriff oder sonst jemand. Versprecht mir, daß ihr mich dann weckt. Ihr dürft ihnen keine Zugeständnisse machen. Ihr müßt mich ganz bestimmt wekken.« Er reckte sich wie eine Katze und faltete die Hände über dem Kopf. Seine Atemzüge wurden regelmäßig.

Die Sonne warf die Schatten der Zeltschnüre auf die Planen, und im offenen Eingang lag ein Flecken Sonnenschein auf der festgefrorenen Erde. Jim und London gingen leise hinaus. »Armer Kerl«, sagte London. »Er hat's nötig. Ich habe noch nie erlebt, daß einer aus Mangel an Schlaf solche Zustände bekam. Ich habe gehört, wie die Polizei einen wachhält, bis er verrückt wird.«

»Er wird anders sein, wenn er aufwacht«, sagte Jim. »Herrgott, ich wollte ja Dan was zu essen bringen. Und dann kamen die Wagen zurück. Ich hol es jetzt nach.«

»Ich gehe nach Lisa sehen. Vielleicht ist's besser, *sie* nimmt sich des alten Vogels an.«

Jim ging zum Herd, schöpfte Bohnen in ein Gefäß und trug sie zum Krankenzelt. Die Männer, die müßig herumstanden, hatten sich zu kleinen Gruppen zusammengeschlossen. Jim blickte ins Krankenzelt. Der dreieckige sonnige Fleck hatte sich verkürzt und fiel nicht mehr auf das Bett. Die Augen des alten Dan waren geschlossen, und er atmete langsam und flach. Ein seltsam muffiger, ranziger Geruch erfüllte das Zelt, die Ausdünstungen eines verstopften und langsam absterbenden Körpers. Jim beugte sich über das Bett. »Dan, ich hab dir was zu essen gebracht.«

Dan öffnete langsam die Augen. »Ich mag nichts. Ich habe die Kraft nicht zu kauen.«

»Du mußt essen, Dan. Du mußt essen, damit du stark wirst. Schau, ich leg dir ein Kissen unter den Kopf und füttere dich.«

»Ich will nicht stark werden.« Seine Stimme war voll Überdruß. »Ich möchte nur liegen. Ich war Wipfelfäller.« Seine Augen schlossen sich wieder. »Du kletterst die Stange hoch, immer höher, immer höher, und dann siehst du all die Bäumchen, das zweit- und drittrangige Holz, weit unter dir. Dann machst du deinen Sicherheitsgurt fest.« Er seufzte tief, und sein Mund flüsterte weiter. Ein Schatten fiel auf den Flecken Sonnenschein. Jim blickte auf.

Lisa stand im Zelteingang mit ihrem Kind unter dem Schultertuch. »Ich habe genug mit dem Kind zu tun. Er sagt, ich müsse auch noch für einen alten Mann sorgen.«

Jim sagte: »Sch-sch!« Er entfernte sich vom Bett, aber so, daß er Dans eingefallenes Gesicht nicht aus den Augen verlor.

Sie schlüpfte herein und setzte sich auf das leere Bett. »Oh, ich wußte nicht. Was soll ich tun?«

»Nichts. Bleiben Sie einfach bei ihm.«

Sie sagte: »Er gefällt mir nicht. Ich kann es riechen. Ich kenne diesen Geruch.« Sie rutschte unruhig hin und her und bedeckte das runde Gesicht des Kindes, um es vor dem Geruch zu schützen.

»Sch-sch«, sagte Jim. »Vielleicht wird er wieder gesund.«

»Nicht mit diesem Geruch. Ich kenne diesen Geruch. Zum Teil ist er schon tot.«

»Armer Teufel!« sagte Jim.

Etwas an seinen Worten ergriff sie. Ihre Augen wurden

feucht von Tränen. »Ich bleibe. Ich habe es schon öfter mitgemacht. Es schadet niemandem.«

Jim setzte sich neben sie. »Ich bin gern in Ihrer Nähe«, sagte er leise.

»Fangen Sie nicht damit an.«

»Nein, nein. Ich möchte nur wissen, warum es in Ihrer Nähe so warm ist.«

»Mir ist nicht kalt.«

Er wandte das Gesicht ab. »Ich möchte zu Ihnen sprechen. Sie werden es nicht verstehen, aber das macht nichts, das macht gar nichts. Alles zerkrümelt und zerfließt. Aber das ist nur ein Teilchen des Ganzen. Es hat nichts zu bedeuten, Lisa. Sie und ich spielen im Ganzen kaum eine Rolle. Verstehen Sie, Lisa? Ich sage es zu mir selbst, aber ich verstehe besser, wenn Sie zuhören. Sie wissen nicht, wovon ich rede, nicht wahr, Lisa?«

Er sah, wie eine Röte an den Seiten ihres Halses hinaufkroch. »Ich hab eben erst ein Kind gehabt«, sagte sie. »Und überhaupt bin ich nicht so eine.« Sie hob verschämt die Augen. »Sprechen Sie nicht so. Fangen Sie nicht mit diesem Ton an«, bat sie. »Sie wissen, daß ich nicht so eine bin.« Er streckte die Hand aus, um sie zu tätscheln, aber sie wich vor ihm zurück. »Nein.«

Er stand auf. »Seien Sie nett zu dem Alten. Sehen Sie, dort auf dem Tisch ist Wasser und ein Schwamm. Geben Sie ihm hie und da ein wenig davon.« Er hob gespannt den Kopf und horchte auf ein Stimmengewirr im Lager, einen allmählich anschwellenden Lärm. Und dann konnte er über dem Baß der vielen Stimmen eine heftige Rede, eine einzelne Stimme hören, die in zornigem Tonfall stieg und fiel. »Ich muß gehen«, sagte Jim. »Sorgen Sie für ihn.« Er eilte aus dem Zelt.

Er sah, wie sich bei den Kochherden Männer um etwas in der Mitte scharten, alle Gesichter nach innen gerichtet. Die zornige Stimme stieg aus dieser Mitte. Während Jim zusah, bewegte sich die Menge seitlich zu dem verlassenen kleinen Podium, das für Joys Leiche gebaut worden war. Die Masse drängte sich an das Gerüst und floß darum herum, aber ein Mann schoß aus der Gruppe empor und stellte sich auf die Bühne. Jim rannte hinüber. Er konnte jetzt erkennen. Es war der verbissene, finster blickende Burke. Seine Arme gestikulierten. Seine Stimme bellte über die Köpfe der Menge. Jim sah London von der Straße herbeieilen.

Burke packte das Geländer. »Dort ist er ja«, rief er. »Seht ihn euch an. Dieser Kerl hat alles verpfuscht. Was zum Teufel hat er denn geleistet? Er hat in seinem Zelt gehockt und Pfirsiche gefressen, während wir bis auf die Haut naß wurden und von Abfällen lebten, die nicht einmal ein Schwein angerührt hätte.«

Londons Mund stand vor Verblüffung offen. »Was geht hier vor?« schrie er.

Burke beugte sich über das Geländer. »Ich will dir sagen, was hier vorgeht: Wir haben beschlossen, daß wir einen wirklichen Führer brauchen. Wir haben beschlossen, daß wir einen Mann brauchen, der uns nicht für eine Ladung Konserven verrät.«

Londons Gesicht wurde blaß, und seine Schultern sackten herab. Er fand keinen Widerstand, als er aufbrüllend in die Menge stürzte, Männer beiseite stieß und sich durch die Menschenmasse grub. Er erreichte das Podium und packte das Geländer. Als er sich daran hochziehen wollte, trat Burke gegen seinen Kopf, verfehlte ihn, traf die Schulter und riß ihm eine Hand vom Geländer los. Wieder brüllte London auf. Schon war er unter dem Geländer durch und auf den Füßen. Burke schlug nach seinem Gesicht und verfehlte es. Und dann, mit der entsetzlichen, blitzschnellen Wucht eines schweren Mannes, schnellte London seine Linke vor, und als sich Burke duckte, erreichte ihn die mächtige rechte Faust auf der Seite der Kinnlade, warf ihn hoch und fällte ihn. Sein Kopf hing über die Kante des Gerüsts, die gebrochene Kinnlade war auf die Seite gerissen, zerschmetterte Zähne hingen lose zwischen den Lippen. Ein dünnes Bächlein Blut floß ihm aus dem Mund, an Nase und Auge vorbei und sickerte ins Haar.

London stand schnaufend über ihm und blickte auf ihn herab. Langsam hob er den Kopf. »Gibt es hier noch andere Hurensöhne, die meinen, ich habe euch verraten?«

Die Männer, die Burkes herabhängendem Kopf am nächsten standen, starrten fasziniert darauf. Von der anderen Seite des Podiums her begann ein Geschiebe und Gedränge; die Leute hoben sich auf die Zehenspitzen, um etwas sehen zu können. Ihre Augen blitzten wild. Ein Mann sagte: »Die Kinnlade ist glatt ab. Das ist Blut aus dem Hirn.« Ein anderer schrie hysterisch: »Tot. Der Kopf ist ab.«

Frauen trieben durch die Menge heran und starrten gefühllos auf den herabhängenden Kopf. Ein tiefes, keuchendes Seufzen stieg aus der Masse. Die Augen flammten. Alle Schultern waren gesenkt und die Arme drohend angewinkelt. London stand schwer schnaufend da, aber sein Gesicht war fassungslos. Er sah auf seine Faust, die geschundenen und blutenden Knöchel. Dann sah er sich über die Menge hinweg nach Hilfe um, und am Rande entdeckte er Jim. Jim schüttelte seine gefalteten Hände über dem Kopf. Und dann zeigte er auf die Straße, dorthin, wo die Wagen standen, und die Straße hinunter und wieder auf die Wagen und wieder die Straße hinunter. London wandte den Blick auf die fauchende Masse zurück. Die Fassungslosigkeit seines Gesichts wich einem finsteren Ausdruck.

»Gut denn, ihr Jungens«, schrie er. »Warum hab ich nichts geleistet? Weil ihr mir nicht helft. Aber bei Gott, jetzt seid ihr bereit! Nichts kann euch halten.« Ein langes, kehliges, tierisches Geheul stieg auf. London erhob die Hände. »Wer folgt mir jetzt zur Barrikade?« Die Menge veränderte sich rapide. Die Augen der Männer und Frauen waren verzückt. Die Leiber wogten langsam im Einklang. Keine vereinzelten Rufe mehr von vereinzelten Männern. Sie regten sich gemeinsam, sie glichen sich. Das Brüllen war eine einzige Stimme aus vielen Kehlen.

»Ein paar holen die Wagen«, rief London. »Die übrigen mir nach. Los, mir nach. Kommt, mir nach.« Mit einem Flankensprung setzte er vom Gerüst herunter und erkämpfte sich den Weg an die Spitze der Masse. Rasch waren die Wagen angelassen. Die Menge ergoß sich auf die Straße; sie war nicht mehr schlaff und dumpf. Sie war zu einer raschen, lautlosen und tödlich wirksamen Maschine geworden. Sie schwenkte in die Straße ein und stampfte beherrscht und zielsicher. Und hinter ihr rollten langsam die Wagen.

Jim hatte dem Aufbruch zugesehen. Er befahl sich selbst laut: »Laß dich nicht mitreißen. Laß dich nicht mitreißen. Laß dich nicht anstecken. Bewahr einen klaren Kopf.«

Die meisten Frauen rannten mit den Männern mit, aber einige wenige, die zurückblieben, warfen Jim seltsame Blicke zu, denn auch seine Augen waren verzückt, als er so die Straße hinunter dem schrecklichen Mechanismus nachstarrte. Als die Masse verschwunden war, seufzte er schaudernd auf und wandte sich ab. Seine Hand hob sich zur verletzten Schulter und preßte sie, um den Schmerz zu beschwichtigen. Er ging langsam zu Londons Zelt, betrat es leise und setzte sich auf eine Kiste.

Mac sah ihn unter gesenkten Augenlidern an. Nur ein glänzender Schlitz verriet, daß er wach war. »Wie lange hab ich geschlafen, Jim?«

»Nur ganz kurz. Ich glaube, es ist noch nicht einmal Mittag. Kurz vor Mittag.«

»Ich habe furchtbar geträumt, aber ich bin ausgeruht. Ich glaube, ich stehe jetzt auf.«

»Es ist viel gescheiter, du schläfst noch, wenn du kannst.«

»Wozu? Ich bin ausgeruht.« Er öffnete seine Augen weit. »Das sandige Gefühl ist weg. Wenn man so müde ist, schläft man tief. Ich habe von Aufruhr geträumt.«

»Schlaf lieber weiter.«

»Nein.« Er setzte sich auf und reckte sich. »Ist irgend etwas passiert, während ich schlief? Es ist so furchtbar still da draußen.«

»Es ist viel passiert«, sagte Jim. »Burke hat versucht, London abzusetzen, und London hat ihn zusammengehauen – hat ihn fast umgebracht, und – Herrgott, ich habe Burke ganz vergessen.« Er lief zum Ausgang und um das Zelt herum und blickte zum Podium. Dann kam er ins Zelt zurück. »Jemand hat ihn hereingeholt«, sagte er.

Mac war mittlerweile hellwach und aufgeregt. »Erzähl.«

»Nun, als die Menge das Blut sah, wurde sie rasend, und London lenkte sie zur Barrikade hin.«

Mac schrie: »Hab ich's dir nicht gesagt? Sie brauchen Blut. Das wirkt. Das hab ich dir ja gesagt. Ja, und dann?«

»Sie sind jetzt dort. Herrgott, Mac, du hättest sie sehen sollen. Es war, als seien sie alle verschwunden und an ihrer Stelle wäre ein einziges, großes – Tier da, das die Straße hinunterraste. Alle nur ein einziges Tier. Mich hätte es beinahe auch gepackt. Ich wollte mit, und dann dachte ich: ›Du darfst nicht. Du mußt einen klaren Kopf bewahren.‹«

»Richtig!« sagte Mac. »Die Leute meinen, in einer Masse würden die Kräfte verzettelt, aber ich habe schon viele gesehen, und ich kann dir sagen, eine Masse mit einem Ziel ist ungefähr gerade so wirksam wie ausgebildete Soldaten, bloß launisch. Die Barrikade werden sie schon wegfegen, aber was dann? Sie werden noch mehr tun wollen, ehe sie sich wieder abkühlen.« Und er fuhr fort: »Was du sagst, ist ganz richtig. Es *ist* ein großes Tier. Es ist verschieden von den einzelnen

Männern, die es ausmachen. Und es ist stärker als all die Männer zusammengenommen. Es will nicht das gleiche, was die Männer wollen – es ist, wie der Doktor sagte – und wir wissen nicht, was es tun wird.«

»Es wird die Barrikade beseitigen«, sagte Jim.

»Das meine ich nicht. Das Tier will nicht die Barrikade. Ich weiß nicht, was es will. Das ist es ja gerade, daß die Burschen, welche Leute studieren, immer meinen, es seien Menschen, und es sind gar keine Menschen. Es ist eine andere Art Tier. Es ist von Menschen so verschieden wie Hunde. Es ist gewaltig, Jim, wenn wir verstehen, es einzusetzen, aber wir wissen nicht genug von ihm. Wenn es einmal losgeht, ist es zu allem imstande.« Sein Gesicht war lebhaft und aufgeregt, und ein klein wenig ängstlich.

Jim sagte: »Still, ich glaube, ich höre –« Er lief zum Ausgang. »Sie kommen zurück«, schrie er. »Es ist jetzt anders. Es hat sich verteilt, es ist nicht mehr gleich.«

Mac stand neben ihm. Die Straße war voll von zurückkehrenden Männern. London brach an die Spitze vor und kam schwerfällig auf sie zugetrabt. Und als er nahe genug war, brüllte er: »Ins Zelt! Hinein ins Zelt!«

»Was meint er bloß?« fragte Jim. Aber Mac stieß ihn ins Zelt, löste die Schnüre und ließ die Eingangsplanen zufallen.

»Er weiß schon, was er tut«, sagte Mac. »Verhalt dich ruhig und laß ihn machen. Ganz gleichgültig, was geschieht, geh nicht hinaus.«

Sie hörten den Hagel von Fußstapfen auf dem Boden und rufende Stimmen. Dann sahen sie Londons verkürzten schwarzen Schatten auf der Leinwand und hörten ihn brüllen: »Jetzt beruhigt euch wieder.«

»Wir wollen ihm schon zeigen, wer feige Köter sind!«

London schrie: »Ihr nehmt es krumm, daß ihr Schelte gekriegt habt. Geht euch jetzt was zu trinken holen und beruhigt euch. Großartig habt ihr's gemacht, aber meinen Freund bekommt ihr nicht. Er ist auch euer Freund. Ich kann euch sagen, er hat für euch geschuftet, bis er todmüde war.«

Mac und Jim konnten im Innern des Zelts spüren, wie der Ansturm die Richtung änderte, sich verlief und sich in hundert Rufen verlor. »Wir wissen schon, London.«

»Klar, aber er hat uns feige Köter genannt.«

Mac stieß von tief innen den Atem aus. »Da sind wir noch knapp davon gekommen, Jim. Herrgott, war das knapp.«

Noch immer lag Londons breiter Schatten auf der Zeltwand, aber die vielen aufgeregten Stimmen trieben davon und verloren das Bedrohliche.

London brachte gleich noch mehr zur Sprache: »Wenn einer von euch glaubt, ich habe Pfirsichkonserven, soll er nur hereinkommen und nachsehen.«

»Ach zum Teufel, London. Das haben wir doch nie geglaubt.«

»Das war nur dieser Hurensohn, der Burke.«

»Er hat gegen dich gearbeitet, London. Ich hab's gehört.«

»Gut, dann haut ab. Ich habe zu tun.«

Der Schatten verweilte noch auf dem Zelt, bis die Stimmen verklungen waren, bis es von keiner Menge mehr bedroht war. London hob die Plane und trat müde ein.

»Danke«, sagte Mac. »Ich weiß so gut wie du, daß es an einem Haar hing. Du hast sie gezügelt, London. Oh, du verstehst es.«

London sagte: »Ich hatte Angst. Du wirst darum nicht schlechter von mir denken, Mac. Auf dem Rückweg ertappte ich mich dabei, daß ich selbst dich umbringen wollte.« Er grinste. »Ich weiß nicht, warum.«

»Keiner weiß das«, sagte Mac. »Aber so ist es nun mal. Erzähl, wie es drunten auf der Straße zuging.«

»Wir haben sie plattgewalzt«, sagte London. »Wir sind einfach über sie weggerollt, als gäbe es sie überhaupt nicht. Sie warfen ihr Gas, und ein paar Burschen husteten und heulten, aber beim Teufel, diese grünen Polizisten hatten nicht die geringste Aussicht. Einige kamen davon – wahrscheinlich die meisten. Aber die übrigen wurden durch die Maschine gedreht. Herrgott, waren die Jungens wütend.«

»Wurde geschossen?«

»Nein. Es ging zu rasch. Sie schossen über unsere Köpfe weg; sie dachten wohl, das werde uns aufhalten. Aber wir gingen einfach drauf los. Es gibt Polizisten, die gerne Leute totschießen, aber die meisten wohl nicht. Und so walzten wir sie einfach platt und zertrümmerten die Barrikade.«

»Und kamen die Wagen durch?«

»Teufel ja, acht fuhren durch, beladen mit Burschen, die die Hölle losließen.«

»Wurden Polizisten getötet?« wollte Mac wissen.

»He? Getötet? Ich weiß nicht. Ich hab mich nicht umgesehen. Vielleicht schon. Möglich wär's. Ich will wetten, daß uns nicht einmal Maschinengewehrfeuer aufgehalten hätte.«

»Das ist ausgezeichnet«, sagte Mac. »Wenn wir nach Bedarf immer solchen Dampf aufsetzen könnten und wenn wir ihn danach wieder abdrehen könnten, hätten wir schon morgen unsere gottverdammte Revolution, und morgen abend wäre alles vorbei. Die Jungens haben sich ziemlich rasch beruhigt.«

»Das macht die Rennerei«, sagte London. »Fehlt nicht viel zu einer Meile. Als sie hier anlangten, waren sie ganz außer Atem. Mir selbst ist auch fast übel. Ich bin Rennen nicht gewohnt.«

»Ich weiß«, sagte Mac. »Aber das Rennen macht's nicht. So etwas bringt einen innerlich ganz durcheinander. Ich will wetten, daß eine ganze Menge von den Burschen eben jetzt ihr Frühstück opfert.«

London schien plötzlich Jim zu entdecken. Er ging auf ihn zu und hieb ihm einen Klaps auf den Rücken. »Du hast die Sache in Gang gebracht, Jim. Ich stand dort oben, nachdem ich Burke bewußtlos geschlagen hatte; ich wußte nicht, was zum Teufel ich jetzt tun sollte. Und die Burschen, die herumstanden, die wußten es auch nicht. Sie waren durchaus bereit, sich auf mich oder sonstwen zu stürzen. Und ich sehe mich um, und da sehe ich dich, wie du zeigst, und da weiß ich, was ich mit ihnen machen muß.«

Jims Gesicht strahlte vor Freude. »Ich tauge nicht viel, mit meiner kaputten Schulter. Es fiel mir ein, was Mac gesagt hat, daß ein bißchen Blut die Leute in Schuß bringt. Erinnerst du dich, Mac?«

»Natürlich erinnere ich mich. Aber ich bin nicht so sicher, daß es mir dort draußen eingefallen wäre. Ich weiß nicht, wie du es anstellst, Jim. Alle verlieren den Kopf, nur du nicht. Ich habe von deinem Alten gehört; der war kein Genie; er hatte nur Streit im Kopf. Ich weiß nicht, wo du gelernt hast, deine Birne zu gebrauchen und immer über Wasser zu halten.«

»Für etwas muß ich schließlich gut sein«, sagte Jim. »Mein Vater war, wie du sagst, aber meine Mutter war so kühl, daß sie einen frösteln machte.«

London ballte die herabhängende Hand und sah verblüfft auf seine geschundenen Knöchel. »Jesses, seht euch das an!«

»Die hast du allerdings tüchtig zerschmettert«, sagte Mac.

»Ich hab sie an diesem Hurensohn Burke zerschmettert.

Wie geht's ihm, Jim? Als ich ihn zu Boden brachte, war es, als schlüge ich ihm den ganzen Kopf ab.«

Jim sagte: »Ich weiß nicht, wie es ihm geht. Jemand hat ihn vom Podium weggeholt.«

»Ich gehe wohl besser mal nachsehen«, sagte London. »Komisch, daß ich die Hand bis jetzt gar nicht gespürt habe.«

»Wenn man es mit dem Tier zu tun bekommt, spürt man nie etwas«, sagte Mac.

»Mit was für einem Tier?«

»Ach, das ist nur so ein Witz. Scheint mir eine gute Idee, daß du nach Burke sehen willst. Und sieh, wie den Jungens zumute ist. Sie werden sich jetzt wohl ziemlich wackelig fühlen.«

London sagte: »Ich traue ihnen nicht mehr. Ich weiß nicht mehr, was sie tun werden. Ich bin froh, daß ich nicht hinter der Barrikade stand.«

Mac sagte: »Und ich bin froh, daß du vor diesem Zelt standest. Sonst könnten Jim und ich jetzt an einem Apfelbaum hängen.«

»Es gab da eine Minute –«, sagte London. Er raffte die Planen und band sie zurück. Die Sonne schien nicht mehr ins Zelt; sie hatte ihren Meridian überschritten. Mac und Jim sahen London nach, und dann blickten sie sich wieder an. Mac ließ sich auf die Matratze fallen. Jim sah ihn an, bis Mac sagte: »Hast du mir etwas vorzuwerfen?«

»Nein, ich dachte nur nach – es kommt mir so vor, als ob wir jetzt, wo wir einen Kampf gewonnen und unsre Burschen so weit gebracht haben, viel mehr Gefahr laufen zu verlieren als je zuvor. Wir sind hergekommen, um etwas zu erreichen, Mac. Haben wir alles verpfuscht?«

Mac sagte scharf: »Du nimmst uns zu wichtig, und du nimmst diesen kleinen Zusammenprall zu wichtig. Wenn die Angelegenheit jetzt aufflöge, hätte sie sich gelohnt. Viele Jungens haben an diesen Schmarren geglaubt: von dem edlen amerikanischen Arbeiter und dem Zusammenwirken von Kapital und Arbeit. Viele sind jetzt bekehrt. Sie wissen jetzt, wie sie das Kapital einschätzt und wie rasch das Kapital bereit wäre, sie wie die Ameisen zu vergiften. Und zwei Dinge haben wir ihnen, weiß Gott gezeigt: wer sie sind und was sie zu tun haben. Und dieser letzte kleine Krawall hat ihnen gezeigt, daß sie es tun können. Erinnerst du dich noch, was der Frisco-Streik für Sam bedeutete? Nun, all diesen Jungens wird es ein bißchen wie Sam gehen.«

»Aber glaubst du denn, daß sie Verstand genug haben, um das alles einzusehen?«

»Nicht Verstand, Jim. Verstand braucht's nicht. Wenn alles vorbei ist, wird die Sache tief in ihnen drin weiter wirken. Sie werden es einsehen, ohne darüber nachzudenken.«

»Und was glaubst du, geschieht jetzt?«

Mac rieb mit einem Finger seine Schneidezähne. »Sie werden uns wohl mit der Dampfwalze von hier vertreiben müssen, Jim. Vielleicht heute nachmittag, vielleicht heute nacht.«

»Und was glaubst du: verduften wir besser, oder sollen wir uns zum Kampf stellen?«

»Kämpfen, wenn wir die Jungens dazu kriegen«, sagte Mac. Wenn sie sich einfach davonschleichen, bleibt ihnen ein schlechtes Gefühl, aber wenn sie kämpfen und geschlagen werden, nun, dann haben sie immerhin gekämpft, und das lohnt sich.«

Jim ließ sich auf ein Knie nieder. »Aber sieh mal, wenn sie mit Gewehren kommen, werden sie viele von den unsrigen töten.«

Macs Augen wurden kalt und verengten sich zu Schlitzen. »Wir wechseln immerzu die Rollen, Jim. Angenommen, sie töten wirklich ein paar von den unsrigen. Das hilft unserer Seite. Für jeden, den sie töten, laufen zehn neue zu uns über. Die Nachricht verbreitet sich unter der Hand im ganzen Land herum, und überall hören die Männer davon und werden wild. Burschen, die nur lauwarm waren, werden heiß, verstehst du? Aber wenn wir wegschleichen und es spricht sich herum und die Männer sagen: ›Sie haben nicht einmal gekämpft‹, dann werden alle Wanderarbeiter unsicher. Wenn wir kämpfen und das spricht sich herum, dann werden andere Männer in der gleichen Lage ebenfalls kämpfen.«

Jim zog das andere Knie nach und hockte sich auf die Fersen. »Ich wollte nur ganz klar sehen. Aber werden die Burschen kämpfen?«

»Ich weiß nicht. Jetzt im Augenblick würden sie's nicht tun. Sie haben einen ordentlichen Kater. Aber später vielleicht. Vielleicht, wenn wir ihnen noch so einen Happen wie Burke vorwerfen. Burke trat genau im richtigen Augenblick auf, gerade als wir ihn brauchten. Vielleicht wird ein anderer ein bißchen Blut für die große Sache vergießen.«

Jim sagte: »Mac, wenn Blut alles ist, was wir brauchen,

könnte ich diesen Verband abreißen und die Wunde bluten lassen.«

»Du bist ein bißchen komisch, Jim«, sagte Mac freundlich. »Du nimmst alles so gottverdammt ernst.«

»Ich sehe nicht, was dabei komisch sein soll.«

»Nein. Erinnerst du dich an die Dame, die einen Hund kaufen wollte? Sie fragte: ›Sind Sie sicher, daß das ein Bluthund ist?‹ Der Eigentümer sagte: ›Aber selbstverständlich. Blute doch mal ein bißchen für die Dame, Oskar.‹«

Jim lächelte fein. Mac fuhr fort: »Nein, Jim, du nützt der Sache mehr als hundert von diesen Burschen.«

»Nun, ein kleiner Blutverlust wird mir nicht schaden.«

Mac strich nervös seine Unterlippe. »Jim«, sagte er, »hast du jemals vier oder fünf Hunde miteinander streiten sehen?«

»Nein.«

»Also, wenn einer von den Hunden verletzt wird oder unterliegt, dann stürzen sich alle andern auf ihn und töten ihn.«

»Und was soll das?«

»Das soll dies: Menschen tun manchmal das gleiche. Ich weiß nicht, warum. Es ist irgendwie so, wie der Doktor mir einmal gesagt hat: Menschen hassen etwas in sich.«

»Der Doktor war ein netter Kerl, aber seine hochtrabenden Ideen führten nirgends hin. Nur im Kreis herum.«

»Immerhin, ich wollte, er wäre hier. Was macht deine Schulter?«

»Die macht's ganz gut. Ich brauche sie nicht mehr als unbedingt nötig.«

Mac stand auf. »Komm, wir wollen sie mal anschauen. Zieh die Jacke aus.« Jim schälte sich aus der Jacke. Mac zerrte das Pflaster los und hob vorsichtig den Verband. »Sieht recht gut aus. Ein klein wenig entzündet. Ich nehme dir ein paar Lagen dieser Gaze weg. Ich bin froh, wenn wir endlich in die Stadt kommen. Dann kannst du sie ordentlich behandeln lassen. Jetzt lege ich nur diesen sauberen Teil wieder auf.« Er drückte das Pflaster an und hielt es fest, bis die Körperwärme machte, daß es klebte.

»Vielleicht finden wir den Doktor in der Stadt wieder«, sagte Jim. »Er redete sehr komisches Zeug, unmittelbar bevor er verschwand. Vielleicht widerte ihn die Sache an, oder er bekam Angst und ist einfach durchgebrannt.«

»Komm, ich helf dir in die Jacke. Vergiß das. Wenn die Sache den Doktor überhaupt anwidern konnte, dann hätte sie das schon vor vielen Jahren getan. Und ich habe ihn im Feuer gesehen. Er bekommt keine Angst.«

London kam herein und blieb in der Türöffnung stehen. Er sah ernst und erschreckt aus. »Ich hab ihn nicht umgebracht, aber viel hat nicht dazu gefehlt. Seine Kinnlade ist fürchterlich zugerichtet. Ich habe Angst, er stirbt, wenn kein Arzt kommt.«

»Wir könnten ihn in die Stadt abschieben, aber ich glaube nicht, daß er dort eine sehr gute Pflege fände.«

London fuhr fort: »Seine Frau läßt die Hölle los. Sie sagt, sie wird uns alle wegen Totschlags verklagen. Sie sagt, der ganze Streik sei nur gegen Burke gerichtet.«

Mac sagte: »Schon dafür würde er sich fast lohnen. Ich habe das Ekel nie gemocht. Ich habe ihn immer für einen Verräter gehalten. Wie ist den Jungens zumute?«

»Sie sitzen einfach herum, wie du sagtest. Sie sehen aus, als sei ihnen schlecht – wie einer Schar Buben, die in einen Zukkerbäckerladen eingebrochen hat.«

»Klar«, sagte Mac. »Sie haben Kraft und Saft für eine ganze Woche vertan. Wir sollten ihnen womöglich was zu essen geben. Vielleicht schlafen sie es dann aus. Du hast schon recht, London, wir brauchen einen Arzt. Wie geht's dem Burschen, der sich den Fuß gebrochen hat?«

»Ja, der schlägt auch Radau. Er sagt, der Fuß sei nicht richtig bandagiert und es tue weh. Und er werde nie mehr gehen können. All dieses Geschrei trägt auch nicht gerade zur Verbesserung der Stimmung bei.«

»Ja, und dann noch Al«, sagte Mac. »Ich möchte wissen, wie es Al geht. Wir sollten ihn besuchen. Glaubst du, die Burschen, denen du sagtest, sie sollten dort bleiben, sind wirklich dort geblieben?«

London zuckte die Achseln. »Ich weiß nicht.«

»Könnten wir wohl ein halbes Dutzend Jungens zusammentrommeln, die mit uns hinüberkämen?«

London sagte: »Ich glaube nicht, daß ihr irgendwen bewegen könnt, irgendwohin zu gehen. Sie wollen nur dasitzen und auf ihre Füße starren.«

»Je nun, dann geh ich halt allein. Al ist ein braver Kerl.«

»Ich komme mit, Mac«, mischte sich Jim ein.

»Nein, du bleibst hier.«

London sagte: »Ich glaube nicht, daß dich jemand aufhalten wird.«

Mac bat: »Jim, bitte, bleib da. Nimm mal an, sie erwischen uns beide. Dann wäre keiner mehr hier, der die Sache weiterführt. Bleib da, Jim.«

»Ich gehe. Ich bin lange genug hier herumgesessen und habe mich geschont. Warum bleibst du nicht und läßt mich gehen?«

»Meinetwegen, Kleiner«, sagte Mac resigniert. »Wir passen eben auf und halten die Augen offen. Versuch, die Burschen lebendig zu halten, bis wir zurück sind, London. Versuch ihnen ein bißchen Rindfleisch und Bohnen einzuflößen. Es hängt ihnen zum Hals heraus, aber es nährt wenigstens. Wir sollten jetzt dann bald etwas von den Wagen hören.«

London grunzte: »Ich denke, ich öffne mir mal eine Büchse Pfirsiche und Sardinen. Die Burschen sagten ja, ich hätte einen ganzen Stapel davon, bis zur Decke hinauf. Ich stelle ein paar für euch auf die Seite, bis ihr zurückkommt.«

## 15

Sie gingen hinaus in den hellen, gelben Sonnenschein. In dem reinen Licht sah das Lager schmutzig und grau aus. Seit Burton fort war, hatte sich Unrat angesammelt: Papierfetzen, Schnüre, Überkleider, die an den Zeltleinen hingen. Mac und Jim ließen das Lager hinter sich und überquerten das freie Feld, das zwischen ihnen und dem Rand des Obstgartens lag. Bei der ersten Baumreihe blieb Mac stehen. Seine Augen wanderten langsam rundum. »Paß gut auf, Jim«, riet er. »Wahrscheinlich ist es eine hirnverbrannte Idee, allein hinüberzugehen. Ich weiß, daß es unvernünftig ist.« Er spähte in den Baumgarten. Die langen Gassen mit den Sonnenflecken waren ruhig. Nichts regte sich. »Es ist so still. Das scheint mir verdächtig. Es ist zu still.« Er langte nach einem Ast und pflückte sich einen kleinen verkrüppelten Apfel, den die Erntearbeiter übrig gelassen hatten. »Herrgott, schmeckt das gut. Ich hatte ganz vergessen, daß es Äpfel gibt. Das Nächstliegende vergesse ich immer.«

»Ich sehe niemanden unterwegs«, sagte Jim. »Keinen Schwanz.«

»Also gut, wir schlängeln uns den Bäumen entlang. Wenn einer durch die Gassen sieht, kann er uns nicht entdecken.«

Sie traten vorsichtig unter die großen Apfelbäume. Ihre Augen wanderten ruhelos umher. Sie gingen im Schattenspiel der Zweige und Blätter, und dazwischen fiel ihnen die Sonne warm und weich auf die Haut.

Jim fragte: »Mac, glaubst du, wir könnten mal Urlaub nehmen und irgendwohin gehen, wo uns niemand kennt, und uns einfach unter Apfelbäume setzen?«

»Nach zwei Stunden würdest du dich wieder zurücksehnen.«

»Ich habe noch nie Zeit gehabt, mir etwas anzuschauen, Mac, noch nie. Ich habe noch nie gesehen, wie Blätter herauskommen. Ich habe noch nie gesehen, wie die Dinge eigentlich vor sich gehen. Heute morgen war auf dem Boden im Zelt eine ganze Ameisenkarawane. Ich konnte sie nicht beobachten. Ich mußte an etwas anderes denken. Ich möchte einmal den ganzen Tag nur dasitzen und Käfern zuschauen und gar nichts anderes denken.«

»Sie würden dich wahnsinnig machen«, sagte Mac. »Menschen sind schon schlimm genug; aber Käfer würden dich wahnsinnig machen.«

»Aber hie und da überkommt mich eben das Gefühl, ich habe noch nie etwas richtig angeschaut. Ich nehme mir nie die Zeit, etwas anzuschauen. Gleich wird alles vorbei sein, und ich werde noch nicht einmal wissen – wie ein Apfel wächst.«

Sie rückten langsam vor. Macs Augen wanderten ruhelos zwischen den Bäumen umher. »Alles kann man schließlich nicht sehen«, sagte er. »Ich habe einmal Urlaub genommen und bin nach Kanada in die Wälder gegangen. Was meinst du? Nach zwei Tagen bin ich davongelaufen. Ich hatte ein dringendes Bedürfnis nach Scherereien; ich hungerte regelrecht nach einer Schweinerei.«

»Ich möchte es doch mal versuchen. Wenn man den alten Dan über Wälder sprechen hört –«

»Verdammt nochmal, Jim, man kann nicht alles haben! Wir haben etwas, was der alte Dan nicht hat. Man kann nicht alles haben. In wenigen Tagen sitzen wir wieder in der Stadt und werden vor Ungeduld nach neuen Unruhen Nägel beißen. Bis die Schulter geheilt ist, mußt du dich ein wenig schonen. Ich bringe dich in eine Unterkunft, wo du so viele Käfer hast, wie du dir nur wünschen kannst. Halt dich an die Baumreihe. Du machst dich so auffällig wie ein Pfingstochse.«

»Es ist schön hier draußen«, sagte Jim.

»Es ist viel zu schön. Ich wittere eine Falle.«

Durch die Bäume konnten sie Andersons weißes Häuschen erkennen mit seinem Lattenzaun und den feuerroten Geranien im Vorgarten. »Es ist niemand da«, sagte Jim.

»Sei bloß nicht vorwitzig.« Bei der letzten Reihe blieb Mac wieder stehen und ließ seine Augen langsam über das freie Feld wandern. Von dem großen, schwarzen Viereck auf dem Boden, wo die Scheune gestanden hatte, stieg noch immer ein träger, stechender Rauch auf. Der weiße Wassertank sah hoch und verlassen aus. »Scheint O.K.«, sagte Mac. »Komm, wir gehen durch die Hintertüre.« Er versuchte, das Gatter leise zu öffnen, aber die Klinke knackte, und die Angeln knarrten. Sie gingen den kurzen Pfad zum Eingang unter dem Vordach mit dem schon gelben Passionsblumengerank. Mac klopfte an.

Von drinnen rief eine Stimme: »Wer ist da?«

»Bist du das, Al?«

»Ja.«

»Bist du allein?«

»Ja, wer sind Sie?«

»Hier ist Mac.«

»Oh, komm herein, Mac. Die Tür ist offen.«

Sie betraten die Küche. Al lag auf seinem schmalen Bett an der Wand. Er schien in den paar Tagen abgemagert zu sein. Die Haut hing lose über sein Gesicht. »Tag, Mac. Ich dachte schon, man hätte mich vergessen. Mein Alter ist schon früh ausgegangen.«

»Wir wollten schon eher kommen, Al. Was machen all deine Verletzungen?«

»Sie tun gehörig weh«, sagte Al. »Und wenn man so ganz allein ist, tun sie erst recht weh. Wer hat die Scheune angezündet, Mac?«

»Selbsthilfeleute. Es tut uns höllisch leid, Al. Wir hatten Wachen ausgelegt, aber sie ließen sich einen Bären aufbinden.«

»Mein Alter wütete die ganze Nacht herum wie der Teufel, Mac. Redete die ganze Nacht. Jede Viertelstunde hat er mich angeflucht, die ganze Nacht.«

»Es tut uns verdammt leid.«

Al brachte eine Hand unter den Decken hervor und kratzte sich die Backe. »Ich bin immer noch auf eurer Seite, Mac. Aber der Alte möchte euch am liebsten in die Luft sprengen.

Heute morgen ist er in die Stadt gegangen, um euch vom Sheriff ausweisen zu lassen. Er sagt, ihr seid unbefugterweise auf seinem Grund und Boden, und er will euch weg haben. Er sagt, er sei genug bestraft dafür, daß er auf Leute wie dich gehört habe. Er sagt, ich könne zum Teufel gehen, wenn ich mit euch anbändle. Er war wild wie eine Hornisse, Mac.«

»Das habe ich befürchtet, Al. Hör zu: Wir wissen, daß du zu uns hältst, verstehst du? Es hat keinen Zweck, den Alten noch mehr zu plagen. Wenn es einen Zweck hätte, wär's was anderes. Tu einfach so, als seist du mit ihm einig. Wir haben Verständnis dafür, Al. Du kannst mit uns in Fühlung bleiben. Es tut mir furchtbar leid für deinen Alten.«

Al seufzte tief auf. »Ich fürchtete, ihr würdet meinen, ich hintergehe euch. Wenn ihr wißt, daß es nicht so ist, will ich ihm sagen, ihr seid mir schnuppe.«

»So ist's recht, Al. Und in der Stadt werfen wir dir dann auch einen Stein in den Garten. Oh, übrigens, Al, war gestern abend der Doktor bei dir?«

»Nein. Warum?«

»Er wollte dich besuchen – es war noch vor dem Feuer – und er ist nicht zurückgekommen.«

»Jesses! Was kann ihm bloß zugestoßen sein?«

»Ich fürchte, sie haben den armen Teufel gefaßt.«

»Sie haben euch allen zugesetzt, nicht wahr?«

»Ja. Aber heute morgen haben unsre Burschen ihnen eine Tracht Prügel beigebracht. Aber wenn uns dein Alter verklagt, werden sie uns wahrscheinlich morgen überrollen.«

»Die ganze Sache bricht zusammen, nicht wahr, Mac?«

»Das hat nichts zu bedeuten. Wir haben erreicht, was wir uns vorgenommen hatten. Die Sache geht weiter, Al. Mach Frieden, Al, und tu so, als ob sie dir nichts mehr anstecken sollten.« Er horchte. »Kommt da jemand?« Er lief durch die Küche zur Vorderseite des Hauses und schaute aus einem der Fenster.

»Es ist mein Alter; ich erkenne ihn am Schritt«, sagte Al.

Mac kam zurück. »Ich wollte nur sehen, ob jemand bei ihm ist. Er ist allein. Wir könnten uns davonschleichen. Aber ich möchte ihm gerne sagen, daß es uns leid tut.«

»Das läßt du besser bleiben«, riet Al. »Er wird dir gar nicht zuhören. Er haßt dich abgrundtief.«

Auf den Stufen zum Hauseingang hörte man Schritte, und die Türe wurde aufgestoßen. Anderson stand da, überrascht und mit aufgerissenen Augen. »Gottverdammt«, schrie er. »Macht, daß ihr wegkommt, ihr Köter. Ich hab euch angeklagt. Der Sheriff wird eure ganze Brut von meinem Grundstück jagen.« Seine Brust war geschwellt von Zorn.

Mac sagte: »Wir wollten Ihnen nur sagen, daß es uns leid tut. Wir haben die Scheune nicht angezündet. Ein paar Buben aus der Stadt haben es getan.«

»Was zum Teufel geht es mich an, wer sie angezündet hat. Sie ist verbrannt. Die Ernte ist verbrannt. Was versteht ihr verdammten Vagabunden davon? Jetzt werde ich die Farm bestimmt verlieren.« Er hatte Tränen der Wut in den Augen. »Ihr Köter habt nie etwas besessen, ihr seid nie gegangen und habt mit euren Händen eure eignen Apfelbäume betastet. Was versteht ihr schon davon?«

»Wir hatten nie Gelegenheit, etwas zu besitzen«, sagte Mac. »Wir würden gerne was besitzen und Bäume pflanzen.«

Anderson achtete nicht auf seine Worte. »Ich habe auf eure Versprechungen gehört. Und was ist geschehen? Die ganze Ernte ist verbrannt, und Wechsel werden fällig.«

Mac fragte: »Was machen die Hunde?«

Andersons Hände sanken langsam herab. Ein Blick voll kalten, erbarmungslosen Hasses kam in seine Augen. Er sagte langsam, leise: »Das Hundehaus war – in – der Scheune.«

Mac wandte sich Al zu und nickte. Einen Augenblick schaute ihn Al fragend an. Dann runzelte er die Brauen. »Was er sagt, stimmt. Macht, daß ihr zum Teufel kommt, und laßt euch nicht mehr blicken.«

Anderson lief zum Bett und stellte sich davor. »Ich könnte euch beide jetzt erschießen«, sagte er, »aber der Sheriff wird das für mich besorgen, und zwar verdammt bald.«

Mac berührte Jims Arm; sie gingen hinaus und schlossen die Türe. Sie blickten sich nicht einmal um, als sie aus dem Gatter traten. Mac hatte es so eilig, daß Jim kräftiger ausschreiten mußte, um mitzukommen. Die Sonne stieg jetzt herab; die Schatten der Bäume lagen zwischen den Reihen, und der Wind regte sich in den Zweigen, so daß sowohl Bäume wie Boden nervös zu zittern schienen.

»Man wird dauernd hin- und hergeworfen, wenn man sich die Bilder vor Augen hält«, sagte Mac. »Man sieht einen verwundeten Jungen oder einen, der wie Anderson ruiniert ist, oder man sieht, wie ein Polizist ein Judenmädchen über den Haufen reitet, und man denkt, was zum Teufel hat das alles für einen Zweck. Und dann wieder denkt man an die Millionen von Hungernden, und die Sache hat wieder Sinn. Sie lohnt sich. Aber man wird dauernd zwischen solchen Bildern hin- und hergeworfen. Geht's dir nicht auch so, Jim?«

»Eigentlich nicht sehr. Es ist noch nicht lange her, daß ich meine Mutter sterben sah; es scheint Jahre her, aber es ist noch gar nicht lange. Sie wollte nicht mit mir reden; sie schaute mich nur an. Sie war so tief verletzt, daß sie nicht einmal einen Priester wollte. In jener Nacht muß wohl etwas in mir ausgebrannt sein. Anderson tut mir leid, aber zum Teufel, wenn ich mein ganzes Leben hergeben kann, sollte er doch imstande sein, eine Scheune herzugeben.«

»Es gibt Leute, denen Besitz mehr bedeutet als ihr Leben.«

Jim sagte: »Lauf nicht so, Mac. Wo brennt's denn? Ich werde noch leicht müde.«

Mac verlangsamte seine Schritte ein wenig. »Ich hab mir gleich gedacht, daß er dafür in die Stadt gegangen ist. Ich will zurück sein, bevor etwas passiert. Ich weiß nicht, was der Sheriff tun wird, aber er wird sich jedenfalls ins Fäustchen lachen.« Sie schritten schweigend über die weiche, dunkle Erde, und die Schatten tanzten auf ihnen. Bei der Lichtung verlangsamten sie ihren Gang. Mac sagte: »Jedenfalls ist bisher noch nichts geschehen.«

Von den Kochherden stieg langsam Rauch auf. Jim fragte: »Wo, glaubst du, stecken all die Burschen?«

»Sie schlafen vermutlich ihren Kater aus. Es wäre gar keine üble Idee, wenn wir selber auch ein wenig schliefen. Wir werden wahrscheinlich die ganze Nacht auf sein.«

London kam ihnen entgegen. »Alles in Ordnung?« fragte Mac.

»Alles unverändert.«

»Ich hatte recht. Anderson war in der Stadt und hat den Sheriff beauftragt, uns hier rauszuschmeißen.«

»Und jetzt?«

»Warten wir ab. Sag den Jungens nichts davon.«

»Damit magst du recht haben«, sagte London. »Aber du hattest sicher unrecht mit deiner Meinung über den Appetit der Burschen. Sie haben uns ratzekahl gefressen. Es ist kein Böhnchen übrig geblieben. Ich habe euch drüben in meinem Zelt zwei Büchsen voll aufgehoben.«

»Vielleicht brauchen wir kein Essen mehr«, sagte Mac.

»Wie meinst du das?«

»Morgen sind wir wahrscheinlich alle nicht mehr hier.«

Im Zelt wies London auf die beiden Büchsen voll Essen, die auf der Kiste standen. »Glaubst du, der Sheriff wird versuchen, uns hier rauszuschmeißen?« fragte er.

»Verdammt richtig. Eine solche Gelegenheit wird er nicht ungenutzt vorübergehen lassen.«

»Ja – meinst du, er wird gleich schießen? Oder wird er die Burschen verwarnen?«

Mac sagte: »Zum Teufel, was weiß ich? Wo stecken denn die Leute alle?«

»Alle in Deckung. Sie schlafen.«

Mac sagte: »Ich höre einen Wagen. Vielleicht kommen unsere Jungens zurück.«

London neigte den Kopf. »Zu groß«, sagte er. »Das ist einer von den ganz Dicken.«

Sie liefen hinaus. Die Straße von Torgas herauf rollte ein riesiger Kipplastwagen. Er hatte eine eiserne Ladefläche und wurde getragen von zwei Achsen mit Doppelrädern. Er hielt vor dem Lager an. Ein Mann stand von der eisernen Ladefläche auf, in der Hand eine Maschinenpistole mit einer großen Patronentrommel hinter dem vorderen Griff. Die Köpfe weiterer Männer ragten über die Seitenwände. Die Zelte begannen Streikende auszuspucken.

Der stehende Mann rief: »Ich bin der Sheriff dieses Bezirks. Wenn es hier jemand gibt, der verantwortlich ist, will ich ihn sprechen.« Die Masse näherte sich und besah neugierig den Lastwagen.

Mac sagte leise: »Vorsicht, London. Vielleicht wollen sie uns abknallen. Sie könnten es tun, wenn sie wollten.« Sie schritten bis zum Straßenrand vor und blieben stehen, und die Masse säumte jetzt ebenfalls die Straße.

London sagte: »Ich bin der Chef, Mister.«

»Es ist mir eine Klage eingereicht worden, wegen unbefugten Aufenthalts auf fremdem Grund und Boden. Wir haben euch anständig behandelt. Wir haben euch aufgefordert, die Arbeit wieder aufzunehmen, oder wenn ihr streiken wollt, es in Ruhe und Ordnung zu tun. Ihr habt Eigentum zerstört und Totschlag begangen. Heute morgen habt ihr Leute ausgeschickt, mit der Absicht, Eigentum zu zerstören. Wir mußten einige von ihnen erschießen; die übrigen haben wir verhaftet.«

Er schaute auf die Leute im Lastwagen herunter und blickte

dann wieder auf. »Wir wollen kein Blutvergießen; darum gewähren wir euch freien Abzug. Ihr habt die ganze Nacht Zeit zu verschwinden. Wenn ihr geradewegs auf die Bezirksgrenze zu marschiert, wird euch niemand hindern. Aber wenn morgen bei Tagesanbruch dieses Lager noch hier ist, kämmen wir es durch.«

Die Männer standen schweigend da und sahen ihn an. Mac flüsterte London etwas ins Ohr. London sagte: »Unbefugtes Betreten von fremdem Boden gibt euch noch kein Recht, Menschen zu erschießen.«

»Vielleicht nicht. Wohl aber Widerstand gegen die öffentliche Gewalt. Ich meine es gut mit euch; darum sage ich euch offen, was ihr zu erwarten habt. Morgen bei Tagesanbruch fahren hundert Mann in zehn Lastwagen wie diesem hierher. Jeder hat ein Gewehr, und wir verfügen über drei Kisten Mills-Bomben. Wer von euch weiß, was eine Mills-Bombe ist, der kann es den andern erklären. Das wäre alles. Wir spaßen nicht mehr mit euch. Ihr habt Zeit bis Tagesanbruch, um aus dem Bezirk zu verschwinden. Das ist alles.« Er wandte sich nach vorn. »Ich glaube, wir können weiterfahren, Gus.« Er verschwand hinter der stählernen Seitenwand. Die Räder drehten sich zuerst langsam und dann immer schneller.

Einer von den Streikenden sprang in den Graben und hob einen Stein auf. Dann stand er da, hielt ihn in der Hand und betrachtete ihn, während der Lastwagen davonrollte. Die Männer sahen der Abfahrt des Lastwagens zu; dann kehrten sie ins Lager zurück.

London seufzte. »Das klingt nach Befehl. Es war ihm nicht zum Spaßen.«

Mac sagte ungeduldig: »Ich habe Hunger. Ich gehe meine Bohnen essen.« Sie folgten ihm ins Zelt. Er schlang sein Essen rasch und gierig in sich hinein. »Hoffentlich hast du schon was gehabt, London.«

»Ich? Aber selbstverständlich. Was machen wir jetzt, Mac?«

»Kämpfen«, sagte Mac.

»Ja, aber wenn er all das Zeug mitbringt, wovon er gesprochen hat, die faulen Eier und so, dann kann von Kämpfen so wenig die Rede sein wie im Schlachthof.«

»Rindvieh«, sagte Mac, und ein kleiner Strahl zerkauter Bohnen schoß ihm aus dem Mund. »Wenn er all das Zeug wirklich hätte, brauchte er uns nicht davon zu erzählen. Er hofft uns nur uneins zu machen, damit wir keinen Widerstand leisten können. Wenn wir heute nacht ausziehen, knallen sie uns ab. Sie tun nie, was sie sagen.«

London sah Mac ins Gesicht, hielt seine Augen fest. »Meinst du das wirklich, Mac? Du hast gesagt, ich gehöre zu euch. Willst du etwas durchsetzen?«

Mac wendete den Blick ab. »Wir müssen kämpfen«, sagte er. »Wenn wir ohne Widerstand abziehen, ist alles, was wir bisher getan haben, umsonst gewesen.«

»Ja, aber wenn wir kämpfen, werden eine Menge Jungens, die niemandem was zuleide getan haben, erschossen.«

Mac aß nicht weiter und stellte den Rest seiner Bohnen auf die Kiste. »Also, hör mal zu«, sagte er. »In einem Krieg weiß jeder General, daß er Leute verlieren wird. Dies ist ein Krieg. Wenn wir hier kampflos abziehen, bedeutet das, daß wir Boden verlieren.« Einen Augenblick bedeckte er die Augen mit den Händen. »London«, sagte er. »Es ist eine verdammt schwere Verantwortung. Ich weiß, was wir tun sollten; du bist der Chef; tu um Gottes willen, was dir richtig scheint. Laß nicht alles meine Schuld sein.«

London klagte: »Ja, aber du verstehst dich auf so was. Du meinst wirklich, wir sollten kämpfen?«

»Ja, wir sollten kämpfen.«

»Ja zum Teufel, dann kämpfen wir eben – das heißt, wenn wir die Jungens dazu bewegen können.«

»Ich weiß«, sagte Mac. »Es ist möglich, daß sie uns davonlaufen, jeder einzelne. Die, welche den Sheriff gehört haben, werden den andern davon erzählen. Es ist möglich, daß sie sich gegen uns kehren und sagen, wir hätten ihnen das eingebrockt.«

London sagte: »Auf eine Art hoffe ich, daß sie sich davonmachen. Die armen Teufel haben ja keine Ahnung. Aber wie du sagst, wenn sie jemals was erreichen wollen, müssen sie jetzt durchhalten. Was machen wir mit den Verletzten?« fuhr London fort, »mit Burke und dem alten Dan und dem Burschen, der sich den Fuß gebrochen hat?«

»Wir lassen sie zurück«, sagte Mac. »Was anderes können wir nicht tun. Der Bezirk wird für sie sorgen müssen.«

»Ich gehe mich ein wenig umsehen«, sagte London. »Ich werde so aufgeregt wie eine Hummel.«

»Du bist nicht der einzige«, sagte Mac.

Als er fort war, blickte Jim Mac in die Augen und begann dann, seine Bohnen und das faserige Rindfleisch zu essen.

»Ich bin neugierig, ob sie kämpfen werden«, sagte er. »Glaubst du, die andern würden die Leute wirklich durchlassen, wenn sie davonlaufen sollten?«

»Oh, der Sheriff schon. Er wäre nur zu froh, sie los zu sein, aber der Selbsthilfe traue ich nicht.«

»Heute abend haben sie nichts zu essen, Mac. Wenn sie schon Angst haben, werden wir sie nicht einmal mit einer Mahlzeit aufmuntern können.«

Mac kratzte seine Büchse leer und stellte sie hin. »Jim«, sagte er, »wenn ich dir einen Befehl gäbe, würdest du ihn befolgen?«

»Ich weiß nicht. Was ist's?«

»Nun, bald geht die Sonne unter, und es wird dunkel. Sie werden uns auflauern, Jim. Da kannst du Gift drauf nehmen. Sie werden uns dringend haben wollen. Ich will, daß du dich hier fortmachst, sobald es dunkel wird. Verschwinde und fahr in die Stadt zurück.«

»Warum zum Teufel soll ich denn das tun?«

Macs Augen glitten über Jims Gesicht und blickten wieder zu Boden. »Als ich hierher kam, dachte ich, ich sei die Hölle selbst auf Rädern. Du bist zehnmal mehr wert, Jim. Ich weiß das jetzt. Wenn mir was zustoßen sollte, gibt es eine Menge Burschen, die mich ersetzen können, aber du bist ein Genie für diese Art Arbeit. Wir können dich nicht entbehren, Jim. Wenn du in einem so lächerlichen Streiklein umkämest – nun, es wäre einfach Verschwendung.«

»Das glaube ich nicht«, sagte Jim. »Unsere Jungens müssen eingesetzt und nicht geschont werden. Ich brächte es nicht fertig, davonzulaufen. Du hast selber gesagt, dies sei ein Teil des Ganzen. Klein, aber wichtig.«

»Ich *will,* daß du gehst, Jim. Du kannst mit diesem Arm ja doch nicht kämpfen. Du würdest uns überhaupt nichts nützen. Du könntest gar nicht helfen.«

Jims Gesicht war hart. »Ich gehe nicht«, sagte er. »Vielleicht nütze ich doch was. Die ganze Zeit willst du mich beschützen, Mac. Und manchmal habe ich den Eindruck, daß du mich nicht für die Partei, sondern für dich selbst beschützen willst.«

Mac wurde rot vor Zorn. »O. K. Dann laß dir halt die Birne abknallen. Ich hab' dir gesagt, was ich für das Beste halte. Wenn du willst, dann sei eben starrköpfig. Ich kann nicht mehr stillsitzen. Ich geh' hinaus. Mach, was du willst.« Er ging zornig hinaus.

Jim blickte an der Rückwand des Zeltes empor. Er konnte

auf der Leinwand den Umriß der roten Sonne sehen. Seine Hand stahl sich zu der verletzten Schulter hinauf und berührte sie. Er drückte sie leicht, ringsum, in einer Spirale, die sich um die Wunde schloß. Er zuckte ein wenig zusammen, als die forschenden Finger sich der Verletzung näherten. Lange Zeit saß er still.

Er hörte einen Schritt im Eingang und sah sich um. Lisa stand da mit dem Kind auf den Armen. Jim konnte an ihr vorbei die Reihe der alten Wagen am Straßenrand stehen sehen; und jenseits der Straße lag Sonnenschein auf den Wipfeln, aber in den Gassen zwischen den Bäumen war bereits Schatten. Lisa schaute mit vogelhafter Neugier herein. Ihr Haar war feucht und klebte am Kopf, und kleine, ungleichmäßige Wellen waren mit den Fingern hineingedrückt. Das kurze Tuch, das ihre Schultern bedeckte, war mit einer gewissen Koketterie in Falten gelegt und auf die Seite gerafft. »Ich sah, daß Sie allein sind«, sagte sie. Sie ging zur Matratze, setzte sich und ordnete ihr gestreiftes Baumwollkleidchen sorgfältig über den Beinen. »Ich habe sagen hören, die Polizisten werden Bomben werfen und uns alle töten«, sagte sie leichthin.

Jim war verwundert. »Es scheint Ihnen keinen großen Eindruck zu machen.«

»Nein. Vor solchen Sachen fürchte ich mich nie.«

»Ihnen würden die Polizisten nichts tun«, sagte Jim. »Ich glaube überhaupt nicht, daß sie das alles wirklich tun werden. Es ist nur Bluff. Möchten Sie etwas?«

»Ich dachte nur, ich könnte mich ein bißchen hersetzen. Ich möchte einfach dasitzen.«

Jim lächelte. »Sie mögen mich, nicht wahr, Lisa?«

»Ja.«

»Ich mag Sie auch, Lisa.«

»Sie haben mir mit dem Kind geholfen.«

Jim fragte: »Wie geht's dem alten Dan? Haben Sie für ihn gesorgt?«

»Dem geht's gut. Er liegt einfach da und brummelt vor sich hin.«

»Mac hat Ihnen viel mehr geholfen als ich.«

»Ja, aber er sieht mich nicht so an – nicht nett. Ich höre Ihnen gerne zu. Sie sind noch ein junger Bursch, aber Sie können gut reden.«

»Ich rede zu viel, Lisa. Ich rede zu viel und leiste zu wenig.

Schon wird es Abend. Es dauert nicht mehr lange, dann müssen wir die Lampe anzünden. Sie würden ja doch nicht gerne mit mir allein im Dunkeln sitzen.«

»Das wäre mir gleich«, sagte sie rasch.

Er sah ihr wieder in die Augen, und ihr Gesicht hellte sich auf. »Ist Ihnen schon mal aufgefallen, wie man abends an Dinge denkt, die vor langer Zeit geschehen sind – nicht einmal an wichtige Dinge? Einmal in der Stadt, als ich noch ein kleiner Junge war, da ging die Sonne unter, und da war eine Bretterwand. Und eine graue Katze sprang die Wand hinauf und setzte sich einen Augenblick oben auf die Wand, eine langhaarige Katze, und die Katze war auf einmal wie Gold, eine goldene Katze.«

»Ich habe Katzen gern«, stimmte Lisa bei. »Ich hatte einmal zwei Katzen, zwei auf einmal.«

»Schau. Die Sonne ist fast untergegangen, Lisa. Morgen sind wir woanders. Ich möchte wohl wissen, wo. Du wirst wahrscheinlich unterwegs sein. Vielleicht werde ich im Gefängnis sein. Ich war auch schon im Gefängnis.«

London und Mac kamen leise miteinander ins Zelt. London blickte auf Lisa hinunter. »Was machst du denn hier, Lisa? Geh lieber hinaus. Wir haben zu tun.« Lisa stand auf und zog ihr Tuch eng um sich. Sie schaute Jim von der Seite an, als sie an ihm vorbeiging. London sagte: »Ich weiß nicht, was vorgeht. Da draußen finden ungefähr zehn kleine Versammlungen statt, und bei keiner scheine ich erwünscht zu sein.«

»Ja, ich weiß«, sagte Mac. »Die Burschen haben Angst. Ich weiß nicht, was sie tun werden, aber alle möchten sie sich heute nacht drücken.« Das Gespräch erstarb. London und Mac setzten sich Jim gegenüber auf Kisten. Sie saßen da, während die Sonne unterging und das Zelt ein wenig dämmerig wurde.

Schließlich sagte Jim leise: »Auch wenn die Jungens davonlaufen, wird nicht alles umsonst gewesen sein. Sie haben ein wenig zusammengearbeitet.«

Mac nahm sich zusammen. »Ja, aber wir sollten einen letzten Widerstand leisten.«

»Wie bringst du es fertig, daß Burschen, die davonlaufen möchten, kämpfen?« wollte London wissen.

»Ich weiß nicht. Wir können reden. Wir können versuchen, sie zum Kampf zu bewegen, indem wir mit ihnen reden.«

»Reden hilft nicht viel, wenn sie Angst haben.«

»Ich weiß.«

Wieder herrschte Schweigen. Sie konnten draußen das leise Gerede vieler Stimmen hören, vereinzelter Stimmen, die allmählich sich zusammenfanden und ein Gemurmel wie Wasser machten. Mac sagte: »Hast du ein Streichholz, London? Zünde die Lampe an.«

»Es ist noch nicht dunkel.«

»Dunkel genug. Mach hell. Dieses gottverdammte Halbdunkel macht mich nervös.«

Der Schirm kreischte, als London ihn hob, und kreischte, als er ihn hinunterließ.

Mac sah erschreckt auf. »Etwas ist passiert. Was ist los?«

»Es sind die Männer«, sagte Jim. »Sie sind jetzt still. Sie haben aufgehört zu reden.« Die drei Männer saßen da und horchten angespannt. Sie hörten, wie sich Schritte näherten. Im Eingang standen die beiden kleinen Italiener. Sie zeigten in verlegenem Grinsen ihre Zähne.

»Dürfen wir hereinkommen?«

»Klar. Nur herein, Jungens.«

Sie standen im Zelt wie Schüler, die etwas aufsagen sollen. Jeder schaute den andern an, wer anzufangen habe. Einer sagte: »Die Männer da draußen – sie wollen eine Versammlung einberufen.«

»Ja? Wofür denn?«

Der zweite antwortete rasch: »Die Männer sagen, sie haben für den Streik gestimmt, sie können wieder abstimmen. Sie sagen: ›Warum sollen alle getötet werden?‹ Sie sagen, sie können nicht mehr streiken.« Sie schwiegen und warteten auf Londons Antwort.

Londons Augen fragten Mac um Rat. »Selbstverständlich berufen wir eine Versammlung ein«, sagte Mac. »Die Männer sind ihre eigenen Herren und Meister. Was sie bestimmen, das hat zu geschehen.« Er sah zu den wartenden Abgeordneten auf. »Geht hinaus und sagt den Jungens, London werde in etwa einer halben Stunde eine Versammlung einberufen, um abzustimmen, ob wir kämpfen oder davonlaufen wollen.«

Sie sahen London an, um eine Bestätigung zu erhalten. Er nickte langsam. »In Ordnung«, sagte er. »In einer halben Stunde. Wir werden tun, was die Jungens beschließen.« Die beiden kleinen Männer machten fremdländische Verbeugungen, drehten sich auf dem Absatz herum und verließen das Zelt.

Mac lachte laut auf. »Das ist ja hervorragend«, sagte er. »Jetzt sieht die Sache schon anders aus. Ich dachte, sie würden einfach davonschleichen. Aber wenn sie abstimmen wollen, dann bedeutet das, daß sie noch immer zusammenarbeiten. Oh, das ist gut. Sie können ruhig auseinandergehen, wenn sie es mit ihrer vollen Zustimmung tun.«

Jim fragte: »Ja, willst du denn nicht versuchen, sie zum Kämpfen zu bewegen?«

»Aber klar. Wir müssen uns das genau überlegen. Bloß, wenn sie nicht kämpfen wollen, so schleichen sie doch wenigstens nicht wie die Hunde davon. Es ist dann eher ein Rückzug, verstehst du? Es ist nicht einfach ein Davonjagen.«

»Was sollen wir bei der Versammlung tun?« wollte London wissen.

»Mal überlegen. Es ist jetzt gerade dunkel. Du sprichst zuerst, London. Du sagst ihnen, warum es besser ist zu kämpfen als davonzulaufen. Es ist besser, ich spreche nicht. Sie mögen mich nicht allzu gern, seit ich sie heute morgen angeknurrt habe.« Seine Augen wanderten zu Jim hinüber. »Es ist an dir«, sagte er. »Das ist die Gelegenheit, auf die du gewartet hast. Mach du's. Versuch sie herumzukriegen. Rede, Jim, rede. Es ist, was du dir immer gewünscht hast.«

Jims Augen leuchteten vor Aufregung . »Mac«, schrie er. »Ich kann den Verband abreißen und Blut fließen lassen. Das wird sie anstacheln.«

Macs Augen verengten sich, und er zog den Vorschlag in Erwägung. »Nein«, entschied er. »Wenn man sie auf diese Weise anstachelt, müssen sie rasch zuschlagen können. Wenn man sie danach herumsitzen läßt, verlieren sie allen Mut. Nein, Jim, beschränke dich aufs Reden. Sag ihnen, was ein Streik bedeutet, wie er eine kleine Schlacht in einem großen Krieg ist. Du kannst das, Jim.«

Jim sprang auf. »Verdammt recht hast du: ich kann's. Es drückt mir fast die Kehle zu, aber ich kann's.« Sein Gesicht war verzückt. Ein wütendes Leuchten der Kraft schien daraus hervorzubrechen.

Sie hörten draußen jemand rennen. Ein Knabe lief ins Zelt. »Da draußen im Obstgarten«, schrie er. »Es liegt ein Mann draußen, der sagt, er sei ein Doktor. Er ist schwer verletzt.«

Die drei schossen hoch. »Wo?«

»Drüben, auf der andern Seite. Er habe den ganzen Tag dort gelegen, sagt er.«

»Wie hast du ihn gefunden?« wollte Mac wissen.

»Ich habe ihn rufen hören. Er sagte, ich solle Sie rufen.«

»Zeig uns den Weg. Komm, los, vorwärts.«

Der Knabe wandte sich um und stürzte davon. Mac rief: »London, bring die Lampe mit.« Mac und Jim rannten Seite an Seite. Es war fast völlige Nacht. Vor sich sahen sie die davonflitzende Gestalt des Knaben. Sie rasten über das freie Feld. Der Knabe erreichte die erste Baumreihe und rannte zwischen die Stämme. Sie konnten ihn vor sich herrennen hören. Sie schossen unter die dunklen Schatten der Bäume.

Plötzlich streckte Mac die Hand nach Jim aus. »Jim! Wirf dich hin, um Gottes willen!« Ein Aufheulen und zwei Löcher aus Licht. Mac lag platt auf dem Boden. Er hörte mehrere Paar Füße davontrappeln. Er blickte zu Jim, aber die Lichtblitze brannten noch immer auf seinen Netzhäuten. Allmählich konnte er Jim wahrnehmen. Er lag auf den Knien, den Kopf gesenkt. »Du hast dich aber rasch hingeworfen, Jim.«

Jim rührte sich nicht. Mac kroch auf den Knien zu ihm hinüber. »Bist du getroffen, Jim?« Die Gestalt kniete, und das Gesicht lag auf dem Boden. »Oh, Herrgott!« Mac streckte die Hand aus, um den Kopf zu heben. Er schrie auf, zuckte seine Hand zurück und rieb sie an den Hosen; es war kein Gesicht mehr da. Er schaute sich langsam um, über die Schulter.

Die Lampe kam auf ihn zugehüpft und beschien Londons laufende Beine. »Wo seid ihr?« rief London.

Mac antwortete nicht. Er setzte sich auf die Fersen, er saß sehr still. Er betrachtete die Gestalt, die wie in mohammedanischem Gebet vor ihm kniete.

Schließlich entdeckte sie London. Er kam heran und blieb stehen; die Lampe warf einen Lichtkreis. »Oh«, sagte er. Er senkte die Lampe und spähte herab. »Schrotschuß?«

Mac nickte und starrte auf seine klebrige Hand.

London sah Mac an und schauderte vor seinem starren Gesicht. Mac stand steif auf. Er beugte sich vor, hob Jim auf und warf ihn über die Schulter, wie einen Sack; und der tropfende Kopf hing hinten hinunter. Er machte sich steifbeinig auf den Weg zum Lager. London ging neben ihm und trug die Lampe.

Das freie Feld stand voll von Neugierigen. Sie drängten sich hinzu, bis sie die Last sahen. Dann wichen sie zurück. Mac schritt durch sie hindurch, als sähe er sie nicht. Quer über die Lichtung, an den Kochherden vorbei marschierte er, und die Menge folgte ihm schweigend. Er kam zum Podium. Er legte den Körper unter dem Geländer ab und sprang auf die Plattform. Er zerrte Jim über die Bretter, lehnte ihn gegen einen Eckpfosten und stützte ihn, wenn er seitwärts rutschen wollte.

London reichte ihm die Lampe hinauf, und Mac setzte sie mit Bedacht so neben die Leiche auf den Boden, daß ihr Lichtschein auf das Haupt fiel. Er stand auf und wandte sich der Menge zu. Seine Hände faßten das Geländer. Seine Augen waren weiß und weit geöffnet. Vor sich sah er die Masse der Männer; die Augen schimmerten im Lampenlicht. Hinter der ersten Reihe bildeten die Männer einen dunklen Klumpen. Mac schauderte. Er bewegte die Kinnlade zum Sprechen und schien die erstarrten Kiefer losbrechen zu müssen. Seine Stimme war hoch und monoton. »Dieser Junge wollte nichts für sich –« hob er an. Seine Knöchel waren weiß, so umklammerte er das Geländer. »Genossen! Er wollte nichts für sich –.«

# John Steinbeck im dtv

Früchte des Zorns
Roman
dtv 10474

Autobus auf Seitenwegen
Roman
dtv 10475

Geld bringt Geld
Roman
dtv 10505

Die wilde Flamme
Novelle
dtv 10521

Der rote Pony
und andere Erzählungen
dtv 10613

Die Straße der Ölsardinen
Roman
dtv 10625

Das Tal des Himmels
Roman
dtv 10675

Die Perle
Roman
dtv 10690

Der Mond ging unter
Roman
dtv 10702

Tagebuch eines Romans
dtv 10717

Stürmische Ernte
Roman
dtv 10734

Tortilla Flat
Roman
dtv 10764

Wonniger Donnerstag
Roman
dtv 10776

Eine Handvoll Gold
Roman
dtv 10786

Von Mäusen und Menschen
Roman
dtv 10797

Jenseits von Eden
Roman
dtv 10810

Laßt uns König spielen
Ein fabriziertes Märchen
dtv 10845

Logbuch des Lebens
Im Golf von Kalifornien
Mit einer Vita von Ed Ricketts
dtv 10865

Meine Reise mit Charley
Auf der Suche nach Amerika
dtv 10879

Der fremde Gott
Roman
dtv 10909

Die gute alte und die
bessere neue Zeit
Erzählungen
dtv 10921

# Isaac B. Singer im dtv

Feinde, die Geschichte einer Liebe

Immer noch von Ängsten gepeinigt, lebt ein der Nazi-Verfolgung entkommener Jude in einer fatalen Konstellation zwischen drei Frauen. dtv 1216

Der Kabbalist vom East Broadway

Geschichten von jiddisch sprechenden Menschen, denen Singer in seiner geliebten Cafeteria am East Broadway begegnete. dtv 1393

Leidenschaften – Geschichten aus der neuen und der alten Welt

Autobiographische Erzählungen über Okkultisches, Übersinnliches und Phantastisches. dtv 1492

Das Landgut

Kalman Jacobi, ein frommer jüdischer Getreidehändler, wird 1863 Pächter eines enteigneten Landguts in Polen und gerät mit seiner Familie in den Sog der neuen Zeit. dtv 1642

Schoscha

»Eine Liebesgeschichte aus dem Warschauer Ghetto und zugleich ein Gesellschaftsroman unter Intellektuellen.« (Stuttgarter Zeitung) dtv 1788

Das Erbe

Auch Kalman Jacobis Familie wird von den politischen und sozialen Veränderungen gegen Ende des 19. Jahrhunderts erfaßt. dtv 10132

Eine Kindheit in Warschau

Singer erinnert sich an seine Kindheit im Warschauer Judenviertel. dtv 10187

Verloren in Amerika

Singer als kleiner Junge auf der Suche nach Gott, als junger Mann auf der Suche nach Liebe, und als einsamer Emigrant in New York. dtv 10395

Die Familie Moschkat

Eine Familiensaga aus der Welt des osteuropäischen Judentums in der Zeit von 1910 bis 1939. dtv 10650

Old Love

Geschichten von der Liebe dtv 10851

Ich bin ein Leser

Gespräche mit der Literaturwissenschaftler Richard Burgin. dtv 10882

Der Büßer

Joseph Shapiro entkommt dem Holocaust und bringt es in den USA zu Vermögen, Ehefrau und obligater Geliebter. Eines Tages merkt er, daß er seine – wenn auch ökonomisch wie erotisch erfolgreiche – Existenz nicht mehr aushält ... dtv 11170

# Joyce Carol Oates im dtv

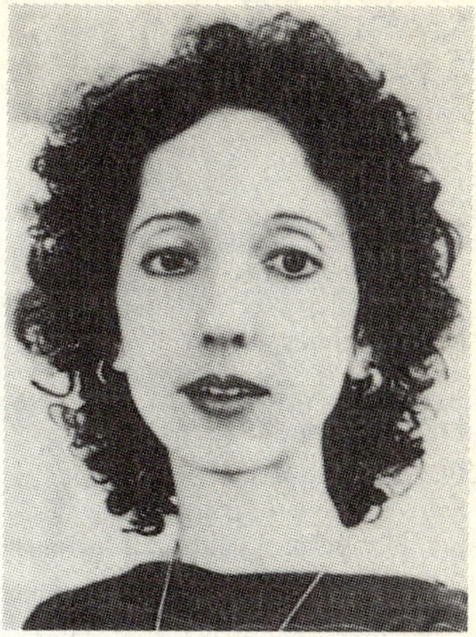

Grenzüberschreitungen

Zart und kühl, bitter und scharf analysierend, erzählt die Autorin in fünfzehn Kurzgeschichten von der alltäglichen Liebe, dem alltäglichen Haß und ihren lautlosen Katastrophen. dtv 1643

Jene

Die weißen Slumbewohner in den Armenvierteln des reichen Amerika, die sich nicht artikulieren können, sind die Helden dieses Romans. Die Geschichte einer Familie, aber auch die Geschichte Amerikas. dtv 1747

Lieben, verlieren, lieben

Von ganz »normalen« Menschen erzählt die Autorin, vor allem von Frauen, von Hausfrauen, Ehefrauen, Müttern und Geliebten. dtv 10032

Ein Garten irdischer Freuden

Ein Mädchen will ihren ärmlichen Verhältnissen entfliehen. Sie tut es – nichts anderes bleibt ihr übrig – mit Hilfe von Männern. dtv 10394

Bellefleur

Der Osten der USA ist der Schauplatz dieser phantastischen Familiensaga. Aus dem Leben der Menschen des Hauses Bellefleur wird ein amerikanischer Mythos. dtv 10473

Im Dickicht der Kindheit

In einem Provinznest lebt die starke, in ihrer Sinnlichkeit autonome Arlene mit ihrer jungen Tochter Laney, deren Schönheit und Wildheit der vierzigjährige Aussteiger Kasch verfällt. dtv 10626

Engel des Lichts

Die Geschichte einer alten Familie in Washington, die zwischen Politik und Verbrechen aufgerieben wird. dtv 10741

Unheilige Liebe

Auf dem Campus einer exklusiven Privatuniversität spielen die Mitglieder des Lehrkörpers eine »Akademische Komödie des Schreckens«. Sie lieben sich, sie hassen sich, aber keines dieser Gefühle hält vor. dtv 10840

Letzte Tage

Amerikanische Kleinstädte und europäische Metropolen sind die Schauplätze dieser sechs Erzählungen. dtv 11146

Die Schwestern von Bloodsmoor

Ein romantischer Roman, aber auch eine sarkastische Abrechnung mit den USA nicht nur des vorigen Jahrhunderts. dtv 11244

# Gabriel García Márquez im dtv

Laubsturm
Drei Menschen sitzen im Haus eines Selbstmörders und lassen in wechselnden Monologen die Vergangenheit an sich vorüberziehen. dtv 1432

Der Herbst des Patriarchen
García Márquez zeigt Allmacht und Schwäche einer Staatsmacht, die den Mangel an Legitimität mit Gewalt kompensiert. dtv 1537

Der Oberst hat niemand, der ihm schreibt
Ein kaltgestellter Oberst in einem kolumbianischen Dorf erkennt in seinem Hahn das Symbol der Hoffnung und des Widerstands. dtv 1601

Die böse Stunde
Anonyme Schmähschriften bringen Unruhe in ein kolumbianisches Urwalddorf. Es kommt zu einer Schießerei. dtv 1717

Augen eines blauen Hundes
In diesen Erzählungen sind Einsamkeit und Tod allgegenwärtig, die Dimensionen Raum und Zeit weitgehend außer Kraft gesetzt. dtv 10154

Hundert Jahre Einsamkeit
Die Geschichte vom Aufstieg und Niedergang der Familie Buendía und ihres Dorfes Macondo. dtv 10249

Die Geiselnahme
Ein sandinistisches Guerillakommando preßt politische Gefangene aus den Folterkammern des Somoza-Regimes frei. dtv 10295

Bericht eines Schiffbrüchigen
Zehn Tage Hunger und Durst auf einem Floß allein in der Karibik, ständig in Angst vor den Haien. Eine wahre Geschichte. dtv 10376

Chronik eines angekündigten Todes
Zwei Brüder beschließen, den angeblichen Verführer ihrer Schwester zu töten. Das Dorf sieht zu. dtv 10564

Das Leichenbegängnis der Großen Mama
Acht Erzählungen. dtv 10880

Die unglaubliche und traurige Geschichte von der einfältigen Eréndira und ihrer herzlosen Großmutter
Sieben Erzählungen. dtv 10881

Die Giraffe von Barranquilla
Journalistische Arbeiten 1948–1952
dtv 11355

Die Liebe in den Zeiten der Cholera
Über fünfzig Jahre hat Florentino auf seine Jugendliebe gewartet...
dtv 11360 (April 1991)